ANKE WOGERSIEN

WO DAS LAND ABBRICHT

ANKE WOGERSIEN

WO DAS LAND ABBRICHT

Ein Rügenroman

mitteldeutscher verlag

Dieser Roman ist all jenen Menschen gewidmet,
die ihr Leben für die Rettung anderer einsetzen.

»Ick bin keen Held, ick bin Profi.«
Frieder Friedrichs, Seenotretter

PROLOG

Solange ich denken kann, tanzte der Wind mit mir. Bin ein Septemberkind. Von Rügen. Heute aber dreht er voll auf und, was soll ich sagen, rockt die Ostsee. Der Wind wird zum Orkan. Die Insel trotzt dem Meer, das unermüdlich die Küste berennt. Eine unheilvolle Drohung klingt aus dem Rauschen und Heulen.

Ich habe Angst. Eine Sturmbö schmeißt mich fast um. Regen peitscht in mein Gesicht. Ich wische mir über die Augen. Was ich dann sehe, ist eine Katastrophe. Auf den senkrecht abfallenden Kliffhöhen der Stubbenkammer schütteln die jahrhundertealten Buchen wie von Sinnen ihre dunklen Wipfel. Der Wirbelsturm entwurzelt die Bäume des Urwalds, holt sich ihre Stämme. Die Naturgewalt bewegt Mengen zerriebenen Gesteins, nimmt Felsbrocken mit und die Kreide, welche sich in Millionen von Jahren Schicht um Schicht aus dem Staub unvorstellbar vieler Kleinstlebewesen, Korallen, Muscheln und Schnecken gebildet hat. Hier, an der Steilküste, ragt auf der Halbinsel Jasmund die markanteste Erhebung empor: ein hundertachtzehn Meter hoher Felsen, der von fern an einen großen Thron erinnert – der berühmte Königsstuhl.

Mit Grollen schiebt sich der Sturm wie ein Monster an ihn heran, setzt ihm zu und schleudert riesige Abbruchstücke auf den Strand. Als die Brocken am Ufer auf ein Hindernis treffen, verwandelt sich ihre Bewegung in eine kolossale Energie der Zerstörung. Weißen Kreidestaub umherwirbelnd drängen sich die Steine als Masse vorwärts. Der vom Wasser umspülte Fels zerbricht in unzählige Einzelteile.

Die Fluten stürzen zu beiden Seiten des Weges hinunter, der zur Aussichtsplattform führt. Grauschwarze Wolken jagen über den Himmel, ballen sich zur Masse zusammen, reißen auseinander. Tosend bricht sich die Brandung an den Klippen.

»Hilfe!« In der Ferne erkenne ich ein kleines Motorboot. Es scheint manövrierunfähig zu sein, ringt verzweifelt mit dem Meer, legt sich auf die Seite. Die Wellen schlagen ins Heck. Jeden Augenblick droht es zu kentern. Jemand zündet ein Signalfeuer. Das Meer wird in rotes Licht getaucht.

Mein Herz rast. Ich laufe, den Kopf geduckt, die Kapuze fest unter meinem Kinn zusammenhaltend, ins Besucher-Zentrum des Nationalparks. *Wieso lässt sich die schwere Eingangstür nicht öffnen? Endlich*!

»Schnell, die Seenotretter! Da kentert ein Sportboot!« Ich zittere.

»Heute ist der Teufel los!« Der Leiter des Bistros alarmiert die Wasserwacht. »Einen Tee?« *Dieser Notfall scheint nicht sein erster zu sein, so ruhig wie er bleibt.* Der Mann reicht mir einen heißen Becher über den Tresen. »Der Notruf geht ans Maritime Rescue Coordination Center. Die schicken sofort einen Seenotkreuzer«, erklärt er mir. »Einfach die Ruhe bewahren! Frieder und seine Leute sind unterwegs. Die machen das!«

»DERK STEENSEN, DERK STEENSEN, DERK STEENSEN – MRCC! Einsatzart: Bootsunfall. Einsatzort: Große Stubbenkammer. Gekentertes Motorboot, Person im Wasser.«

Seenotretter Frieder Friedrichs an Bord des Sassnitzer Rettungskreuzers erkennt schon an der Stimme der Leitstelle Bremen: Es geht raus auf die Ostsee. Noch während die Details über Funk kommen, wirft die Besatzung die Leinen los und kappt den Landanschluss für Strom und Telefon. Die nächsten Stunden werden kein Spaziergang.

Die Uhr bleibt stehen.

»Hoffentlich passiert nichts!« Ich streife meinen durchnässten Parka ab, falle auf einen Stuhl und lausche nach draußen. Unter den Spuren der Zeiger fängt sich mein Puls im *»Was nun?«*. Ich bin in eine Zeitschleuse geraten. Allerdings werde ich jetzt nicht wie eine Besucherin der Ausstellung virtuell in die Kreidezeit zurückversetzt. Das hier ist echt. Draußen auf dem Meer kämpfen Menschen um ihr Leben. Nebenan rinnt am Fenster der Regen. *Und ich?* Sitze da, im Dämmerlicht von Vielleicht. Dort, wo das Land abbricht. Während ich auf eine Nachricht warte, stelle ich mir vor, wie meine Welt gestern noch aussah. Aber es fing schon früher an. In Wirklichkeit begann es in Stralsund.

1. KAPITEL

Die Hansestadt Stralsund, vor wenigen Wochen

Sie wechselte ihre Welt an einem stürmischen Tag im April. Niemals hätte sie gedacht, dass sie dazu fähig wäre. Anni Arndt erreichte das Schiff in letzter Sekunde.

»Nichts geht verloren, alles wird verwandelt.« Es klang, als bete sie. Doch das Massenerhaltungsgesetz half nicht. Gott ist kein Naturwissenschaftler. Der Boden schwankte, als Anni die Stufen zum Oberdeck der *MS Altefähr* hinaufstieg. Sie kämpfte mit ihrer inneren Unruhe und umfasste Halt suchend das eiskalte Metall der Reling. Ahnt ein Mensch, wenn der Tod in den nächsten vierundzwanzig Stunden seine Fratze zeigt?

Die beeindruckende Silhouette von Stralsund präsentierte sich an diesem Morgen nur verschwommen, gleichgültig, ob ihre Betrachterin sich vorbeugte. Und Annerose Arndt beugte sich nicht vor. Nie. Den Passagieren, die um acht Uhr fünfzig an Bord gegangen waren, es waren Sundstädter, Rügener und Feriengäste, blieb der an hellen Tagen herrliche Blick auf die alte Hansestadt mit ihren mächtigen Kirchtürmen und Baudenkmälern verwehrt. Lediglich das Ozeanum und die hohen Schiffsmasten des Segelschulschiffes *Gorch Fock I* waren andeutungsweise zu erkennen. Von den historischen Kontorhäusern im Hafen sah man nichts. Es goss in Strömen. Die Nadel des Thermometers zitterte unter der Zehn-Grad-Marke. Böige Winde holten sich den Regen aus einem grauweißen Himmel und trieben die Gischt gegen den Bug. Die Ostsee war kabbelig. Durch die Luft wehte ein Geruch nach Algen. Möwen kreischten. Sie ließen sich vom Sturm jagen.

»Wir können lösen!« Der Kapitän gab das Zeichen zur Abfahrbereitschaft.

»Aye, aye, Chef!« Ein Matrose machte die Leinen los, die das

Schiff an der Landungsbrücke festhielten. Aus dem Schiffshorn ertönten drei kurze Signale, und die schlankste unter den Töchtern der *Weißen Flotte* legte ab.

»Maschine langsam voraus!«

»Auf der Back alles klar?« Mit konzentriertem Blick lenkte der Kapitän das Schiff im Zeitlupentempo aus dem Hafenbecken. »Allet klor! Dat gifft soveel Schietwetter as Fleigen op de Mess!«, antwortete der Matrose.

Wenige Augenblicke später verschwanden Anleger und Kaimauer im Nebel. Die *Altefähr* nahm Kurs auf Rügen.

Anni blieb auf dem Außendeck und suchte sich einen überdachten Sitzplatz. Während sie den einige Meter entfernt stehenden Kapitän beobachtete, vermochte sie beim besten Willen nicht exakt zu definieren, was am nachdrücklichsten seine Lotsenfunktion betonte. War es die weiße Schirmmütze oder seine aufrechte Haltung? Keiner der Fahrgäste schien sich über das Aussehen des Schiffsführers Gedanken zu machen, erst recht nicht über die schlechte Sicht.

»Navigation ist, wenn man trotzdem hinkommt. Ein guter Seemann beweist sich bei schlechtem Wetter.« Nur auf dem Radarbild ortete der Kapitän, wo sich die *Altefähr* im Strelasund befand. »An Tagen wie heute muss man Witze machen, damit die Laune nicht sinkt.« Liebevoll streichelte er sein Funkgerät.

»Bangbüx, dat is alltied hitzig worn!« Respektlosigkeit diente dem kleinen Maat als Selbstbehauptungsmittel.

»Wartet auf mich, ich komme!« Ein Mädchen im pinkfarbenen Anorak mit klatschnassen Haaren rannte quer über die Planken und verschwand in der Kajüte.

»Die Insel bereitet uns nicht gerade einen warmen Empfang«, seufzte Anni. Ihr gegenüber saß eine ältere Frau. Ihre Augen wanderten von oben nach unten über die junge: Vom Mittelscheitel, der das glatte Haar über der Stirn teilte wie ein

Schneider glänzende Seide, bis zu den ledernen Boots, die sich am geblümten Maxirock stießen.

»Ich glaube, für die Überfahrt verziehen wir uns besser nach drinnen.« Die Alte wies mit dem Zeigefinger zum Himmel. »Hoffentlich behält der Mann mit seiner Wetterprognose auf Hitze recht. Ich hab' nichts gegen Sonne!«

»Schön wäre ein wolkenloses Blau. Dann ist Rügen Capri.« Anni fuhr sich mit der Zunge über die Lippen und schmeckte Salz. »Auch wir in Arkadien!« Ihre Laune stieg.

»Man müsste den Wettergott bestechen können!« Die detaillierte Formulierung eines meteorologischen Wunschzettels war irdischen Passagierinnen nicht vergönnt. Petrus demonstrierte ihnen, was er von Korruption hielt. Ein Windstoß brachte das Schiff heftig ins Schwanken.

»Meine Güte, was für ein Seegang!«

»Haben Sie Angst?«

»Das wäre albern, fürchte ich.« Annis Kichern misslang. »Ich stamme aus einer Seefahrerfamilie!« Sie unterdrückte den lächerlichen Impuls, sich an die Bank zu klammern.

»Ach?«

»Wissen Sie, was mir mein Großvater prophezeite, als er mich das erste Mal mit rausnahm aufs Meer?«

»Nu?«

»*›Anni, mien Deern‹*, sagte er, *›dien erste Seefahrt ist die aufregendste, die du je beläven wirst.‹«* Sie seufzte. »Jahrzehnte ist das her!« Ihre erste Seefahrt war wirklich die aufregendste, die sie je erleben würde.

»Kommt Ihr Großvater von Rügen?«

»Aus Sassnitz. Derk Steensen.«

»Nee, so wat!«

»Kennen Sie ihn?«

»Der olle Steensen? Klor, kenn ick den!« Bei dem Gedanken an den vertrauten Fischer verfiel die Frau in die plattdeutsche

Mundart. »Der wor bekannt wie een bunter Hund. Awer hett he Enkelkinner?«

»Nein. Opa Derk war eigentlich gar nicht mein Großvater. Er war ein sehr guter Freund meiner Großmutter Ida. Als Seemann hatte er nie eine Ehefrau abgekriegt, gehörte zu den Sitzengebliebenen, dem Strandgut seines Geschlechts.«

»Wie das? Bis in die 1970er galt Sassnitz als Heiratsmarkt«, erwiderte die alte Rüganerin. »Hier lebten eine Menge Fischer. Im Seemannsheim hatte jeder sein Zimmer, wo er die Plünnen dreckig abgab und gewaschen schrankfertig wiederbekam. Der Hafen war ein bedeutender Marinestützpunkt. Es gab Männer noch und nöcher.«

»Echt? Das wusste ich gar nicht.«

»Logisch, Sie waren damals noch nicht auf der Welt. In der Fischverarbeitung arbeiteten viele Frauen. Wir hatten bei uns ein ausgiebiges Nachtleben.« Sie lächelte versonnen. »Ick war och mol jung!«

»Wahrscheinlich wollte Derk Steensen nicht heiraten. Mein leiblicher Großvater Karl-Heinrich blieb im Krieg. Steensen spielte für meine Mutter den Ersatzvater und für mich den Opa.« Annis ebenmäßigen Gesichtszüge enthüllten das frühere Kind.

»Dann sind Sie *Lütt-Anni*?«

»So hat er mich gerufen.«

»Dat givt et nich'!« Die Frau lachte in Annis verdutzte Miene. »Erkennst mich nicht, Deern? Kamt ihr Kinder in den Laden, habt ihr jedes Mal gefragt: ›Minna, haste Bananen?‹«

»Bananen? Die gab es doch so gut wie nie.« Anni begriff und fand stammelnd ihre Sprache wieder. »Moment, Sie sind …, du bist nicht etwa Minna Minschlich aus dem Konsum-Laden in Sassnitz?« Annis Kindheitserinnerungen an die Frau waren verschwommen, mehr das Bewusstsein einer Präsenz als das Bild eines Menschen.

»Genau die!« Ihre Mitreisende hielt sich die Hand vor den Mund.

»Das ist nicht wahr!« Anni umarmte sie. »Minna Minschlich! »Ausgerechnet dich treffe ich als Erste bei meiner Rückkehr. Ich war seit der Wende nicht mehr hier.«

»Dann wird es Zeit! Inzwischen gibt's auch Südfrüchte.« Minna zwinkerte.

»Das will ich stark hoffen!«, lachte Anni.

»Die Banane war eine Hoffnung für viele und Notwendigkeit für uns alle. Das hat Adenauer gesagt, lange vor dem Mauerfall«, sagte Minna mit einer Stimme, die das Alter heiser gemacht hatte.

»Ich bin zu jung für solche Weisheit. Damals war ich noch ein Gedanke Gottes.«

»Deern, ich sage dir, es war nicht alles schlecht bei uns im Osten. Wie alt bist du inzwischen?«

»Achtunddreißig.«

»Mein Gott, wie die Zeit vergeht! Siehst jünger aus. Fährst du in die Sommerfrische? Wie geht es Derk Steensen? Lebt er noch? Ich erinnere mich, dass die Volkssolidarität eines Tages vor seinem Haus stand. *Do kommt er wohl ins Heim, de oll' Bur*, heff wi domals seggt.«

»Öpping ist Erinnerung geworden.« Anni spürte einen Kloß im Hals.

»Das ist der Lauf der Dinge«, erwiderte Minna.

»Ich hab' Derks Fischerkate an den Wissower Klinken geerbt.«

»Gratuliere!«

Die Wolkendecke lichtete sich. Rügens Kreidefelsen wurden im Dunst sichtbar. Zaghafte Sonnenstrahlen malten Konturen in das Nichts von Grau und Grün. Der Himmel zog ein Blau auf.

»Die Kreide ist brüchig«, flüsterte Minna und tat, als verriete sie ein Geheimnis.

»Das war sie immer«, erwiderte Anni. »Wo das Land abbricht, erneuert sich die Kreideküste und bleibt weiß.«

»Jedes Jahr gibt es Tote durch die Abbrüche.«

»Das ist schrecklich.«

»Vor vier Jahren kam es am Fuß der Abstiegstreppe zum Hangrutsch. Eine hundertzwanzigjährige Buche zerschlug den Zugang zum Strand. Die Treppe war nicht mehr zu nutzen. Der Abstieg endet seither fünf Meter über dem Strand.«

»Deshalb ist die Treppe komplett gesperrt?«

»Ja. Das Umweltministerium will die Holztreppe nicht reparieren. Die ersten zweihundertsiebzig Meter der insgesamt fünfhundertfünfzehn Meter langen Treppe verlaufen im Hangbereich. Der rutscht ständig. Es ist zu gefährlich. Die Spaziergänger könnten verunglücken. Kein Mensch möchte Verantwortung übernehmen.«

»Wie schade! Der Abstieg auf der Treppe am Königsstuhl gehört zu meinen liebsten Kindheitserinnerungen!«, bedauerte Anni.

»Er ist ein Klassiker.«

»Ich hab' mich so darauf gefreut, zum Kreideufer hinabzusteigen und wie in alten Tagen am Strand Steine zu sammeln. Von unten wirkt die Höhe noch gewaltiger.«

»Das verstehe ich. Der Strand auf Rügen ist voller Schätze. Wer einen Hühnergott findet, dem winkt das Glück«, erwiderte Minna. »Sie planen jetzt für Besucher eine neue Schwebebrücke über den Felsen, den *Königsweg.*«

»Kann man unten am Ufer entlanggehen oder ist dieser Zugang auch gesperrt?« So schnell gedachte Anni nicht, sich vom Glück zu verabschieden.

»Von Sassnitz aus kannst du am Strand bis zum Königsstuhl wandern. Es ist umständlicher und dauert länger.« Minna trat schwerfällig von einem Fuß auf den anderen. »Ist nur etwas für junge Beine.«

»Na, zumindest gibt es diese Möglichkeit.«

»Einige Einwohner Jasmunds protestieren gegen die Sperrung.«

»An der Stubbenkammer kam es schon früher zu Kreideabbrüchen. Vielleicht dauert das Verbot nicht ewig?«, gab Anni einer eher unsinnigen Hoffnung Ausdruck.

»Was auf dieser Welt dauert ewig?« Minna deutete auf die Lichtstreifen im Blau. »Ihre Finger sind blass. Erinnerst du dich?«, fragte sie.

»Natürlich erinnere ich mich.« Anni legte ihren Kopf in den Nacken und betrachtete seit langer Zeit wieder den Himmel von Rügen. Längst vergessene Bilder tauchten aus dem Gestern auf.

»Als Kind habe ich mich mit der Sonne geduzt.«

2. KAPITEL

Die Halbinsel Jasmund, Anfang der 1980er Jahre

Auf Rügen hieß die Sonne Tante Klara. Sie wanderte von Giebelende zu Giebelende, sodass die stets zum Süden ausgerichteten Fischerkaten niemals im Schatten standen. Am Ende des Tages war der helle Kalkstein warm und puderig. In den Jahren ihrer Kindheit bildete das alte Reetdach den Mittelpunkt der Welt für die kleine Anni, wenn sie in den Dünen Sanddorn sammelte oder im Garten hinter dem Schuppen bei den Bienenstöcken Verstecken spielte. Vom Morgengrauen im Osten bis zum Abendrot im Westen zeichnete Tante Klara einen großen Bogen über den Himmel. Hier verlief die Grenze. Dahinter wohnten Gott und die Engel – und darunter, viel bedeutsamer – Opa Derk.

Sie nannte ihn Öpping. Tatsächlich aber war er nicht ihr Großvater. Dachte sie später als erwachsene Frau an ihre frühe Kindheit zurück, fragte sie sich, ob es überhaupt eine Zeit vor Derk Steensen gegeben hatte. Es mussten die Jahre gewesen sein, als sie im Kinderwagen lag oder später, als sie die ersten Schritte an der Hand ihrer Mutter machte. Aber Anni entsann sich derer kaum. Es war das Haus, das ihr Bewusstsein erfüllte, und der alte Fischer. Steensen ging damals auf die Sechzig zu und seine Persönlichkeit war geistig und körperlich stark ausgeprägt. Der Pomorane von hagerem Körperbau trug einen hellblonden Backenbart und einen beharrlich eigenen Ausdruck im Gesicht, dessen blaues Augenpaar unter buschigen Brauen verborgen lag. Dieser Mann beherrschte Annis Welt, gehörte er doch zu den wenigen Menschen, bei denen sich Schwächen in Stärken verwandeln können. Rief sie sich erste Bilder in ihr Gedächtnis zurück, fiel ihr ein, wie jemand sie als Kind zu ihm emporhob, während er in sein Fischerboot kletterte.

»Allet kloor, lütt Anni?« Seine Stimme, ein tiefes Brummen, fühlte sie auf ihrem kleinen Körper wie den Wind, der ihr ein Jauchzen entlockte.

»Öpping!« Anni patschte ihm ins Gesicht.

Die weißen Kreidefelsen von Rügen zu sehen, das salzige Meer zu riechen, draußen zu sein, allein, ohne die Mutter – das schien jenseits aller Worte.

»Willst mit rutfahrn!« Es war eine Feststellung. Derk Steensen fragte nicht.

»Jaaa!«

»Nu, denn mol los!« Ihr Opa setzte sie auf die Bank. Anni umfasste mit ihren kleinen Händchen das harte Holz des alten Kahns. Sie legten ab. Mit einem Mal bewegte sich der Horizont in großen Wellen auf und nieder. Das Boot hüpfte wie ein Korken in der Flut. Die an einer Reihe von Haken aufgehängten Henkelbecher aus Emaille schaukelten hin und her.

Anni rutschte schmerzhaft gegen eine Querstrebe. Ihr Großvater hielt sie fest. Überall um sie herum taumelten die Sandbänke. Plötzlich, wie durch ein Wunder, ruhte die Kimmung, nur die Dünen mit ihren geduckten Häusern eilten an ihnen vorbei. Anni fand das Gleichgewicht wieder, und obwohl der Boden unter ihnen zitterte, konnte sie erneut atmen und sich umsehen.

»Dien erste Seefahrt ist die aufregendste, die du je beläven wirst«, brummte der Alte.

»Wo ist Bummi?« Anni wünschte sich ihren Plüschbären herbei. Sie fühlte einen Angstschrei und gleichzeitig ein seelenfrohes Kichern in ihrer Kehle.

»Die olle Landratte sitzt tohuus«, brummte Opa. Links huschten die wenigen Bäume vorbei, allesamt Windflüchter. Dahinter erstreckten sich Felder, die ihre Ähren wie Gliedmaßen dem Himmelblau entgegenstreckten. Die Sonne malte auf den Schiffsbohlen den hellen Mund einer Höhle, in deren Inneren eine Seenixe ihr blondes Langhaar kämmte.

Als Derk Steensen das Boot auf offener See anhielt, veränderte sich die vorübergleitende Landschaft in ein Stillleben.

»Gefällt dir die Fahrt?« Sein tiefes Lachen rann ihr den Rücken herab.

»Jaha!« Anni schlenkerte übermütig mit den Beinen. Ihre bisherigen Ausflüge hatte sie im Kinderwagen und später auf dem Roller unternommen, aber nie in einem Kahn auf der Ostsee. Der frische Wind, der am Meer stets gleichmäßig und stark weht, roch nach Algen und Freiheit und kitzelte sie in der Nase.

Hinter ihnen lag das Dutzend Fischerkaten des Dorfes, weiß getüncht und behaglich. Die rohrgedeckten Häuser wirkten anheimelnd. Sie erkannte die Kirche, das Pfarrhaus, den großen Schwanenstein unweit des Ufers im Meer. In der Ferne leuchtete das Kap Arkona. Derk Steensen ließ das Steuerrad los.

»Is ’ne feine Utsicht hier.« Mit unnötigen Tränen auf der Netzhaut folgte sein Blick der Küste. »Ick glööf nich’, dat es een schöneren Ort givt op Rügen.«

»Der schönste auf der Welt!«, krähte Anni mit der Begeisterung eines Kindes.

»Hm«, brummte er und zwinkerte seiner Enkelin zu. »Recht hett mien Deern.«

Auf dem Rückweg ließ er sie beide in herrlicher Einsamkeit auf den schwankenden Wellenbergen reiten und gab ihr das Steuer in die Hand.

»Nu, mien Lütt, wüllst uns na Huus fahrn?«

Natürlich wollte Anni sie nach Hause fahren. Triumphierend hielt sie das Ruder fest.

»Da is dien Modder!« Er deutete zum Strand.

Doch kein Applaus begrüßte sie am Ufer.

»Steig sofort aus dem Kutter, Anni!«, befahl ihre Mutter unbeeindruckt. Sie hatte das Anlegemanöver vom Fenster aus beobachtet und war hinunter zum Strand geeilt. »Ihr wart viel zu lange draußen! Ich muss dich umziehen und deine Sachen waschen. Du riechst wie ein Fischer.«

»Nu, mien Lütt, küm eis rut ut de Plünnen un treck di wat Dröges an!« In den Augen des Alten lag jene Reue, die sich durch liebenswerte Verschmitztheit besiegen lässt. Die Mutter schob Anni ins Haus. Dort zog sie ihr die Spielhose aus und entdeckte am Knie die blutige Schramme, die sich ihre Tochter bei der Schaukelei auf rauer See geholt hatte, als sie gegen die harte Bootswand gerutscht war.

»Derk Steensen!« Die Stimme von Annis Mutter war ein einziger Vorwurf. »Du bist leichtsinnig«, maßregelte sie den Alten.

»Hundertfuffzigprozentige!« Er duckte sich. Ihre Blicke konnten Hiebe sein.

»Das stimmt nicht, Steensen, das weißt du.« Inge Arndt war groß, manch einer nannte sie dürr. Ihr Äußeres und ihre Art hatten etwas Strenges. Und obwohl Inge nicht schön war mit ihren breiten Schultern, so schien es doch, als sprühten ihre leuchtenden Augen hinter dem schwarzen Brillengestell, ihr großer Mund, ihre Brüste und Hüften ein zornig forderndes Leben aus, einen kraftvollen, wenngleich töricht unbewussten Wunsch nach Freude und Zärtlichkeit, was einen Mann für sie einnehmen konnte. In jungen Jahren hatte sie sich in den Schiffer Hanns Arndt verliebt, ihn geheiratet und war ihm auf die Insel Rügen gefolgt. Trotz des Privilegs, an einer Pädagogischen Hochschule studiert zu haben, war aus Inge keine stromlinienförmige Sozialistin geworden. Ihr Mann stand dem DDR-Regime indessen kritisch gegenüber. Die ideologische Indoktrination durch Vorlesungen in Marxismus-Leninismus hatte bei Inge allerdings ein tief verankertes Bewusstsein für Pflicht und Disziplin hinterlassen.

»Vertell mi lever nix!« Der Fischer wollte sich lieber nichts erzählen lassen. Ratlos strich er sich durch den Bart. »Worüm hest nich' seggt, dat du di wehdeid hest, mien Deern?« Er zog Anni auf seine Knie und vor Sorge die Brauen zusammen. *Warum hatte sie ihm nicht gesagt, dass ihr Knie weh tat?*

»Ich wollte mit dir fischen fahren, Öpping!«, ereiferte sich die Kleine. »Und ich will wieder raus aufs Meer!«

Als er das hörte, leuchteten die Augen des alten Seebären. Ein heiseres Lachen entwich seiner Kehle. »Dat is mien Deern! Wüllst wedder in See, wat?«

Der Fischer nahm sie mit, wann immer die Ostsee und die Mutter es erlaubten. Und schon in diesem jungen Alter wusste Anni Arndt: *Das sind die glücklichen Tage meiner Kindheit.*

3. KAPITEL

Die Halbinsel Jasmund, Mitte der 1980er Jahre

Die Schaabe ist eine fast zwölf Kilometer lange Nehrung. Die Landzunge, an mancher Stelle sechshundert Meter, an anderer bis zu zweitausend Meter breit, liegt zwischen den Halbinseln Jasmund und Wittow. Für ihn war sie seine Heimat. Derk Steensen fuhr mit seinem siebzehn Meter langen Kutter mit den Jahren immer seltener um das Kap Arkona. Der Grund dafür war nicht etwa, dass er sich inzwischen zu alt fühlte. Wäre es nach ihm gegangen, hätte er dereinst in seinem Boot beim Einholen der Netze das Zeitliche gesegnet. Wie so viele andere seiner Kollegen arbeitete er für das Fischkombinat Sassnitz.

»Ick glööf, dat werd heut' wedder nix!« Steensen blickte in das Morgengrauen, was er heute wörtlich nahm, obwohl er als Fischer ein Liebhaber der Stunden vor Tau und Tag war. Sie standen zu zweit auf dem Kutter.

»Magst recht haben!« Hanko Langwisch knotete die Wurfleine zu einer Affenfaust. Er war als junger Decksmann für Hilfsleistungen und den Ausguck an Backbord zuständig.

»Mook klor Schiff, Hanko!«

»Aufklaren hat Zeit.«

»Nee, dat hett keen Tied!«

»Nu, denn!« Widerwillig schüttete Langwisch einen Eimer Wasser aufs Deck und griff nach Schrubber und Feudel.

»Schrubb ordentlich! Unsere *Tanja* muss glänzen, wenn wer zur Besichtigung kommt.«

»Im Kombinat sind Boot und Gerät unser Gemeineigentum. Willst nicht mit anpacken, Genosse?«

»Dat gehört mit dazu. Der Stärkere hilft dem Schwächeren.« Zufrieden zog Derk Steensen an seiner Pfeife. Funktionierte das Kollektiv, war die Flotillenfischerei eine feine Sache. Sechs bis acht Zubringertrawler arbeiteten im Verband mit einem Transporterschiff.

Seemöwen schwebten über dem Hafen. Sie kämpften mit starken Schwingen gegen den Wind, kreisten, stießen herab, stürzten sich auf einen Fisch, verfehlten ihn und stiegen erneut auf zu ihrem nicht endenden Schwebeflug. Dies taten sie bereits, als die Slawen vor langer Zeit ihre Hütten aus Lehm und Rohr hinter den Dünen gebaut hatten. Und das würden sie noch in ferner Zukunft tun. Auf ihren Erkundungsflügen entdeckten die scharfen Vogelaugen früher, was die Fischer nun schmerzhaft zu spüren bekamen.

»Uns Bodden sünd utfischt«, klagte Derk Steensen, »un de landnahe See ok!« Er paffte verdrießlich. Seine Gedanken waren so düster wie sein Gesicht. In den kleinen Buchten sah man an den Stränden verschlungene Reusen und trocknende Fischernetze, die, zwischen bizarren Weiden gespannt, im Wind wehten wie Trauerschleier.

»Wird Tied, dat de Verrückten kommen.«

»Verrückt, das sind sie! Haben alle was an der Schraube. Aber zahlen tun sie.« Hanko kratzte sich am Kopf. »Du hast sie am Hals. Irgendwie haben wir sie alle am Hals. Mit ihnen kannste nicht leben und ohne auch nicht.« Er dachte an die gute Thüringer Wurst.

»Manch eener von uns hat se verdammt nötig.«

»Erst seit die Industrie unsere Fischschwärme ortet, die Heringe weit draußen fängt und in den Werkhallen am Hafen verarbeitet. Das ist die neue Zeit: Kühlhäuser mit Gleisanschluss.« Hanko goss den nächsten Eimer Wasser aufs Deck und wischte hin und her.

»Als Fischer kannst dien Fang alleen nich' loswern. Minsch, wir saufen gleech ab! Nu weeß ick, wo du dien Nam herhast, Langwisch!«

»Was du alles weißt, Genosse!«

»Mook hinne, du Held der Arbeit, da kommt een Gast.«

»Tach!«

»Moin! Ümmer rop op'n Kudder, mien Herr!«

Der Feriengast trat zögernd näher. Neugierig wandte er sich an den Fischkopp mit der Pfeife und dem silbernen Anker am Ohr. Der sah schließlich aus, wie man sich im Erzgebirge einen typischen Vertreter dieser Zunft vorstellte.

»Seid ihr Fischer?«

»Dat kannst glööfen! Een Traktorist givt dat nicht op'n Kudder.« Derk Steensen rollte mit den Augen.

Der Besucher ließ sich nicht irritieren, beugte sich vor, nahm die Brille ab und las, was im Rahmen an der Wand hing: *»Befähigungszeugnis als Kapitän in Großer Hochseefischerei – B 6.«*

»Willst wat fragen?« Steensen musterte den Mann argwöhnisch.

»Sind Sie das?« Der Gast wies auf das eingerahmte Kapitänspatent, das die Deutsche Demokratische Republik einem verdienten Parteigenossen verliehen hatte.

»Nee, dor schiet ick op. Ick bin Retter. Dor heff ick Wind und Wellen im Jesichte.« Um aufzusteigen, hätte Steensen in die SED eintreten müssen. Das kam für ihn nicht infrage.

»Ähm, was fischen Sie denn?«

»Schiffbrüchige.« Steensen lachte. »Un Aale. Die heff wi heut' Morgen ut de See holt!« Er zeigte auf eine Kiste mit Heringen.

»Ähm, sind das nicht …«? Der Kurgast geriet ins Stottern.

»Seemannsgarn is dat, sonst nix!« Derk lachte laut. »Dat sind Heringe, Minsch, *Proletenforellen!*«

»Bin nicht plemplem!« Das Gesicht des Besuchers verfärbte sich dunkelrot. »Fahren Sie allein raus?«

»Manchmol, awer im Grunde lohnt dat nich' mehr.« Derk Steensen schüttelte den Kopf.

»Wir Fischer auf Rügen haben uns zusammengeschlossen.« Breitbeinig stand Hanko da. »Im Deutschen Reich gründeten sich die ersten Fischereigenossenschaften. Bis dahin haben wir unseren Fang in Sassnitz und Umgebung mit Schubkarre oder Pferdefuhrwerk vertrieben.«

»Mit der Schubkarre? Wie mühsam!«

»Die Städter holten sich den Fisch per Auto nach Stralsund.«

»Aha.«

»Fischerei ist Handarbeit«, erklärte Hanko Langwisch. »Wir Fischer sind Frühaufsteher. Wir fahren mit kleinen Fischerbooten zu unseren Reusen. Die stehen monatelang im Wasser, dort wo man gute Fänge erzielen kann. Wir nehmen sie auf, lösen die Schnüre und lassen die Heringe ins Boot.«

»Mit dem Ding?« Auf dem Foto waren die Reusen in einem langen Wehr aufgestellt und mit Seitenarmen ausgelegt.

»Dat is keen Ding, Minsch!«, schnauzte Steensen.

»Ist das eine Reuse?«

»Op'n Prick – genau richtig! Hier rin schwimmt der Fisch! Dor is sien Freiheit to End.« Steensen fuhr mit dem Finger an der Fanghülle entlang bis hinten zum Netzbeutel. »Hier hol ick em rut. Dat is sien Dood.« Der Besucher, der bis dato seinen Hering gedankenlos verspeist hatte, horchte beinahe ehrfürchtig den Worten des Fischers, wobei der Furcht mehr Gewicht zukam als der Ehre. *Seeleute sind Teufelskerle!*, dachte er. Mittlerweile fühlte sich der Thüringer wie ein Weichei.

»Fischerei ist eine harte Arbeit. Früher, als mein Großvater mit dem Fischen anfing, da gab's Schleppnetze, schwere Baumwoll- und Sisalnetze. Alles mit der Hand hochziehen, das ging ganz schön in die Muckis. Das is ja nu vorbei. Auf diesem Bild kannst du ein Stellnetz sehen. Das bauen wir auf, wenn wir nicht im unmittelbaren Küstenbereich fischen.« Hanko hielt ein altes Schwarz-Weiß-Foto hoch. Es zeigte eine rechteckige Netzwand. »Der Hering kommt, schwimmt in die Wand und wird gefangen. Er passt nur mit dem Kopf, nicht mit dem zu dicken Körper durch die Masche. Zurückschwimmen kann er nicht, weil er sich mit den Kiemen verhakt. Um den Fisch aus dem Netz zu kriegen, fassen wir jeden Hering an und schieben ihn durch die Maschen.«

»Harte Arbeit.«

»Joah! Das Durchschieben nennen wir Fischer »Puken«. Hast du eine vierstellige Zahl von Heringen herausgepukt, hast du abends die Schnauze voll.«

»Und am Feierabend gibt's Rum?«

»Nee! Aussetzen … hiev up … aussetzen … Fisch verarbeiten … Netze flicken … hiev up! Da macht ein schwerer Schädel keine Freude!« Hanko zwinkerte dem Gast zu.

»Danke schön!« Der Besucher hatte genug gehört. Er ließ eine leckere Rotwurst da.

»Schaut her, den habe ich am Strand gefunden!« Anni jumpte auf den Kutter. »Ein Hühnergott!« Stolz zeigte sie ihren Fund.

»Ich schenk ihn dir!« Anni drückte Hanko den durchlöcherten Stein in die Hand. »Bringt Glück!«

»Der hält die bösen Geister vom Federvieh fern«, bedankte sich Hanko.

»Nu kannst ja noch dickere Eier legen, Langwisch!« Steensen gingen die Aufschneidereien des Jüngeren bisweilen auf die Nerven. Nicht so Anni. Sie liebte es, der Unterhaltung zu lauschen.

»Habt ihr mitgekriegt, dass sie neue Wohnungen bauen?«, tat sich Hanko Langwisch sogleich wichtig. »Erich sagt: ›*Hier und nur hier hat der Sozialismus gesiegt.*‹«

»Darum givt et och hier und nur hier nischt to koofen«, raunzte Steensen. »Die Russen bauen Schiffe in kapitalistischen Reedereien, aber keene Wohnungen, Kolleje Langwisch!«

»Keine Ahnung hast du, Genosse! Die Pommern wollen raus aus den Seemannsheimen«, erwiderte der Jüngere. »Es hat sich rumgesprochen, dass wir in Sassnitz die Fischerei aufbauen. Da kommen viele Arbeitslose, um wieder in ihrem Beruf zu arbeiten.«

»Der Ostpreuße nimmt dir dien Fru weg!«, unkte Steensen, der nicht wirklich unter seinem Junggesellendasein litt.

»Für die Arbeitskräfte schaffen sie Wohnungen«, meinte Hanko, »und ich warte mit Helga seit Jahren auf eine größere.«

»Seggst dat als een Parteimitglied?«

»Ist das wichtig?« Hanko hielt sich bedeckt. »Wir haben doch immer einen guten Faden zusammen gesponnen, Genosse Steensen.«

»Auf jedem Schiff, dat schwimmt und schwabbelt, is eener drauf der dämlich sabbelt!« Derk Steensen schlug ihm auf die Schulter. »Hauptsache, der Smutje sorgt für unser leibliches Wohl!« Der Koch kam aus Insterburg. *Königsberger Klopse* und *Geschmorte Nierchen* versöhnten ungleiche Weltanschauungen.

»Steuerbord, Backbord, Mittschiffs, Prost!« Die Männer hoben ihre Bierflaschen und ließen sie aneinanderklingen.

»Auf unsere Freundschaft!« Sie lachten in ausgesprochener Einmütigkeit.

»Alle Werften sollen nun Schiffe konstruieren.«

»Wenn die Genossen noch mehr Schiffe bauen,« erklärte Steensen, »will ick de gesamte Ostsee befischen!« Er war wie viele andere Fischer mit seinem Siebzehn-Meter-Kutter nur im Küstenbereich tätig.

»Und wie willst du das anstellen, Genosse Steensen?«

»Ick geh op een Zuckerdamper!«

»Ha, das schaff erstmal!«

»Transportiert der Dampfer den Zucker aus Kuba?«, schaltete sich Anni ein, die plötzlich eine diffuse Furcht spürte, übersehen zu werden.

»Nee, Deern«, die Männer lachten, »die Zuckerdampfer sind vor über dreißig Jahren in Dienst gestellt worden.«

»Red' keen Stuss, Kollege! In den Fuffziger war dat«, unterbrach ihn Steensen.

»Meinetwegen, Genosse. Die Stahlkutter hat unsere Regierung von Schleswig-Holstein gekauft. Weil die DDR selbst keine Kutter bauen konnte. Es gab zehn Stück von den Dingern. Während des Zweiten Weltkrieges fuhren sie für die Küstenwache als Vorpostenboote, sogenannte *KFK, also Kriegsfischkutter*. Die hatten sogar eine kleine Flak.«

»Joah, op'n Prick!«, erinnerte sich Steensen mit glänzenden Augen. Die Beschreibung traf den Nagel auf den Kopf. Genau so war es gewesen.

»Die Schiffe sind mit geringem Aufwand zum Fischereifahrzeug umgebaut worden. Eine großartige Leistung des Staates der DDR«, lobte Hanko Langwisch.

»Waffenschiffe, och! Und warum heißen die Zuckerdampfer?« Anni war enttäuscht. Sie liebte es, beim Fernsehen Klebriges in sich hineinzustopfen, während Mutti lieber an der Mattscheibe klebte und die West-Stars fotografierte.

»Nu, die Regierung bezahlte die Kutter mit Zucker. Die Lieferungen gingen an einen Kaufmann in Schleswig-Holstein.«

»Ach so!«, Anni rümpfte die Nase.

»Jeder von uns Fischern weiß, was für ein Schiffstyp der *Zuckerdampfer* ist – und du jetzt ok, Deern.« Langwisch zwinkerte ihr zu.

»Wie ick op een Zuckerdamper kom, dat lat mien Sorge sin, Genosse. Ick segg di, et komt de Dag, dor werd de Demokratie grootschreven«, orakelte Derk Steensen. Demokratie zählte zu seinen Lieblingswörtern und entstammte dem sorgfältig ausgewählten Wortschatz, den er sich im Laufe seines Lebens angeeignet hatte.

Plötzlich gab das Funkgerät einen Alarmton von sich. »Notruf!«, rief Hanko Langwisch. »Wir müssen raus!«

»Passt auf euch auf!« In Annis Augen stand Angst.

»Ich habe ja nu den Hühnergott, Deern!« Der Glücksstein verschwand in Hankos Hosentasche.

4. KAPITEL

Die Männer stürmten vom Kutter, schnappten ihre Fahrräder und rollten zum Seenotkreuzer. Kaum waren sie auf dem Schiff, erhielt der Vormann das Signal zum Auslaufen.

»Werft die Leinen los!« Sicher lenkte er den in die Jahre gekommenen polnischen Kreuzer zum Hafenausgang. Dort lag die Zollstation. Zwei Stasi-Männer kamen an Bord. Einer kontrollierte die Gesichter: »Steensen, Langwisch …« Der andere durchsuchte das Schiff nach Republikflüchtlingen.

»Seefahrtsbücher vorzeigen!«

»Macht schneller oder habt ihr Klebstoff am Hintern? Da draußen säuft einer ab!«, versuchte der Vormann die Prozedur voranzutreiben.

»Was soll der Scheiß?« Der Grenzer trat gegen eine Verstrebung. »Im Meer verrecken lassen, müsste man die Schweine!« Er ließ sich noch mehr Zeit. Schneller machen war nicht. Die Kontrolle dauerte lange. Viel zu lange. Erst nach zwanzig Minuten verschwanden die Aufseher. Sie durften in See stechen.

»Hebel auf den Tisch!«, brüllte der Vormann, dem das Ganze stank. Bei voller Geschwindigkeit ging es hinaus auf die Ostsee. Draußen wartete ein Verunglückter auf Hilfe.

»Maschinen Stopp!«

In einem Holzkahn trieb ein junger Mann ohne Rettungsring und ohne Paddel inmitten der hohen Wellen. Er schrie nicht um Hilfe. Dazu war er zu schwach.

»Halt durch!« Derk Steensen warf dem Verzweifelten einen Rettungsring zu. Dann versuchte er ihn an Bord des Rettungskreuzers zu hieven. Starker Seegang, Wind, und die Panik des Schiffbrüchigen erschwerten die Bergung.

»Heb an!« Zu zweit hoben sie den Mann auf das nasse, rutschige und schwankende Deck.

»Schnell, auf die Trage!« Der Verunglückte zitterte. Er war stark unterkühlt.

»Hast Dussel gehabt, dass dich die ›wahren Retter‹ nicht an die Kandare gekriegt haben.« Die Grenzbrigade der NVA eskortierte Republikflüchtlinge mit Waffen. Es war nicht zu empfehlen, mit der Nationalen Volksarmee, den Streitkräften der Deutschen Demokratischen Republik, zu streiten.

»Mein lieber Schwan, schön blau. Das wird nix mehr!« Die Beine des Mannes waren dunkel und stark angeschwollen. »Die sind abgestorben.« Hanko hüllte den Flüchtling in eine warme Decke.

»Schnack nicht, Langwisch, das werden sie in der Klinik feststellen. Ab zum Hafen!«, rief der Vormann. »Wenn einer blöd genug ist, über die Ostsee zu flüchten, hat er Pech gehabt.«

»Staatsschutz gibt es überall«, bestätigte Hanko.

»Wie is' dien Name?«, fragte Derk Steensen mitleidig.

»Frieder Friedrichs.« Der Junge stöhnte.

»Wüllst rut, wat?«

Der Gerettete schwieg.

»Dat lässt sich nicht verheimlichen. Tut ma leid! Nu geit dat wol nach Bautzen.«

»Hier Kamerad, sauf, hast genügend Fische gefüttert.« Hanko Langwisch drückte dem jungen Mann einen Becher mit heißem Tee in die Hand.

An Land übergaben sie den armen Teufel der NVA. Sie wussten, dass er tagelange Verhöre über sich würde ergehen lassen müssen. Jedes Mal, wenn sie einen Flüchtling aus dem Wasser zogen, spürte Derk Steensen die Machtlosigkeit gegen das System. Im Gegensatz zu Ida glaubte er jedoch, dass eine Kraft, die dem Drang nach Freiheit entspringt, unaufhaltsam ist.

»Ick glööf dat nich' mit de Demokratie,« zweifelte Ida und sah ihn skeptisch an, als er am Abend von seinen Visionen sprach. »Wie soll dat gehn?« Sie schüttelte den Kopf. Es war naiv, zu glauben, die Grenzen ließen sich nach dreißig Jahren verändern. Gegen das sozialistische Regime war jeder Protest in der Bevölkerung letzten Endes machtlos. Aber man wusste nie. Manchmal hatte Derk Steensen das zweite Gesicht.

5. KAPITEL

Sassnitz, 9. November 1989

Anni Arndt besuchte die Polytechnische Oberschule. Ihr Schulalltag bestand aus Pausenbroten, Strebern, Löchern in den Jeans, Fahnenappell und dem Jugendradio *DT64*. Ihre Träume bestanden aus ›Mal weg von zu Hause‹ und ›Eis essen‹. Sie mochte die Songs von *City*. Die Texte hatten Bedeutung. Doch ehe es für Anni richtig ernst wurde, war alles vorbei. Der zweite Donnerstag im November 1989 veränderte ihr Leben.

Wie so oft stand Anni am Nachmittag mit ihrer Großmutter Ida auf der langen Mole und beobachtete die Einfahrt der kurzen, gedrungenen Logger in den Sassnitzer Hafen. Das Verfahren lief nach den genauen Plänen der VEB-Fabriken ab: Ankunft der Schiffe, Anlegen, Löschen der in Kästen sortierten Fische, Übergabe der Papiere an die Werktätigen, Verhandlungen über die Auslaufzeit, Scheuern der Decks. Die nach dem Ende des Zweiten Weltkrieges unter sowjetischer Besatzung entstandenen volkseigenen Betriebe hatten die Privatunternehmen enteignet und unterstanden als ökonomische Volkseigentum der Zentralverwaltungswirtschaft der DDR-Partei- und Staatsführung.

»Sie tuckern in, Ömming!«, rief Anni. Die Besatzungen gingen an Land, in ihren Netzen Dorsche, Heringe und Hechte. Die gab es nur an guten Tagen. Heute war ein guter Tag.

Irgendwo dudelte ein Radio *Ich mache sowieso, was ich will.* Feierabendtoll schwangen sich die jungen Seeleute auf ihre motorisierten Zweiräder.

»Iiieh, es stinkt nach Fisch!« Anni hielt sich die Nase zu. Seemöwenschwärme flogen kreischend ihre Runden über den Schiffsmasten. Nimmersatt und gefräßig stürzten sich die Vögel auf die Kübel, die bis oben mit abgeschlagenen Fischköpfen gefüllt waren. Wie Ratten der Lüfte rissen sie halbverschlungene Heringe aus klaffenden Fischmäulern, würgten sie hinunter und schrien.

»Ist ein Schietwetter, Deern! Der Wind hat sich gedreht.« Aus den Augenwinkeln bemerkte Ida einige Militärs. Im nahen Mukran hatte man einen Güterfährhafen mit direkter Fährverbindung ins litauische Klaipeda in Betrieb genommen. Nutznießer waren vor allem die in der DDR stationierten Soldaten der Roten Armee. Ihnen wurde nicht mehr der Landtransport durch das politisch instabile Polen befohlen. »Komm, lass uns nach Hause gehen!« Sie gingen heim. Beim Abendessen tat Ida ihre Meinung kund.

»Eigentlich ist es eine Verschwendung, die Fischköpfe von Möwen fressen zu lassen. Wenn man überlegt, was durch die fliegenden Räuber an Material vergeudet wird, wo es dem Aufbau des Sozialismus an jeder Ecke mangelt.« Sie füllte die Teller. Pragmatisch wie Ida war, kochte sie die Fischköpfe, die sie von den Fängen der Männer übrig behielt, zur Fischsuppe aus, um Versorgungsengpässe zu überwinden.

»Ida, du weißt Bescheid!« Hanns Arndt lachte auf. »Jetzt wird dem System wortwörtlich der Kopf abgehackt.«

»Hanns, bitte!«, rief Annis Mutter.

»Was willst du, Inge? Die sogenannte Planwirtschaft hat abgewirtschaftet.« Annis Vater hatte längst die Nase von ›diesem Staat‹ voll. »Wir sind am Ende. Die hauen alle ab, über Tschechien!«

»Unser Hausmeister sagt, dass im Osten die Luft sechzehnmal schlechter ist als in der Bundesrepublik«, Anni schlürfte die heiße Flüssigkeit in sich hinein. »Er meint, in unserer Aula riecht es entweder nach Kotze oder Wofasept. Sie kicherte. »Wir haben ihm zum Trost eine Dose Florena geschenkt!«

»Der säuerliche Mief kommt vom Tapetenkleister«, erklärte Hanns.

»Es stinkt, weil die BRD jährlich Hunderttausende Tonnen kapitalistischen Sondermüll bei uns ablädt«, schimpfte Inge.

»Als Belohnung kassieren wir Millionen Westmark. Ohne das Geld wären wir seit Langem pleite. Sie vergiften uns und halten uns gleichzeitig am Leben«, erwiderte Hanns.

»Awer nich' mehr lange, wetten?«, meinte Derk Steensen.

»Es müssen alle erfahren, dass das Grundwasser verseucht wird. Dafür kämpfen wir.« Inge strich sich über die Stirn. »In der Bewegung sagen sie, wir werden demnächst an eine Kläranlage angeschlossen«. Inge Arndt protestierte seit Kurzem gegen den staatlichen Raubbau an der Natur. Umweltschutz und Heimat waren wichtige Themen der Oppositionsbewegung.

»Träumen dürfen wir.«

»Die Suppe taugt nicht als Sättigungsbeilage«, maulte Hanns.

»Ich mag sie sowieso nicht.« Anni verzog das Gesicht und sah ihre Oma an.

»Dann esst den Pudding!«

»Vanille, Erdbeere, Nuss – schmeckt alles wie Teppichkleber«, kommentierte Hanns.

»Mach uns lieber rote Grütze, Ömming.« Anni leckte sich die Lippen.

»Räucherhering kannst äten, Deern. Rote Grütze givt et nich'. Ick hev een Glas ingelegte Gurken to'r Erfrischung.«

»Eingelegte Gurken zur Erfrischung? In dem Fall lieber Fassbrause!« Anni nahm einen Schluck von dem bonbonroten Prickelzeug.

»Eene goote Jenossin leevt Fischköpp!«, war Opas Kommentar, der deutlich machte, was er vom Kommunismus hielt.

»Morgen kommt eine Gruppe aus Stralsund und besichtigt das Denkmal«, erzählte Anni schlürfend.

»Iss ordentlich, Annerose!« Inge sah sie mahnend an.

»Die Suppe ist heiß, Mutti.«

»Zum Klassenausflug?«

»Hm.« Anni nickte.

»Schwenkt mol hübsch die Fähnchen!«, feixte Steensen. »Lenin-Denkmal, Lenin-Platz, Lenin-Straße, Lenin-Oberschule. Ick heeß ok bald Lenin.« Derk Steensen gehörte nicht zu denjenigen, die stolz darauf waren, einen kleinen Baustein zur Oktoberrevolution 1917 geliefert zu haben.

»Bis nachher!«, Hanns stand auf.

»Gehst du noch mal weg?«, fragte Inge. Anstelle einer Antwort öffnete ihr Mann die Tür.

»Versammlung«, brummte er. Die Tür klappte. Er hatte keine Lust auf die Geschichte, die Inge aufs Stichwort aufsagte.

»Im Ersten Weltkrieg befand sich Lenin im Schweizer Exil. In Geheimverhandlungen boten ihm die Deutschen die Rückkehr nach Russland an. Sie wollten den Zweifrontenkrieg beenden und hofften, dass Lenin daheim eine Revolution anzetteln würde. Lenin wollte Russland nicht mithilfe von Deutschland destabilisieren. Er ahnte, das würde ihm irgendwann auf die Füße fallen. Aus dem Grunde schuf man ein nicht hoheitliches Territorium: Man verplombte in der Schweiz einen Reichsbahnwaggon, zog einen Kreidestrich drumherum und erklärte das zu russischem Staatsgebiet.«

»Kreide hatten wir wahrlich genug!«, feixte Steensen.

»Dieser Waggon ist nach Sassnitz zur Fähre nach Trelleborg gebracht worden.«

»Von Schweden kann man nach Helsinki und von dort nach St. Petersburg fahren«, überlegte Anni.

»Op'n Prick, Deern.« Sie traf es auf den Punkt.

»Die Sassnitzer wussten nichts Genaues. Sicherheitshalber hatten sie für die Honoratioren inkognito im Bahnhof ein Empfangskomitee organisiert.«

»Sünd all Dösbüddel!«

»Lenin saß in seinem exterritorialen Staatsgebiet im Waggon fest. Eine Schülergruppe ehrte zwei deutsche Wachmänner mit Blasmusik, Tamtam und Fähnchen. Lenin fuhr am nächsten Tag nach Trelleborg, von dort nach St. Petersburg. Die Sache endete in der Oktoberrevolution. Vier Stunden Aufenthalt am Bahnhof Sassnitz, mehr ist es nicht gewesen«, schloss Inge.

»Un dorför mok se all Johr solch een Geschreev!« Steensen verabscheute das alljährliche Geschrei.

»Vadder, lass dat bloß nicht die Genossen hör'n!« Ida kippte eine *Wilde Sau.* Derk hatte den Likör mitgebracht, als er im letzten Winter mit kaputter Windschutzscheibe und einem Fass Heringe quer durchs Land bis runter nach Lauscha gefahren war. Dort besaßen sie Glas, jedoch keinen Seefisch oder Aal. Der Likör und die Thüringer Wurst schmeckten auch an der Ostsee. Man hielt zusammen.

»Pass op, dat dich nich' eener verpfeifen tut!«, unkte sie. Legte Derk Steensen los und wetterte gegen den Überwachungsapparat, befiel Ida schiere Angst. Kam Besuch aus dem Westen, verschlimmerte sich ihre Gefühlslage noch. Sie fing regelrecht an zu zittern, sobald sie mit dem Hausbuch die Gäste bei der VOPO anmelden musste. Hinter jeder Ecke lauerten die Spitzel der Volkspolizei. Die Nummer der Staatssicherheit stand im Telefonbuch. Anschwärzen ging per Anruf: *»Teilnehmer. Sie sprechen mit der Stasi. Hier ist der Offizier vom Dienst. Mit wem spreche ich?«* Macht erzeugt Ohnmacht.

»Di geiht dat bannig schetterig, wat? Musst di nich' opregen, Ziepeltrine!« Derk legte ihr die Hand auf den Unterarm. Er mochte es nicht, wenn sie sich aufregte und zitterte.

»Ick geb' di gliek Ziepeltrine!« Sie schüttelte ihn ab. »Is Tied, mok de Kiekschapp an, Deern!« Es war Zeit für die Nachrichten im Fernsehen.

»Awer nich' dat Gedröhn!«, befahl Steensen. Anni schaltete das Fernsehgerät ein.

»Die tagen pausenlos.« Anni hockte sich dicht vor die Mattscheibe. »Das ist eine Pressekonferenz.«

»Schabowski hett een Zettel inne Hand.« Derk Steensen hörte auf zu kauen. Aufmerksam verfolgte er das Geschehen auf dem Bildschirm.

»Hört euch dat an!«

»Allerdings ist heute, soviel ich weiß, eine Entscheidung getroffen worden. Und deshalb, äh, haben wir uns dazu entschlossen, heute, äh, eine Regelung zu treffen, die es jedem Bürger der DDR möglich macht, äh, über Grenzübergangspunkte der DDR, äh, auszureisen.« Anni guckte ihre Mutter Inge an. Inge guckte Derk an. Derk guckte Ida an.

»Wat hett he seggt?«

»Stell lauter, Deern!«

»Ab wann tritt das in Kraft?«, fragte ein Reporter im Fernsehen. Schabowski, sichtlich verwirrt, suchte die Antwort in seinen Notizen.

»Das tritt nach meiner Kenntnis … ist das sofort, unverzüglich.«

»Reisefreiheit!«, rief Inge.

Opa schluckte. Dann steckte er sich die Pfeife in den Mund. Inge, Ida und Anni starrten auf das Fernsehgerät und kreischten.

»Nee, dat givt et nich'!«

»Heißt das, wir dürfen rüber?«, juchzte Anni ungläubig.

»Joah!«

»Ick glööf dat nich'. Der hat sich versabbelt. Esst weiter!«, befahl Ida. Ihre Augen glänzten. Das Fenster stand offen. Von draußen hörten sie Gejohle. Es war ein warmer Abend. Sie löffelten die Suppe aus. Das DDR-Fernsehen informierte in der *Aktuellen Kamera* über die neuen Reiseregelungen. Nachbarn klopften aufgeregt an die Tür. Anni, Ida und Inge rannten hinaus auf die Straße. Eine Reihe von Zweitaktern setzte sich in Bewegung. Überall sah man winkende Hände.

»Die hauen ab, Mutti!«, rief Anni aufgeregt. »Die hauen echt ab!«

»Kommt ihr wieder?«

»Klar, nur gucken!«

»Wenn dat man got geiht … «, unkte Ida den nach Westen rollenden Trabis hinterher. Sie gingen zurück ins Haus.

»Wo bleibt nur Hanns?« Inge sah zur Wanduhr.

»Der is schon röwer!«

»Red keinen Unsinn, Öpping! Ohne uns? Das würde Vati niemals tun!«

»Der Opel Calibra ist eine Mördermaschine!« Hanns stürmte zur Tür herein.

»Dor kommt een Glücksritter«, Steensen schlug sich auf die Schenkel.

»Willst du mir meinen Traum vermiesen?«

»Schsch …!« Inge hielt mahnend den Zeigefinger vor die Lippen. »Vertragt euch! Die Freiheit ist ein seltener Gast.«

In dieser Nacht fiel die Mauer. Ein dahingestotterter Nebensatz hatte die Welt geöffnet. Richtig glauben konnten sie es nicht.

»Die Tore in der Mauer stehen weit offen.« Um 22.42 Uhr schuf ein Sprecher der *ARD-Tagesthemen* Fakten.

»Schnaps, hol den Schnaps rut, Ida!«, rief Opa Derk.

»Heute gibt es keinen Verschnitt!« Hanns köpfte die Flasche Asbach, die er seit Jahren wie einen Goldschatz im Wohnzimmerschrank versteckte. Er füllte die Gläser.

»Auf die Freiheit!« Sie fielen einander in die Arme, heulten und lachten.

»Op de Demokratie!«, jauchzte Derk Steensen.

»Ab heute dürfen wieder Ruderboote und Luftmatratzen am Strand liegen!«

»Wart ab, Anni! Es werden weniger Feriengäste nach Rügen kommen.«

»Meinst du?« Anni runzelte die Stirn und dachte an Jungs. »In der Schule haben sie uns immer weisgemacht, unsere Insel zählt zu den beliebtesten Reisezielen, seit 1956 der Freie Deutsche Gewerkschaftsbund das *Seeschloss* in Binz als erstes Ferienheim übernahm und im Anschluss viele andere Heime gebaut hat.«

»*Sigulda, Jurmala, Pomorze*!« Inge lachte. »Und wie sie alle heißen! Die Ferienschecks der Betriebe sind ausgegeben«, erklärte Inge, »aber die DDR ist wundgeschlagen, die Regierung am Ende, die Umwelt vergiftet. Trotz ihrer außergewöhnlichen Namen werden die Gewerkschaftsheime leer bleiben und die Pensionen auch.«

»Im Gegenteil! Der Bürgermeister sagt, ‚Das wird chaotisch. Der reine Horror. Er meint, wir werden überlaufen und müssen den Notstand ausrufen. Die kommen alle, um zu gucken.«

»Für einen Kurzausflug, klar. Binz als ›Arbeiterseebad‹? ist für die Westdeutschen für einen Urlaub nicht attraktiv. In naher Zukunft bestimmt. Aber jetzt können wir froh sein, wenn wir unsere Arbeit behalten.«

»Dann machen wir nach drüben!«, bestimmte Hanns Arndt.

»Ick kann et euch nich' vodenken«, gab Derk Steensen zu.

»Kommt mit Ömming und Öpping!«, bettelte Anni.

»Wohrhafdig nich'.« Der Alte schüttelte den Kopf. Er hatte die Siebzig überschritten.

»Warum nicht?«

»Wo anners künn ick nich' läven. De Fisch un de Immen, dat is min Läven.«

»Und du, Mutter?«

»Ick mücht woll giern. Awer ick bliev hier.« Ida und Derk sahen einander an. Ihr Blick war seltsam friedvoll gewesen.

Anni vergaß ihn nie.

6. KAPITEL

Mit jeder Seemeile über den Strelasund schaffte sie Abstand zwischen sich und dem Festland. Anni Arndt spürte, wie die Anspannung mit dem Quadrat der Entfernung abnahm. Erleichterung machte sich breit.

»Willst du dich auf Rügen niederlassen?« Minna Minschlich packte mit beiden Händen die Reling des Oberdecks. Ungefähr so, wie es ihre Wikinger-Vorfahren getan hatten, betrachtete sie mit finsterer Miene den Horizont. Die frische Brise zauste ihre grauen Locken um die Ohren und formte die perfekte Mischung zwischen Muschelköpfchen und Walküre.

»Ach, weißt du Minna, manchmal habe ich den Eindruck, dass ich vom Schicksal dazu bestimmt bin, Widerstände der extremen Art zu überwinden, um mich zu Entscheidungen durchzuringen. Ich glaube, genauso verhält es sich mit meiner Rückkehr auf die Insel«, erwiderte Anni. »Ich hatte nie vor, hierher zurückzukehren. Aber Nordlicht bleibt Nordlicht.« Eine Windböe wehte kalte Feuchte in ihren Nacken und ließ sie frösteln.

»Hört sich an, als sei das Ganze vertrackt.«

»Blitzmerkerin.« Anni strich sich eine Haarsträhne aus dem Gesicht.

»Es dauert nicht mehr lang, bis wir ankommen!« Minna zog den Atem ein. Sie war neugierig. Obwohl sie es nicht aussprach, bestimmte ihr Blick *»Erzähl endlich!«* Der nonverbale Appell wirkte. Von ihrer Selbstbeherrschung beeindruckt, brachte

Anni es nicht über sich, ihre alte Bekannte länger zappeln zu lassen.

»Ich glaube, liebe Minna, dich plagt Wissensdurst, man kann auch sagen die pure Neugier!«, kicherte Anni und kramte aus ihrem Rucksack einen eng bedruckten Briefbogen hervor. »Die Sache fing damit an, dass ich an einem eiskalten Nachmittag vor knapp zwei Monaten ein weißes Kuvert aus meinem Briefkasten fingerte.«

Ihr stand dieser Schicksalsmoment bis ins Detail vor Augen. Draußen hatte der Nachmittag gerade sein Licht aufgegeben und der Dunkelheit erlaubt, die Hässlichkeit der Stadt zuzudecken.

»Der Absender dieses Briefes«, Anni wedelte mit dem Papier vor Minnas Nase herum, »*Vorpommersche Erbenermittlung GbR,* weckte sofort meine Neugier und die Hoffnung auf ein besonderes Ereignis«, fuhr sie fort. »Ich war gespannt wie ein Flitzebogen. Das ist er. Ich lese ihn dir vor. Hör zu!«

»Sehr geehrte Frau Arndt, wir befassen uns mit Erbenermittlungen im In- und Ausland. In dem uns vorliegenden Fall werden die Erben gesucht, die mangels eines Testaments erben, weil in dem Falle die gesetzliche Erbfolge eingetreten ist. Wir betonen, dass es sich hierbei um einen nicht überschuldeten Nachlass handelt. Unter Berücksichtigung von Dauer, Umfang und Schwierigkeit der Ermittlungen beträgt unsere Vergütungsgebühr 33,33 % Ihrer Nettoerbschaft vor Abzug der Erbschaftssteuer zuzüglich der gesetzlichen Mehrwertsteuer.« Sie ließ das Schreiben auf ihren Schoß sinken. »Bla bla. Den Rest erspar ich dir.«

»Wie gut!«

»Sag' mir Minna, ist das ein Scherz? Nettoerbschaft? Gebühr? Brief und Siegel, hier sind Betrüger am Werk!«

»Dat klingt seltsam. Ehrlich, ick hab' man bloß die Hälfte verstanden«, kicherte Minna missbilligend.

»Dir geht es wie mir. *Weg mit dem Schrieb!*, dachte ich spontan und knüllte den 13. Februar zusammen – das Datum stand oben auf dem Briefbogen. Ich zielte auf den Papierkorb, aber das Wurfgeschoss verfehlte seinen Bestimmungsort. Seufzend hob ich das Flugobjekt vom Boden auf und staunte: Ein fett gedruckter Name sprang mir entgegen.

›…storbenen Erblassers Derk Steensen‹

Ich entknitterte die Papierkugel, glättete das Blatt und las den Text zu Ende.

›Wir haben Ihre Adresse in alten Dokumenten des verstorbenen Erblassers Derk Steensen gefunden.‹

Öpping! Das konnte nicht sein. Dieser Brief ergab keinen Sinn. Wie vom Blitz getroffen sah ich sein wettergegerbtes Gesicht vor mir. Ich wusste, dass er vor Jahren in einem Pflegeheim der Volkssolidarität am Schlaganfall gestorben war. Er hatte meine Eltern überlebt. Sie kamen bei einem tragischen Autounfall ums Leben.«

»Oh!«

»Ich war gezwungen, mich im Alter von neunzehn Jahren als Au-pair in England durchzuschlagen.«

»Wie furchtbar, du Arme!« Aus Minna sprach Mitleid. »Die gute Inge und ihr Hanns!«

Anni überhörte den Einwurf. »Zurück in Deutschland hab' ich angefangen, Geschichte zu studieren. Als ich meinen späteren Mann kennenlernte, gab ich ihm zuliebe das Studium auf. Er war Fotograf. Ich begleitete ihn auf seinen Reisen. Das ging nicht gut. Er verdiente das Geld, ich fühlte mich finanziell abhängig. Irgendwann passte mir das nicht mehr.«

»Versteh ich!«

»Ich wollte einen Beruf erlernen, um auf eigenen Füßen zu stehen. Er fand das überflüssig.« Sie lachte trocken. »Kurze Rede, ich wurde Historikerin und meine Ehe Geschichte.« Anni bemerkte, wie Minna den Mund verzog und fuhr mit ihrer Erzählung fort.

»Ich hatte Glück und ergatterte nach dem Examen eine befristete Stelle als wissenschaftliche Mitarbeiterin an der Universität in Leipzig. Die Befristung läuft nun aus. Mein Dienstposten wird nicht verlängert.«

»Unterstützt dich dein Verflossener?«

»Meinen Ex um Geld bitten? Danke schön, das ziehe ich nicht in Betracht. Die Zeiten von Ehekredit sind vorbei.«

»Stimmt!« Minna nickte. »Überleg es dir sorgfältig! Ich an deiner Stelle, würd'…«

»Martin besitzt nichts.« Anni winkte ab. »Zumindest erweckt er den Anschein. Ich brauche ihn nicht, jetzt wo ich erbe. An dem besagten Nachmittag habe ich das Schreiben gelesen, bis ich es auswendig konnte. Mir kam es vor, als hätte mir Opa Derk, ausgefuchst wie er zeit seines Lebens war, eine Botschaft aus dem Jenseits geschickt. Immerhin steht im Text ›*Sie haben uns keine Kostenvorschüsse zu entrichten.*‹«

»Kostenvorschüsse?«, erboste sich Minna, »was soll das? Wäre ja noch schöner!«

»Eben, wovon auch? Jedenfalls frage ich mich, ob mir Öpping tatsächlich ein Erbe hinterlässt? Soweit ich weiß, war er Zeit seines Lebens zwar nicht arm wie eine Kirchenmaus, jedoch auch kein vermögender Mann. Ich erinnere mich an seine Worte.« Anni schloss für einen Moment die Augen und hörte die tiefe Stimme Steensens: »*Mien Deern, die Plummen sind ramsch, awer en Feekfischer bin ick nich'. Derk Steensen is keen Hettnix nich'.*«

»Tja, waren die Pflaumen im Osten auch manchmal bitter, als Schilffischer oder Habenichts hat sich Derk Steensen nie bezeichnet.« Minna zuckte mit den Achseln. »Auch wenn die Fischer nicht reich waren, Häuser hatten sie fast alle.«

»Öpping nahm ab und zu Pensionsgäste auf. Im Februar 53 soll die Stasi den alten Fischerkaten mitten in der Nacht wegen vermeintlicher Wirtschaftsverbrechen beschlagnahmt haben.

Anschließend wurde das Haus zum Ferienheim umfunktioniert. *Aktion Rose* nannten sie das.«

»Ich entsinne mich. Das war eine Sauerei! Alles war nicht schlecht bei uns im Osten, aber das?«, schimpfte Minna. »Eine Enteignung durch den SED-Staat nenn' ich es, jawohl! Die brauchten Platz fürs Militär.«

»Angeblich hatte Derk Steensen gegen das *Gesetz zum Schutz des Volkseigentums und anderen gesellschaftlichen Eigentums* verstoßen, weil er eine Packung Westkaffee im Küchenschrank lagerte. Das erzählten die Eltern. Sie haben zeitlebens auf die Parteibonzen gewettert und boten Opa ein Zimmer bei uns an.« Annis Erinnerungen an ihre Kindheit auf Rügen waren Fragmente, zerklüftet wie die Insel selbst.

»Es ist seither viel passiert.«

»War nicht einfach für dich drüben, nach der Wende, was?«

»Die Leute im Westen, das sind die Anderen. Meine Jahre in der BRD, zuerst mit den Eltern und später als verheiratete Frau haben dieses Gefühl von Abstand nie auflösen können.«

»Nu biste zu Hause, Deern.«

»In meinem Brief heißt es, dass kein finanzielles Risiko für mich besteht. Die Erbenermittler vermuten, ich übertrage ihnen die Auseinandersetzung mit dem Nachlassgericht. Nachdem sie die Formalitäten geregelt haben, kriege ich mein Erbe.« Anni blickte die ihr vertraute Frau an. »Weißt du, Minna, mir wird abwechselnd heiß und kalt. Denkst du, der Staat will sich des maroden Kastens entledigen?«

»Kann sein.« Minna streckte ihr Lockenköpfchen vor.

»Huch!« Es ruckte. »Wat is dat? Is de oll Flunder kaputt?«

»Bitte nicht!«

»Von Stralsund nach Ollfähr, get'n Damper. Alle Og'nblick, is't intwei!«, leierte Minna den uralten Gassenhauer aus Stralsund. Ihre Sangeskünste ließen allerdings zu wünschen übrig.

»Ruf das Unglück nicht herbei!«

»Von't oll Ding, seggt he, is groot G'schrei!«

»Wie wahr! Hör mit dem Geschrei auf, Minna!«, lachte Anni gequält. »Wir sind da. Es ist uns nichts passiert.« Der Dampfer der *Weißen Flotte* hatte nach stürmischer Überfahrt endlich die Insel Rügen erreicht und legte in Altefähr an. Minna kam auf die Beine, nahm ihre Tasche und schlurfte zur Gangway. Anni schloss sich der Bekannten an. Ihr neues Leben hatte unsanft begonnen.

7. KAPITEL

Aufgeregt schwatzend drängelten sich die Passagiere vom Schiff. Am Anleger Altefähr glänzten tiefe Pfützen im hellen Licht – Spuren des Unwetters, das den kleinen Dampfer auf dem Strelasund ins Schaukeln gebracht hatte. Anni war durch die Überfahrt speiübel. Gemeinsam mit Minna legte sie gemächlich den Weg bis zum Bahnhof zurück.

»Entschuldige, das mit dem Geschrei hab' ich nicht so gemeint. Mir ist schlecht, weißt du.«

»Das wird gleich besser! Schaffst du die Strecke mit dem Koffer?«, fragte Minna.

»Das klappt, ist ein Rollkoffer.«

»Vertell mol, was passierte weiter?«

»Na ja, mir kam die Sache suspekt vor. Wie vor den Kopf geschlagen ließ ich mich in den nächstbesten Sessel sinken, legte den Schrieb auf den Wohnzimmertisch, nahm ihn hoch, las ihn, legte ihn hin, strich ihn glatt, las ihn erneut. Mir kam es vor, als müsste ich ihn anfassen, um seinen Inhalt zu begreifen. Ich bin schließlich keine Blutsverwandte von Derk Steensen.«

»Eben«, bestätigte Minna.

»Außerdem habe ich von Streitigkeiten vor Gericht seit meiner Scheidung bis ans Lebensende die Nase voll.«

»Das kann ich mir denken.«

»Ich glaube nicht daran, plötzlich eine reiche Erbin zu sein. Aber wer weiß? Vielleicht lenkt Opa mich aus dem Jenseits in eine neue Richtung?«

»So wat givt et!«, unkte Minna. »Hast dich fix entschieden, auf die Insel zurückzukehren?«

»Entschuldige, Minna, ich muss eine Kleinigkeit essen. Vielleicht beruhigt das meinen Magen.« Anni kramte in der Vortasche ihres Rucksacks und holte eine Packung bunter Macarons heraus.

»Willst du?«

»Nee, dat krümelt.« Minna schüttelte den Kopf.

»Egal. Wer nie seinen Keks im Gehen aß, weiß nicht, wie Krümel kleiden!« Anni biss in das staubtrockene Mandelgebäck, während sie auf die Bahnhofstraße abbogen. »Für mich die angenehmste Art, knusprig zu bleiben!«

»Dat is denn wohl für mich 'n büschen spät!«, seufzte Minna. Nach einer Weile erreichten sie die Haltestelle. Binnen zwei Minuten fuhr der Regionalexpress nach Sassnitz ein und kam mit kreischenden Bremsen zum Stehen. Die zwei Frauen warteten geduldig auf dem Bahnsteig, bis die Traube der Fahrgäste in den Waggons verschwunden war, und suchten sich eine ruhige Reihe in einem der Großraumabteile. Leidlich außer Atem, aber beglückt, als böte man ihr einen Diwan, sank Minna auf die schaumstoffüberzogene Hartschale und rieb sich ihr schmerzendes rechtes Schienbein.

»Gott sei Dank! Man wird nicht jünger.« Ihre Augen blitzten. »Komm, setz dich her!«, forderte sie Anni auf und klopfte mit der flachen Hand auf das durchgesessene blaue Polster neben sich.

»Momentchen, Minna, lass mich zuerst mein Gepäck verstauen.« Anni wuchtete ihren Rollkoffer in die Nebenreihe. Anschließend nahm sie gegenüber Minna Platz und beobachtete durch das Fenster das Kommen und Gehen vor dem Zug. Zischend schlossen sich die Türen. Nach einem schrillen Pfiff setzte sich die Bahn in Bewegung.

»Und?«, hakte Minna nach.

»Meinem Magen geht es besser.«

»Dat mien ick nich'.«

»Ach so«, Anni wandte sich ihr zu, »du meinst die Erbgeschichte.«

Minna nickte ungeduldig.

»Zunächst tat sich überhaupt nichts,« fuhr Anni fort. »Ich entschied mich, niemandem ein Sterbenswörtchen über die Angelegenheit zu verraten, nicht einmal meinen engsten Freunden. Weißt du, ich verspürte wenig Lust darauf, ausgelacht zu werden.«

»Versteh ick«, entgegnete Minna.

»Die Sache ließ mir jedoch keine Ruhe. Ich war nervös. Am fünften Nachmittag derselben Woche suchte ich einen Notar auf.«

»Wüsste nicht, wie ick an so een Minsch gerate«, kicherte Minna.

»Ich habe ihn mir aus dem Internet rausgesucht. Der Name klang vielversprechend.«

»Wie heißt er denn?«

»Claas Siegert. Doktor Claas Siegert.«

Minna pfiff anerkennend. Anni nickte.

»Nomen est omen«, bestätigte sie. »Geht es um einen Rechtsstreit, spielt alles eine Rolle.«

Anni sah wieder das große Bürogebäude der Ausfallstraße in Leipzig vor sich, in dessen dritter Etage die noble Kanzlei *Dr. Siegert et Collegae* ihre Räumlichkeiten hatte. Es hatte stark geregnet an dem Tag.

8. KAPITEL

Leipzig, vor einiger Zeit

Der Himmel schüttete Wasser über sie. Endlich im Gebäude sah sie, wie der Regen in schmalen Strichen gegen die Fensterscheiben schlug. Aus begreiflichen Gründen kam es Anni in den Sinn, nicht den Aufzug zu nutzen. Am Ziel einer ungewissen Reise über lange Treppen und helle Flure hatte sie die Regentropfen abgestreift und fand sich vor einer Tür mit dem Schild *Dr. Claas Siegert, Rechtsanwalt und Notar* wieder. Sie kämmte sich die Haare, kontrollierte ihre Kleidung und klingelte. Auf ein Summen öffnete sich die Tür. Die junge Mitarbeiterin hinter dem Empfangstresen blickte mit lustlosem Interesse von ihrem Laptop auf.

»Ja, bitte?«

»Ich möchte zu Herrn Doktor Siegert.«

»Haben Sie einen Termin?«

»Ich habe letzten Dienstag angerufen. Mein Name ist Annerose Arndt. Sie sagten, falls ich heute um siebzehn Uhr kommen könnte, hätte er Zeit.«

Anni sah auf die im Bildschirm an der Wand integrierte digitale Uhr. Sie zeigte 16:50.

»Im Moment telefoniert der Herr Doktor«, erklärte die Assistentin. »Bitte warten Sie hier einen Augenblick.« Sie fuhr mit dem Schreiben fort.

»Danke.« Anni setzte sich in eines der bequemen Lounge-Möbel, die im Vorraum standen. Ungeduldig sah sie, wie sich die digitale Fünfzig in eine Einundfünfzig verwandelte.

»Dauert es noch lange?«

»Das kann ich Ihnen nicht sagen.« Die junge Frau zuckte mit den Achseln und tippte ungerührt weiter.

»Hm.« Anni unterdrückte eine scharfe Antwort. Die Rechtsanwalts- und Notarfachangestellte konnte schließlich nichts für das Verhalten ihres Chefs. Das Leben besteht aus Warten. Warten ist beruhigend. Es ermöglicht Nachdenken. Anni malte sich aus, wie anders ihr Leben sein würde, an dem Tag, an dem sie unwiederbringlich die Tür hinter sich zugeschlagen haben würde. Um sich die Zeit zu vertreiben, blätterte sie in einem Businessmagazin, das ökonomisch Interessierten die globale Managementwelt zu offenbaren suchte. Unvermutet sprangen sie Hochglanzfotos einer Vorstandsvorsitzenden im roten Hosenanzug an, die sich darin gefiel, Wirtschaftsexpertise durch ihr mediales Erscheinungsbild und das Bündeln von Unternehmenssynergien unter Beweis stellen zu wollen.

Aus dem Nebenzimmer kamen Geräusche. Die Tür des Büros wurde geöffnet. Ein lesender Mensch, offensichtlich der Notar, erschien. Die Brille ins Haar geschoben, die Augen auf das Dokument in seinen Händen geheftet, tapste er zu seiner Angestellten und legte ihr das Schriftstück auf den Empfangstresen.

»Bitte machen Sie einen Gesprächstermin mit dem Kollegen Hanser. Die Formulierung des Antrages erfordert seine Anwesenheit.« Er drehte sich um. Auf seinem Rückmarsch blieb er unvermittelt stehen und starrte die Besucherin an.

»Sind wir verabredet?«

»Seit fünfzehn Minuten«, antwortete Anni. Ihre Blässe wich flackernder Röte. Er war älter als sie erwartet hatte und mittelgroß. Sein Gesicht lag, mit Ausnahme der geraden weißen Zähne, nicht im Trend: graue Augen, null Bart, volles, von hellen Strähnen durchzogenes Haar.

»Mein Name ist Arndt, guten Tag!« Sie lächelte. Er fand ihre Stimme angenehm, obwohl er glaubte, einen Anflug von Ärger zu vernehmen.

»Claas Siegert.«

Sein Händedruck war fest, sein Blick vertrauenswürdig. Und todlangweilig.

»Ich bin gleich für Sie da.«

Anni duldete, dass er seine Aufmerksamkeit erneut seiner Assistentin widmete.

»Also wie gesagt, machen Sie einen Termin! Die Angelegenheit erfordert eine zweite Meinung. Am besten Dienstag zum Mittagessen bei *Stern*. Bestellen Sie bitte einen Tisch.«

»Und wenn der Kollege keine Zeit hat?«

»Er wird sie sich nehmen. Hanser hat immer Hunger.« Claas Siegert zwinkerte Anni zu und ging voran in die Richtung, aus der er gekommen war.

»Bitte sehr.« Der Notar stieß die Tür auf und ließ seiner Mandantin den Vortritt.

»Danke.« Sie trat in sein Büro. *Krass!* Der Raum war tapeziert mit Büchern: gebundene Fachzeitschriften, Loseblattsammlungen, Gesetzestexte und Kommentare, wohin man blickte. Doktor Siegert besaß zweifelsfrei eine ausgesuchte Bibliothek.

»Nehmen Sie bitte Platz!« Er deutete auf die Besucherstühle vor seinem schweren Schreibtisch, welcher mit seiner Wuchtigkeit nicht zum Interieur der sonst modernen Räumlichkeit passte.

»Kaffee?« Auf einem Sideboard stand ein Espresso-Vollautomat mit Siebträger. Siegert stellte eine italienisch anmutende Keramik-Tasse unter den Auslass und drückte auf *Cappuccino*. Die Maschine stöhnte »Vai-al-diavolo!«, schickte ihren Besitzer aber nach dessen mahnendem Blick nicht zum Teufel, sondern bullerte sich artig durch den Barista-Workflow und stieß beim dampfenden Höhepunkt cremig weißen Milchschaum aus.

»Brava donna!«, lobte Claas Siegert. »Perfetto!« Er sah Anni fragend an.

»Für mich nicht! Kaffee macht mich nervös«, dankte sie. *Mamma mia!,* dachte sie.

»Lieber einen sprudelnden Quell?« Er deutete auf die Mineralwasserfläschchen, die er für seine Klientel bereithielt.

»Bitte schön, bedienen Sie sich!« Geradezu zärtlich stellte der Advokat den Cappuccino vor sich hin und nahm in seinem Schreibtischsessel Platz. Er betrachtete sein Heißgetränk mit vorwiegend sinnlichem, seine Mandantin mit vorwiegend professionellem Interesse. Anni öffnete eine kleine Flasche Wasser und griff nach einem Trinkglas. Sie beobachtete die silbern glänzenden Perlen, die an die Oberfläche stiegen.

»Um was geht es denn?« Doktor Siegert trank einen Schluck und setzte die Tasse zurück auf den Unterteller.

»Ich habe geerbt.« Sie nippte an ihrem Glas und sah ihn groß an.

»Na, das ist doch fein!« Er leckte sich den Milchschaum von den Lippen. *Mein Gott, hat die Frau grüne Augen! Eine Farbe wie …*

»Ich hätte so etwas kaum für möglich gehalten!« Ihre Stimme durchbrach seine Überlegungen.

»Ich auch nicht.«

»Wie bitte?«

»Entschuldigen Sie, ich wollte sagen, wer tut das schon? Das ist völlig normal.«

»In meinem Falle war es aber überhaupt nicht normal. Das konnte kein Mensch vorhersagen.«

Sie sah, dass seine Mundwinkel zuckten. »Belustigen Sie sich über mich?« Anni hasste es, belächelt zu werden. Zumal von einem Fremden. *Er war ein Wessi, einer der Anderen. Dieser Mann kam nicht aus dem Tal der Ahnungslosen. Das war klar wie Rügener Aalsuppe.*

»Tue ich das?«

»Das ist die Wahrheit.« Ihr Blick begegnete seinem mit naiver Kühnheit. Claas Siegert riss sich zusammen.

»Wahrheit ist nur in Beziehung zu haben. Sie braucht den Anderssehenden und Widerspruch. Es ist nicht meine Absicht, mich über meine Mandanten lustig zu machen.«

»Warum tun Sie es dann?«

»Wissen Sie, mit Vorhersagen ist das so eine Sache.« Er nahm den kleinen Löffel in die Hand und rührte das Cremeweiß ins Kaffeebraun. Sein Schweigen beunruhigte Anni.

»Meine Äußerung, dass das Erbe kein Mensch vorhersagen konnte, war nicht wortwörtlich gemeint. Ich merke, bei Ihnen muss man auf der Hut sein!« Annis Lachen klang angespannt. Da war das Misstrauen, das Fremde zwischen Ost und West. Selbst dreißig Jahre nach der Wende war er spürbar. Ein schwer zu definierender Abstand voneinander. Man musste aufpassen, dass er nicht zum Abgrund wurde.

»Sagen wir mal, um Prophezeiungen über das Leben zu treffen, müsste einerseits der Charakter eines Menschen und seine Reaktion auf Ereignisse in jeder Facette bekannt sein, und auf der anderen Seite all das, was auf der Welt geschieht und an eben diesen Menschen heranträte«, subsumierte der Notar seine Weltanschauung.

»Meinen Sie?«

»Ja, denn nur dann ließe sich vorhersagen, was der Person widerfährt oder was sie vollbringt.«

»Hm.« Anni überlegte angestrengt. »Klingt einleuchtend, trotzdem …«

»Ich habe in meiner Kanzlei schon viel gehört.«

»Mein Erbfall scheint jedoch, wie soll ich es beschreiben, ein wenig speziell zu sein. Wer weiß, ob da nicht etwas faul ist?« Sie reichte ihm den erhaltenen Brief über den Tisch. »Bitte, lesen Sie selbst!«

»Na dann,« er schubste seine Hornbrille vom Kopf auf den Nasenrücken, »gehen wir der Sache doch mal auf den Grund!« Der Jurist vertiefte sich in das Schreiben. Nach einer scheinbaren Unendlichkeit – in Wirklichkeit waren es weniger als zwei Minuten – blickte er auf.

»Das, liebe Frau Arndt, ist kein Scherz, sondern ein durchaus üblicher Fall. Erbenermittler werden eingesetzt, wenn der Erblasser keine Nachkommen in erster Linie hat und es schwierig ist, Verwandte ausfindig zu machen. Ich nehme an, Ihre Eltern leben nicht mehr?«

»Nein, sie sind verstorben.«

»Haben Sie Geschwister oder sonstige Verwandte, Tante, Onkel?«

»Weder noch.« Sie schluckte. »Ich bin allein auf dieser Welt. Bis vor einem Jahr habe ich im Ausland gelebt.«

»Verstehe. Sehen Sie, da haben wir den Grund, warum das Nachlassgericht professionelle Ermittler einschalten musste, um Sie zu finden!«

»Aber ich kapiere es nicht: Derk Steensen ist kein Verwandter von mir.«

»Wissen Sie das ganz sicher?« Der Jurist fixierte sie mit seinem Blick und zog die linke Augenbraue hoch.

»Mir ist nichts anderes bekannt.« Sie schluckte erneut. Ihr Mund war wie ausgetrocknet. Für Annerose Arndt hatte die Situation etwas Unwirkliches, so als ob sie alles, was jetzt geschah, schon einmal erlebt hatte. Sie sah ihr Gegenüber an und wusste genau, was gleich geschehen würde. Es wunderte sie nicht im Geringsten, dass es tatsächlich eintraf.

»Wie hoch ist die Erbschaft?«, hörte sie sich fragen.

»Welche Summe hätten Sie denn gern?« Seine Augen bemühten sich vergeblich, ein Lächeln zu verbergen.

»Lachen Sie mich aus?« Anni spürte, wie ihr das Blut zu Kopf stieg.

»Ganz und gar nicht, Frau Arndt. Verstehen Sie keinen Spaß?« Er verschränkte die Arme vor seiner Brust.

»Ich nehme ernst, was Sie sagen«, erwiderte Anni gereizt. »Oder bin ich hier in einer Fernsehshow gelandet? Gibt es in Ihren Räumlichkeiten eine versteckte Kamera?« Alarmiert sah sie sich um.

»Ihre Fantasie ist grenzenlos, meine Liebe! Nein, keine Sorge, so spreche ich mit all meinen ängstlichen Mandanten.«

»Schönen Dank! Sie meinen wohl, weil ich im Osten groß geworden bin, leide ich an den Spätfolgen einer Repression?« Anni funkelte ihn an.

Smaragd, dachte Siegert, erleichtert, dass es ihm einfiel. *Ihre Augen sind smaragdgrün.* Sein taumelnder Blick traf sich mit ihrem. Bereits in dieser Schönschrecksekunde ahnte er Folgenschweres. Er meisterte seine Emotion mit einem Räuspern.

»Ähm …«

»In der DDR haben wir Disziplin gelernt«, erläuterte sie.

Claas Siegert zuckte zusammen. »Waren Sie im Kader?« Fragend zog er die Augenbrauen hoch.

»Sport ist positiv für die Einheit von Körper und Geist. Dazu muss man kein Leistungssportler sein.« Annis Stimme klang gereizt. Sie war nah dran, einem Fluchtgedanken nachzugeben und erhob sich halb.

Sinnlos, dieser Versuch war sinnlos! Resigniert ließ sie sich zurück auf den Stuhl fallen. Es würde alles nur noch schlimmer machen.

Er runzelte die Stirn.

»Ich hatte gerade überlegt, ob es besser ist zu ge…« Sie ballte sekundenlang die Hände zu Fäusten. »Ach, nichts.« Gott sei Dank nahm der Notar keine Notiz von ihrem Gestammel. Er hatte sich wieder in das Papier versenkt.

»Den Nachlasswert kann ich Ihnen nicht nennen. Er wird in solch einem ersten Schreiben üblicherweise nicht genannt.« Er räusperte sich erneut. »Ähm, ich werde mich mit den Erbenermittlern, dem Nachlassverwalter und dem Amtsgericht Bergen ins Benehmen setzen. Warten wir ab, was die uns mitteilen. Es ist gut, dass Sie zu mir gekommen sind.«

»Entschuldigen Sie, daran habe ich gerade gezweifelt.« Sie presste ihre Lippen zusammen. Er schwieg.

»Glauben Sie nicht, ähm, dass Sie mich aus der Fassung bringen können. Dazu habe ich ein viel zu dickes Fell.« *Verflixt, irgendetwas kratzte ihn!* Er gönnte sich einen Schluck Cappuccino. »Die Erbenermittler sollen ruhig einen Anteil für ihre Recherchen erhalten, aber dreiunddreißig Prozent der Nettoerbschaft zu verlangen, erscheint mir unangemessen. Das ist eine böse Selbstbedienungsmentalität und grenzt an Betrug. Mir sind Fälle bekannt, wo fünfundzwanzig Prozent gefordert wurden. Die Halsabschneider lassen Ihnen sonst am Ende nichts übrig!«

»Stimmt.« Anni schluckte.

»Ich werde denen auf die Finger sehen.« Der Notar nahm das Diktiergerät in die Hand und diktierte mit Routine.

»Amtsgericht Bergen. In der Nachlassangelegenheit Derk Steensen wird um Sachstandsmitteilung gebeten, welche Erkenntnisse bezüglich der Erbmasse vorliegen.« Er stand auf.

»Ich melde mich bei Ihnen, sobald ich Näheres weiß. Hiervon mache ich mir rasch eine Kopie.«

»Danke.«

»Keine Ursache.« Der Notar ging hinaus. Anni atmete auf. *Der Mann besaß breite Schultern. Ein rechtschaffener Mensch. Wahrscheinlich aufrichtiger als manch einer auf dieser Welt. Claas Siegert schien so glaubwürdig wie Derk Steensen, der im Himmel war, und dennoch, was Anni in Verwirrung brachte, wieder zurück in ihrem Leben. Was würde* Öpping *über ihn sagen? ›Wüllst doch mit dem Advokaten keen Sünnunnergahn beläwen, Deern.‹* Da hatte er recht. *Einen Sonnenuntergang mit dem? Für dieses Kopfkino reichte ihre Fantasie bei aller Rechtschaffenheit nicht!* Sie lachte.

Claas Siegert kam zurück. Er war überrascht von ihrem Lachen. Es verändert sie.

»Fein, Sie freuen sich. Bitte sehr, Ihr Original.« Er drückte ihr das Schreiben in die Hand.

»Danke schön.« Anni steckte es ein.

»Wir kriegen das hin!« Claas Siegert reichte ihr die Hand. Das Gespräch war für ihn beendet.

»Tschüs!« Anni erhob sich. In ihrem Gehirn arbeitete es. *Liebenswürdig ist der Paragrafenreiter nicht. Vielleicht lohnte es sich umzusatteln auf einen seiner Kollegen?*

Claas Siegert begleitete seine Mandantin zur Tür.

»Sie hören von uns, auf Wiedersehen!« Seine Gehirnzellen widmeten sich bereits dem nächsten Fall. Anni nahm den Lift nach unten. Auf der riesigen Ausfallstraße rauschte der Autoverkehr.

»Erledigt!« Sie atmete aus. Der Regen hatte aufgehört. Aus heiterem Himmel wirkte die abgasdurchtränkte Luft belebend wie eine Ostseebrise.

9. KAPITEL

In der folgenden Zeit ging Anni wie gewohnt zur Arbeit. Sie erzählte niemandem von ihrer Erbschaft. Einige ihrer Kollegen wunderten sich. Mit ihren Gedanken war sie oft nicht bei der Sache.

»Du bist an der Reihe!« Ein freundlicher Arbeitskollege stupste sie sanft in den Rücken. Wie jeden Tag standen in der Mittagsstunde unzählige Studierende und Mitarbeitende an der Essenausgabe der Mensa der Universität Leipzig und warteten geduldig in Reihe, bis die Menschenschlange sich vorschob. Anni stand am Ende der Wartenden und rührte sich nicht vom Fleck. *Stets stehe ich an derselben Stelle. Da, wo der Gehweg enger wird.*

»Hier, nimm meins!« Er drückte ihr sein hellgraues Kunststofftablett in die Hand.

»Oh, sorry, ich habe gerade geträumt.«

»Das merke ich. Hast du Frühlingsgefühle?«

»Nein, ich war in Gedanken.« *Nachts auf der See erzählen sich Fischer Geschichten.* Anni lebte in einer Art Bewusstlosigkeit. Ihr Geist und ihre Sinne hielten sich derart verkapselt, dass sie sich nur noch den Ereignissen und Gedanken öffneten, die der Sache Rügen dienten. Sie wusste noch nicht mal, ob sie Fisch oder Fleisch zum Essen mochte, geschweige denn, ob sie ein vermeintliches Erbe antreten sollte. Das warme Büfett umfasste ein üppiges Angebot an kalten und warmen Speisen.

»Was darf's sein?« Der Schwarze hinter der Ausgabetheke sah sie abwartend an.

»Das Pangasiusfilet bitte.« *Es kommt nicht drauf an.* Sie nahm den heißen Teller entgegen, balancierte ihn wie in Trance zur Kasse. *Warum hatte sie nicht den Braten gewählt? Vater mochte ihn gern.* Öpping *nicht. Er liebte frisch gebratene Ostseeheringe.* Ihr war, als hätte sie sich für die Zeit nach dem Notar, wie sie diese Wochen insgeheim nannte, eine App vom Himmel heruntergeladen, die es ermöglichte, denen nahe zu sein, die bereits das Zeitliche gesegnet hatten. Stand sie im wirklichen Leben bei der Essenausgabe mit dem in heutiger Zeit gebührenden Abstand an, wartete sie in ihrer Erinnerung gemeinsam mit den Eltern Inge und Hanns vor der HO-Gaststätte *Gastmahl des Meeres*, bis sie einen der schlicht eingedeckten Tische zugewiesen bekamen. Vater hatte Geburtstag und lud die Familie zur Feier des Tages ein. Das *Ping* der Mensakasse – gehörte es nicht den Fahnenmastleinen der Segler? *In Wirklichkeit war es der Klingelton ihres Handys.* Anni tippte auf das Hörersymbol.

»Arndt. Hallo!«

»Kanzlei Siegert, Guten Tag, Frau Arndt. Es gibt Neuigkeiten in Ihrer Angelegenheit. Der Herr Doktor möchte Sie sprechen. Passt es Ihnen übermorgen Nachmittag um sechzehn Uhr?«

»Ich komme.«

Als sie dem Notar einige Tage später erneut gegenübersaß, verstand Anni nicht mehr, warum sie bei ihrem ersten Besuch derart skeptisch gewesen war.

»Endlich, Herr Doktor, ich hatte unseren Termin schon sehnlichst erwartet.«

»So?« Für den Bruchteil einer Sekunde drückte seine Mimik Freude aus. Claas Siegert maßregelte das Gefühl umgehend als unprofessionell.

»Ich komme bald um vor Neugier!«

»Nicht doch, Frau Arndt! Das ist, glaube ich, ein schrecklicher Tod.« Claas Siegert war nicht ohne Humor.

»Nehmen Sie bitte Platz!«, bot er an und deutete auf einen der ihr bereits vertrauten Lederstühle vor seinem Schreibtisch.

»Danke.« Anni hockte sich auf die vorderste Stuhlkante und sah sich selbst dabei zu, wie sie ihren Rücken durchdrückte. Ihre Finger trippelten über die Holzplatte des Tisches wie freigelassene junge Pferde. Innere Ruhe gehörte nicht zu Annis Stärken.

»Was ist denn bei Ihren Nachforschungen herausgekommen, Herr Doktor Siegert?« Neugierig beugte sie sich vor. Der Stuhl geriet ins Ungleichgewicht und fing an zu kippeln. Sie belegte ein paar Zentimeter mehr der Sitzfläche, um sich zu stabilisieren.

»Nun, es wird Sie wahrscheinlich überraschen. Was ich Ihnen jetzt sage, mag für Sie nicht ganz einfach zu verstehen sein.«

»Was heißt das? Spannen Sie mich nicht auf die Folter, Herr Doktor Siegert! Ich bin nervös.« Ihre Augenlider flatterten.

»Dann mach ich's kurz: Es handelt sich bei der Erbmasse in der Tat um einen Fischerkaten auf Rügen. Derk Steensen ist ihr leiblicher Großvater.«

»Wie bitte? Mein Großvater? Das glaube ich nicht. Aber das hieße ...«

»Dass Ihre Großmutter mit Derk Steensen ein Verhältnis hatte, ja.«

»In Wahrheit war Derk Steensen der Vater von Papa? Sie hat nie etwas davon erwähnt.

»Früher hat man solche Dinge totgeschwiegen.«

»Das ist unglaublich!«

»Es ist eine Tatsache.«

»Oma Ida hatte eine Affäre?« Sie überlegte. »Vielleicht passierte es, als ihr Mann im Kriegseinsatz war? Wenn ich darüber nachdenke … Papa hatte die gleichen blauen Augen wie Öpping.«

»Folglich ähneln Sie Ihrer Mutter.« *Reißleine! Was war mit ihm los?* Normalerweise vermied er persönliche Äußerungen wie diese.

»Haben Sie Beweise, dass Derk Steensen mein Opa war?«

»Es ist amtlich. Wir Juristen sprechen vom Amtsgericht.« Er lachte. »Im Ernst, das zuständige Nachlassgericht hat weder Zeit noch Lust, mit uns Scherze zu treiben. Die Erbenermittler haben in Derk Steensens Nachlass Briefe gefunden, die das einwandfrei belegen. Die örtlichen Standesamtsregister beweisen es zusätzlich.«

»Und Sie wagen zu behaupten, dass ich kein Anrecht auf Neugier habe?« Sie blitzte ihn an. Seine Überlegenheit in Verbindung mit seinem gönnerhaften Benehmen irritierten sie. Sie zwang sich zur Ruhe.

»Ich verstehe Ihre Erregung, Frau Arndt!«

»Wie gut, dass sich endlich jemand erbarmt, mir Beherrschung beizubringen«, konterte sie.

»Wer sich beherrscht, hat Erfolg. Es gibt immer Gewinner und Verlierer. Ich habe die Absicht, in jedem Fall mit meinen Partnern der Sieger zu sein«, sagte er bestimmt.

»Logisch, bei dem Nachnamen.«

»Gefällt er Ihnen?« Gegen jede Vernunft freute er sich. »Ach, wissen Sie, Frau Arndt, Namen sind Schall und Rauch.«

»Finde ich nicht. Mein Namensvetter Moritz Arndt, zum

Beispiel, war ein bekannter Rüganer«, widersprach sie. »Darf ich die Briefe lesen?«

»Ich habe das Nachlassgericht um Einsicht gebeten.«

»Meine Güte, was mache ich, wenn auf dem Haus Schulden lasten oder es inzwischen eine Bauruine ist? Ich war jahrzehntelang nicht dort!«, rief sie unsicher. »Soll ich das Erbe überhaupt antreten?«

»Nana, nur nicht ängstlich! Bei diesen furchtsamen Überlegungen kommen Sie am Ende gar nicht dazu, sich zu freuen!«, lächelte der Jurist. »Ich werde beim Amtsgericht einen Auszug aus dem Grundbuch anfordern. Dann wissen wir, ob das Objekt mit einer Hypothek belastet ist.«

»Sie haben leicht reden! Aber, es stimmt. Zur Freude komme ich bei all meinen Befürchtungen kaum.«

»Völlig unrecht haben Sie in der Tat nicht«, gab er zu. »Der Anteil älterer Menschen ohne Angehörige steigt. Wegen des demografischen Wandels erbt der Staat immer mehr sanierungsbedürftige Wohnhäuser, die keiner will. Fiskalerbschaften bedeuten Verwaltungsaufwand und wenig Einnahmen.«

»Sie sagen, Derk Steensen ist mein leiblicher Großvater. Heißt das, ich habe eventuell noch mir unbekannte Angehörige?« Eine vage Hoffnung keimte in Anni auf, vielleicht doch nicht mutterseelenallein auf dieser Welt zu wandeln.

»Soweit bekannt ist, gibt es keine weiteren Verwandten. Derk Steensen war weder verheiratet noch hatte er Geschwister, Cousinen oder Cousins. Falls Sie es wünschen, kann ich einen offiziellen Stammbaum bei den Erbenermittlern anfragen.«

»Die Sache überfordert mich.« Sie blickte ihn hilflos an.

»Bangemachen gilt nicht.«

»Was weiß ein Jurist über Angst, Herr Doktor Siegert?«

»Als Rechtsbeistand ist es tatsächlich wichtig, immun zu sein gegen potenziell lebenszerstörende Ängste. Ich lasse sie an mir abperlen wie die Lotusblüte einen schädlichen Virus.«

»Echt?« Ihr Gesichtsausdruck zeigte Zweifel. Claas Siegert wirkte auf Anni nicht gerade wie eine Lotusblüte. Er war mindestens anderthalb Jahrzehnte älter als sie.

»Lassen Sie mich Ihnen helfen!« Er legte die Hand auf den Tisch. *Was war das?* Rasch zog er seine Finger zurück.

»Vielleicht können Sie es wirklich.« Sie zögerte.

»Im Laufe meines Berufslebens habe ich Erfahrungen gesammelt.«

»Was soll ich Ihrer Meinung nach am besten tun?«, unterbrach sie ihn ungeduldig. Er ließ sich nicht unterbrechen.

»Wir machen uns achtundneunzig Prozent unserer Ängste sinnlos. Man muss unterscheiden, was man an sich heranlässt oder besser konsequent abblockt. Abstand heißt das Zauberwort.«

»Was soll ich tun?«

»Was Sie tun sollen? Nachdenken.«

»Sie halten mich für kopflos?«

»Das klingt ein wenig hart«, stellte er fest.

»Jetzt verstehe ich überhaupt nichts mehr.«

»Ich versuche Ihnen klarzumachen, dass Sie keinen Grund haben, vorschnell eine Lösung zu finden. Eile ist die total falsche Taktik.«

»Ich wusste nicht, dass ich eine Taktik brauche, um zu erben.«

Er blieb unbeeindruckt.

»Begreifen Sie nicht, dass ich Ihnen helfen will? Ich betrachte mich als Ihr, sagen wir Coach, wobei ich diese Bezeichnung nicht sonderlich liebe. ›Richtungsweiser‹ passt besser zum Sprachschatz der Jurisprudenz. Aus Erfahrung weiß ich, dass die vermeintlich selbst gefundene Lösung bei Rechtsproblemen mit Abstand oft die überzeugendste ist.«

»Ich meine nur, möglicherweise sind unerfüllbare Bedingungen an das Erbe geknüpft?«, ließ Anni mit ihren Befürchtungen nicht locker.

»Schon wieder«, konstatierte er.

»Entschuldigen Sie«, bat sie mit Überwindung. »Meinen Sie, es wäre besser, einer Ihrer Kollegen übernähme den Fall?«

Er schüttelte den Kopf. »Es geht hier nicht um mich, es geht um Sie, liebe Frau Arndt.« Der Jurist blätterte in der Akte. »Die Bedingungen sind in diesem Schreiben angegeben. Sie erscheinen mir nicht unerfüllbar.« Über den Brillenrand hinweg verlor er sich fünf Sekunden lang in ihren grünen Augen und registrierte, dass sich sein Herzschlag beschleunigte. Anni begann unmerklich zu zittern. Claas Siegert bemerkte ihre Reaktion, war aber erfahren genug, es sich weder anmerken zu lassen noch einen Kommentar abzugeben.

»Wir wollen zunächst abwarten«, meinte er endlich.

»Das heißt, wir tun NICHTS?« Mit großen Pupillen staunte sie ihn an.

»Was würde passieren, wenn wir, ähem …, nichts tun?« *Das verflixte Räuspern ging wieder los. Ihr Parfum – es roch nach Patchouli. Man sollte dem Hersteller die Lizenz entziehen!*

»Keine Ahnung.«

»Würde Ihre Lage besser oder schlimmer werden, oder bleiben, wie sie ist?«, half er ihr auf die Sprünge.

»Ich weiß es nicht. Was ich weiß ist, ich habe Sie nicht aufgesucht, um NICHTS zu tun.«

»Ist man bei einer Entscheidung unschlüssig, liebe Frau Arndt, soll man es lassen.«

»Hm …« Sie zögerte, ihre Gedanken rotierten. Claas Siegert unterdrückte ein Seufzen und holte sein letztes Ass aus dem Ärmel.

»Sehen Sie, vielleicht hilft Ihnen beim Entscheidungsprozess die Sicht meines Amtskollegen Herrn von Goethe.« Er war stolz darauf, demselben Berufsstand anzugehören wie ehedem Johann Wolfgang. »Es gibt in der Welt nicht nur ein Entweder-oder. Die menschlichen Handlungsweisen schattieren sich so mannigfaltig wie die Abstufungen zwischen einer Habichts- und einer Stumpfnase.«

»Wie bitte? Ich habe keine Stumpfnase!«, protestierte Anni. Prüfend fuhr sie mit dem Mittelfinger über ihren Nasenrücken. In ihrem Kopf schwirrten die Gedanken wie irre Vögel umher.

Er lachte laut auf. »Das habe ich nie behauptet. Was ich meinte, war, dass es bei einem Dilemma nicht nur ein *Soll-ich oder Soll-ich-nicht?* gibt. Darüber hinaus gibt es ein *Sowohl-als-auch* oder ein *Keins-von-beiden* oder ein *All-das-nicht*. Aber um diese fünf Alternativen abzuschätzen, benötigt man Information.« Dass auch klares Denkvermögen von Vorteil sein mochte, behielt er für sich. Bei ihm selbst war es momentan nicht weit her damit.

»Ähm …, klar!« Zeit, sich zu verabschieden. Anni erhob sich. »Dann erst einmal Danke.«

»Keine Ursache. Wir melden uns.«

»Tschüs.« Anni wendete sich ab. *War sie etwa unhöflich? Andererseits, das Händeschütteln, ein jahrhundertealtes Ritual, quasi ein Bestandteil der deutschen Leitkultur, war aus Hygienegründen seit einiger Zeit verpönt.* Bevor sie verschwand, drehte sie sich vorsichtshalber noch einmal nach ihm um, lächelte ihm sanft zu und winkte.

»Ich wünsche Ihnen, ähm, das Beste!«, krächzte Siegert. Die Tür schloss sich. *Du lieber Himmel! Eine Geste, ein Lächeln und jahrelange sexuelle Mäßigkeit waren beendet.* Claas Siegert stand auf, öffnete das Fenster und holte tief Luft. *Diese Frau raubte ihm den Atem!* Er fühlte schon den Stachel des unvermeidlichen, sinnlichen Gedankens an sie. Aus der Causa Annerose Arndt war plötzlich ein Fall geworden, der möglichst rasch gelöst werden musste.

10. KAPITEL

Auf Rügen, heute

»Sonnenschein in Strömen!«

Während Anni und Minna aus dem Fenster schauten, näherte sich der Regionalexpress der Hafenstadt Sassnitz.

»Das ist typisches Inselwetter.«

»Stimmt.« Der Zug ratterte die Gleise entlang. Anni sah Minna an. »Was sagst du zu meinen Besuchen beim Notar?«

»Ist ein vernünftiger Mensch, aber ich möchte nicht in deiner Haut stecken«, kicherte Minna und schlenkerte ihre kurzen krummen Beinchen. »Is keen Zuckerschlecken!«

»Ich sag' dir, Minna, *lustig geht anders.«* Die Wärme vertrieb das Prickeln aus der klaren Luft. Schüchterne Strahlen erzählten von den Wonnen kommender Sommertage. Draußen zog die Landschaft des Jasmunder Boddens vorbei. Über der Bucht kreisten Seeschwalben. Ihr Schwingen und Gleiten wurde einem Luftballett ähnlich. Das weiße Schlösschen in Lietzow leuchtete vor tiefblauem Himmel. Die Bahn fuhr so dicht am Ostseeufer entlang, dass die Reisenden den Eindruck bekamen, als kröchen die kleinen Ostseewellen ins Gleisbett, um sich auszuruhen.

Der Nahverkehrszug hielt in Lancken. Einige Arbeiter vom Kreidewerk Klementelvitz stiegen aus. Ein Pärchen, offensichtlich Feriengäste, schob sich durch die Reihen und ließ sich vier Reihen hinter Minna und Anni nieder.

»Du sagst es.«

»Was wirst du tun?«, forschte die Ältere nach.

»Zunächst bin ich, wie du siehst, auf Rügen gelandet.« Anni nahm einen tiefen Atemzug. »Alles Weitere findet sich.«

»Also bist du fest entschlossen, auf Rügen zu bleiben?« Minna rutschte auf ihrem Sitz hin und her. Anni sah auf.

»Im Grunde ja. Ich will es schaffen.«

»Bravo!« Minna klatschte in die Hände. »Ich wünsche dir, dass du ehrliche Freunde findest.«

»Danke. Ich vermute zwar, der Notar meint es ehrlich, doch in meinen Ohren klingen seine guten Wünsche ironisch.«

»Vielleicht bist du zu empfindlich, Deern? Sieh her, wir sind in Sassnitz angelangt. Die fünfundvierzig Minuten sind wie im Fluge vergangen.«

Die beiden Frauen stiegen aus dem Zug, durchquerten den kleinen Sassnitzer Bahnhof und gingen durch den Ausgang nach draußen.

»Aha!« Anni ließ ihren Blick schweifen. Sie standen auf der Bahnhofstreppe. Stellenweise gab es ihn noch, den bröckelnden Putz in Grauocker. Der Altbau auf der rechten Straßenseite rief »DDR«.

»Es hat sich eine Menge getan, nicht wahr?«, fragte Minna stolz.

»Das Kopfsteinpflaster ist verschwunden.«

»Wir haben tausend Baustellen, dreitausend Arbeitslose und drei Millionen Gäste. Seit Jahren war ich im Sommer nicht im wundervollen Binz. Das Gedränge tu ich mir nicht an!«

»Oh!«

»Aber die Schöne dort hinten, die strahlt, auch wenn sie es heutzutage schwerer hat mit uns Menschen.« Minna wies mit dem Zeigefinger ans Ende der schnurgeraden Hauptstraße. Am Horizont glitzerte die blaue Ostsee.

»Herrlich!« Die Sonne übergoss die Insel mit hellem Licht.

»Wir haben in Sassnitz eine Hängebrücke für Fußgänger, den Balkon zum Meer! Du musst mich besuchen kommen, Deern, in Vilmnitz.«

»Das werde ich!« Die beiden Frauen verabschiedeten sich voneinander. Anni ging zum Sassnitzer Rathaus. Der Jugendstilbau an der Hauptstraße, 1910 ursprünglich als Warmbad und

Gemeindehaus entworfen, war nach umfassenden Sanierungen der Sitz der Stadtverwaltung.

»Bitte sehr, der ist für Sie, Frau Arndt!« Die Beamtin im Bürgeramt händigte Anni den Haustürschlüssel aus.

»Mast- und Schotbruch!« Ein vielsagender Blick und eine kühle Hand begleiteten den Wunsch. Es lag Belustigung im Gesicht der Frau, wie es oft der Fall ist bei lebenserfahrenen Menschen, die über verträumte Idylle erhaben sind.

»Herzlichen Dank!« Das Metall war an einer Stelle angerostet. Anni steckte den Schlüssel in ihre Tasche und machte sich auf den Weg zum Busbahnhof, um die Strecke zum Haus am Hochuferweg nicht zu Fuß zurücklegen zu müssen. Mit dem Rollkoffer war der Weg zu weit.

»Hallo, eine Fahrkarte bitte!« Anni kramte ihr Portemonnaie aus dem Rucksack.

»Tachchen, junge Frau!«

Ein Berliner! Der Dialekt kitzelte in Annis Ohren.

»Tagesticket?«

»Nö, einfache Fahrt! Ich weiß nicht, ob ich überhaupt zurückfahre. Es kann sein, dass ich mich hier niederlasse.«

»Den Jackpot geknackt?«

»Mindestens.«

»Ick weeß Bescheid. Glück im Spiel …« Der Busfahrer war zu gut erzogen, um Fragen zu stellen. »Ein kluger Schachzug, die öffentlichen Verkehrsmittel zu nutzen! Dit is' jut für die Insel.«

»Ich habe das Busfahren schon als Kind geliebt.«

»Brav!«

»Wissen Sie, ich bin hier geboren«, erzählte Anni. Während sie sich auf einen der vorderen Sitzplätze fallen ließ, nahm sie sich vor, im neuen Lebensabschnitt die Floskel ›Wissen Sie‹ loszuwerden. Bis auf ein paar Schüler in der hintersten Reihe war der Bus leer.

»Mir muss niemand nüscht erzählen, junge Frau. Als Busfahrer komm' Se in der Welt herum: von Russland bis Portugal, von Norwegen bis Marokko. Ick wunder' mir über jarnüscht mehr.« Er blickte in den Rückspiegel.

»Aha.« Ihre Antwort klang nach gleichgültigem Interesse.

»Ick kenn' allet.« Er setzte den Blinker. »Ick könnte Ihnen Jeschichten erzählen … Aber irgendwann is' jut, dann reicht's! Bei mir hat's im richtigen Augenblick jeknallt.«

»Oh!«

»Nich' uffe Straße!« Er lachte. »Dit wär' für een Berufsfahrer nich' jünstig, wa? Nee, inne Liebe hat's jeknallt, und zwar ordentlich!«

»Oho!«

»Ausgerechnet eine Rüganerin. Mir war janz blümerant, wa! Harry, hab' ick ma jesagt, dit nutzt nüscht. Die Frau is' een Sechser im Lotto. Tauschste Hauptstadt jegen Hauptjewinn!« Wieder ertönte sein Lachen. »Liebe, dit is' die Hauptsache.«

»Hört sich an, als seien Sie ein Häuptling!« Der Mann machte ihr Spaß.

»Bei meener Haarpracht?« Er strich sich über die Glatze. »Wat willste machen? Keene Haare uff'm Kopp, dafür 'n Kamm inner Tasche!«

»Und die Liebe.« In ihren Augen lag ein belustigtes Lächeln.

»Dit mit der Liebe is' nüscht zum Lachen, junge Frau.«

»Wem sagen Sie das?«, seufzte Anni. »Kann ein Lied davon singen.«

»Die Liebe is' een Feuerzeug, dit Herz dit is' een Zunder. Fällt een Funken rin, brennt der janze Plunder.«

Anni kicherte. Seine Geschichten lenkten sie ab.

»Wat die Mönchguter betrifft, kann ick nüscht Schlechtet sajen. Dit sind echte Kerle, groß und breitschultrig!« Er bog nach links ab. »Und fromm.« Er lachte. »Arbeiten und feiern können die Mönchguter besonders jut. Wenn Se da mal eenen treffen, immer ran an die Buletten!«

Sie verließen Sassnitz. Ein Junge fuhr mit dem Rad bei Rot über die Kreuzung.

»Na, wirste dir wohl anständig benehmen, du Flitzpiepe?« Der Busfahrer trat auf die Bremse. »Gerade noch rechtzeitig!« Der Kleine guckte erschrocken. »Da kiekste, Kleener, wa?« Der Fahrer blickte in den Rückspiegel »Nüscht für unjut, junge Frau. Bei uns is' der Deubel los. Von morjens bis abends. Dit jeht uff keene Hutkrempe, wa! Überall Baustellen. Baustellen und Wendeschleifen. Janz großet Kino.« Er bemerkte ein neues Umleitungsschild. »Wat'n ditte? Tut ma schrecklich leid, wa, aber wir müssen een Umweg fahren.«

»Ich frage mich, wozu so viele Autos auf der Insel notwendig sind. Wollen die Urlauber auf Rügen nicht ein paar Tage ihrer Bewegung und Erholung widmen?«

»Für die meisten Touristen is' dit Auto wichtiger als die Mütze.«

Anni beobachtete, wie der Busfahrer das große Lenkrad nach rechts einschlug. Sie durchquerten eine Gegend, wo seit Jahrhunderten die Werkstätte der Natur Buchen in Alleen geordnet hatte. Pensionen in idyllischen Dörfern luden durch Schilder im Fenster mit Aufschriften wie *WiFi-frei* mikroelektronisch verstrahlte Großstädter zum Leben ein. Vorsätzlich frugal, wie es sich für das Zeitalter der künstlichen Intelligenz gehört, waren diese Quartiere eingerichtet und priesen ihr Funkloch als Digital Detox und Wellness.

»Wendeschleife Schule. Nächster Halt Abzweig Königsstuhl!«, klang es aus der automatischen Lautsprecherdurchsage. Die Schüler stiegen aus. Das immer vertrauter werdende Landschaftsbild stimmte Anni froh und entspannte ihre Miene mit einem Lächeln, welches Sekunden später erneut einer nervösen Aufregung wich.

»Wo soll ick Sie rauslassen?« Der Busfahrer blinzelte sie aus seinen verschmitzten Äugelein an.

»Das wüsste ich gern!«, entfuhr es Anni. Ihr Gesicht bekam Farbe. Die Sonne schien inzwischen gastfreundlich. Dennoch fühlte sich Anni Arndt wie eine Seemöwe vor dem Sturm, die nicht weiß, wo sie landen soll. Die plötzliche Eingebung *›Es wartet niemand auf mich!‹* rief Beklommenheit in ihr hervor.

»Vielleicht im Zentrum?«

»Zentrum is' jut! Wir sind hier nich' uffm Alexanderplatz, wa? Dit is' een Campingplatz, junge Frau!« Er lachte.

»Meine Unterkunft«, sie zögerte, »liegt nicht weit vom Hochufer entfernt.«

»Denn steigen Se ma am besten an der Wendeschleife aus!« Er drückte auf einen schwarzen Knopf. Zischend schob sich die Vordertür zur Seite.

»Danke.« Anni erhob sich. »Würden Sie mir bitte meinen Koffer rausgeben?«

»Jerne doch, junge Frau!« Er sprang von seinem Sitz auf die Straße. Die automatische Ladeklappe schwenkte nach oben. Der Busfahrer händigte ihr das Gepäck aus.

»Noch ein frohes Schaffen!«

»Dit wünsch ick Ihnen dito, junge Frau!« Der Fahrer nahm Platz, sah in den Rückspiegel, in den linken Seitenspiegel, setzte den Blinker und noch eine Lebensweisheit obendrauf. »Nich' vergessen, wa: Wenn een Mönchguter kommt, keene Angst, der tut Sie nischt. Immer ran an die Buletten!« Der Bus setzte sich in Bewegung.

11. KAPITEL

Als Anni das Haus nach fast drei Jahrzehnten wiedersah, verschwand das Licht allmählich hinter den großen Bäumen, welche die Anhöhe im Westen krönten. Der Ort schien sich auf den Nachmittag einzurichten. Ihr Herz klopfte schneller. Es war noch immer eine wunderschöne Ansiedlung. Im Gegensatz zum alten Fischerkaten. Dort stand er. Verlassen am Rande der Bucht, mit durch Salzluft und Seewind verblichenem Schilfdach. Sie kannte es von Kindesbeinen auf nicht anders, als dass das Wasser Jahr um Jahr bei Frühjahrs- oder Herbststürmen hinaufstieg, manchmal unerwartet und heimlich wie ein Dieb in der Nacht zwar den Garten, aber nie die Tür erreichte und sich dann schnell und friedlich wieder davonstahl, sobald es seine Einwohner genug erschreckt hatte. Die handgemalten Ladenschilder der Fenster hingen an rostigen Metallschrauben. Auf den Scheiben hatten Tausende heftige Regenschauer milchig-staubige Runen hinterlassen. Im schattendunklen Garten wilderte Löwenzahn. Nicht alle Pflanzen zogen sich aus dieser kühlen Umfriedung zurück. Große Blüten, weiß wie Möwen, gab es, hellrote wie Blutstropfen, maulbeerfarbige wie vergessene Witwen. In der Reihe der zerzausten Windflüchter fehlten viele Äste. Ein Teich, grün von Algen, nahm die Mitte dessen ein, was einst der Rasen gewesen sein mochte. Wie hatte sie diesen Garten geliebt! Hier war sie durch die Büsche geschlichen – frei und mutig bis in die entlegenste Ecke.

Im Spätsommer, wenn ihre Mutter Sanddornmarmelade kochte, wehte der süßsaure Duft bis nach hinten in die Laube, welche den Kindern als Versteck diente. Die Welt war ein einziges Abenteuer und der Garten ihr sicheres Nest, das sie vor allem Bösen schützte. Die verhasste Angst hatte Anni nie verloren. Im Grunde fürchtete sie sich vor allem, was sich außerhalb einer Entfernung befand, innerhalb derer man warme Sanddornmarmelade riechen konnte.

Der Quader mit dem Reetdach besaß nach vorne viele Fenster, sodass Anni seinem glasigen und leeren Blick ausgesetzt war. Anscheinend hatte sich der letzte Mieter derart überstürzt davongemacht, dass er den Abfall nicht mehr wegschaffen konnte.

Der Sandweg zur Eingangstür war mit Laub und den Zeitungen vom Tag seiner Abreise übersät. Im kniehohen Gras verrotteten ein rostiger Grill, mehrere zerbrochene Blumentöpfe und kaputte Gartenstühle neben einem umgekippten Tisch. Die Reste von Opas blauen und roten Bienenkästen lagen hinter dem Schuppen. Die ehemals idyllische Behausung wirkte in ihrem verfallenen Zustand traurig und schmerzte Anni beinahe körperlich. Vergebens war jeder Versuch, unter diesem Strohdach einem hellen Gedanken Eingang zu verschaffen. Es herrschte eine bedrückende Wehmut hier, wo sie als Kind grundlos glücklich gewesen war. Ob das Haus als Zufluchtsort taugte?

»Was für ein Wandel!«, rief sie aus. Allein das Meer hatte sich nicht verändert. Hinter dem Deich rauschte ewig gleichbleibend die Ostsee. Anni kannte alle ihre Gesichter: den weißen Schaum, die wütende Gischt, das dunkle Flaschengrün des Sturms, das lichte Hellgrün des Friedens. Anni Arndt strich sich die Haare aus der Stirn und ging auf den Eingang zu. Das Türschloss war schwergängig. Sie musste beide Hände benutzen, um es zu öffnen. Eine Hand drehte den Schlüssel, die andere ruckelte gleichzeitig an der mit Grünspan überzogenen Klinke. Es schien als würde das alte Gemäuer sich sträuben, die Besucherin einzulassen. Endlich war es geschafft. Bevor Anni die Tür aufstieß, hielt sie inne und holte tief Luft. Dann drückte sie gegen das Türblatt und trat ein.

Anni blieb einen Moment im Eingang stehen. Erinnerung ist ein Geruch. Die Mischung nach altem Holz, klammer Tapete und verfaultem Obst katapultierte Anni schlagartig zurück in ihre Kindheit. Sie hielt sich an der kühlen Lehmputzwand fest.

»Nicht zu fassen!« Im nächsten Augenblick musste Derk Steensen mit seinem *»Nu, Lütt-Anni?«* aus der Stube kommen.

»Öpping, ick bin dor, dien Anni!«, murmelte sie leise. Er kam nicht. Sie blieb allein, begriff, dass sie aus dem Paradies der Kindheit verbannt war. Melancholie erfasste sie. *Noch einmal seine Stimme hören! Nur ein einziges Mal!* Ihre Augen wurden feucht. Sie sehnte sich nach ihrem Opa. Ein Zuhause, eine herzerwärmende Heimat, hatte sie nur auf Rügen gespürt. Bei näherem Hinsehen waren es nicht ihre Eltern, es war Derk Steensen gewesen, der ihr das Gefühl vermittelt hatte, willkommen zu sein. Ihr inneres Sonnenkind verdankte Anni Arndt einem einfachen Fischer.

Im Haus war es düster. Die alten weißblauen Kacheln im Flur waren teilweise gesprungen und von schmutzigen braunen Rissen durchzogen. Der Dielenfußboden wies Dellen auf. Anni stellte Koffer und Tasche ab. Behutsam setzte sie einen Schritt vor den anderen. Sekunden später schob sie die angegrauten Gardinen zur Seite, ließ die Rollos hoch, öffnete alle Fenster und lüftete. Auch der Wasserhahn über dem Waschbecken verlangte nach frischer Luft. Als Anni ihn aufdrehte, um sich die Hände zu waschen, fing er an zu husten.

»Heißt du Claas Siegert?«, schimpfte sie den Hahn aus. Sie steckte den Gummistöpsel ins Becken, wusch sich mit Sorgfalt die Hände und zog den Stöpsel wieder heraus. Zu ihrer Überraschung drehte sich das Nass nicht spiralig in den Abfluss hinein, wie es die geheimnisvolle Angewohnheit wohlregulierten Wassers ist. Stattdessen stand die Flüssigkeit in der Tiefe des Beckens und aus dem Abflussrohr kam von irgendwo tief unten eine Serie heiserer Geräusche. *Hier war noch viel zu tun.* Entsetzt warf sie einen auf alles gefassten Blick in den an den Ecken blind gewordenen Spiegel. Die Frau mit den schutzlosen Augen war das Kind von früher. Ein Schatten fiel über ihre Zuversicht. *Hatte sie sich Illusionen gemacht?* Niedergeschlagenheit legte sich drückend auf Anni Arndt.

»Reiß dich zusammen! Dieses Gesicht zieht man nicht, wenn man der Erfüllung eines Traumes auf der Spur ist«, murmelte sie. Sich zu ermahnen, brachte wenig. Das imaginäre *Ich-sehe-nicht-wirklich-so-aus-wie-ich-aussehe*-Tattoo auf der

Stirn war wesenlos, ihr Grinsen von mittelloser Munterkeit. Tatsächlich sah es aus wie die Einladung zu etwas unglaublich Traurigem.

12. KAPITEL

Am Königsstuhl, zur selben Zeit

Nicht weit entfernt nahm zeitgleich am Hochuferweg zum Königsstuhl die Umsetzung eines waghalsigen Abenteuers ihren Lauf.

»Hast du das Handy?«

»Au, nee, habe ich vergessen!«

»Mensch, Björn, du bist solch ein Idiot!«

»War ein Witz!« Björn zog das Gerät aus seiner Hosentasche und präsentierte es seinem Freund.

»Gib her!« Ivo riss ihm das Smartphone aus der Hand. »Du lässt es doch bestimmt wieder fallen und dann war's das!« Aus den üblichen Reibereien ging Ivo meistens als Sieger hervor. Heute wollte er sich die Krone aufsetzen. Die beiden Freunde kamen zum Aussichtspunkt *Victoriasicht*. Von dort hatte man einen fantastischen Blick auf den hundertundachtzehn Meter hohen Königsstuhl.

»Hier ist es! Das Königsgrab.« Eine Tafel gab Aufschluss darüber, was es damit auf sich hatte. »Hör's dir an!« Ivo las den kurzen Text vor: »*Die alten Rüganer* wählten ihre Könige auf eine ganz besondere Art: Sie bildeten einen Halbkreis um den mächtigen Kreidefelsen und starrten gebannt auf die jungen Männer, die diesen von der Seeseite aus erklommen. Tod und Verderben säumten dabei in Form nassglatter Kreide ihren Weg. Doch am Ende wartete der Königsstuhl auf einen von ihnen.«

»Coole Nummer!« Ivo drückte Björn das Handy in die Hand. »Ich tue so, als käme ich heraufgeklettert und du filmst. Dann machen wir einen Upload auf TikTok.« Er stieg über die Absperrung. »Ich garantiere, das Video startet voll durch. Mindestens zehn Millionen Views, wetten?«

»Never, du hast zu wenig Follower!« Wie, um Gottes willen, konnte er seinen Freund von dem wahnsinnigen Plan abbringen?

»Vorsicht, Ivo, halt Abstand von der Kante! Da steht eine Warnung: *Lebensgefahr!*« Björn zeigte auf das unscheinbare Gefahrenschild. Es hing angeschraubt an der Verstrebung rostigen Metallgeländers, dessen weiße Farbe stellenweise absplitterte.

»Ach was, halb so wild! Die sind selbst schuld, wenn sie die Treppe sperren.«

»Mann, pass auf! Vor drei Jahren ist ein Baum auf den unteren Teil der Treppe gefallen. Der Abstieg ist verboten.«

»Quatsch keine Opern!«

»Beeil dich, es gibt Sturm!«, rief Björn, der vorsichtiger war, sich von seinem Freund aber meistens mitreißen ließ. Ein starker Ostwind wehte über die See. Mit solcher Lust peitschte er die brandenden Wellen an die Küste der Insel, dass der Schaum weithin flog. Woge auf Woge warf sich tosend an den Strand. Björn stand da. In der rechten Hand hielt er das Smartphone empor wie ein Krieger sein Schwert und beobachtete Ivo, wie er rückwärtsging und gefährlich nah an die Steilwandkante kam. Hinter seinem Rücken die rauschende Ostsee, über seinem Kopf den blauen Himmel bewegte sich sein Freund unmittelbar am Felsrand.

»Das wird mega!«

»Pass auf, nicht so nah an den Abgrund!«

»Ist klar!«, winkte Ivo ab. »Los, Alter, kannst anfangen zu filmen!« Enthusiastisch breitete der Sechzehnjährige die Arme aus, sprang in die Luft und landete mit den Füßen auf einem unebenen Stein. »Scheiße!« Sein linkes Fußgelenk knickte nach außen. Er stolperte, verlor das Gleichgewicht, fiel auf die Knie, rutschte ab. Seine Hände fühlten eine ausgewetzte Scharte in der Abbruchkante, wo der Regen die Erde weggespült hatte.

»Verdammt!« Seine Rechte versuchte, sich an irgendetwas festzukrallen, klammerte sich an eine Wurzel. Er hing jetzt in der Wand. Seine Füße tasteten unter sich, spürten nichts, keinen Vorsprung im glatten Stein.

»Ivo?«

»Hilfe!«

»Ey, Alter, was machst du?« Björn schmiss das Handy auf den Boden. Das Displayglas zersprang. »Scheiße! Bist du okay?«

»Hilf-e!« Der Verunglückte konnte kaum Luft holen. Jeder Atemzug war Angst. »Ich rutsche ab!« Unter ihm brodelte der Abgrund. Er blickte hoch. Sand flog in seine Augen, machte ihn blind.

»Ich stürze ab!«

»Halte durch!« Björn warf sich der Länge nach hin und robbte auf dem Bauch vor bis zur Kante. »Ich bin bei dir!« Er langte nach unten, fühlte Holz, die Hand des Freundes, bekam ihn am Handgelenk zu fassen. *Ich muss ihn retten!*

»Beeil dich! Mir bleibt keine Zeit mehr.«

»Ich hab' dich!«

»Das geht nicht! Du liegst auf dem Bauch, wie willst du dich aufrichten?«

»Keine Angst, ich ziehe dich rauf. Du schaffst es! Lass die Wurzel los!«

»Ich trau mich nicht!« Die starren Daumen des Abgestürzten lockerten sich gegen seinen Willen. »Ich kann nicht!«, schrie er. Sekundenbruchteile später verlor er den Halt. Im selben Augenblick wurde sein Helfer durch das enorme Gewicht am ausgestreckten Arm ein Stück weit über die Abbruchkante gezogen und riss verzweifelt in die Gegenrichtung.

»Du hast keine Wahl!«

Als die Grasnarbe abbrach, rieselten Sandklumpen in die panisch aufgerissenen Augen des über dem Abgrund Hängenden.

»Du kannst mich nicht halten! Ich reiße dich mit! Du kannst mir nicht helfen!«

»Ich lass dich nicht im Stich! Stütz dich mit dem Fuß am Felsen ab! Mach, versuch's!«

Ich muss ihn retten! Die Ader an Björns Stirn schwoll an. Sämtliche seiner Sehnen spannten sich. Er merkte, wie seine Muskelkraft sank. Seine Finger am Handgelenk des Freundes öffneten sich. *Ich muss ihn ret-!*

»Neeiiiin!« Ein gellender Schrei.

Ivo fiel und fiel und fiel. Von der fast hundertzwanzig Meter hohen Klippe des Königsstuhls bis in die Ewigkeit dauerte es exakt fünf Sekunden.

Die Stille, die dem Sturz folgte, war ein schreckliches Geräusch. Einem Stein gleich war sein Freund in die Tiefe gestürzt. Björn verharrte entsetzt an der Klippe. Der Himmel hatte sich verfärbt. Eine schwarze Wolkenwand kam bedrohlich näher. Als Minuten später der Regen einsetzte, löste sich Björn aus seiner Schockstarre. Er rannte an der Absturzkante hin und her. Völlig durchnässt schlug er wie ein Verrückter in einem fort um sich und schrie lauter unverständliches Zeug.

13. KAPITEL

Ich muss an die Luft! Anni wandte sich vom Spiegel ab. Das Kofferauspacken konnte bis zum Abend warten. Sie setzte ihre Sonnenbrille auf und ging nach draußen. Der Wind ließ sich nicht aufhalten. Frisch kam er von der Ostsee heran, setzte ihr seine torkelnden Schaumlichter auf und staute sich an der ausgewaschenen Kreideküste.

Während sie lief, lauschte sie. Der Himmel über Rügen gehört den Vögeln: Kranichen, Kormoranen, Sterntauchern und Seeadlern. Nach ein paar Minuten erreichte sie den Strand am Steilufer. Sie schlüpfte aus den Schuhen und spürte die feuchten Kiesel unter ihren Füßen. Nahm man so neues Territorium in Besitz? Tatsächlich hatte sie überhaupt keinen Plan. Das Rauschen der See gehörte der Vergänglichkeit. Es antwortete nicht.

»Ich will, dass wir getrennte Wege gehen.« Heute vor fünf Jahren machten sie Pläne für ihre zukunftslose Zukunft als Paar. Annis Inneres hatte sich gewehrt, bis es die Vergeblichkeit seines Tuns einsah. Beim Eintreffen der Scheidungspapiere starb ein Teil ihres Lebens. Die anfängliche Wut schlug in eine Art Abgestumpftheit um. In Wirklichkeit war sie wenig enttäuscht. Sie ließ die Sache merkwürdigerweise schnell auf sich beruhen. Ab und zu war sie schier übermütig geworden bei der Aussicht auf die Unvernünftigkeiten der ihr bevorstehenden Freiheit.

Und nun die Rückkehr an den ihr einst vertrauten Ort. Bloßes Dasein. Am Meer. Von neuem Optimismus erfüllt lief Anni den Flutsaum entlang. Als sie den Blick hob, erkannte sie auf der rechten Seite in etwa zwanzig Meter Entfernung den berühmten Schwanenstein. Sie hatte ihn nahezu vergessen. Der rund hundertsechzig Tonnen schwere und sechzig Kubikmeter große Granitfindling gehört zu den größten sichtbaren Geschiebesteinen Rügens. Seit jeher erzählten die Fischerfrauen über den Schwanenstein eine Sage.

Auf Rügen werden die kleinen Kinder im Sommer vom Storch Adebar und im Winter vom Schwan gebracht. Bis dahin bleiben sie im Schwanenstein verborgen.

»Ich nehme den Findling als ein gutes Vorzeichen für meine Ankunft«, wisperte Anni. »Ein neuer Anfang am alten Ende.« Ihr Blick ging zum Kap Arkona, dem nordöstlichen Ende Deutschlands.

»Wie habe ich diese weite Sicht vermisst!« Keine Zimmereinrichtung kann es mit der Pracht des Horizonts aufnehmen. Eine Gerade zwischen Himmel und Erde, im Dunst verwischt und ewig unerreichbar. Wer sich aufs Meer hinauswagt, gelangt ebenso wenig dorthin wie einer, der am Strand steht und seinen Blick in die Ferne schweifen lässt.

Die herrliche, stark auf sie wirkende Natur verdrängte ihre Verwirrung. Auf diesem Stück Erde zu stehen, zeigte ihr, wie übertrieben ihre Gefühle bisweilen waren, sowohl die positiven als auch die negativen. Sie spürte das Jetzt und empfand das Glücksgefühl, dort zu sein, wo sie war. Sie fühlte sich eins mit der Landschaft, mehr als sie es mit einem Menschen je sein konnte.

Jenseits der Linie, wo die Wellen sich brachen, erspähte sie einen einsamen Surfer. Sie würde nicht beschwören können, ob es eine Frau oder ein Mann war, denn die Gestalt trug einen schwarzen Neoprenanzug, um den kalten Wassertemperaturen zu trotzen. Vom Surfen verstand Anni nichts, doch sie fühlte sich dem Menschen auf dem Wasser als Seelenverwandte verbunden. Sie waren allein an einem Ort, wo sie nicht allein sein sollten. Sie hatten sich der Natur gestellt. Bei Regen würde sich der Hochuferweg entlang der Kreideküste gefährlich aufweichen. Und auch der Surfer hätte sich bei den Untiefen vor Rügen die Frage stellen müssen, warum er sich hier draußen überhaupt herumtrieb.

Anni lief weiter am Ufer entlang in nördliche Richtung. In knapp vier Kilometer Entfernung erhob sich der Jasmunder Königsstuhl in seine majestätische Höhe. Sie stoppte vor dem Warnschild ›*Achtung* Küstenabbrüche! *Lebensgefahr!*‹. Sollte sie umkehren? Es war dunkler geworden. Wahrscheinlich würde es bald regnen. Die Klippen bröckelten bei Nässe. Sie bestanden aus Weichgestein. Zeit, Wetter und die rastlose See nagten an der Kreide, sodass ein Wanderer sich nicht gefahrlos bis an die Kante wagen konnte, um übers Wasser zum Königsstuhl zu blicken oder die Möwen zu beobachten. Sie beachtete die Warnung nicht. Küstenabbrüche hatte es seit ewigen Zeiten gegeben. Am Fuße der Felsen häuften sich die Gesteinsbrocken, die von den Kanten brachen. Wagte sie sich zu nah an den Rand heran, ging sie das Risiko ein abzustürzen und setzte höchstwahrscheinlich ihr Leben aufs Spiel.

Mit mulmigem Gefühl lief Anni ein paar Schritte geradeaus. Nach etwa dreihundert Metern sah sie ihn. Er lag am Fuße des Königstuhls. Ein blauroter Fleck. Aus dieser Entfernung hätte von Strandgut bis Plastikmüll alles dahinterstecken können, aber sie wusste intuitiv, dass es sich um etwas anderes handelte. Denn auch wenn es eine undefinierbare Masse bildete, sah es aus wie ein Mensch. Sie ließ eine volle Minute verstreichen, wartete darauf, dass die Gestalt sich rührte. Vergebens. Der Körper lag lang ausgestreckt am Strand. Als sie näher an ihn herankam, bemerkte sie, wie jung er war. Siebzehn vielleicht oder achtzehn. Sein Gesicht verzerrt zu einer Grimasse, sein Mund aufgerissen wie im Schrei. Aus dem linken Mundwinkel quoll ein fingerbreiter Streifen von Blut, das zu stocken begann. Das dunkle Rot verfärbte die weißen Kreidestücke und Kiesel. Die blicklosen Augen des Jungen starrten ins Nichts. Anni klopfte ihr Herz bis zum Hals.

»Um Gottes willen!« *War er bewusstlos? Schließt man bei einer Ohnmacht die Augen?* Sie hatte keine Ahnung, versuchte sich etwas vorzumachen. Aber genau in dieser Sekunde, da sie nach Jahren erstmals wieder am Strand von Rügen stand und über ihr die Sonne hinter eine Wolke hervorbrach, erkannte sie mit brutaler Gewissheit: *Ich habe einen Toten gefunden.* Jähe Panik schoss in ihr hoch. Es überlief sie siedend heiß. Sie hörte einen Schrei, der nicht von den Möwen herrührte. Es dauerte eine Weile, bis sie begriff, dass es ihre eigene Stimme war.

Halt! Hier rief noch jemand. Anni blickte nach oben. Auf dem Kliff rannte ein Junge bei einsetzendem Regen wie ein Besessener hin und her. Er wedelte mit den Armen und schrie. Erst als ihm buchstäblich der Atem versagte, brach er zusammen. Annis Magen rebellierte. Ihr Puls raste. Ihr Hirn gab Befehle.

Bleib ruhig, ruf Hilfe – los, mach schon! Ganz plötzlich bemächtigte sich ihrer eine schlafwandlerische Sicherheit, wie man sie nur in extremen Ausnahmesituationen erfährt. Ohne zu überlegen, wusste sie, was zu tun war. Anni Arndt zog ihr Mobiltelefon aus der Jackentasche und tippte mit zitternden Fingern die Notrufnummer.

14. KAPITEL

»Ich danke dir!« Kristian nahm den Becher entgegen, den Heike ihm hinhielt. Ihr Gesicht überzog helle Röte bei seinem Lächeln. Sie saßen bei einem Latte macchiato in der Wachstation am Strand. Heike trat dicht an ihn heran.

»Für den Kaffee?«

»Nenn' mir einen anderen Grund!«

»Du bist ein Held!«, scherzte sie und umschlang seinen Nacken. Das Rot ihres DLRG-Shirts konkurrierte mit dem ihrer Wangen.

»Achtung hot!« Geistesgegenwärtig hielt er den großen Glasbecher hoch.

»Du weißt, ich liebe das Risiko!«

»Das kannst du haben.« Er zog sie an sich und presste seine Lippen auf ihren Mund. Der Kaffee schwappte bedenklich bis zum Rand. Mit einem Seufzer ließ Kristian sie los.

»Ein andermal mehr. Ein heißes Getränk in der einen und eine heiße Frau in der anderen Hand ist gefährlich.«

»Verbrenn dir nicht die Finger, du Lebensretter!« Impulsiv schüttelte sie den Kopf. Kristian Dollahn und Heike Friedrichs opferten ihre freie Zeit der Deutschen Lebens-Rettungs-Gesellschaft, um die Erholung der Badegäste sicherer zu machen. Im Sommer vor drei Jahren hatten sie sich bei der Wasserretter-Ausbildung im Bundeszentrum der DLRG in Bad Nenndorf kennengelernt. Seitdem brannten der fast zwei Meter große Schauspieler aus Putbus und die Sassnitzer Caféhausbesitzerin für ihr Ehrenamt und füreinander. Rettungsschwimmerin Heike arbeitete in der Vorsaison im Zentralen Wasserrettungsdienst-Küste als Abschnittsleiterin und Kristian als Wachführer. Sie waren in ständiger Rufbereitschaft. Auf der Wache behielten sie als Kümmerer das wassersportliche Treiben im Auge und griffen im Notfall blitzschnell ein.

»Völlig easy heute. Nichts los! Noch ist kein Mensch am Strand.« Tiefenentspannt wandte sich Heike ihrem Smartphone zu.

»Kein Wunder bei der Kälte. Bis auf ein paar Verwegene gibt's zu dieser Jahreszeit kaum einen Menschen, der sich in das eiskalte Nass traut«, erwiderte Kristian. »Wir haben elf Grad Wassertemperatur.«

»Bist du enttäuscht, dass keine Wasserleiche an Land gespült wird?«

»Unfug, auf eine Trouble-Schicht kann ich verzichten!«

»Erinnerst du dich noch an die Typen im letzten Jahr, die bei der Affenhitze ihren Suffkopp runterkühlen wollten? Sie waren nahe dran abzusaufen und wurden bockig, als wir sie rausgezogen haben.«

»Hör bloß auf! Ich überlegte schon, die Kerle ins Wasser zurückzuwerfen.« Kristian grinste. »Die hatten Glück, dass ich guter Laune war. Wie heißt es so schön? *Ein guter Lifeguard liebt die stressfreie Zeit vor dem Saisonstart!* Ab Pfingsten geht es richtig los. Dann kommen die Familien mit Kleinkindern und allem, was sie transportieren können.«

»Nur ein primitiver Mensch nutzt ohne Hilfsmittel den Strand.«

»Diesem unhaltbaren Zustand hat die Freizeitindustrie ein Ende bereitet. Kein anständiger Feriengast geht mit leeren Händen in den Sand, ohne Schlauchboot, Gummitier, Schaufel, Eimer, Rollkoffer, Strandmuschel, Bollerwagen.

»Eine Spezies dürfen wir nicht vergessen: urlaubende Immobilienmakler, die Rügen als Anlageobjekt und exklusive Sommerfrische in Augenschein nehmen und so tun, als könnten sie auf einem Surfbrett stehen!« Die sportliche Heike hielt sich den Bauch bei der Vorstellung. »Gut, dass wir während dieser Zeit selten eingesetzt werden.«

Heike und Kristian wurden zur Hauptsaison von Kollegen abgelöst und halfen nur bei Sonderschichten aus. Neben ihrem Gaststättenbetrieb war ein DLRG-Einsatz für Heike dann kaum möglich. Kristian spielte als Kleindarsteller im Theater Putbus und träumte von einer Rolle bei den Störtebeker-Festspielen in Ralswiek.

»Ich prophezeie dir, Kris, das wird ein Jahrhundertsommer!« Die Achtundzwanzigjährige pochte auf den Holztisch.

»Ich lache auf Vorrat«, brummte Kristian. »Es fängt an zu regnen.«

»Bei Regen und Kälte ist hier tote Hose.« Heike pustete in ihre Tasse.

»Der Scherz ist gut«, feixte er. »Die elf Kilometer Sand zwischen Thiessow und Juliusruh gehören der *Freikörperkultur*. Bei FKK trägt man keine Hose!«

»Frau auch nicht.« Heike blinzelte ihn an.

»Zzzzzzzzz!« Sie zuckte zusammen. Der digitale Meldeempfänger blinkte auf und gab ein durchdringendes akustisches Signal von sich.

»Alarm!«

»Die Leitstelle?« Kristian sah sie aufmerksam an. Die *Integrierte Regionalleitstelle Vorpommern-Rügen* koordinierte als neue Großleitstelle das Einsatzgeschehen für die Rettungswachen an der Küste.

»Ich schaue nach.« Heike tippte auf das Display und sprang auf. »Ein Einsatz. Wir müssen raus!« Sie griff nach dem Sprechfunkgerät und drückte die Ruftaste.

»Hier Heike, Strandabschnitt Thiessow. Was gibt's?« Es rauschte. Sie hörten eine Stimme.

»Ein Verunglückter am Strand unterhalb des Königsstuhls. Kann von Land schlecht abgeborgen werden. Im äußersten Notfall schicken wir euch einen Ambulanzhubschrauber.«

»Ich trinke sowieso zu viel Kaffee.« Mit Bedauern nahm Kristian einen letzten Schluck und erhob sich.

Heike griff nach ihrem Schlüssel und lief zur Tür.

»Hanko ist verständigt?«, fragte sie ins Funkgerät.

»Die Feuerwehr wurde benachrichtigt«, kam die Antwort der Einsatzleitung. Die Feuerwehr mit Wehrleiter Hanko Langwisch war die Schnittstelle aller örtlichen Rettungskräfte. »Wir beordern einen Krankenwagen auf die Besucherplattform des Königsstuhls. Dort befindet sich eine Person im akuten Schockzustand.«

Die Rettungskette funktionierte reibungslos.

»Na, dann los!« Kristian folgte Heike nach draußen. »Und wer bleibt hier?«

»In fünf Minuten kommt die neue Schicht. Der Verletzte schwebt in Lebensgefahr. Wir nehmen einen Notarzt mit.«

»Beeilung, es geht um Leben und Tod!«

»Verstanden.«

Sie fuhren zur Wachstation und rannten ins Gebäude.

»Wie sieht's aus?«, rief Kristian. Monitore zeigten die aktuelle Wetterlage auf der gesamten Insel.

»Wir haben auflandigen Wind mit Regengüssen. Der Einsatzleiter will keine Zeit verlieren. Wir sollen gleich losdüsen.«

»Alles klar, dann sofortige Abfahrt! Retten wir den Spaziergänger!« Die Retter wussten, Wanderer liebten den Hochuferweg. Die Lust am Nervenkitzel trübte bei manch einem den Blick fürs Risiko. Trotz der vielen Schilder, die auf die Lebensgefahr an der Kreideküste hinwiesen, kam es immer wieder zu Unfällen am Kliff. Der heutige Einsatz konnte heikel werden.

»Wir nehmen das Spezialrettungsboot«, rief Kristian. »Es ist unsinkbar.« Mit dem strapazierfähigen Material und dem wasserdichten Doppelboden waren sie in der Lage, selbst hohen Wellen und Stürmen zu trotzen.

»Ohne Überlebensanzug wird das nichts«, bestimmte der Chef. »Eigenschutz hat absoluten Vorrang. Die Ostsee ist unkalkulierbar.«

»Okay, lass uns den fix anziehen.«

Einen Moment später schob die DLRG-Wachmannschaft Thiessow ihr Motorrettungsboot ins Wasser.

»Leute, denkt an die Strömung!«

»Aye, aye, Chef!«

»Auf geht's!« Mit Höchstfahrt pflügten sie durch die Ostsee die Kreideküste entlang in Richtung Arkona. Das Schnellboot erreichte die angegebene Unglücksstelle binnen kürzester Zeit.

»Könnt ihr was erkennen?«, rief Kristian. Er drosselte den Motor. Sie waren wenige Meter vom Königsstuhl entfernt.

»Hier ist nichts!«, schrie Heike gegen den Wind an.

»Es muss hier sein! Wir sind im Zickzack den ganzen Spülsaum abgefahren.« Quälende Ungewissheit machte sich breit. Ein Menschenleben stand auf dem Spiel.

»Stopp, Kris! Dort liegt jemand!« Heike wies mit dem ausgestreckten Arm auf die Stelle, die sie mit dem Fernglas ausgemacht hatte.

»Da vorne!«

»Okay.« Die Retter in Rot und Gelb sprangen aus dem Schnellboot und liefen an den Strand. Dort stand eine Frau. Zu ihren Füßen lag ein toter Junge.

15. KAPITEL

»Gott sei Dank, dass Sie hier sind!« Annis Stimme brach. Sie trat einen Schritt beiseite und machte Platz für den Notarzt. Ihr Blick traf sich mit dem des in Signalrot gekleideten Mannes, der neben dem leblosen Körper in die Hocke gegangen war und zu ihr aufsah.

»Er ist … tot, oder?« Sie bemühte sich, ihre Stimme in der Gewalt zu halten.

»Wie haben Sie ihn gefunden?« Der begleitende Notarzt der DLRG-Retter tastete nach dem Puls, obwohl er wusste, dass er keinen mehr finden würde. An dieser Stelle war die Klippe über hundert Meter hoch. Wenn der Junge von dort oben hinabgestürzt war, und das war höchstwahrscheinlich passiert, hätte nur ein Wunder ihn retten können.

»Genauso wie er vor uns liegt. Ich lief hier entlang. Ich …, ich habe ihn nicht an…gerührt«, stammelte Anni. Ihr Hals war wie zugeschnürt. Sie wunderte sich, dass sie überhaupt einen zusammenhängenden Satz herausbekam. Ihr Herz raste. Der Mediziner horchte am Stethoskop, zog das obere Augenlid des Jungen hoch, prüfte die Pupille, nickte und schob dann beide Lider über die toten Augen.

»Sie wissen, dass es verboten ist, hier spazieren zu gehen?«

»Ich habe das Schild gelesen, ja.«

»Vermutlich war es ein Unfall«, mutmaßte eine DLRG-Retterin.

»O mein Gott, Sie müssen ihn wegschaffen!«, rief Anni.

»Nein!« Die Stimme des Arztes klang streng. Anni zuckte zusammen.

»Nicht?«

»Die Polizei muss das sehen.« Er nahm sein Handy.

»Toter am Strandabschnitt Stubbenkammer, unterhalb des Königsstuhls.« Der Mann lauschte.

»Sturz aus großer Höhe. Höchstwahrscheinlich Unfall ohne Fremdeinwirkung. Eine Zeugin hat ihn gefunden.« Er machte eine Pause und wartete auf die Antwort der Rettungsleitstelle.

»Nein, er war schon tot. Schädelbasisbruch und schwere innerliche Frakturen. Todeszeitpunkt schätzungsweise vor ungefähr zwei Stunden. Genauer wird das erst die Pathologie feststellen. Wir konnten nichts mehr tun.« Er hielt inne. »Ja, in Ordnung, wir warten auf die Kollegen.« Binnen dreizehn Minuten landete in der Nähe ein Polizeihubschrauber mit zwei Beamten. Einer von ihnen nahm die Personalien von Anni auf. Sie zitterte vor Kälte. Jemand legte ihr eine Decke um die Schultern, dann einen Arm.

»Sind Sie okay?«, fragte eine tiefe Stimme.

»Ja, geht schon.« Sie bekam kaum etwas mit, hatte das Gefühl, als sei sie in Watte gepackt.

Es war ganz still, als sie den Jungen auf die Tragbahre legten. Anni kniff die Augen zusammen. Ihr Blick ging nach oben. Auf dem Kliff blinkte Blaulicht. Polizei und Rettungswagen waren angekommen. Der schreiende Junge war verschwunden. Stattdessen liefen Uniformierte und Männer in orangeroten Westen am Klippenrand umher. Einer von ihnen, der Leiter der Unfallstelle, war ein ruhiger, verständiger Mann. Er benachrichtigte den Vater von Ivo.

»Ich kümmere mich um die Eltern des Verstorbenen« sagte ein Mann in lilafarbener Weste mit der Aufschrift *Seelsorger*. Der Pastor aus Bergen war aus dem Bibelgesprächskreis über den *Römerbrief* direkt zum Notfall gerufen worden. Er hatte an diesem Tag Bereitschaft. Sein Altar stand beim Menschen. *Leben wir, so leben wir dem Herrn; sterben wir, so sterben wir dem Herrn.*

»Sie werden gleich hier sein. Wo ist der Zeuge abgeblieben?« Der Polizist sah sich suchend um und traf auf einen Jugendlichen von etwa fünfzehn Jahren. Blond, lang aufgeschossen, ziemlich braungebrannt, mit verzweifelten Augen im verweinten Gesicht. Sein Hemd war an mehreren Stellen durchgeschwitzt. Björn hatte als Einziger den Unfall miterlebt.

»Hauptkommissar Puppe. Wie heißt du?«

Misstrauisch sah Björn den Polizeibeamten an. »Björn Bätge.«

»Björn Bätge, wie ist es passiert?«

»Wir wollten ein Video machen.«

»Und?«

»Wir haben rumgeblödelt und gelacht.«

»Und dann?«

»Ist Ivo über die Absperrung geklettert. Ich hab' ihn gewarnt. *Lass es sein, das ist verboten! Pass auf, halt Abstand von der Kante!*, hab' ich gerufen.«

»Warum hat er nicht auf dich gehört?«

»Weiß nicht.«

»Und weiter?«

»Er machte aus Übermut einen Luftsprung. Als er auf dem Boden aufkam, brach die Kante weg.« Björn schlug die Hände vors Gesicht. Es war nicht zu ertragen.

»Sollten meine Eltern nicht dabei sein, wenn Sie mich ausquetschen?«

»Ich quetsche dich nicht aus«, erwiderte Puppe ruhig. »Das ist kein Verhör. Ich vernehme dich als Zeugen.«

»Sie können mich nicht zwingen, was zu sagen.«

»Was du nicht sagst!«, entgegnete der Beamte ungerührt.

»Ja.«

»Hör zu Björn. Dein Vater ist ein bekannter Mann auf der

Insel. Aber er bekommt vor Sorgen Falten, wenn du nicht redest. Dein Freund ist tot. Wir müssen wissen, wie es passiert ist.«

»Er ist plötzlich abgerutscht! Einfach so. Ich bin vorgerobbt und hab' versucht, ihn festzuhalten. Es ging nicht. Er war zu schwer. Ich kann nichts dafür! Es passiert dauernd, dass hier Land wegbricht. Das wissen Sie doch.«

»Um wie viel Uhr genau war das?«

»Ich weiß nicht! Ich weiß es doch nicht!« Björns Stimme überschlug sich. Er torkelte zu einem Baumstumpf, der mehrere Meter entfernt von der Abbruchkante stand. Dort setzte er sich und sackte plötzlich ins sich zusammen. Er legte die Stirn auf seine angewinkelten Arme. Eine schwere Welle von Verzweiflung überrollte ihn. Björn sah nicht hoch. *Wann hört die elende Fragerei auf? Findet das kein Ende? Ivo, komm, hol mich hier raus!* Ivo kam nicht. Nie mehr.

Der Polizeibeamte winkte den Notarzt heran.

»Er hat einen Schock.«

Der Mediziner beugte sich über Björn, ergriff sein Handgelenk, prüfte den Puls. »Peter Hellwig. Ich bin Arzt. Wie geht es Ihnen?«, fragte er den Jungen.

»Ivo! Ich bin schuld!«, schluchzte Björn. »Ich hab' ihn fallen lassen. Warum hab' ich ihn nicht festgehalten?«

»Wie heißen Sie, wissen Sie Ihren Namen?«

»Björn.« Der Junge schaute nicht hoch. »Björn Bätge.« Der Arzt warf den Sanitätern einen Blick zu.

»Björn, drehen Sie bitte mal den Kopf zu mir!« Der Junge hob langsam sein Haupt und schaute blicklos auf. Sein Gesicht war tränenverschmiert. Schmerzzerrissen.

»Hier – gucken Sie mich an!« Der Arzt wies mit Zeigefinger und Mittelfinger auf seine eigenen Pupillen. Björn stierte mit leerem Blick in die Augen des Mediziners. *Ich bin schuld. Ich bin schuld. Ich bin schuld.*

»Es wird alles gut. Sie haben einen Schock. Ich gebe Ihnen jetzt etwas zur Beruhigung, okay?« Der Notarzt zog eine Spritze auf und stach die Nadel in die Armvene. Anschließend saugte er kurz an, um zu prüfen, ob er richtig getroffen hatte. Ein wenig Blut trat in die Kanüle. Die Injektion konnte verabreicht werden.

»Gleich geht es Ihnen besser.«

»Lasst mich doch in Ruhe sterben«, stieß Björn verzweifelt aus und ließ seinen Schädel erneut sinken. *Ich bin schuld am Tod eines Menschen. Nicht absichtlich oder fahrlässig. Aber was macht das für einen Unterschied? Ivo ist tot.*

»Er ist instabil. Wir nehmen ihn mit.« Der Arzt wandte sich zu den beiden Sanitätern um. Sie waren nicht viel älter als der Verwirrte.

»Ich kenne ihn. Er ist der Sohn des Kurdirektors«, sagte der eine.

»Seine Eltern wurden von uns verständigt.«

»Alles klar, wir haken ihn unter.« Sie fassten Björn unter die Arme.

»Wir bringen dich jetzt hier weg, okay? Komm, kannst du aufstehen? Wir helfen dir.«

Wie in Trance erhob sich Björn mithilfe der Sanitäter und stand wackelig auf seinen Beinen.

»Hier ist dein Handy.« Einer der Krankenpfleger hob das Smartphone vom Boden auf und drückte es ihm in die Hand.

»In einer halben Stunde geht es dir besser. Wir fahren dich zur Beobachtung in die Klinik.«

»Ich sterbe doch sowieso.«

»Ja, sterben tun wir alle irgendwann. Das ist aber kein Grund, dir nicht zu helfen.«

»Mein Freund ist tot. Ich will nicht mehr.«

»Das ist deine Entscheidung, Alter. Unsere Entscheidung ist es, dir zu helfen«, fuhr ihn einer der Helfer an. Aus Erfahrung wusste er, es hatte keinen Zweck, mitzuleiden.

»Und wenn ich das nicht will?«

»Kommst du morgen nochmal her. Mach, was du willst! Wir schauen dir jedenfalls nicht beim Sterben zu. Hast du das verstanden?« Die jungen Sanitäter schoben ihn in den Krankenwagen. Björn blieb stumm. Er verkroch sich in sein Schneckenhaus.

»Gut, dann können wir jetzt fahren.«

16. KAPITEL

Es klingelte an der Haustür. Frau Novak öffnete und sah sich einem Mann in Feuerwehruniform gegenüber.

»Herr Langwisch!« Sie lächelte ihn erfreut an. Hanko war im selben Fußballverein wie ihr Sohn Ivo. Der Ortsbrandmeister hatte es sich angewöhnt, einen Schlenker zu machen und Ivo in seinem Range Rover mitzunehmen, wenn der wöchentliche Trainingstermin anstand.

»Wollen Sie meinen Sohn abholen? Sie sind ein wenig früh. Er ist noch nicht zu Hause. Wenn Sie drinnen warten möchten?« Ivos Mutter trat zurück und gab die Tür zum Windfang frei.

»Christiane.« Hanko drückte ihr die Hand.

Sie stutzte. »Was ist los?«

Langwisch schwieg. Erst jetzt bemerkte Christiane den uniformierten Polizeibeamten, der hinter Hanko Langwisch eintrat, seine Dienstmütze abnahm und sie ansprach.

»Ich bin Hauptkommissar Gregor Puppe von der Polizei Bergen.« Der Mann sah sie mit ernstem Blick an.

»Ist etwas passiert?«

»Christiane, bitte bleiben Sie ruhig!« Hanko Langwisch schluckte und schaute dann nach unten. Es war schwer. Frau Novak war alleinstehend.

»Was haben Sie denn?« Sie stockte, weil ihr auffiel, dass Hanko Langwisch sie beim Vornamen genannt hatte. »So sprechen Sie doch!«

»Wir kommen gerade von einem Einsatz.« Beklommen wandte Langwisch ihr erneut seinen Blick zu.

Was Christiane in den Augen der Männer las, zog ihr den Boden unter den Füßen weg. »Um Gottes willen, was ist geschehen?«

»Wir müssen Ihnen eine traurige Mitteilung machen. Ihr Sohn hatte einen Unfall«, sagte der Mensch, der sich Puppe nannte.

»Ist er verletzt?« Ivos Mutter schlug sich die Hand vor den Mund. »Wo ist mein Junge?«

»Am Königsstuhl.«

»Was ist mit ihm?«, schrie sie. Das Entsetzen griff nach ihr. »Ist er schwer verletzt? So reden Sie schon!«

»Es tut mir so leid.« Hanko Langwisch senkte den Kopf.

Sie verstand.

»Mein Sohn ist tot.« Die Mutter sagte das Unsagbare, das Hanko Langwisch nicht herausgebracht hatte, der Hauptkommissar nun aber bestätigte.

»Sie müssen jetzt sehr stark sein, Frau Novak. Ihr Sohn ist tödlich verunglückt.« Die Augen des Polizeibeamten waren feucht.

»Neeiin!« Sie schrie. Ihr war, als würde sie vom Scheitel bis zur Sohle in zwei Teile zerrissen. Christiane Novak fühlte sich, als ob jede ihrer Zellen bis in den innersten Kern blutete. *Ich habe mein Kind verloren. Es ist der schlimmste Schmerz,* hämmerte es in ihrem Kopf. *Es ist der allerschlimmste Schmerz.* Ihr wurde schwindelig. Sie zitterte wie Gras im Wind und hielt sich am Tisch fest.

»Ivo ist vor etwa zwei Stunden am Königsstuhl abgestürzt.«

»Am Königsstuhl.« Christiane Novak starrte die Männer fassungslos an. »Warum?«, weinte sie. »Warum? So sprechen Sie doch! Sie müssen es mir sagen! Er ist ein sportlicher Junge.«

Sie schluchzte. Ihr schien als liefe sie durch eine feuerrote, unerträglich heiße Hölle.

»Es war ein Unfall!« Der Polizist sprach betont ruhig. »Es gibt einen Zeugen, seinen Freund Björn Bätge.«

Christiane Novaks Stimme wurde laut. »Sagen Sie mir die Wahrheit!« Sie starrte Gregor Puppe an. »Hat sein Freund ihn hinabgestoßen?«

»Nein. Es war ein Unfall. Wir ermitteln noch den genauen Hergang des Unglücks.«

»Warum, Hanko, warum?« Hart umfasste sie die Oberarme von Hanko Langwisch und schüttelte ihn. »Es ist doch alles abgesperrt am Kreidekliff! Überall hängen Warnschilder mit der Aufschrift *Lebensgefahr!*« Wie in einer plötzlichen Erkenntnis riss sie die Augen noch mehr auf. »Oder hat er sich etwas … angetan?«

Hanko sah sie an. »Nein, Christiane. Es war ein Unfall.« Er schloss sie für einen Moment in seine Arme und strich ihr über das Haar. Dann ließ er sie los.

»Den genauen Hergang wissen wir noch nicht«, erklärte sein Kollege. »Nach ersten Ermittlungen der Kriminalpolizei könnte ein kleiner Luftsprung des Jungen auf dem instabilen Felsen zum Absturz geführt haben. Die Staatsanwaltschaft Stralsund wird ein Gutachten in Auftrag gegeben. Aus Sicherheitsgründen wurde das Wandern im Naturschutzpark in der Nähe des Königsstuhls untersagt.«

Sie wandte sich ab, ließ sich auf ein Sofa sinken und weinte. »Ein Unfall am Kliff. Und sein Freund? Konnte er ihn nicht festhalten?«

»Er hat es versucht. Die Kreide ist abgebröckelt und hat nachgegeben.«

»Diese verdammte Kreide!«, schluchzte sie. »Heute Morgen hat er mich geküsst. Das tut er sonst nicht. *Mama*, hat er zu mir gesagt, *in der Schule machen wir ein Praktikum. Der Lehrer meint, der Beruf ist für einen Menschen ein wichtiger Schritt in die Zukunft. Ich bin jetzt erwachsen. Kannst wetten, wenn ich die Schule geschafft habe, verlasse ich Rügen und haue ab in den Westen, Kohle machen.*«

Hanko Langwisch erwiderte nichts.

»Nun hat er mich verlassen. Für immer.« Sie schluchzte. »Nein, es ist nicht wahr! Es ist nicht wahr! Er lebt. Es kann nicht sein!«

Die beiden Männer sahen sich an. »Möchten Sie etwas trinken? Sollen wir Ihnen einen Arzt rufen?« Der Polizeibeamte sah sich um, ob er irgendwo so etwas wie eine Schrankbar mit einem Weinbrand entdeckte.

»Fortgegangen ist er, mit einem Lächeln«, wimmerte Christiane. »Und jetzt ist er gestorben.« Die Tränen liefen ihr über die Wangen. Sie schlug die Hände vors Gesicht. »Ich muss seinen Vater benachrichtigen. Wir haben unseren Sohn verloren.«

»Das erledigen wir. Wenn Sie Ivo noch einmal sehen wollen, Christiane, dann kommen Sie mit!« Hanko Langwisch legte ihr den Arm um die Schultern.

»Wir begleiten Sie! Der Pastor aus Bergen ist auch vor Ort«, sagte der Polizeibeamte. Die Mutter nickte, während ihr die Tränen in Strömen über das Gesicht rannen. »Ja. Ich gehe zu Ivo. Ich gehe zu meinem Sohn.« Dann verstummte Christiane Novak, drehte sich um und nahm wie in Trance ihre Jacke vom Kleiderhaken. Einer der Männer drückte ihr ein Papiertaschentuch in die Hand.

17. KAPITEL

Martina Bätges Handy gab seinen *Titanic-Thema*-Klingelton von sich, als sie gerade einen Salatkopf in den Einkaufswagen warf.

»Bätge, hallo?«

»Krankenhaus Sassnitz, Ambulanz. Hellwig mein Name. Ich bin der leitende Notarzt. Wir haben Ihren Sohn hier.«

»Wie bitte?« Martinas Herz fing an zu rasen.

»Regen Sie sich nicht auf! Es geht ihm gut.«

»Was ist mit Björn?«

»Ihr Sohn wurde uns von der Polizei übergeben. Er war Unfallzeuge und hatte einen Schock. Wir haben ihn untersucht und ihm eine Beruhigungsspritze gegeben. Sie können den Jungen jetzt abholen.«

»Ich komme.« Martina stellte keine Fragen. Sie ließ ihren vollgepackten Einkaufswagen stehen, hastete durch den Supermarkt, drückte sich an der Warteschlange vor der Kasse vorbei und rannte durch den Ausgang zum Parkplatz.

Mein Gott, wo stand ihr Auto? Suchend sah sie sich um. Wie sie damit zur Klinik gelangt war, wusste sie später nicht mehr. Martina parkte ihren Wagen ab und folgte den Schildern mit der Aufschrift ›Notaufnahme‹.

»Hallo, Ma!« Björn klang dumpf und beinahe unbeteiligt, als er ihr auf dem kalt erleuchteten Gang entgegenkam. Aber er sah gesund aus. Ein Berg der Erleichterung fiel Martina vom Herzen.

»Börni!« Die Mutter stürzte auf ihren Sohn zu, zog ihn kurz, aber heftig an sich. Dann hielt sie ihn eine Armlänge von sich ab und sah ihn prüfend an.

»Was ist los?«

»Nichts, alles in Ordnung.«

»Was machst du für Sachen, Junge? Ich hab' einen Riesenschreck bekommen, als plötzlich das Krankenhaus anrief.«

»Ich hab' gesagt, dass es mir gut geht. Bei mir ist alles in Ordnung.« Björn sah an ihr vorbei.

»Heraus mit der Sprache, was hast du angestellt? Was hast du mit der Polizei zu schaffen? Der Arzt meinte, dass du …«

Björn wandte sich ihr zu. Sein Gesicht war starr. »Hab' einen Menschen getötet«, sagte er tonlos.

»Nein!« Es war ein Schrei der Abwehr.

»Glaubst du, ich denke mir so etwas aus?«

Sie packte ihn bei den Schultern. »Björn, schau mich an! Börni, das ist nicht möglich! Doch nicht mit Absicht?«

»Nein«, sagte er gequält, »'türlich nicht. Aber ich hab' ihn nicht gerettet.«

»Frau Bätge?« Ein Mann in weißem Schlupfkasack mit einer Patientenakte in der Hand sprach sie an. »Doktor Hellwig. Ich habe Sie angerufen.«

»Guten Tag, Herr Doktor.«

»Ihr Sohn war Zeuge eines tödlichen Unfalls und hat einen Schock erlitten. Wir haben ihm eine Beruhigungsspritze gegeben. Eigentlich würden wir ihn gern eine Nacht zur Beobachtung hierbehalten, aber er will unbedingt nach Hause. Wir entlassen ihn auf eigene Verantwortung. Einverstanden? Nur bitte, absolute Ruhe!«

»Ja.« Besorgt sah Martina ihren Sohn an.

»Sollte es ihm schlechter gehen, bringen Sie ihn bitte umgehend her! Ich habe heute Nachtdienst.«

»In Ordnung. Danke, Herr Doktor!« Sie legte Björn ihren Arm um die Schultern. »Komm, Schatz, zu Hause kannst du dich hinlegen.« Zusammen gingen sie zu Martinas Minivan.

»Gib mir deine Sachen und setz dich schon mal vorne rein!« Martina verstaute Björns Rucksack im Kofferraum. »Hier, trink einen Schluck!« Sie hielt ihm eine Wasserflasche hin und beobachtete, wie er die Flüssigkeit in seinen Mund rinnen ließ. Er wischte sich mit dem Handrücken über den Mund und dreht den Schraubverschluss zu.

»Gleich geht es dir besser. Ich bring uns jetzt erst mal weg von hier!«

Björn nickte. Sie nahm hinter dem Steuer Platz und sah ihm in die Augen.

»Sei unbesorgt, Junge! Du hast deinen Vater und mich. Es wird alles gut.«

»Ma«, sagte er hoffnungslos, »es nutzt nichts. Ivo ist tot.«

»Ja, ich weiß. Du erzählst mir die ganze Geschichte in Ruhe, wenn wir zu Hause sind, Schatz.« Sie nahm Björn kurz in die Arme. Er machte sich steif. Martina ließ ihn los und drückte den Startknopf ihres Wagens. Der Motor meldete sich. Das vertraute leise Brummen beruhigte sie. Die wenigen Kilometer bis zu dem modernen Einfamilienhaus der Bätges dauerten eine Unendlichkeit von zehn Minuten.

»Leg dich hin, Schatz, und ruh dich aus! Ich komme in einer Minute zu dir nach oben.« Seine Mutter strich ihm über den Kopf. Der Junge ließ es geschehen, obwohl er mit diesen Gesten mütterlicher Fürsorglichkeit schon seit einiger Zeit nichts mehr im Sinn hatte. Genauso wenig wie mit der Bezeichnung »Schatz«. *Er war kein Schatz. Er war Abschaum. Schuld am Tod eines Menschen.* Später kam seine Mutter mit einem Kamillentee in sein Zimmer. Björn lag mit offenen Augen auf dem Bett und starrte gegen die Decke.

»Er ist tot, Mutti. Ivo ist tot. Ich kapier's nicht!«

»Das ist auch unfassbar.« Martina stellte die Tasse auf seinen Schreibtisch und verspürte Erleichterung, dass er sprach. Wortlosigkeit war das Schlimmste.

Björn drehte sich zur Wand. Er konnte nicht weinen. Er konnte gar nichts mehr. Nie wieder.

»Trink einen Schluck Tee!« Björn rührte sich nicht. Martina Bätge zog sich den Sitzsack zum Bett. »Wenn du etwas brauchst oder reden willst, ich bin da, mein Schatz.« Sie blieb eine halbe Stunde am Bett ihres Sohnes sitzen und sprach über diese oder jene Belanglosigkeit. Das sanfte Plätschern der Unterhaltung wirkte seltsam tröstlich. Martina gab sich Mühe, Björns Gedanken von dem Unfall abzulenken. Hatte sie als Kind Albträume, war es das erprobte Mittel ihrer Mutter gewesen, sie zu beruhigen. Indem sie über Belangloses sprach, gleichgültig, was es sein mochte, konnte sich die kleine Martina schließlich entspannen.

Bei Björn schien das ebenfalls zu funktionieren. Nach einer Weile fielen ihm die Augen zu, gingen wieder auf und fielen zu. Sein Atem wurde regelmäßig. Die Anstrengung des Tages forderte ihren Tribut. Martina blieb bei ihm, bis er eingeschlafen war. Sie stand auf, holte eine Decke und legte sie still über ihn. Dann verließ sie auf Zehenspitzen den Raum und rief ihren Mann an.

»Bernd, es ist etwas Schreckliches passiert. Ich komme soeben aus dem Krankenhaus. Ich habe Börni von dort abgeholt.«

»Meine Güte, ist er verletzt?«

»Nein, er ist gesund. Aber sein Freund Ivo ist tödlich verunglückt. Björn hat das miterlebt und einen Schock erlitten.«

»Soll ich nach Hause kommen?«

»Er liegt jetzt in seinem Zimmer und schläft. Sie wollten ihn zur Beobachtung dabehalten, aber er hat sich geweigert, in der Klinik zu bleiben.«

»Wie ist es passiert?«

»Genau weiß ich das nicht. Hanko war wohl bei der Bergung dabei. Und natürlich die Polizei. Sicher erfährst du die Einzelheiten des Unfalls von der Feuerwehr. Bitte komm nicht so spät heute!«

»Behalt die Nerven, Tina, ich versuche, früh hier wegzukommen!«

Bernd Bätge kehrte am Nachmittag heim. Er nahm seine Frau in die Arme.

»Wie geht es ihm?«

»Er sieht verzweifelt aus.« In Martinas Augen schimmerte es feucht.

»Hat er sich nicht ein wenig gefangen?«

»Unser Sohn ist sensibel. Du kannst Börni nicht befehlen, seinen Schmerz zu überwinden.« Sie löste sich von ihm. Ihr Mann eilte die Stufen hoch. Die Gefühle eines Vaters gegenüber dem Sohn waren anderer Art als die einer Mutter. Björn saß am Rechner und starrte auf den Bildschirm, wo gerade irgendeine Streaming-Serie lief. In Wahrheit sah er nichts außer Schwarz.

»Hallo Sohn! Was machst du denn für Sachen?« Bernd wusste es in demselben Moment, als er die Worte aussprach: *Daneben, das war die falsche Ansprache!*

Björn sah nicht auf. Stumm stierte er auf den Screen.

»Ich weiß Bescheid.« Sein Vater ließ sich auf der Bettkante nieder. Er beobachtete Björn eine Weile von der Seite.

»Hör mal, du bist nicht schuld«, unternahm der Vater einen zweiten Versuch, seinen Sohn zu erreichen.

Der Junge drehte sich nicht zu ihm um.

»Du bist nicht verantwortlich für das, was geschehen ist, hörst du?« Bernd fasste seinen Sohn bei den Schultern und sah ihm beschwörend in die Augen. »Ma und ich halten zu dir! Wir lieben dich.«

Diese neue Art von Zuwendung war zu viel für Björn. Sein Vater versuchte ihn zu trösten, anstatt hochzugehen. Gerade das, so schien es Björn, hätte nicht sein dürfen. Es kam ihm vor, als habe er heimlich eine weitere Furche in das Gesicht seines Vaters gezeichnet.

Ich bin die Ursache für seine Falten, dachte Björn. *Das hat der Kommissar Puppe gemeint.* Bei diesem Gedanken brach Björn in haltloses Schluchzen aus. Sein Vater, der in seiner Gegenwart Gefühle wie Rührung immer unterdrückt hatte, ließ sich plötzlich von dem Jammer erfassen und kämpfte selbst gegen die Tränen an.

»Es sind noch Plätze frei. Ich werde uns Jammerlappen im Tourismuscenter zum Lachyoga anmelden«, schlug Bernd vor. »Wir sollten, statt zu heulen, lieber etwas Vernünftiges tun: zum Beispiel die Kormorane auf der Sassnitzer Seebrücke zählen! Was meinst du, Björn?«

Die Idee seines Vaters war lausig genug, Björn ein schiefes Grinsen ins nasse Gesicht zu zaubern. Der Junge verspürte

Erleichterung. *Pa war ihm nicht böse. Er bot ihm sogar Ablenkung als Beruhigungsmittel an!* Björn brauchte nicht länger Bedenken in die Bitternis seiner Tränen zu mischen. Er durfte weinen, ohne sich schuldig zu fühlen. Sein Vater hielt ihn fest.

18. KAPITEL

Der Wind jagte Wolkenfetzen über die strohgedeckten niedrigen Dächer des Fischerdorfes an der Nordküste Rügens. Mitten im Ort lag der *Schifferkrug*. Die Gaststätte war seit Monaten geschlossen. Im *Café Sorglos* nebenan brannte Licht. Das alte Haus hatte Hunderte von Unwettern und Stürmen erlebt und stand ungebeugt in seinen Grundfesten. Der große holzvertäfelte Raum war warm erleuchtet. An den weiß getünchten Wänden der Gaststube hingen historische Schwarz-Weiß-Fotos vom Leben der Fischer auf Rügen im vorigen Jahrhundert. Heike Friedrichs, die junge Wirtin, zapfte hinter der Theke Bier. An einem der Tische in der Erkerecke saßen zwei Kerle mittleren Alters. Es sah aus, als wüssten sie nichts Rechtes mit sich anzufangen. Die Männer waren arbeitslos und mit diesem Schicksal auf der Insel nicht allein.

»Scheißwende! Awer wat soll man sich upprägen? Irgendwann is' et soweit. Da lieg ick doot opm Kutter. Kalt wie een Fisch. Verwesen werd' ick, mutterseelenalleen.«

»Hör auf, Flunder! Noch ein paar Worte von dir, und ich lande in der Klapsmühle.«

»Mokt nix! Denn biste wenigstens unter Gleichgesinnten.«

»Hättest den Junge sehen sollen! Das rote Blut auf der weißen Kreide.« Er schüttelte sich. »Blutjung war er.«

»Ick war nich' gefragt, Puppe hat das Kind geschaukelt.« Frieder Friedrichs, genannt Flunder, klopfte auf die Karten und versuchte seinen Freund Hobel alias Hanko Langwisch zu einem Spielchen zu ermuntern.

»Heb ab, Hobel!«

Plötzlich flog die Tür auf. Anni Arndt trat in die Wirtsstube. Die Gespräche verstummten. Anni sah im hintersten Winkel der Inselklause zwei kräftige Männer mit tief gebräunten Gesichtern beieinanderhocken. Der eine von ihnen trug einen dicken blonden Backenbart. Offensichtlich waren es Seeleute oder Handwerker, die ihren Feierabend einläuteten. Sie tranken Schnaps. *Ob sich die Nachricht vom Absturz des Jungen schon herumgesprochen hatte?* Anni ahnte nicht, dass sie mit Heike, Hanko und Frieder drei Menschen vor sich hatte, für die das Wort ›Katastrophe‹ zu ihrem Alltagswortschatz gehörte.

»Guten Tag!« Offenbar briet der Koch in der Küche Fisch. Anni bemühte sich, den Geruch frisch gebratener Heringe zu überriechen. Das flaue Gefühl im Magen hielt an. *Der Junge hat grauenvoll ausgesehen. Das Erschrecken ist bis in sein Gesicht vorgedrungen, der Tod nicht rasch genug gekommen*, dachte sie. Den Gebrauch des Wortes ›Angst‹ versagte sich Anni Arndt vorsichtshalber. Benennungseindeutigkeit macht Gefühle nicht angenehmer.

»Moin!«, erwiderte die Wirtin hinter dem Schanktisch und sah ihr freundlich entgegen. Anni suchte sich einen freien Platz am Fenster. *Am besten, ich stecke meine Nase in die Speisekarte!* Es berührte Anni unangenehm, in dieses Gasthaus der Einheimischen hineinzuplatzen, aber ohne eine feste Mahlzeit und einen Beruhigungstropfen ging heute nichts mehr. Das Angebot umfasste neben wenigen herzhaften Speisen vor allem ein reichhaltiges Frühstücksangebot und diverse Kuchen. Anni gab vor, nicht mitzubekommen, was um sie herum geschah.

Wenn Hobel und Flunder beieinandersaßen, konnte es nicht ausbleiben, dass sie ihr Schweigen irgendwann unterbrachen und ihre schwerwiegenden Gedanken in Worte fassten.

»Dat wüll ick wol seggen, Hobel, eene Trantüte biste nich'! Jong, dat hest gaut mokt! Tadellos!« Frieder lachte. »He, Heike, 'ne Runde op mien Rechnung – awer schütt die Gläser ordentlich voll, üm dat die Flunder schwimmen tut!« Er schnippte mit den Fingern. »Der Sturm päkt um dat Huus. Dat schall nu bald een Dunnerweer gewwen«, unkte Frieder. »Dat seggt mir mien Nas und der Wetterdienst.«

»Die lügen doch! Das wird kein Donnerwetter geben«, erwiderte Hanko, der Sitz und Stimme im Inselrat hatte. Sein Wort galt etwas.

»Dat schall wohl Petrus bestimmen, nich' Hanko Langwisch.« Frieder ließ sich das Ruder ungern aus der Hand nehmen.

»Schon was zu trinken?« Anni zuckte zusammen. Sie hatte nicht bemerkt, dass die Wirtin an ihren Tisch herangetreten war. »Einen Apfelsaft, bitte, und dazu die Käseplatte! Auf die grünen Heringe mit Bratkartoffeln verzichte ich heute lieber.«

»Rote Grütze-Torte auf Jasmunder Art?«

»Nein danke, vielleicht nachher.«

»Wie Sie wünschen.« Heike nahm die Speisekarte mit.

»Die Kreide bröckelt. Bald ist nix mehr dor«, Frieder guckte in sein Schnapsglas. »Dat is' genau wie in mien Glas. Allens futsch!«

»Die Ranger suchen jeden Morgen nach brüchigen Stellen. Neulich habe ich beobachtet, wie sie eine Drohne losgeschickt haben.«

»Drohnen sind wegen der aufsteigenden Winde verboten«, wandte Hanko ein. »Das Landen ist zu schwierig.«

»Nicht für Forstleute. Sie machen das für die Sicherheit der Menschen. Falls nötig, sperren sie gefährliche Kliffwege,« sagte Heike.

»Gresig is dat all! Der Jong is ja nu dood.«

»Das war kein Lebensmüder, Flunder!«

Als würde sie bei einem Tennismatch zusehen, wendete Anni ihren Kopf hin und her. *Sie reden* über das Unglück! Merken die Männer, dass ich die Ohren spitze?

»Dunner'slach, dat tut gaut!« Frieder hob sein Glas. »Ick lad di in, Deern, Prost!« Er zwinkerte ihr zu. Anni, erlöst von der Ahnung, beim Lauschen ertappt zu werden, nickte.

»Ein Sanddornschnaps könnte helfen! Ich bin völlig fertig mit den Nerven! Ich habe gerade einen Toten am Ufer gefunden. Er ist die Klippe hinabgestürzt. Polizei, Rettungsboot, Krankenwagen und sogar ein Hubschrauber – das ganze Aufgebot war dort.« Während sie es aussprach, spürte sie Entlastung.

»Ich bin bei der Deutschen-Lebens-Rettungs-Gesellschaft und war ebenfalls vor Ort«, erklärte Heike.

»Echt? Oh Mann, das habe ich gar nicht mitgekriegt! Da liefen eine Menge Leute herum! Ich glaub, ich habe mit einem Arzt und einem Polizisten gesprochen.« Anni wischte sich über die Stirn.

»Kein Thema. Sie waren sehr aufgeregt. Für uns ist es nicht der erste Einsatz am Kreidefelsen! Wie viele ehrenamtliche Einsätze wir im Laufe des Jahres erleben, zählen wir nicht. Das ist unwichtig.«

»Die bieden«, Frieder hob sein Glas in Richtung Hanko und Heike, »hev dat gaut mokt.«

»Nu übertreib nicht. Da gab's noch andere«, wehrte Hanko ab.

»Er ist unser erster Feuerwehrmann im Ortskommando«, erklärte Heike. »Überall bekannt als ›Hobel‹.«

»Ursprünglich bin ich Fischer. Nach der Wende habe ich das Handwerk des Zimmermanns gelernt«, erläuterte Hanko seinen Spitznamen.

»Und die oll' Flunder is' mien Brauder«, fuhr Heike fort. »Er heißt eigentlich Frieder. Viele Jasmunder kennen ihn aufgrund seiner Einsatzbereitschaft bei der Deutschen Gesellschaft zur Rettung Schiffbrüchiger.«

»Dann bin ich ja hier unter regelrechte Hochseehelden geraten!«, staunte Anni.

»Ick bin keen Held, ick bin Profi«, winkte Frieder ab. »Ich tu bloot, wat ick heff lernt.«

»Wo kann man lernen, Menschen auf See zu retten?«

»Nu, ick heff mien Kahn durch een Schiffbruch vorlor'n. Domols bin ick gerettet worn. Dat is' wol Johrzehnte her.«

»Seitdem setzt er sein Leben für Menschen in Seenot ein«, erklärte Heike. »Lob hören wir alle nicht gern«, ergänzte sie.

»Een Händedruck und een Danke genügen«, winkte Frieder ab. Er besah sich seine Botten. Frieder trug winters wie sommers klobige Sicherheitsschuhe. Nur wenn die Sonne Kinder bekam, tauschte er sie gegen Sandalen.

»Typisch Flunder! Fragt ihn jemand, worin er sich in all den Jahren hervorgetan hat, dem antwortet er: *Im zuverlässigen Umgang mit Essen und Trinken hab' ich mich hervorgetan!*« Heike platzte beinahe vor Stolz auf ihren mutigen Bruder. »Er ist viel zu bescheiden. Wenn andere reinkommen, geht er raus.«

»Lat gaut sien, Deern!« Nur gelegentlich gab Frieder zu, dass er im ›Groten und Ganzen‹ ordentlich mitgehalten hatte und nicht ›achtern‹ geblieben war, wenn es um Menschenleben ging.

»Unser Leitspruch ist *Wir können das, wir machen das!*«, pflichtete Hanko seinem Freund bei.

»Habt ihr keine Angst?«, wollte Anni wissen.

»Nein, Angst habe ich nicht. Also, es ist egal, wie das Wetter ist. Man fährt raus. Ob das jetzt 'n büschen stürmt oder nicht. Sobald ich gerufen werde, fahr' ich los! Da darf man keine Angst haben, sonst kann man gleich zu Hause bleiben, nech!«

»Die Gegend unterhalb der Kreidefelsen war immer riskant, stimmt's?«, bemerkte Anni, die spürte, dass den Rettern zu viel Lob unangenehm war.

»Sie ist nicht nur gefährlich, sondern auch wunderschön. Das wissen die Touristen und reisen deshalb hierher. Die Absperrungen bringen nix. Wer in der Gegend umherläuft, tut es auf eigene Gefahr«, sagte Heike.

»Man muss hier ständig mit einem Felsabbruch oder anderen Gefahren rechnen«, ergänzte Hanko.

»Woher kommen die vermehrten Abbrüche?«

»Vom Klimawandel?« Er zuckte die Schultern. »Ich habe den Eindruck, dass das Risiko von Abbrüchen in den letzten Jahren zugenommen hat. Vielleicht hat das mit den Wetterextremen zu tun. Es hat viel geschüttet im Winter. Die Kreide ist porös.«

»Einige der alten Bäume sind abgesackt. Und die Steilufertreppe existiert nicht mehr«, ergänzte Heike.

»Leider, ich habe davon gehört.«

»Du bist awer nich' von hier?«, fragte Frieder. Sein Blick wurde hellwach.

»Ach, ich sollte mich vorstellen! Ich bin Annerose Arndt. Derk Steensen war mein Opa.« Anni stand auf und setzte sich zu den Männern. Sie gab ihnen die Hand.

»Nee! Segg bloot, du bist lütt Anni? Ick verdank' dien Opa mien Läwen! Dat is' lang her.« Er winkte ab. »In DDR-Tied.« Erstaunt musterte Frieder sie von Kopf bis Fuß. »Wir kenn' uns, Deern!«

»Frieder, natürlich! Und du?« Anni betrachtete Hanko. »Bist du etwa …?«

Anstelle einer Antwort öffnete Hanko die Hand. Anni blickte verblüfft auf einen kleinen Feuerstein mit einem Loch in der Mitte.

»Hanko Langwisch, natürlich! Du warst als junger Mann auf dem Kutter von Derk Steensen. Und du hast immer noch den Hühnergott, den ich dir geschenkt habe? Wahnsinn!«

»Der Stein ist mein Talisman. Er begleitet mich auf jedem Einsatz. Wo warst du so lange?«

»Als die Mauer fiel, bin ich mit meinen Eltern in die BRD gezogen.« Hanko und Frieder nickten.

»Mutti und Vati sind verstorben. Ich lebe in Leipzig.«

Die Wirtin kam mit dem Schnaps.

»Wohl bekomm's! Ich bin übrigens Heike Friedrichs. Kannst Heike zu mir sagen, wenn du magst.«

»Heike.« Anni reichte ihr die Hand. »Ich bin Anni. Wir haben uns damals nicht mehr kennengelernt.«

»Logisch, ich bin ›die ungeplante Nachzüglerin‹«, grinste Heike.

»Anners, as een denken kann, hett de Naam Friedrichs toerst mal rein gar nix mit Frieder to kriegen«, kommentierte ihr Bruder.

»Das tut nichts zur Sache, Frieder!« Heike puffte ihn in die Seite. Sie sah Anni an. »Habe ich das richtig gehört, ihr kennt euch? Du bist ursprünglich von hier?«

»Ja. Mein Opa hat mir sein Haus vererbt. Deshalb bin ich zurückgekommen. Das Liegenschaftsamt hat mir mitgeteilt, dass der Katen seit Langem leer steht.« Anni wunderte sich über die skeptischen Mienen der Männer. »Oder etwa nicht?«

»Nu, wenn du fragst ...«

»Ihr guckt irgendwie sparsam. Sagt schon, stimmt etwas nicht mit dem Katen? Tut nicht so geheimnisvoll!«

»Falls du es unbedingt wissen willst«, sagte Hanko und fing unvermittelt an zu prusten, »da wohnt niemand, bloß der Stör ...«

»Lass die hoorigen Geschichten, Hobel!« Heike warf Hanko einen warnenden Blick zu, der ihn schlagartig verstummen ließ. Sie legte Anni die Hand auf den Arm.

»Wie lange wirst du bleiben?«

»Zunächst während der Sommermonate, kann sein bis zum Herbst.« Sie sah die Männer an. »Ihr seid Handwerker?«

»Was willst du gemacht haben?« Aus Hobels Stimme klang Selbstbewusstsein und Vorfreude.

»Würde sagen, eine Generalüberholung. Der gesamte Katen. Hättet ihr Zeit?«

»Nu …«

»Wir könnten es uns ja mal anschauen.« Die Männer zwinkerten sich zu. »Dat löppt nich' weg mit allem Drum und Dran!«

»Nach der Renovierung wird das die schönste Fremdenpension von Rügen!«

»So entschlossen, wie das klingt, glaube ich es.«

»Was würde die Renovierung mit Streichen und Ausbessern des Daches samt Gebälk kosten?«

»Schwer zu sagen.«

»Dor gewwt et wat to …« Frieder brach seine Rede ab und kippte einen Schnaps. »In de Hus, dor spukt dat, heff ick hört«, raunte er geheimnisvoll. »Nich', Hobel?« Die Männer stießen sich an und bogen sich vor Lachen.

»Wie bitte?«

»Dor geit nachts de Störtebeker in un ut, segg' de Lüüd«, erklärte Frieder mit wichtigem Gesicht..

»Seid still! Da geht niemand ein und aus! Nu macht der Deern man keine Angst, ihr ollen Spökenkieker!«, rief Heike. »Da hör' bloß nicht drauf, Anni!«

»Ich glaub nicht an Seeräubergeschichten. Das Haus ist ziemlich baufällig. Es müsste von Grund auf saniert werden.« Sie lächelte, obwohl ihr plötzlich der Hals wie zugeschnürt war. *Ein Toter und jetzt noch Geister?* Langsam war das Maß voll.

»Dat heww ick mi nich' anners docht«, sagte Frieder mit Unschuldsmiene, als wäre es eine Selbstverständlichkeit. »Dat olle Hus is' all'n bäten wackelig. Awer, 'ne Wiel bliewt 't wol noch bestahn. Wenn du een Zimmermann bruchst, de Likedeeler word di nich' helpen!« Die Männer lachten. »Noch een Schnaps, Heike, üm dat de Flunder schwimmen tut!« Frieder hob sein Glas.

19. KAPITEL

In der Nacht wälzte sich Anni von einer Seite auf die andere. Die Bilder des toten Jungen verfolgten sie bis in den Schlaf und hatten sie lange nicht zur Ruhe kommen lassen. Ein Geräusch weckte sie. Sie machte die Augen auf und blinzelte in die Dunkelheit. Fetzen ihrer beunruhigenden Albträume schwebten immer noch knapp außerhalb ihrer Reichweite und blieben fanatisch bei ihr. Anni brauchte einen Moment, um zu begreifen, wo sie sich befand. Sie warf einen Blick auf den Digitalwecker neben ihrem Bett. Die Ziffern zeigten 2:11 an. Im Haus herrschte Stille.

Was war das? Sie lauschte. Das Geräusch kam aus dem Garten. Ein leises Knirschen, als würde jemand über Kies gehen. Sie musste nachsehen! Bis zur Hintertür wäre es eine in ihrem Zustand schwierige Reise über zehn Meter. *Eigene Schuld!* Zu viel Alkohol im Blut machte sie unruhig. Seitdem sie als Sechzehnjährige das erste Mal nach einer Partynacht die Nachwirkungen eines Rausches kennenlernen durfte, hatte Gott ihr fast ein Vierteljahrhundert Zeit gegeben, sich ohne Erfolg an diese Tatsache zu gewöhnen.

Ihr fiel der gestrige Abend ein. Wie einst Opa Derk im *Schifferkrug* hatte sie stundenlang an der Theke des *Café Sorglos* gehockt und geklönt. Es war ein Déjà-vu gewesen. Anni hatte sich im Kreis von Hanko, Frieder und Heike an die alten Zeiten erinnert, als sie mit den Fischern Heringe pukte. Sie schätzte die Kameradschaft. Die drei Rüganer hatten ihr viele Fragen gestellt über ihre Familie und ihr Leben. Fischer sind nicht selten Einzelgänger. Sie bleiben für sich und gestehen dieses Recht auch anderen zu. Anni spürte, dass Frieder, Hanko und Heike sie mochten. Die Insulaner hatten keine Ahnung, wie gut es ihr tat, von ihnen aufgenommen zu werden und sich als Teil eines Ganzen zu fühlen. Für den Abend war sie eine von ihnen. Sie hatte ein Glas Inselgeist getrunken, dann noch eines und noch eines. In einem versteckten Winkel ihres Herzens mochte sie ahnen, jedes zusätzliche Glas würde eine verheerende Wirkung haben. *Was sollte es?* Ihr blieb keine Wahl, als sich so schnell wie möglich in ihr neues Leben zu verlieben. Wenigstens besaß sie die Freiheit, die Konsequenzen ihres Tuns zu tragen.

Anni horchte konzentriert nach draußen. Sie hörte nichts mehr außer dem Pochen in ihren Schläfen, das im Rhythmus ihres Herzschlags pulsierte. Der Regen ließ nach. In der Ferne vernahm sie ein leises Grummeln.

»Okay. Das reicht.« Anni schwang sich aus dem Bett und tappte barfüßig durch das Zimmer. Es gab in diesem Raum keine Deckenbeleuchtung. Das verursachte ihr ein unheimliches Gefühl. Sie tastete sich im Dunkeln zur Stehlampe und weiter in den Raum, der als Wohnküche diente: ein Milchschrank, ein Esstisch mit einer Bank und zwei Korbstühle, ein Zweiplattenherd, ein Keramik-Waschbecken, ein nervender Kühlschrank, der in regelmäßigen Abständen Geräusche wie ein anfahrender Lastwagen von sich gab, und ein ausgedienter Sessel. Auf ihm hatte Öpping gesessen. Sie streichelte die abgewetzte Armlehne. Anni nahm einen Schluck aus dem Wasserhahn. An das Spülbecken gelehnt spürte sie eine Weile die wohltuende Wirkung, während die kühle Flüssigkeit ihre Kehle hinab rann. Sie öffnete die Hintertür, sah in die Nacht hinaus und trat in den Garten.

»Brrr!« Es war eiskalt, obwohl in wenigen Tagen der Monat Mai anfing. Anni fröstelte. Ihr Atem bildete dampfende Wölkchen. Die Baumreihe, die zum kleinen Anleger führte, warf im Mondschein eigenartig verzerrte Schatten. Die Zweige der Apfelbäume waren mit weißen Blüten bedeckt.

Augenblick! Das waren keine weißen Blüten, das waren Schneeflocken! Im Winter hätte Anni sich an Schnee erfreuen können. Jetzt übte er keinen Zauber auf sie aus. Winzige Eiskristalle überpuderten die Rasenfläche. Rechts konnte man das Café und eine Reihe von kleinen Andenken-Läden erkennen. Gegen den dunklen Nachthimmel schimmerte die Ostsee. Anni hörte es in der Ecke beim Schuppen rascheln. Sie verharrte. *Nichts. Wahrscheinlich kroch ein Igel dort hinten durch die Büsche.* Mit angehaltenem Atem schlich sie auf Zehenspitzen in Richtung des Geräusches. Kälte macht empfindungslos, bevor sie wehtut.

»Aua!« Anni steckte mit ihrem rechten Fuß in dem Rest einer Rolle Kaninchendraht, die im hohen Gras herumlag.

»Das ist ja die reine Müllhalde hier!« Fluchend hüpfte Anni vorwärts, schüttelte das Bein und befreite ihre Zehen aus dem Maschendrahtgeflecht. Sie spürte den glitschigen Untergrund unter ihrer linken Fußsohle, dann rutschte sie weg. Instinktiv streckte sie die Arme nach vorne, um sich beim Fall abzustützen und landete im Tümpel.

»Brrr!« Kalter Schlamm klebte an ihrem Körper.

»Hast du dir wehgetan?«

Anni erschrak. *Wer war das? Bloß keine Angst zeigen!* Sie sah in die Richtung, aus der die männliche Stimme kam.

»Ich bin in Ordnung, aber ich sehe nichts!« Sie klang wütend. »Kennen wir uns?« Es gelang ihr, Energie in ihre Worte zu legen.

»Du hängst ganz schön da drin.« Der Mann beugte sich über sie. Anni nahm einen Geruch nach Schweiß und Bier wahr. Er war groß und breitschultrig, nicht im herkömmlichen Sinne gut aussehend, aber es lag etwas Bezwingendes, ausgesprochen Männliches in der Art, wie er vor ihr stand. Sein Kinn zierte ein Dreitagebart. Wirres, dunkles Haar lugte halblang unter einer braunen Kappe hervor. Es war eine eckige Baskenmütze, so wie Landwirte sie für gewöhnlich trugen oder Revolutionäre.

Der Mensch sieht aus wie ein südamerikanischer Anführer, dachte sie. Anni war auf ihrem achtunddreißigjährigen Lebensweg noch nie einem Bandenchef begegnet. Obwohl …, abgesehen von den arktischen Temperaturen auf Rügen ähnelte dieser verwilderte Garten durchaus einem bolivianischen Dschungel. Vor allem bei Nachtlicht.

»Komm, ich helfe dir!« Er hielt ihr die Hand hin. Anni ergriff sie. Die Ärmel seiner dunklen Jacke waren hochgekrempelt und entblößten tätowierte Armmuskeln.

»Jo-ho!« Er zog sie hoch. »Vorsichtig!« Anni watete aus dem Moder und spürte unter ihren Fußsohlen Eis und Löwenzahn.

»Ha!« Er hob den kaputten Draht auf und schmiss ihn im hohen Bogen in den Teich. »Der Schatz ist versenkt. Nun geh' drei Schritte und ruf' ›*Hilfe!*‹«

Ohne nachzudenken, stelzte Anni los und rief. »Hilfe!«

In diesem Moment schoben sich die Wolken beiseite. Dem Mann fielen ihre gute Figur und die Art und Weise auf, wie ihr dunkles, nasses Haar ihre Schultern streifte.

»Moment mal!« Abrupt drehte sie sich um. »Warum tue ich das?« Anni verzog das Gesicht. Der helle Vollmond verspottete sie genauso wie der fremde Kerl, der leise hinter ihr her pfiff.

»Wenn du schreien und gehen kannst, hast du dir nichts gebrochen. Ist ein alter Piratentrick, falls man vom Mast fällt und nicht weiß, ob man angeschlagen ist.« Er grinste. Sie starrte ihn an. Erst jetzt sah sie, dass seine Hosenbeine in hohen Stiefeln steckten und er ein weites weißes Hemd trug. Um seine Hüfte rankte sich ein breiter Gürtel mit verzierter Schnalle und …

War das etwa ein Messer? Wo befand sich ihr Mobiltelefon? Sinnlos, es dauerte zu lange, bis die Polizei kam. Himmel, hier half nur eine Schaltkonferenz mit dem Himmel!

»Sie wollen mir doch nicht erzählen, dass Piraten *Hilfe!* rufen?« *Cool bleiben!*

»Natürlich nicht, die schreien was fürchterlich Unanständiges.« Er zeigte immer noch dieses widerliche Grinsen.

»Und wie ist Ihnen bei mir *Hilfe!* eingefallen?«

»Na ja, es entsprach irgendwie der Lage. Du sahst verdammt ängstlich aus.« Er legte ihr seine Jacke um. Sie stutzte. Woher kannte sie diesen Geruch? Der feuchte Stoff war schwer und roch nach Mann.

»Sie behaupten, ich habe Angst vor Ihnen?« Anni sah ihn herausfordernd an. *Es ging um das Geschick, ihn loszuwerden. Sie musste gute Miene zum bösen Spiel machen!*

»Das würde ich mir nie erlauben!« Er hob beide Arme.

»Es ist spät. In der Regel gehe ich früh schlafen.«

»Regeln sind langweilig.« Sein Grinsen verstärkte sich. »Ohne Leichtsinn ist das Leben keinen Schuss Pulver wert. Mich drängt nichts.«

»Sie gehören wohl zu denjenigen, die der Auffassung sind, die Zeit könne warten.« Anni hielt inne.

»Kunst ist Kunst«, tönte er.

»In welcher Kunst sind Sie bewandert, dass Sie das beurteilen können?«

»Nenn' es Lebenskunst.«

»Ich will Ihnen nicht zu nahe treten, aber …«

»Nicht? Schade!«

»Es gibt Menschen, deren Name ist *Kehr-mich-nicht-dran*!« Sie biss sich auf die Zunge, wollte ihn nicht reizen.

»Schon gut, ich hab' verstanden! Dann leg dich mal wieder ruhig in dein Bettchen, während ich verschwinde, hm?«

»Danke.« In Ermangelung einer intelligenten Antwort nickte sie erleichtert. *Gott sei Dank!* Schnell stieg sie die zwei Stufen zum Hintereingang hoch und drückte auf den Schalter der Außenleuchte, welcher – oh Wunder – sogar funktionierte: Die Szenerie wurde in fahles Licht getaucht.

»Sagenhaft. Ist überhaupt nichts passiert«, stellte er fest. »Hast du mal ein Feuerzeug?«

»Ein F-F-Feuerzeug?« Alarmiert sah sie ihn an.

»Ja, Feuerzeug. Ist so ein kleines Ding.« Er zeigte die Größe mit Daumen und Zeigefinger. »So was Ähnliches wie Streichhölzer. Man kann sich damit eine anzünden.«

»Eine anzünden?« *Hatte sie den Verstand verloren? Warum plapperte sie wie ein Papagei jedes seiner Worte nach?* Anni biss sich auf die Lippen.

»Zigarette. Schon mal gesehen? Das ist ein Glimmstängel aus Tabak.«

»Ich weiß, was Zigaretten sind!«, fuhr sie ihn an. *Was dachte sich der Kerl?*

»Halten Sie mich für begriffsstutzig? Wer sind Sie? Wie kommt es, dass Sie nachts in meinem Garten herumschleichen und so tun, als würden wir uns kennen?«

»Soweit ich gehört habe, steht das Haus des alten Steensen seit Jahren leer«, umging er die Frage.

»Jetzt nicht mehr. Ich bin Derk Steensens Enkelin, Annerose Arndt.«

»Was du nicht sagst!« Er zeigte sich ehrlich erstaunt. »Annerose – so viel Poesie hätte ich dem alten Filzkopp gar nicht zugetraut. Chapeau!« Er zog einen imaginären Zylinder.

»Auf einer Insel kann man dummen Redensarten nicht entrinnen.« In Annis Stimme lag Empörung. Sie sah ihn böse an.

»Entschuldige, immerhin habe ich dir das Leben gerettet.«

»Lebensretter sehen anders aus, ich kenne zufällig welche!«

»Echt?« Er kratzte sich am Hinterkopf. Seine Kappe rutschte nach vorn, was ihm ein verwegenes Aussehen verschaffte. »Wie wär's mit einem kleinen Dankeschön?« Blitzschnell sprang er die zwei Stufen hoch und zog sie an sich.

»Sind Sie wahnsinnig?« Reflexartig gab sie ihm eine schallende Ohrfeige.

»Schon gut.« Er rieb sich die Wange und stieg rückwärts die Treppe hinunter. »Ich empfehle mich!«

»Ihre Jacke!« Anni schmiss sie ihm an den Kopf. Der Kerl fing sie mit einer Hand, wendete auf den Hacken und verschwand hinter dem Dornbusch.

Endlich! Ihr fiel ein Stein, schwer wie ein Findling, vom

Herzen. Anni atmete auf, weil der seltsame Besuch sein Ende fand. Auf unheimliche Art kam ihr der Mann vertraut vor.

»Wollen Sie mir nicht verraten, wer Sie sind?«, rief sie ihm hinterher.

»Nicht nötig, wenn es sein soll, sehen wir uns auch ohne das wieder! Wissen Sie, auf einer Insel kann man nicht entrinnen!« Er lachte. Über die Hecke schallte sein Gesang: »Stürzt den Becher auf das Leben und die Trunkenheit! Stürzt den Becher auf die Weiber und die Lustbarkeit!«

›Wissen Sie?‹, so sprach doch nur der Notar Claas Siegert. Anni huschte in die Wohnstube und verschloss die Tür. *Der gut aussehende junge Störtebeker hatte mit dem Juristen so wenig gemein wie ein Becher Rum mit einer Tasse Earl Grey. Claas Siegert hielt sie nicht zu Unrecht für kopflos. Verlor sie den Verstand? Es war immerhin möglich.* Anni kroch unter die Bettdecke und konnte sich einen Moment lang nicht rühren vor äußerster Furcht. Sie fand, es war ganz unglaublich von ihr gewesen, dass sie nicht geschrien hatte. Stets war die Dunkelheit für Anni voller Schrecken gewesen. Wenn sie zurückdachte an ihre Kinderjahre, dann erinnerte sie sich, wie sie in der Finsternis in ihrem Bett aufwachte und sich ängstigte, bis ihre Mutter kam und das Licht anmachte. *Setzte sie etwa voraus, dass sie nicht an Geister glaubte? Wessen Hand hatte sie berührt? Und was tat der Kerl in ihrem Garten?* Anni kauerte sich in der Ecke des Bettes zusammen. *Dazu noch die Sache mit dem Feuerzeug. Was hatte der Busfahrer gesagt? Das Herz ist ein Zunder? Warum war sie nur auf diese verfluchte Insel zurückgekehrt?* Die Erschöpfung nach diesem Tag holte sie ein. Sie stöhnte auf, unterdrückte ein Schluchzen. *Das kommt davon, wenn man zu viel trinkt und sich Spukgeschichten anhört!* Was kümmerten sie irgendwelche Kerle, egal, ob tot oder lebendig? Nie zuvor hatte sie sich ein Gespenst mit einer Kappe vorgestellt.

»Ist bloß ein alberner Klartraum«, flüsterte sie halblaut ins

Dunkle hinein. Letzten Endes würde sie es nicht herausfinden. Das einzige Beweismittel für den Auftritt des Störtebeker lag auf dem Grund des Tümpels. Es war eine halbe Rolle rostiger Kaninchendraht.

20. KAPITEL

Noch vor Sonnenaufgang erwachte Anni. Sie lauschte auf die Vögel, die gegen halb fünf zu zwitschern anfingen. Ein leichter Wind trieb die Wellen sanft vor sich her und sandte sie mit weichem flachem Aufschlag in die Bucht, an der Derk Steensens Katen nur wenige Schritt vom Rande des Wassers entfernt stand. *Aufstehen oder liegen bleiben?* Anni sprang aus dem Bett und zog die Vorhänge zurück. Das erste Sonnenlicht flutete ins Zimmer. Anni öffnete die Tür in den Garten. Der sumpfige Teich strahlte heute Morgen Idylle aus. *Es würde vermutlich ein heller Tag werden, keiner dieser dunklen Stundensammler.* Die Luft war über Nacht ungewöhnlich mild geworden. Der Inselbogen mit seinen Buchten und Katen atmete Frühlingsfrische. Unter dem Dach hingen Schwalbennester. Noch waren sie leer.

Der Himmel verlöre seinen Sinn, gäbe es keine Schwalben. Angst zu haben wäre töricht. Die Erlebnisse des gestrigen Tages und der Nacht kamen ihr seltsam unwirklich vor. Anni ging ins Haus zurück und spritzte sich drei Handvoll Wasser ins Gesicht. Obwohl sie keine Verpflichtungen hatte, beschloss sie, sich nicht wieder ins Bett zu legen, sondern ihr frühes Aufstehen auszunutzen. Sie liebte den frühen Morgen, und jedes Mal, wenn sie durch irgendwelche unkontrollierbaren Umstände dazu gezwungen wurde, ihn zu erleben, beschloss sie, das frühe Aufstehen von jetzt an in ihren Tageslauf einzubeziehen. Anni fand im Küchenschrank einen letzten Rest Tee. Sie erhitzte

Wasser in einem zerbeulten Kochtopf und goss die Teeblätter im Sieb auf. Ihr mobiles Endgerät gab einen Ton von sich. Sie schaute nach. Es gab eine digitale Nachricht von Claas Siegert.

»Ach herrje, der Notar fehlt mir noch zu meinem Glück!«, murmelte sie. Dann überflog sie halblaut die elektronische Mitteilung und tippte ein paar Antworten.

»Guten Morgen, Frau Arndt!« *Aha, er war Frühaufsteher.*

»Guten Morgen!«

»Sind Sie gut angekommen?«

»Danke.«

»Was machen Sie?«

»Katzenwäsche und Katerfrühstück!« *Lesen und Schreiben.*

»Hat die Hausübergabe geklappt?«

»Ja, danke.« *Wurde das ein Verhör?*

»Wie ist das Wetter?« *Wollte er einen Klönschnack? Konnte er haben.* »Störtebeker hat mich vor dem Kältetod gerettet.«

»Aha. Wie sind die Rügener?«

»Die Rüganer sind liebenswürdig, die Rügener freundlich und die Rügen-Urlauber artig, solange die Sonne scheint.«

»Verstehe. Kommen Sie klar?«

»Ja.« *Langweiliger Advokat.*

»Melden Sie sich gern bei Fragen!«

Das war immerhin ein nettes Angebot.

»AKLA.«

»?«

»Alles klar.« *Melden? Höchstens wenn ich über dem Königsgrab hänge.*

»Verstehe. MfG CS

»VG A.«

Erstaunlich, der Notar chattete mit ihr! Dachte sie an Claas Siegert, dann nannte sie ihn stets ›der Notar‹. Anni wunderte sich nur kurz. Elektronischer Nachrichtenaustausch war schließlich die moderne Kommunikationsform. Tatsächlich war diese Art, sich einem anderen Menschen mitzuteilen für Claas Siegert Neuland. Moderne Technik betreffend war der zweiundfünfzigjährige Jurist aus der Zeit gefallen. Er war kein Freund der Digitalisierung. Dank Annerose Arndt entdeckte er den Zauber von Social Media. Er hatte sich vor Kurzem eine Messenger-App heruntergeladen und sein Handy am Mann. Als er sich dabei ertappte, wie er einen Mandantenbesuch abkürzte, um zwischendurch seine Nachrichten abzurufen, schalt er sich einen Narren. Neuerdings ließ ihn eine innere Unruhe nicht lange stillsitzen. *Er stand auf, ging auf und ab, setzte sich wieder: ein bedenklicher Zustand. War er noch auf dieser Welt?* Dass man bei einem ›*VG A.*‹ Herzklopfen bekommen konnte, erstaunte ihn. Er ahnte nicht, dass Anni Arndt ihre Nachrichten niemals mit vollem Namen oder dem Kürzel *AA* signierte. Annerose Arndt signierte ihre Nachrichten mit einem schlichten *A.* Dieses *A.* konnte alles bedeuten: *Annerose, Anni oder Arndt.* Der Empfänger konnte es sich aussuchen. In diesem Falle meinte ›*A.*‹ allerdings eindeutig *Arndt*, auch wenn Claas Siegert von *Anni* träumte.

Die eben Erwähnte wanderte mit der Teetasse in der Hand durch die Räume des alten Fischerhauses. Was ihre Augen entdeckten, war alles andere als erfreulich. Das Wohnhaus wirkte baufällig. Ein elender Fachwerkbau, dessen einzelne Fächer mit Lehmkluten ausgefüllt waren. Die Holzfenster benötigten dringend einen neuen Anstrich, falls sie überhaupt noch zu retten waren, und erzeugten den Eindruck von Verwahrlosung. Im Reetdach hatte der Sturm gehaust und Lücken gerissen, die nur notdürftig mit Stroh zugedeckt worden waren. Sicher, Häuser in dieser Lage am Nationalpark Jasmund im Nordosten Rügens waren Preziosen – vorausgesetzt, man verfügte über das nötige Vermögen, um das Domizil zu restaurieren. Anni hatte im Laufe ihrer Berufstätigkeit einen fünfstelligen Geldbetrag angespart. Der würde für das Ausbessern des Daches reichen.

Damit wären weder die Heizung, die Fenster noch die sanitäre Einrichtung renoviert. Und ohne Ofen einen Winter auf Rügen zu überstehen, traute sie sich nicht zu. Ganz davon abgesehen, dass sie auf der Insel keine Arbeit finden würde, um ihren Lebensunterhalt zu verdienen.

»Was soll ich tun? Ich muss das Erbe ablehnen, wenn ich mich finanziell nicht ruinieren will«, murmelte sie vor sich hin. Jene Träume, die aus Öppings Erbstück eine Pension machten und ihr ein Leben mit herrlichem Blick vom Steilufer zum Kap Arkona vorgaukelten, schienen Anni nach dem ersten Eindruck, den sie von dem Katen hatte, so waghalsig wie ein Sprung von der Klippe ins Meer. Sie dachte an gestern. Ein Schatten legte sich über ihre Gedanken, von denen einer messerscharf war: *Vermeidung hilft nicht.* Um das Erlebnis mit dem toten Jungen am Strand zu verarbeiten, musste sie sich noch einmal an genau dieselbe Stelle am Meer begeben. Anni zog ihre Laufschuhe an, um zu Beginn dieses strahlenden Tages joggen zu gehen.

Während sie lief, lauschte sie dem Kreischen der Seemöwen und dem sanften Plätschern der Wellen, die an den Strand leckten. In wenigen Stunden würde der Ort mit Touristen bevölkert sein, die alle die weltberühmten Kreidefelsen besuchen wollten. Es war noch nicht acht Uhr. Rügen war zu dieser Jahreszeit noch nicht überfüllt, denn die meisten schliefen in ihrem Urlaub länger als gewöhnlich. Die Leute saßen beim Frühstück. Anni liebte es, in der Einsamkeit am Wasser zu sein. Sie betrachtete das Laufen als eine Art Meditation. Deshalb rannte sie am liebsten allein. Sie hatte den Weg am Strand entlang für sich.

In nicht allzu weiter Ferne lag das Kap Arkona mit seinen drei Türmen. Der Schinkelturm, seit 1828 in Betrieb, der 1902 erbaute Leuchtturm und der Marine-Peilturm, fünfundzwanzig Jahre später errichtet. Der Pfad verlief ein Weilchen dicht am Wasser entlang. Rund zwanzig Meter von der Uferlinie entfernt leuchtete der Schwanenstein. *Wenn man einen einsamen Strand hat und einen hohen blauen Himmel darüber, ist der Begriff Zeit eine künstliche Einrichtung, deren Angabe banal wird.* Im Sand lagen Kreidestücke, Muscheln und vereinzelte Brachiopoden, fossile Schwämme aus Kieselsäure. Manche der bunten Kiesel schimmerten in der Sonne wie Edelsteine. Anni hob einen winzigen dunkelbraunen Splitter auf. Vielleicht war das ein Bernstein? Er roch nach Salz. Sie steckte ihn in ihre rechte Jackentasche und lief bis zu der Stelle, an der sie den Jungen gefunden hatte. Keine Unebenheiten von Abdrücken im Sand und auf den Kieseln, wo man ihn geborgen hatte, deuteten auf das Unglück hin. Der Strand und das Meer, im unaufhörlichen Kampf miteinander, hatten einen vorübergehenden Waffenstillstand geschlossen und sich miteinander verbündet, um die Blutspuren und die Vertiefungen gemeinsam auszumerzen. Die Wellen spülten sie weg, während der Wind Sandkorn auf Sandkorn in die Dellen trieb, bis sie formlose Senken wurden und endlich ganz verschwanden. Der Gewitterregen hatte sein Übriges getan. Anni sprach ein kurzes Gebet für den Toten. Dann kehrte sie um.

21. KAPITEL

Anni traf Heike, als sie den Pfad unter den alten Buchenbäumen zurück nahm. Die Gastwirtin kam ihr auf der Laufstrecke entgegen. Sie hatte im Korb auf dem Gepäckträger eine große Brötchentüte deponiert.

»Moin moin!«, japste Anni ein wenig außer Atem.

»Moin! Einmal reicht, *Moin Moin* ist Gesabbel. Norddeutsche Grundregel.« Mit wehender Jacke sprang Heike vom Fahrrad.

»Wie geht es dir? Hast du den Schneeschauer unbeschadet überstanden, Anni?« Die Rüganerin hatte eine leutselige Art, mit Menschen umzugehen. Einer der Gründe, warum die Bewohner des Dorfes die junge Gastronomin zur Ortsbürgermeisterin gewählt hatten. Ihr etwas mitleidig klingender Tonfall drückte aus, dass sie ihr Gegenüber für einen bedauernswerten Menschen hielt. Man konnte nicht sagen, dass Anni Arndt diese Art der Ansprache bevorzugte. Ihr Inneres sträubte sich dagegen. Aber im Grunde fühlte sie sich genau so – wie ein armer, bemitleidenswerter Mensch. Sie hoffte inständig, dass Heike es ihr nicht zu deutlich anmerkte.

»Das Wetter schon, aber …«

»Aber?«

»Es hört sich schaurig an, aber der Störtebeker war da!«

»Wo?« Heike zog die Brauen hoch.

»Bei mir im Garten!« Während Anni es aussprach, kicherte sie und schüttelte ihren Kopf, weil sie selbst merkte, wie surreal ihr Geständnis klang.

»Huch! Du hast dich doch nicht etwa von den beiden Dämlacks ins Bockshorn jagen lassen?« Heike lachte laut auf. »Die schnacken 'n büschen viel!«

»Nein, wirklich. Mitten in der Nacht. Ich bin aufgestanden, und er war da. Er hat mir aus dem Tümpel geholfen.« Anni strich sich über die Stirn.

»Aus dem Tümpel?«, Heike legte ihre Stirn in Falten. »Ich glaub', da war zu viel Sanddorn im Schnaps.« Ihre Stimme verriet ungläubige Neugierde.

»Ich konnte nicht schlafen und bin aufgestanden, um ein Glas Wasser zu trinken und Luft zu schnappen«, berichtete Anni. »Ich hörte es hinter dem Schuppen rascheln und tapste hinaus in den Garten. Dabei bin ich in ein Stück Kaninchendraht getreten, umgeknickt und im Teich gelandet.«

»Oh je! Hast du dich verletzt?«

»Nein, zum Glück nicht! Der Schneemodder war zwar widerlich kalt, aber weich. Dann stand plötzlich ein Mann hinter mir, fragte, ob was passiert sei, und half mir raus.«

»Das gibt's nicht!«

»So wahr ich hier vor dir stehe. Er hat mir das Leben gerettet. Ohne ihn hätte ich den Kältetod erlitten!«

»Und hat er sich vorgestellt *Hallo, ich bin's, dein Lebensretter, der gute alte Störtebeker!?*«, fragte Heike.

»Nein, natürlich nicht. Außerdem war er nicht alt.«

»Er war jung? Wie sah er denn aus, dein Freibeuter?«

»Wie ein typischer Pirat.«

»Mit Augenklappe und Messer?«, gluckste Heike.

»Nein, das nicht. Aber er war ziemlich groß, trug ein weites weißes Hemd, einen breiten Gürtel und schwarze Stiefel.« Anni hatte das Bild des Mannes deutlich vor Augen. »Und eine Jacke. Die hat er mir gegeben. Sonst wäre ich erfroren.«

»Hm, deine Schilderung der Geschichte passt eher zum guten Samariter als zum verwegenen Störtebeker«, urteilte die Insulanerin belustigt.

»Ach ja, er hatte längere braune Haare, trug Bart und eine Kappe auf dem Kopf«, ergänzte Anni.

»Also sah er gut aus!«, fasste Heike nüchtern zusammen.

Anni lief rot an.

»Das ist Geschmackssache.« Ihre Mundwinkel verrieten Unmut. »Du nimmst mich nicht ernst!«, beschwerte sie sich.

»Was hat er denn gesagt?«

»Er war unverschämt!«

»Hat er dich belästigt?« Heike machte große Augen.

»Na ja, er verhielt sich so, wie man sich das bei einem Seeräuber vorstellt.«

»Er wollte dich kapern?« Heike grinste.

»Du nimmst mich nicht ernst«, wiederholte Anni.

»Durchaus. Du kennst sicher viele Piraten?«

»Nein.«

»Woher willst du dann wissen, wie einer aussieht und sich verhält?«

»Ich bin zur Schule gegangen.«

»Klar, da lernt man so was.« Um Heikes Mundwinkel zuckte es.

»In Geschichtsbüchern sind Abbildungen, und es gibt einschlägige Dokumentationen im Fernsehen«, schnappte Anni.

»Seine Unterarme waren tätowiert.«

»Welcher Art?«

»Weiß nicht, irgendetwas Wildes.«

»Aha, das erklärt einiges«, sagte Heike ernst. »Jeder Mensch ist heutzutage tätowiert. Wenn das ein Kennzeichen ist, gibt's in Deutschland Millionen von Seeräubern.«

Anni schwieg.

»Hör mal zu, Anni-Deern: Du bist nach langer Anreise auf die Insel gekommen, warst Zeugin eines schlimmen Unfalls, hast eine Menge Sanddornschnaps getrunken, dir den Schietkram von den Lorbassen angehört und dann konnte dein hübsches Köpfchen das nicht mehr auseinanderklamüsern«, ordnete Heike das Geschehene.

»Großartig! Mein Notar hätte die einzelnen Tatbestände des Sachverhalts nicht besser subsumiert. Was bitte ist ein Lorbass?«

»Das Wort hab' ich von meinen Großeltern. Die stammten aus Insterburg. Du kannst auch Tranfunzel sagen, Gnatzkopp oder Honk!«

»Und wieso bitte sind Frieder und Hanko deiner Meinung nach Tranfunzeln?«

»Nu, Hobel und Flunder sind im Grunde feine Menschen, aber manchmal sind sie, wie soll ich sagen, ungeschickt und frech. Sie haben dir gestern Abend beim Klönschnack einen bösen Streich gespielt.«

»Meinst du?«, fragte Anni unsicher. Ihre Stimme verriet eine irre Mixtur aus Zweifel, Hoffnung und Enttäuschung.

»Ja, sicher.« Heikes Handy gab einen Klingelton von sich.

»Entschuldige.« Sie drückte Anni den Lenker ihres Rades in die Hand. »Halt mal, bitte!« Heike ging ein paar Schritte zur Seite.

»Eine Freundin von mir ist da«, flötete sie. »Und bei dir? Ja, ich auch. In Ordnung. Sag' mal, wollen wir uns morgen vielleicht sehen? Lass uns dann weitersprechen! Schön, ich freue mich. Tschühüs!« Heikes Augen strahlten, als sie Anni den Lenker wieder aus der Hand nahm.

»Du bist verliebt«, konstatierte diese.

»Ich weiß es nicht.«

»Du hörst dich aber definitiv danach an«, beharrte Anni.

»Ja, du hast recht. Wenn ich an ihn denke, werde ich nervös.«

»Und? Ist er charmant?«

»Ja, er ist sehr charmant.«

»Und sonst? Erzähl doch!«

»Da gibt's nicht viel zu erzählen. Wir kennen uns vom gemeinsamen Dienst auf der Rettungswache und treffen uns regelmäßig.«

»Aha. Du, ich spüre einen Riesenhunger und es befindet sich nichts Essbares im Haus.« Annis verlangender Blick streifte die Tüte mit den Brötchen. »Ich hab' Appetit auf ein Croissant!«

»Dann komm mit mir ins *Café Sorglos*. Ich lade dich zum Leichtmatrosen-Frühstück ein.« Die beiden Frauen setzten ihren Weg gemeinsam fort. »Ich koche uns einen Kaffee und wir machen es uns richtig gemütlich. Dann erzählst du mir die Geschichte mit dem nächtlichen Vollpfosten noch einmal ganz in Ruhe. Ich lache so gern!«

»Glaubst du, ich habe das nur geträumt?«, sinnierte Anni.

»Ich will es doch schwer hoffen.« Heike Friedrichs schob ihr Rad über den von Zugmaschinen zerfahrenen Feldweg. »Sonst kriegt der Störtebeker es mit mir zu tun!« In den hellen Fluchten lag der Sand.

22. KAPITEL

Anni ging unter den grünfingrigen Blättern der Allee und nahm zur Kenntnis, dass es Frühling war. Ein Frühling, wie er an der Ostsee ist, mit frischen, starken Farben und klarem Himmel. »Es ist schön hier. Weißt du, ich fühle mich auf Rügen zu Hause.« Sie suchte Heikes Blick.

»Die Luft ist frischer als in der Großstadt, hm?«

»Auf jeden Fall. Ich war noch in der Schule, als ich hier auf der Insel lebte. Deshalb habe ich Frieder und Hanko nicht sofort wiedererkannt.«

»Übrigens, Frieder ist schon seit sieben Uhr unterwegs. Nachdem du den Abgestürzten gefunden hast, ist die Aufregung wegen der Absperrungen von Neuem aufgeflammt«, seufzte Heike. Es steht heute in der Zeitung. Hier!« Heike hielt an, zog die Lokalzeitung aus dem Korb und las halblaut vor:

»In den Nachmittagsstunden des gestrigen Tages ereignete sich am Ufer der Stubbenkammer erneut ein tragischer Unfall mit tödlichem Ausgang. Ein Jugendlicher war unachtsam, als er ein Handyfoto machen wollte und stürzte über die Abbruchkante. Den Begleiter des Jungen trifft keine Schuld. Er hatte noch versucht, seinen Freund zu retten. Die Angehörigen des Toten wurden umgehend von der Einsatzleitung der Polizei Sassnitz benachrichtigt.« Heike faltete das Blatt zusammen und steckte es auf den Gepäckträger. Sie gingen langsam weiter.

»Ich bin vorhin zur Fundstelle gejoggt. Man sieht nichts mehr. Nur Flatterband. Es war keine Menschenseele dort.«

»Der Teil des Hangs ist instabil und abbruchgefährdet. Sie haben Schilder aufgestellt und mehrere Küstenabschnitte gesperrt. Die Treppe am Königsstuhl ist unbegehbar. Du solltest dort nicht mehr entlanglaufen«, warnte Heike.

»Die Schilder habe ich gesehen«, bestätigte Anni. »Warum haben sie eigentlich die Treppe nicht erneuert?«

»Die Instandsetzung hätte einen sechsstelligen Betrag gekostet. Man baut stattdessen eine Plattform.«

»Den Königsweg. Ich habe davon gehört. Minna Minschlich hat es mir erzählt. Auf der Überfahrt, als ich ankam.«

»Minna treibt sich herum, weiß eine Menge, aber nicht alles. Heute findet ein großes Treffen der Feuerwehrleute einschließlich Höhenrettungsgruppe statt. Die wollen das gesamte Gebiet großräumig absperren. Frieder ist zum Helfen dabei. Bevor die Kameradinnen und Kameraden loslegen, frühstücken sie gemeinsam und besprechen, wie die Sache am besten anzugehen ist. Einige der Einheimischen sind gegen die neue Plattform. Die Treppe war ein touristisches Aushängeschild.«

»Finde ich auch. Sollen die Urlauber halt aufpassen.«

»Sag' das mal den Behörden. Ohne Treppe ist die Wanderstrecke auf dem Rundkurs an der Kreideküste doppelt so lang. Das bewältigen nur die sportlichsten Besucher.«

»Genau.«

»Wir Einheimischen demonstrieren gegen die Konstruktion. Ist ja klar. Wir fürchten um unsere Einnahmen durch die Touristen. An die hunderttausend Übernachtungen haben wir im Jahr.«

»Das ist reichlich für den kleinen Ort«, meinte Anni.

»Wenn die Saison vorbei ist, sind drei Viertel der Menschen auf Rügen arbeitslos.« Die beiden Frauen erreichten den *Schifferkrug Buttje inne See*, anschließend das *Café Sorglos*. In Heikes Garten blühten farbenprächtige Stauden.

»Ist der *Schifferkrug* dauerhaft geschlossen?«

»Ja, stell dir vor: Der Betreiber ist mitten in der Nacht abgehauen. War bis über beide Ohren verschuldet. Rate, wo er gewohnt hat?«

»Doch nicht etwa …?«

»Goldrichtig! Er hatte Derk Steensens alten Katen gemietet.«

»Als ich die Überbleibsel von altem Zeug im Garten entdeckte, hab' ich mir schon gedacht, dass jemand Hals über Kopf die Flucht ergriffen hat.«

»Nu, die Gastronomie ist hart. Man muss gut kochen und noch besser rechnen können. Was aus dem *Schifferkrug* wird, weiß kein Mensch.«

»Dein Garten sieht gepflegt aus. Du scheinst einen *grünen Daumen* zu haben«, lobte Anni.

»Ich bemühe mich.« Heike öffnete die Tür. »John Blohm hilft mir. Er ist Gärtner. Komm rein! Noch sind wir unter uns, bevor der Rummel losgeht. Jetzt gibt's für uns zwei erst einmal einen guten Kaffee! Danach muss ich los zum Einkaufen. Ich befürchte, dass es mal wieder ein Gespräch mit den Obersten der Stadt und der Kurdirektion geben wird.«

»Was Wichtiges?« Anni blickte sich um. »Lange nicht hier gewesen.« Die Gaststube strahlte eine reinliche Gemütlichkeit aus. Heike hatte gelüftet. Es roch reinlich. Die Tische waren frisch eingedeckt.

»Schätze, es gibt Empfehlungen, wie wir in der Öffentlichkeit mit dem neuen Unglücksfall umgehen sollen.« Sie befüllte die große Kaffeemaschine.

»Kann ich dir helfen?«, bot Anni an.

»Wenn du schon fragst, dann stell das hier bitte auf den Tisch.« Heike klapperte mit dem Geschirr und drückte ihr ein Glas in die Hand.

»Mmmh, Sanddorn-Konfitüre, wie lecker! Und dazu noch selbst gemacht.«

»Selbstverständlich. Du kannst gern auch ein Stück Zitronenkuchen haben. Das Rezept ist von Minna Minschlich.«

»Der hat mir gefehlt.«

»Kannst du dich daran erinnern? Du warst ziemlich jung, als ihr weg seid.«

»Was man liebt, trägt man als Erinnerung in sich.«

»Da hast du recht. Es ist ein begnadetes Stück Erde, auf dem wir hier leben.«

»Genau das waren Öppings Worte«, erwiderte Anni.

»Willst du hierbleiben?«, fragte Heike.

»Schön wär's. Ich habe keine Ahnung, ob ich mir das leisten kann.«

»Du weißt, dass der Katen ein Vermögen wert ist? In Binz zahlen die Investoren inzwischen Quadratmeterpreise von zehntausend Euro in der ersten Reihe.«

»Wirklich?« Anni zwang sich zur Ruhe.

»Nu, an unser altes Fischerdorf grenzt die berühmte Kreidekliffküste. Der Nationalpark Jasmund ist zwar der kleinste Nationalpark Deutschlands mit dreitausend Hektar, aber die Buchenwälder sind UNESCO-Weltnaturerbe«, erklärte Heike mit hörbarem Stolz in der Stimme. »Sie gehören zu den wertvollsten nacheiszeitlichen Buchenwäldern Deutschlands.«

»Ach!« *Sie musste sich zusammennehmen! Der Junge war noch nicht vierundzwanzig Stunden tot.* Die Bilder überfluteten Anni unangemeldet. Das Ereignis hing ihr nach.

»Die ganze Ecke an den Wissower Klinken bildet sowieso die Steilvorlage für jahrhundertealtes Touristenmarketing.« Heike machte eine Kunstpause.

»Echt?«, fragte Anni.

»*Kreidefelsen auf Rügen,* das berühmte Gemälde von Caspar David Friedrich.«

»Ach so, das meinst du!«

»Ich behaupte, das war das erste Werbeplakat von Rügen. Dazu kommt unsere berühmte Kleinbahn *Rasender Roland*, man fährt mit ihm über die Insel, beispielsweise nach Putbus zum berühmten historischen Theater.«

»Und mein Katen? Steht er unter Denkmalschutz?«

»Keine Ahnung! Das würde die ganze Sache für dich nicht vereinfachen. Was meinst du, was die Renovierung kostet?«

»Die Vorschriften sind kompliziert«, seufzte Anni. »Dabei hab' ich so manchen trüben Feierabend damit verbracht, mir auszumalen, wie ich eines Tages den Dienst in den beengten Räumen des Museums gegen die Selbstständigkeit einer Vermieterin von Gästezimmern am weiten Meer eintauschen werde. Eines Tages, wenn ich es mir leisten kann, ein derartiges Risiko einzugehen, eines Tages, wenn ich Zeit habe, ein Haus zu kaufen, eines Tages … Ganz sicher würde es ›eines Tages‹ nie geben, wäre nicht das Schreiben der Erbenermittler in meinem Briefkasten gelandet. Ist das nicht ein Wink des Schicksals?«

»Kann sein. Wer wagt es schon, seinen Traum zu leben?«, meinte Heike. »Dazu gehört Mut.«

»Ich werde Fremdenzimmer anbieten«, hörte sich Anni zu ihrer eigenen Verwunderung ihren Traum laut aussprechen.

»In der fantastischen Lage wirst du sie mit Kusshand los. Was meinst du, wie häufig Touristen kommen, nach Übernachtungsmöglichkeiten fragen und enttäuscht sind, dass alles belegt ist? Du weißt ja, wie klein der Ort ist.« Heike klang, als ob sie Gedanken lesen könnte.

»Meinst du?« Anni entschlüpfte ein vielsagendes Lächeln.

»Die Touristenströme wachsen, lauschige Rückzugsorte sind ein Vermögen wert.«

»Hm.«

»Du hast es direkt vor deiner Nase!«, rief Heike mit dem gekünstelten Enthusiasmus, den man anwendet, wenn es gilt, einem schwierigen Kind etwas schmackhaft zu machen und goss ihr einen starken Kaffee in den Henkelpott.

»Was habe ich vor der Nase?«

»Das Glück. Dort liegt es, hundert Meter vor uns. Siehst du's?« Heike deutete aus dem Fenster. Anni drehte sich um und sah die glitzernde, blaugrüne Ostsee. Winzige Schaumkronen tanzten auf den Wellen, die Sonne blitzte vom wolkenlosen

Himmel. Heike griff nach der Zeitung. »Lass uns sehen, was die Prophezeiung sagt. Wann hast du Geburtstag?«

»Im Juli. Horoskope sind albern!«

»Sie stehen vor einer großen Entscheidung. Lassen Sie sich durch nichts beirren. Das Glück ist stärker als die Widerstände.« In Heikes Augen blitzte der Triumph. »Da hörst du es. Die Sterne lügen nicht.«

»Glück kommt immer leise. Es sagt vorher nicht Bescheid.«

»Diesmal schon.«

»Sterngucken ist sinnlos. Du vergeudest deine Zeit.«

»Ringeling!« Heikes Handy gab eine fröhliche Melodie von sich. Die Caféhausbesitzerin sprang auf und sah sich suchend um. Sie fand das Telefon auf dem Tresen.

»Moin, Hobel!« Sie lachte. »Allet kloor? Du kriegst einen Großauftrag.« Heike zwinkerte ihrer neuen Freundin zu. »Derk Steensens olle Hütte sollst du renovieren. Anni bleibt nämlich hier!« Anni drehte die Augen zum Himmel und tippte sich an die Stirn.

»Minsch, Hobel, haste Kreide im Hirn? Anni, Derk Steensens Enkelin. Du kennst den ollen Katen. Der muss auf Vordermann gebracht werden. Machen wir. Tschüs, denn!« Sie tippte auf das rote Hörersymbol, obwohl Hanko den Anruf bereits beendet hatte.

»Überlass das Reden einfach mir, Anni!«, jauchzte Heike.

»Bist du nicht zu voreilig?« Anni runzelte die Stirn. »Ich brauche zunächst einen Kostenvoranschlag.«

»Ich bitte um Verzeihung!« Heike konnte einen Anfall mädchenhaften Gekichers nicht unterdrücken. »Bisweilen werden wir dazu gezwungen, Wege einzuschlagen, die wir selbst hätten finden müssen.« In den grauen Augen der Wirtin spiegelte sich das helle Morgenlicht der Insel. »Angst ist nur eine Brille.«

»Die endgültige Entscheidung solltest du wohl mir

überlassen.« Anni erfasste jäher Schwindel. Sie hatte das Gefühl, wie damals als kleines Mädchen auf einem schwankenden Kutter zu sitzen. *Ich bin erwachsen.*

»Ja, natürlich. Entschuldige.«

»Ich verstehe, dass du mir helfen willst.« Anni zögerte einen Augenblick.

»Trink noch einen Schluck, Anni, oder iss ein Brötchen!« Heikes Stimme drang wie durch Watte an ihr Ohr. »Ich bin dafür, dass wir frühstücken. Ich habe Hunger!«

»Wie kann man nur Hunger haben? Mein Magen ist plötzlich wie zugeschnürt!«

»Ach, Unsinn! Er wird sich schon wieder bereitwillig öffnen, sobald du ihm ein leckeres Brötchen zu essen gibst.«

Durch das offene Fenster hörte Anni das Kreischen der Möwen und sah das feuchte Gras im Wind zittern. Sie schaute auf den Strand mit seinen Kieseln, Treibholz, gelben und roten Kunststoffkanistern und auf den Sand gezogenen, schräg liegenden Fischerbooten. Ein Kohlweißling segelte herein und setzte sich auf ihren Unterarm.

»Vielleicht brauche ich ein bisschen Zeit«, sagte sie zu dem Falter, während er die Flügel zuklappte.

»Schau auf die See, das beruhigt«, riet Heike. »Das Wasser bewegt sich kaum. Auch an der Ostsee gibt es Niedrigwasser, wenn der Wind aufhört und das Meer still daliegt.«

»Ein Tiefstand kann eine Ruhephase sein«, Anni griff an die Tischkante, als müsse sie sich festhalten.

»Was hast du?«, fragte Heike aufmerksam. Anni wandte sich ihr zu.

»Ich habe nie daran gedacht, einfach stillzustehen, weil ich lange Zeit viel zu sehr mit meiner Arbeit beschäftigt war, und mit allem, was damit zusammenhing. Ich bin es leid, gegen den Strom zu schwimmen, um an Zielen zu landen, die andere sich ausdenken, ohne zu fragen, wie es mir dabei geht.«

»Hört sich an, als würdest du hierbleiben«, konstatierte Heike zufrieden.

»Zumindest ist es an der Zeit, die Selbstlüge abzulegen«, seufzte Anni und lächelte, als sie sich das sagen hörte.

»Was ist besser: eine Lüge, die durch ein Lächeln entlarvt wird oder eine Wahrheit, die durch eine Träne entlarvt wird?«

»Das Haus könnte die Erfüllung all meiner vagen Träume sein«, sinnierte Anni.

»Wozu leben wir schließlich auf Rügen, wenn wir nicht unsere Träume für Wirklichkeit halten dürften?«, fragte Heike.

Anstelle einer Antwort umarmte Anni sie. »Danke. Für den Rest meines Lebens werde ich dieses Frühstück nicht vergessen.«

23. KAPITEL

Heike verabscheute Saubermachen. Mit aus dem Internet aufs Handy heruntergeladener Musik im Ohr wurde es erträglich. Ihr Mobiltelefon erdreistete sich nun allerdings, das zu tun, was sein Erfinder ihm ursprünglich auferlegt hatte: Es schickte einen Anruf.

»Heike Friedrich. Hallo?«

»Bernd Bätge hier. Moin, Heike!«

»Moin Bernd! Warte, ich stelle eben den Huulbesen ab.« Sie schaltete den Staubsauger aus. »Wie geht es Björn?«

»Du weißt, was passiert ist?«, fragte er.

»Ja, ich war im Einsatz vor Ort. Schlimme Sache!«

»Unser Sohn ist zu Hause. Martina hat ihn vom Krankenhaus abgeholt.«

»Ich verstehe.«

»Weshalb ich dich anrufe, lass uns treffen! Ich muss mit jemandem reden. Hast du Zeit?«

»Selbstverständlich, aber ich habe noch einiges zu tun. Im Moment ist es ungünstig, später am Tag müsste es gehen«, sagte sie vorsichtig. Heike versuchte, die Anzahl ihrer Expeditionen in die Stadt zu verringern und Planung in ihre Angelegenheiten zu bringen, um auf diese Weise die wenigen Stunden zu retten, die sie eigentlich auf sonnenheißem Sand oder im einsamen Buchenwald verbringen wollte.

»Gut, sagen wir heute Nachmittag? John und Hanko werden übrigens ebenfalls kommen. Ich denke, es macht Sinn sich darüber zu verständigen, was wir sagen, damit wir dieselbe Sprache sprechen, sobald die Presse vor der Tür steht. Du kennst die Meute.«

»Ich komme!«, versprach sie.

»Halb drei? Schaffst du das?«

»Das wird gelingen.«

»Gut, dann sehen wir uns im Besprechungszimmer!«

»Bis nachher!«

Es war früher Nachmittag, als Heike ihr Lokal abschloss. Sie beabsichtigte, den Einkauf für das Café zu erledigen, bevor die Sitzung im Tourismuscenter begann. Statt ihres Fahrrades benutzte sie ausnahmsweise ihren Minivan.

Nur ein Stocktauber konnte an der Tatsache vorübergehen, dass auf der Insel die Saison startete. Der Verkehr nahm zu. Es war die Zeit, da Rügens Frühjahrsgäste von dem kollektiven Verlangen ergriffen wurden, auf den Straßen, besonders auf der Hauptstraße, durch den Ort zu fahren. Von einem Ende der kurzen Strecke bis zum anderen parkten die Kraftfahrzeuge der Einkaufenden hintereinander am Bordstein. Lediglich ein schmaler Pfad blieb übrig für die Autos, die fuhren oder zumindest die besten Absichten hatten, dies zu tun. Im Hochsommer zur Ferienzeit würde der Andrang noch um ein beeindruckendes Quäntchen zunehmen. Das Verkehrschaos mutete geradezu irre an, wenn auf den Gehsteigen die Menschen wie aufgestöberte Wespen durcheinanderquirlten und sich Elektroroller tollkühne Gefechte mit Rollatoren und rollenden Kinderwagen lieferten.

Ein Auto seitwärts einzuparken war nie Heikes Stärke gewesen. Binnen weniger Minuten fuhr sie ihren Wagen derart zwischen Bordstein und dem vor ihr parkenden Automobil fest, dass kein Traktor ihn, egal in welche Richtung, hätte herausziehen können. Mit entsprechender Verzweiflung stieg sie aus und ließ den linken vorderen Kotflügel einen Fuß weit in den Verkehr hineinragen.

»Ist das wahr? Heike Friedrichs, kennst du keine Verkehrsregeln oder trainierst du neuerdings für den Boxenstopp in der *Formel 1*?« Die Schelte kam ausgerechnet vom Polizeibeamten Gregor Puppe. »Wär' ich nicht ausgewichen, hättest du mich touchiert.«

»Wer wird denn so kleinlich sein?« Heike steckte ihren Autoschlüssel in den Rucksack.

»Weißt du, ein bisschen Schuldbewusstsein könnte dir nicht schaden«, bemerkte der Polizist und rückte seine Brille zurecht.

»Beim nächsten Mal, Gregor!« Sie merkte, wie ihr heiß wurde. Zwei ungeduldige Autofahrer hupten.

»Sei froh, wenn ich die Sache auf sich beruhen lasse. Ich bin außer Dienst.«

»Und ich mache direkt meinem Café alle Ehre! Komm doch später im *Sorglos* vorbei, Gregor! Ich spendiere dir einen Mokka. Jetzt muss ich weiter, Termin beim Tourismuschef.«

»Dann wünsche ich dir noch weniger Sorgen. Auf dass du dort ankommst, wo du hinwillst.«

»Danke, dabei hilft mein Schutzengel.«

»Überstrapaziere ihn nicht. Gönne ihm eine Auszeit!«

»Schönen Tag!« Heike entfernte sich schnellen Schrittes und vergrößerte so rasch wie möglich den Abstand zwischen sich und Gregor Puppe. Der aufgestaute Strom der wartenden Autos kam nur träge wieder in Bewegung. Mit denkbar schlechtem Gefühl betrat Heike den Supermarkt. Nach dem Einkauf begann die Feuerprobe. Sie lud ihre Tüten und Kartons in den Kofferraum. Die anderen Wagen, die seit einer halben Stunde auf der Suche nach einem Parkplatz enttäuscht im Ort umherkutschiert waren, hielten plötzlich an und warteten auf den Platz, der hier frei zu werden schien. Damit erlahmte die ganze Karawane erneut. Es war schwer, in die Zwischenräume hineinzukommen. Und ebenso schwierig war es, herauszukommen. Den Rücksitz voller Behältnisse, nach vorne und hinten gefühlt keine zehn Zentimeter Abstand, ihr Gesicht in grimmige Falten gelegt, versuchte Heike, sich einen Ausweg zu erzwingen. Steuer einschlagen und vorwärts – Stopp! Einschlagen und rückwärts – Stopp! Eine Hupe hinter ihr protestierte. Einschlagen – zurück. Der rechte Hinterreifen beulte sich am Bordstein ein. Einschlagen – Stopp! Es hörte sich an, als reibe sich Stoßstange an Stoßstange. Mit hochrotem Kopf erreichte Heike schließlich pünktlich das Büro des Tourismusleiters.

»Moin zusammen!« Sie gab nacheinander Bernd Bätge, Hanko Langwisch und John Blohm die Hand. »Geschlagene zwanzig Minuten habe ich für die paar Meter vom Supermarkt bis hierher benötigt. Wir müssen das Verkehrschaos in Griff kriegen! Die Polizei ist mein Zeuge. Ausgerechnet Hauptkommissar Puppe hat mich erwischt, als ich wie eine Anfängerin einparkte. Zum Glück war er nicht im Dienst und hat ein Auge zugedrückt. In der Durchfahrtsstraße herrscht ein gemeines Gedränge. Wie soll das erst in zwei Monaten aussehen?«

»Warum fährst du nicht mit dem Rad?«

»Beim Wocheneinkauf fürs Café? Mein Drahtesel ist kein Muli. Das schafft er nicht.«

»Auto fängt mit ›A‹ an und hört mit ›O‹ auf«, meinte John. »Wie wäre es mit einem Lastenrad? Das ist eine Empfehlung der grünen Politik, um folgenlos zu leben.«

»Wir arbeiten an einem neuen Parkleitsystem«, erwiderte der Tourismusleiter.

»Wie geht es Björn?«, wechselte Heike das Thema.

»Frag nicht! Unser Sohn ist nach dem Unglück am Königsstuhl traumatisiert. Martina und ich haben beschlossen, professionelle Hilfe in Anspruch zu nehmen. Der Junge soll keinen Knacks fürs Leben abbekommen.«

»Das macht ihr richtig.« Heike sah Bernd Bätge teilnahmsvoll an.

»Es tut mir entsetzlich leid. Möchte nicht in der Haut deines Jungen stecken. »Kann ich euch in irgendeiner Weise helfen?«

»Oder vielleicht ich?« John mochte Bernd Bätges Sohn. »Björn könnte bei mir in der Gärtnerei jobben. Das bringt ihn auf andere Gedanken.«

»Danke für diese gute Idee.« Bernd nickte John Blohm zu. »Ich werde ihn fragen. Björn sucht noch einen Platz für sein Schülerpraktikum.«

»Richte ihm bitte aus, er darf mich jederzeit anrufen.«

»Fein. Aber nun zu unserem heutigen Thema. Das Königsgrab hat ein neues Opfer gefordert. Die Vorfälle am Kreidefelsen häufen sich. Wie gehen wir in der Öffentlichkeit mit dem Unfall um?«, fragte Bernd Bätge.

»Der Absturz ist eine tragische Geschichte. Jeden Unglücksfall öffentlich zu diskutieren ist ein Fehler. Die Leute werden sich abregen. In ein paar Tagen spricht niemand mehr über die Geschichte.« Hanko winkte ab.

»Der Verunglückte hat am Kliff gehangen und keinen Halt gefunden. In meiner Funktion als Ranger gebe ich zu bedenken, dass vermehrt Bäume knicken und durch die Erosionen entwurzeln«, erwiderte John.

»Das mag sein, ist aber nicht bewiesen, Herr Blohm!« Eindringlich sah Hanko sein Gegenüber an.

»Entschuldigung, auch als Klimaaktivist sehe ich, was los ist und wehre mich gegen diese Entwicklung. Wir Ranger entdecken vermehrt Sandlinsen. Wir haben siebenundneunzig Geometer Wanderwege auf Rügen. Gefährlichen Stellen müssen abgesperrt, die Wegeführung sollte geändert werden.«

»Lassen Sie uns den Sachverständigenbericht abwarten. Wie es aussieht, hat der Junge fahrlässig gehandelt.« Für Hanko Langwisch, der zur älteren Generation gehörte, war der Geoökologe John Blohm lediglich ein neunmalkluger Gärtner.

»Was heißt hier abwarten? Wir haben keine Zeit. Die Natur schlägt zurück. Was ist mit den Feuersteinfeldern? Wir müssen sie bewahren!« John Blohm fixierte Hanko Langwisch. »Für mich sind Umweltbelange und die Nutzungsstruktur von neu geschaffenem Wohnraum auf der Insel wichtige Themen.« John war jung. Tatenlos dazusitzen und abzuwarten, entsprach nicht seinem Wesen. »Es gibt bei uns Bauruinen, wo es nicht weitergeht und die Landschaft verschandelt wird.«

»Seit wann bist du ein Fridays-for-Future-Aktivist, John? Junge, sag' das mal den Hamburger Investoren!«, erklärte Bernd Bätge. »Das Insolvenzverfahren ist in der Abwicklung.«

»Die Projektgesellschaft ist pleite, weil die schwierige Grundstückssanierung denen das Genick gebrochen hat«, beharrte John.

»Nachdem die Firma insolvent ist, müssen wir zusehen, dass ein anderer einspringt und es weitergeht.« Man sah Heike ihre Sorgen an.

»Die Urlauber beschweren sich, weil die Promenade und die Zuwegung nicht fertig gebaut werden. Sie möchten ihren Urlaub nicht auf einer Baustelle verbringen.«

»Verständlich. Aber es ist für uns unheimlich schwierig. Die grundbuchlichen Rechte, die wir uns gesichert haben, zum Beispiel die Leitungsrechte, sind einkassiert. Es geht nicht voran, weil der Bauabschnitt in der Insolvenzmasse drinsteckt.« Bernd Bätge blickte die Anwesenden eindringlich an.

»Wir streben eine Teilung touristischer Nutzung und Wohnnutzung für Insulaner an«, ergänzte John. »Wir dürfen unsere Leute nicht vergessen. Wer weiß, wie das später im Vollbetrieb aussieht?«

»Wir passen die Infrastruktur an.« Bätge wischte sich über die Stirn.

»Was ist mit der Wasserversorgung im Sommer? Du weißt, dass es im Juli und August zunehmend heißer wird, Bernd. Bei uns teilen sich in der Hauptsaison fünfhunderttausend Gäste die Menge, die im Grunde nur für fünftausend Einwohner ausreichend ist. Wir haben einen wahnsinnigen Wasseraustrag. Der Grundwasserspiegel ist teilweise extrem herabgesetzt. Nach der Saison steckt viel Unrat in den Abflussleitungen.« Feuerwehrmann Hanko Langwisch wusste, wovon er sprach.

»Die Infrastruktur muss unter hundert Prozent Last noch funktionieren und nach außen den Eindruck machen, dass sie funktionsfähig ist. Wir sind prädikatisiert als Erholungsort und müssen die staatlich geforderten Qualitätsstandards erfüllen«, erläuterte Bernd Bätge.

»Das gilt auch für die Frage, wie kommen die Leute von A nach B.«

»Stimmt, Heike. Ein Bus im Januar reicht aus, um die Herrschaften von A nach B zu fahren, im Sommer müssen es acht bis zehn Busse sein.«

»Es ist eine Herausforderung, die Menschen, die uns hier bereisen, zu bewegen.« John kaute auf seiner Unterlippe. »Eine Million Touristen besuchen den Nationalpark Jasmund pro Jahr.«

»Wenigstens waren wir vorsichtig genug, aus unserem Ort kein Seebad zu machen.«

»Was ist der Unterschied? Sind wir nicht längst ein Seebad?«, fragte John.

»Ein Seebad muss zum Beispiel eine seeseitige Promenade

und eine vernünftige Infrastruktur aufweisen, soziale Einrichtungen und Mobilitätsanbindungen anbieten und einen Badearzt beschäftigen«, erklärte Bätge.

»Bernd, das haben wir inzwischen alles!«, wandte Heike ein. »Ich würde mir wünschen, auch offiziell in einem *Seebad* zu leben.«

»Klar, Heike, das hätten wir mit Ach und Krach begründen können. Aber eine Leistung zu verkaufen, die nicht vorhanden ist, nur weil man sie haben will, das macht keinen guten Eindruck. Die Leute strafen das am Ende ab. Wie wir den Ort nach außen transportieren, muss glaubhaft sein.«

»Andere sind schlauer. Die bieten nicht viel Qualität und verkaufen sich sensationell. Wir sollten das erörtern!« Heike ließ sich nicht einschüchtern.

»Andere! Wen meinst du? Seebäder im Westen? Lass irgendwas passieren, eine Umweltkatastrophe zum Beispiel. Dann ist die Saison dahin und wir haben nur sensationelle Kosten.«

»Wir müssen investieren!«

»Wie fändest du das als Urlauber: Zuhause schlägst du einen Katalog auf und siehst schöne Fotos mit moderner Architektur. Hier angekommen fährst du in den Ort rein und kommst durch Schrebergärten und Gewerbegebiete, an Supermärkten vorbei, siehst aufgelassene Parkflächen und verdichtetes Wohnen mit Wohnblöcken. Und viel später, wenn du irgendwann in der ersten Reihe ankommst, hast du endlich das Gefühl *›Das ist mein Urlaub, das ist das, was die mir im Katalog erzählt haben.‹*«

»Der Ehrliche ist der Dumme«, sagte Hanko.

»Wir sind die, die wir sind und sollten nicht versuchen, die zu sein, die wir nicht sein können«, bestätigte John. »Lasst uns nicht streiten, sondern versuchen, die Anbindung des Königsstuhls zu organisieren. Die Leute fahren mit dem Pkw zweihundert touristisch bedingte Kilometer während eines Aufenthalts, der im Schnitt zwischen acht und zehn Tagen liegt«, wandte er ein. »Das ist eine ganze Menge.«

»Richtig. Die große Herausforderung sind eine Reduzierung der Autos und die Anbindung an Sassnitz-Mukran mit der Fährverbindung nach Bornholm.«

»Der Multiport Mukran ist eher ein Gewerbegebiet. Es gibt viele Industrieansiedlungen, zum Beispiel ein türkisches Unternehmen für die Kunststoffrohrummantelung.«

»Stimmt, die Funktion eines klassischen Hafens, der Russland, Schweden, Bornholm anbindet, ist schon lange rausgegangen. Es werden Windkraftanlagenteile vormontiert und verschifft. Und dann *Nord Stream 2*: die Rohre für die Gaspipeline werden mit Zügen nach Mukran gebracht, dort im Beschichtungswerk mit Beton ummantelt, auf Schiffe umgeladen und zu den Verlegeschiffen auf der Ostsee gebracht. Aus diesem Grunde heißt es *Multiport* und nicht *Hafen* Mukran«, sagte Bernd Bätge. »Wie die Gaspipeline letztlich fertiggestellt wird, ist ein Politikum ebenso wie unsere Rolle beim Projekt der *Neuen Seidenstraße*. Stellt euch vor: Wir verbinden Deutschland mit CHINA!«

»Sorry! Entschuldigt bitte, aber es gibt eine Ambivalenz mit China: Bewunderung und Bedrohung. Beide Augen zuzudrücken nach dem Motto ›Alles wird gut‹ ist gefährlich. Man muss die Augen weit aufmachen! Ich teile die Naivität gegenüber China nicht. China ist eine ernsthafte Herausforderung für die deutsche Wirtschaft, und das Seidenstraßenprojekt, das viele so toll finden, ist ein globales imperiales Projekt der chinesischen Staatsführung. Für mich ist China ein autoritäres kommunistisches Regime und springt in die Lücke rein, die die Amerikaner als globale Ordnungsmacht lassen. Es kommt zu einer Verschiebung der politischen Kräfteverhältnisse auf dieser Welt, die ökonomisch und ökologisch gewaltige Auswirkungen haben wird. Ich bin skeptisch«, unterbrach ihn John.

»Bei welchem Projekt sind Sie eigentlich nicht skeptisch, Herr Blohm?«, fragte Hanko und taxierte John.

»Die größte Herausforderung im Ort sind die vielen Einzeleigentümer«, wandte Heike ein.

»Richtig, es gibt eine große Schwemme an Einzelobjekten am Markt«, bestätigte der Tourismuschef die Bürgermeisterin. »Geht einfach die Hauptstraße entlang!«

»Im *Hotel Wiegand*«, meinte Heike, »hängt in der ersten Etage ein *Verkaufen-Schild* für Suiten, die man einzeln erwerben kann.«

»Heute zerlegt man große familiengeführte Häuser, die noch Kapazitäten haben, in Einzelwohnungen. Man hat nicht mehr einen einzigen Ansprechpartner wie Herrn Müller oder Frau Schmidt. Früher wusstest du, das ist ein lange tradiertes Haus, man kann mit denen durch dick und dünn gehen und ein Projekt machen. Das gibt es nicht mehr. Es sind alles Einzeleigentümer. Jeder hat sein eigenes Housekeeping, die eigenen Handwerker, die mit ganz unterschiedlichen Ausstattungen die Objekte versehen. Diese Struktur macht es für die Kurverwaltungen schwierig, den Ort zu vermarkten, weil es kein verlässliches Miteinander gibt«, beklagte sich Bernd Bätge.

»Demnächst kommt ein neues Objekt dazu. Anni Arndt renoviert Derk Steensens alten Katen«, überlegte Heike laut. »Hoffentlich geht sie nicht über eine Privatanbieterplattform. Denen müssten wir das Handwerk legen. Das ist ein wahnsinniges Problem mittlerweile.«

John schwieg. Er nutzte derlei Angebote.

»Sie nehmen uns die Gäste weg!«, klagte Bernd Bätge. »Der Community-Marktplatz hatte vor zwei Jahren dreitausend Prozent Wachstum hier auf Rügen, weil viele Leute als Privatvermieter in diese Plattform reingegangen sind, um nicht im großen Providerding drin zu sein.«

»Ja und? Verstehe nicht, was daran schlimm sein soll?«, gab John seine Zurückhaltung auf.

»Ganz einfach: Wir kommen nicht an die Kurtaxe heran, weil wir die Objekte nicht kennen. Für uns, die wir die Infrastruktur in Schuss halten und die Kurabgabe brauchen, um kostendeckend zu wirtschaften, entstehen Verluste. Wir haben kaum eine Möglichkeit zu wissen, wer reist an, wer ist Vermieter, weil die Plattform keinem Meldewesen angeschlossen ist. Wir müssen ein Verfügbarmachen der Leute für uns hinbekommen.«

»*Verfügbarmachen von Leuten*, wie das klingt!«

»John, wir gehen hier vom urbanen Thema rein in ein regionales Destinationsthema«, erwiderte Bernd Bätge.

»Was ist mit der Umwelt?«, kam John auf seine Herzensangelegenheit zurück. »Die Erosion der Kreideküste nimmt zu. Es geht nicht darum, ständig mehr Menschen auf die Insel zu locken. Das Land bricht ab. Wir müssen umdenken.«

»Danke für das Stichwort.« Der Kurdirektor nickte dem jungen Mann zu. »Du hast recht, wir brauchen ein neues Tourismusbewusstsein. Das ist der Punkt. Ganz davon abgesehen, dass es bei den Besucherströmen zunehmend gefährlich wird, den Hochuferrundweg zu wandern. Der Königsweg wird uns helfen.«

»Die Schwebebrücke ist trotz aller Vorteile kein Allheilmittel, da könnt ihr noch so tief in den Felsen bohren und Millionen Euro für das Bauwerk versenken.«

»Sechzig Meter Tiefe und sieben Millionen Euro«, bestätigte die Bürgermeisterin. »Der Königsweg ist eine nachhaltige und sichere Lösung und Vorbild für sanften Tourismus.«

»Mann, hier leben in manchen Orten fünftausend Menschen, die werden von fünfhunderttausend Gästen bereist. Das ist eine Herausforderung!«, rief John.

»Übertreib nicht, Blohm, das hat es immer schon gegeben!«, sagte Hanko.

»Hanko, der Kollege Blohm hat recht. Was war das Reisen

hier vor 1990? Es war politisch verordnetes Reisen. Die FDGB-Ferienobjekte wurden ein halbes Jahr im Voraus den Betrieben zugeteilt und dort ausgehängt. Die Kollegen konnten sich dann für die Plätze bewerben. Lagen mehrere Bewerbungen für denselben Ort vor, entschieden Kinderreichtum und berufliche Verdienste. Ferienroulette statt individueller Urlaubsplanung. In den Neunzigern hat man mit viel Fördergeld zack, zack Infrastruktur aufgebaut.«

»Du sprichst eine Wahrheit gelassen aus, Bernd: Von der Tourismus-DNA, vom Bewusstsein her ist man nicht mitgewachsen. Und die Rügener sollen Heimat und ihr Zuhause teilen und von Herzen freundlich sein. Das ist eine Herausforderung.« John gab Bernd Bätge recht.

»Wegen des Vorfalls am Königsstuhl: John kümmere du dich bitte um die Presse! Weil mein Sohn involviert ist, will ich mich raushalten. Du weißt, Selina Rath arbeitet für *Rügen-live*.«

»Ich kenne sie.«

»Das trifft sich gut. Selina möchte bitte das Ganze mit Rücksicht auf alle Beteiligten nicht unnötig aufbauschen. Der Absturz ist ein bedauerliches Einzelschicksal und passierte nicht aufgrund küstendynamischer Prozesse, sondern wegen des Übermuts eines jungen Menschen. Die bröckelnde Kreide hat nichts mit Klimaveränderung und vermehrten Niederschlägen oder mit Overtourism zu tun. Einverstanden?«

»Klingt gut.« Heike nickte. »In heutiger Zeit erstickt eine zunehmende Medienhypnose zwar das Selbstdenken, hätte in dem Fall aber etwas Beruhigendes.«

»Ruhe in Aufregung hineinzubringen, ist nie verkehrt«, bestätigte Hanko Langwisch.«

»Euer Wort in Petrus' Gehörgang!« John blickte zum Himmel.

24. KAPITEL

Allen Unkenrufen von Overtourism zum Trotz hielt so manche der weißen Prachtvillen ihre Fensterläden noch verschlossen. Die Fassaden besaßen breite Holzveranden und ihre Fronten waren mit ähnlichen Schnörkeln verziert wie das Tortenpapier für die Köstlichkeiten aus dem *Café Sorglos*. Viele der Häuser entledigten sich durch einen aufgepinselten Namen oder ein Schild ihrer würdevollen Anonymität. Sie hießen *Villa Sonnenglück* oder *Hoffnung, Kehr wieder, Haus Sophie* und legten sich keine Zurückhaltung auf: *Villa Azur oder Villa Quisisana* weckten Erinnerungen an Capri, vor allem wenn ein blauer Himmel das Weiß noch weißer machte. Mit ihrer Leichtigkeit verkündigten die Villen einen Hauch von Sommerfeeling. In den Einfahrten wucherten Veilchen und Narzissen. Eine über dem Ort schwebende Seemöwe hätte bei ihrem Flug über die gewundenen Gassen vermutet, dass die Einheimischen im Winterschlaf ruhten. Als wären sie Zeugen der turbulenten Diskussion im Tourismuscenter gewesen, gingen heute ausnehmend wenige Menschen auf den Bürgersteigen und über die imposante Fußgängerbrücke, die Hafen und Ort verband. Nur eine Handvoll Autos standen auf den Parkflächen. Im Fischereihafen schaukelte vis-à-vis der ostpreußischen Gaststätte untätig Frieder Friedrichs Kutter. Um sich zu vergewissern, ob ganz Rügen dem Müßiggang frönte, flog manch neugierige Möwe in Richtung Norden. Dorthin, wo die Küste eine Biegung in Form eines langen Angelhakens macht.

Hier in unmittelbarer Nähe des Nationalparks wärmte man sich in der frühen Maisonne und entwickelte zugleich emsige Geschäftigkeit. Mit der leichten Frühlingsbrise wehte das Geräusch von Handwerkern durch die Luft. Im *Café Sorglos* rahmten frisch gewaschene Gardinen blank geputzte Scheiben und im Vorgarten stand eine Palme, tatsächlich eine Palme im

Kübel neben der Eingangstür. Nicht weit davon entfernt waren Männer auf Leitern eifrig damit zugange, das Reetdach eines alten Fischerhauses auszubessern und den Garten aufzuräumen. Die Erdbeeren drehten furchtsam ihre noch unterentwickelten Köpfchen weg. Dabei glichen sie eher Däumlingen und mussten nicht um ihr Leben fürchten, als Frieder Friedrichs und Hanko Langwisch Hand anlegten auf dem verwahrlosten Grundstück von Derk Steensens ehemaligem Katen. Seit den frühen Nachmittagsstunden führten die Männer hier diverse Arbeiten aus. Ein Lastwagen ratterte die Straße herunter.

»Aha, nu kommen die neuen Strandkörbe.«

»Sind verdammt nötig«, meinte Hanko. »Kapier bloß nicht, wie die Sommergäste es schaffen, stundenlang in den Dingern zu hocken.«

»Lüüd, die in eiskaltes Wasser steigen, ist alles zuzutrauen«, meinte Frieder.

»Ich erklär's euch!« Anni trat auf die Terrasse und stellte ein Tablett mit Kaffeebechern und belegten Brötchen auf den klapprigen Gartentisch. »Das geht, weil ein Achtstundentag voll Vergnügungen anstrengend ist: auf der Strandpromenade hinauf- und hinabschlendern, Eis essen, Drinks zu sich nehmen, ein Boot mieten, Bernstein, Hühnergötter oder Kreide sammeln, Ansichtskartenständer drehen, Rügenfisch verspeisen, Besichtigungen machen, Selfies verschicken.«

»Im Grunde wollen die meisten der Urlauber entspannen und die Stunden unbemerkt vorüberziehen lassen«, erwiderte Hanko.

»Stimmt, aber sie müssen jede freie Sekunde ausnutzen. Von dreihundertfünfundsechzig Tagen im Jahr gehören nur wenige wirklich ihnen und darum wird das Recht, über sie zu verfügen, umso wertvoller. Ein Versagen in dieser Hinsicht ist undenkbar. Nur Unsterbliche verschwenden Zeit ohne schlechtes Gewissen.« Anni hörte, wie ein Auto vorfuhr. Der Minivan parkte an der Stirnseite des Fischerkatens. Die Fahrerin stieg aus. Strahlend ging Anni ihr entgegen.

»Hallo Heike, schön, dass du kommst!«

»Ich habe mein Café zugesperrt. Ich dachte, meine neue Freundin braucht tatkräftige Hilfe und Schokoladentorte.«

»Lieb von dir! Das nennt man Solidarität! Was sagst du zu meiner Fremdenzimmerpension?« Mit großer Geste präsentierte Anni ihr Anwesen. »Die alten Plastikmöbel gebe ich noch in den Sperrmüll. Du wirst sehen, Annis *Ankerplatz* wird ein echtes Schmuckstück!«

»*Ankerplatz*, aha!«

»Komm, schau dir den Garten an!« Sie gingen hinter das Haus. »Man kann was draus machen, meinst du nicht?«

»Moin, Flunder, seit wann bist du unter die Landschaftsgestalter gegangen?«, begrüßte Heike ihren Bruder und wandte sich Anni zu. »Du könntest John um Hilfe bitten.«

»John?«

»John Blohm. Ihm gehört ein Gartenbaubetrieb in Bergen. Er kann aus einem Acker ein Paradies machen. Er hat mir meinen Garten angelegt. Vorher sah der aus wie die *Wüste Gobi*. Frag ihn!«

»Ein Profi ist teuer.«

»Wie ich John kenne, macht er dir einen Freundschaftspreis.«

»Ich überleg' es mir. Danke für den Tipp!«

»Was hast du eigentlich mit deiner Leipziger Wohnung angestellt?«

»Ich hab' sie vorerst an einen Studenten vermietet und die Sachen in einer Mietbox untergestellt. Ein paar persönliche Dinge kommen in einigen Tagen hier an.«

»Ich freue mich, dass du bleiben willst«, sagte Heike.

»Wie wär's mit einer Pause?« Anni blickte in die Runde.

»Keine Frage, Bier ist die Antwort!« Der Schweiß lief den Männern über das Gesicht. Mit vereinten Kräften rissen sie vertrocknete Sträucher heraus, rückten wild wucherndem Bärenklau zu Leibe und legten den in den zunehmend heißen Sommern ohnehin allmählich verlandenden Teich trocken. Den Löwenzahn sammelten sie in einem Korb.

»Bier steht im Kühlschrank. Und hier ist Kaffee.«

»Die Lage vom Haus ist nicht schlecht«, meinte Hanko. »Aber offen gestanden würde ich an deiner Stelle über einen Verkauf nachdenken. Sieht aus, als hättest du noch eine Menge zu tun.«

»Ich habe reiflich überlegt. Das Erbe zu verkaufen, käme mir wie ein Verrat an Öpping vor.« Anni runzelte die Stirn.

»Gaut, awer dat Hus is een groot Investition!«, meinte Frieder.

»Frieder hat recht. Hier musst du richtig viel Arbeit und Geld reinstecken. Ist dir das klar?«

»Das weiß ich, Hobel.«

»Sollen wir die Hütte abreißen?«, fragte Hanko Langwisch mit ernsthafter Miene.

»Du meinst mit ›Hütte‹ hoffentlich die Gartenlaube? Die muss stehen bleiben. Ich weiß noch, wie Öpping sie errichtet hat.«

»Kiek mol, ick hev een Goldschatz hoben!« Frieder lachte und hielt eine Rolle rostigen Kaninchendraht hoch, die er in den Tiefen des Schlamms gefunden hatte. »Bruchst dat Ding, Anni?«

Die Angesprochene winkte mit ihrer gummibehandschuhten Rechten ab. »Nein, was mich nicht freut, kann weg. Diese Kostbarkeit hat der Störtebeker in der ersten Nacht nach meiner Ankunft versenkt!«

Frieder guckte verdutzt. Dann grinste er breit. *Das Landei hatte tatsächlich das Seemannsgarn vom Störtebeker geschluckt!*

»Allet kloor!« Er schmiss seinen Fund auf den Container. Anni und Heike traten zurück in die Wohnküche, die inzwischen stark nach Desinfektionsmittel roch, und fuhren fort, die alten Möbel mit Politur zu behandeln.

»Was tue ich hier? Sag' du's mir, Heike!« Annis gerade erst auf die Insel ausgewanderter Kopf hämmerte und pochte von dem Bombardement an widersprüchlichen Gedanken.

»Das ist ein Aufbauwerk und heißt ›*Frühjahrs-Subbotnik*‹.« Heike in abgewetzter Jeans und Schürze bückte sich und fegte den Staub aus der Ecke auf ein Kehrblech.

»In dieser Küche habe ich meinen ersten selbst gefangenen Hering gebraten. Ich war stolz, weil er richtig gut geschmeckt hat.«

»Ich habe Angst, dass du dich übernimmst, Anni. Du schuftest wie eine Hafendirne!«

»Ich muss es versuchen. Es ist bisher nicht viel schief gegangen, was ich angepackt habe. Dein Café war am Anfang auch eine Menge Stress, nicht wahr?«

»Die erste Saison war hart. Mittlerweile läuft es.«

»Sag, was gibt es Neues von deinem Freund?«

»Alles bestens. Er ist schwer beschäftigt. Heute Abend sehen wir uns.«

»Ich freue mich darauf, ihn kennenzulernen.«

»Er hat mir versprochen, mich heute Abend im Café zu besuchen. Komm doch vorbei!«, lud Heike Anni ein.

»Verliebte wünschen keine Zuschauer.«

»Ich würde zu gern wissen, was du von ihm hältst.«

»Na gut, auf deinen Freund bin ich wahnsinnig neugierig!«

»Er darf dir aber nicht zu gut gefallen!« Heike drohte Anni scherzhaft mit dem Zeigefinger.

»Mit einer um zehn Jahre Jüngeren wage ich nicht zu konkurrieren.«

»Das sollst du auch nicht. Ich bin gespannt, wie er dir gefällt.«

»Ich denke, er soll mir nicht gefallen?«

»Das Wichtigste ist: Er sieht gut aus und ist nicht verheiratet.«

»Das macht ihn zum Ideal.«

»Dafür hast du ein Haus in idealer Lage,« tröstete Heike ihre neue Freundin.

»Der eklige Geruch muss raus. Das Bad stinkt nach öffentlicher Sanitäranlage und der Herd wurde ewig nicht gereinigt«, klagte Anni, während sie in den hinteren Regionen des Backofens mit einem Topfschwamm geräuschvoll das eingebrannte Fett wegkratzte.

Ohne akustische Vorwarnung flog die Tür auf. Ein Windstoß fegte einen Hünen in die Küche.

»Moin!«, hallte es von den Lehmwänden.

Anni durchzuckte es, als sie die Stimme erkannte. Mit Bedacht zog sie ihren Kopf aus dem Ofen, richtete sich auf, drehte sich langsam um und starrte den vor ihr stehenden Menschen mit offenem Mund an.

»Dürfen die Raumpflegerinnen eine Pause einlegen?«, fragte der Mann.

»Kris, du?« Heike Friedrichs strahlte. Sie gab ihm ein Küsschen. »Anni, darf ich vorstellen? Das ist Kristian.«

»Mein Freund Kristian Dollahn. Er ist engagiert bei der Wasserrettung der DLRG und darüber hinaus als Schauspieler am Theater und bei den Festspielen.« Heike strahlte. »Und, Krischan, diese Deern hier ist meine neue Freundin Anni Arndt!«

Anni klappte ihren Mund zu. »Schauspieler?«, würgte sie hervor. »Aha, verstehe.«

»Hallo!« Er grinste sie an. »Frauen sind öfter sprachlos, wenn Sie mich sehen.«

»Das haben Katastrophen so an sich. Sie verschlagen einem die Sprache«, genoss Anni ihre seltene Schlagfertigkeit.

»Könner produzieren Katastrophen, Anfänger treten in Fettnäpfchen, beziehungsweise Tümpel«, konterte Kristian.

»Kris, du bist wie immer zum Totlachen!« Heike brach in übertriebenes Gelächter aus, was Annis Empörung beendete, bevor sich daraus ein negatives mentales Muster entwickeln konnte.

»Wir kennen uns«, erklärte Anni mühsam.

»Ihr kennt euch? Hab' es geahnt: Du hast in Annis Garten den Störtebeker gespielt, stimmt's?« Mit eindeutig entblödetem Gesichtsausdruck fiel Heike dem Seeräuber um den Hals. Der nahm es als Aufforderung und drehte sie im Kreis, während er sang:

»Zur Mittagsstunde, gestern noch,
nah bei Bremen, es friedlich kroch,
sieben Fass, das schöne Schiff,
Kurs auf Rügen, ein Lied ich pfiff!«

»Hör auf, mir wird schwindlig!«, flötete Heike.

»Sieben Fass? Mir wär' schon mit einer Dose gedient.« Hanko Langwisch trat über die Schwelle und drängte sich durch das Gewimmel vor. Er riss die Kühlschranktür auf und zwinkerte Anni zu. Die alte Küche von Derk Steensen war nicht dazu gebaut, größere Gesellschaften zu beherbergen, schon gar nicht dann, wenn es einzelne Personen gab, die tumultartige Tänze aufführten.

»Aus dem Tanz lassen sich Schlüsse ziehen. Die beiden hopsen nicht zum ersten Mal gemeinsam op de Deel.« Hobel verdrehte die Augen zur Zimmerdecke, warf spielerisch seine Bierdose hoch, fing sie wieder auf und stapfte zurück in den Garten.

»Hör auf, ich kann nicht mehr!«, protestierte Heike halbherzig.

Anni sah dem sich ihr bietenden Schauspiel fasziniert zu. Ihr Blick schweifte unablässig zwischen den Tanzenden hin und her. Sie wünschte sich aufs Festland zurück, nach Leipzig. *Ob sich die Kanzlei von Claas Siegert als Zufluchtsort eignete? Der Notar – was würde der Notar zu alldem sagen? Der hatte stets den passenden Kommentar.*

»Heike will nicht mehr. Nehmen Sie Rücksicht!«, rief Anni.

»Ich pfeif' drauf!« Der falsche Störtebeker pfiff unbeirrt die zweite Strophe des Liedes und sang, während er Heike herumwirbelte:

»Dann ging's schnell, gewagte Wende,
dass die Sonne von vorn sie blende.
Vor dem Wind gesetzte Segel,
auch mir steigt jetzt der Pegel!«

Beim letzten Satz streifte er mit ungeniertem Blick die gebannte Zuschauerin und lachte laut auf. Anni bekam einen roten Kopf. *Zierte den Kerl, der sich in besagter Nacht in ihren Garten verirrt hatte, nicht ein Vollbart? Dieser hier trug dieselben Klamotten. Entweder besaß er keine anderen oder er fand nicht regelmäßig ins eigene Bett.* Der Mann steckte wieder in dem weiten weißen Hemd und der engen schwarze Hose. Anni hätte sein damaliges Aussehen nicht beschwören können. Allein sein provozierender Blick hatte sich in ihrem Kopf festgesetzt.

»Gottes Freund und aller Welt Feind,
solange die Sonne aus dem Arsch uns noch scheint,
stürzt die Becher und stemmt das Bier,
setzt an und trinkt das golden Elixier.
Likedeeler werden wir genannt,
gefürchtet auf See, der Schrecken an Land.«

Der Mann hatte nach Annis Meinung tatsächlich etwas Schreckliches an sich, wobei sie schon unter normalen Umständen eine gewisse Risikoaversion zeigte. Sie strich sich eine Haarsträhne aus der verschwitzten Stirn und bemerkte entsetzt, dass sie in einem Anflug von mangelnder Eitelkeit vor der Arbeit ihren goldbraunen Schopf mit einem herumliegenden Küchenhandtuch umwickelt hatte. *Meine Güte, jede weibliche Sanitäraufsicht in einer Autobahnraststätte war eine Schönheit im Vergleich zu ihr. Dieser Mensch hatte das Talent, immer dann aufzukreuzen, wenn sie misslich gekleidet war.*

Endlich schien der Tanz beendet zu sein. Heike holte hörbar

Luft und hielt sich die Hand auf ihren Bauch. Gelitten schien sie nicht zu haben. Im Gegenteil.

»Atemlos durch den Morgen!« Heike japste selig nach Luft.

Himmel, was konnte ein Kerl in Seeräuberkluft aus einem vernunftbegabten Weib machen! Mitleid war hier unangebracht. Anni pustete sich eine fettige Haarsträhne aus dem verschwitzten Gesicht.

»Piratentango beendet?« Anni betrachtete die Szene mit spöttischem Grinsen.

»Piratentango? Heike, was sagst du dazu? Das Landei nennt unseren waschechten *Dunkelschatten* ›Piratentango‹. Jetzt sind wir aber beleidigt, nicht wahr, Schatz?«

»Aber Anni, hast du denn unseren traditionellen Volkstanz nicht wiedererkannt?«, wunderte sich Heike und sog begierig alles in sich auf, was mit Annis Erscheinung zusammenhing. »Die Mönchguter tanzen ihn seit Generationen. In Gager lernen die Lütten die Schritte in der Grundschule.«

»Dass es auf Rügen mitunter schattig ist, weiß ich, aber den Tanz hatte ich nicht mehr auf dem Schirm.«

»Du warst lange fort«, meinte Heike versöhnlich. »Die Trachtentänzer vergeben dir.«

»Entschuldigt, dass ich auch die Rügener Tracht nicht gleich als solche erkannt habe. Der Herr im Piratendress und die Dame in alter Jeans mit Kittelschürze. Wie konnte ich derart blind sein!« Anni schickte Kristian einen bösen Blick. Er fing ihn auf. Unvermittelt wich jede Spur von Übermut aus seinem Gesicht. Anni spürte Genugtuung. Sie schauten sich an. Für den Bruchteil einer Sekunde waren sie überwältigt von dem, was zwischen ihnen sein könnte. Anni wandte den Blick ab. Er rettete sich in einen Scherz.

»Unser Trachten-Outfit sieht natürlich für gewöhnlich anders aus.« Er wandte sich Heike zu. »Deine Nachbarin sagte mir, die Wirtin vom *Café Sorglos* sei an diesem stillen Örtchen.

Dass die Frau Bürgermeister von der gastronomischen Leiterin zur Reinigungsfachkraft gewechselt ist, hätte ich allerdings nicht für möglich gehalten«, fasste er seine geistreichen Gedanken in einem Zweizeiler zusammen.

»Sei still, du Bandit!« Heike schlug ihm leicht auf den Arm. »Erst störst du die Nachtruhe meiner neuen Freundin und jetzt unser Tun! Ich helfe Anni, ihr Erbstück herzurichten. Wir eröffnen demnächst hier ein Hotel«, tat sie wichtig.

»Wie bitte? Von einem Hotel war nie die Rede«, fuhr Anni dazwischen. Vom neugierigen Schauen nicht länger in Anspruch genommen fand sie ihre Sprache wieder. »Ich bin weder eine Gräfin noch besitze ich eine Kreidefabrik.« Die Rüganerin Anni Arndt spielte darauf an, dass eine Gräfin von Schimmelmann um 1890 in Crampass ein christliches Seemannsheim als Bleibe für Fischer gegründet hatte, welches später ein Verein in ein schönes Hotel für Badegäste, das *Restaurant und Logierhaus Seemannsheim,* umwandelte. Auch hatte in Sassnitz der Kaufmann Magnus Küster 1848 neben seiner Kreideschlemmereifabrik eine Gaststätte namens *Küsters Resterie* errichtet, die 1875 zu einem Hotel ersten Ranges ausgebaut wurde. Von beidem war Anni weit entfernt. »Eine Frühstückspension möchte ich es nennen, mehr nicht! Übrigens, wer sind Sie, dass Sie nachts in fremden Gärten Freibeuterlieder singen?«, fuhr sie den spöttisch lächelnden Fremden an. Der Angesprochene reagierte nicht. Er sah die Frauen mit seinen blauen Augen so gleichgültig an, als seien sie Personen, die nicht über seine Bewusstseinsschwelle traten. Statt Kristian gab Heike eine Erklärung ab. »Kristian ist als Lebensretter bei der DLRG im Einsatz.«

»Lass mich nachdenken.« Kristian Dollahn maß Anni mit einem unverschämt ruhigen Blick. »Wenn ich richtig zähle, habe ich dir bereits zweimal das Leben gerettet.«

»Wie bitte? Dass Sie mir aus dem Tümpel halfen, war keine lebensrettende Maßnahme.« Anni verdrängte, dass sie Heike gegenüber seine Hilfsbereitschaft exakt als solche beschrieben hatte.

»Ich kenne deine Freundin seit unserem Einsatz am Königsstuhl, Heike-Schatz.«

»Ja richtig!« Heike schlug sich vor den Kopf. Anni kam jäh ein, warum ihr der Störtebeker in jener Nacht so vertraut vorgekommen war. Er hatte ihr seinen Arm und eine Decke um die Schulter gelegt, als sie sich beim Anblick des toten Jungen panisch fühlte. Sie war verwirrt. Es passte nicht ins Gesamtbild des Mannes, der vor ihr stand.

»Kris ist der größte Pirat, den die Insel jemals erlebt hat! Ich prophezeie euch, es wird der Tag kommen, an dem er die Hauptrolle in Ralswiek ergattert als maßlosester Freibeuter seit Anbeginn der Störtebeker-Festspiele!«, behauptete Heike mit hörbarem Stolz in ihrer Stimme.

»Ich werde gehen. Dollerer Beifall kann es für einen Dollahn nicht geben«, lachte Kristian. »Heike übertreibt maßlos!«

»Maßlos übersetze ich mit zügellos!«, bemerkte Anni.

»Was spricht gegen hemmungsloses Vergnügen?« Er grinste.

»Schwelgst du wieder in lustvollen Fantasien, Kris?«

»Fantasien? Was redest du, Schatz? Bin ich Poet? Lieber ein Weib im Bett als im Kopf!« Besitzergreifend legte er seinen Arm um Heikes Taille und zog sie an sich.

Sie gab ihm lächelnd ein Küsschen auf die linke Wange. »Krischan, du bist wirklich kein typischer Mönchguter!«, konstatierte Heike.

»Sie sind Mönchguter? Aha, dann weiß ich rechtzeitig Bescheid.« Anni lief rot an. *Habe' ich tatsächlich ›rechtzeitig‹ gesagt?* Sie begegnete seinem wissenden Blick.

»Ähm …, der Busfahrer auf meiner Herfahrt, also der ist Berliner, ähm, und der hat gemeint, die Männer von Mönchgut sind groß, breitschultrig und fromm«, stotterte sie, in der Hoffnung, das vorher Gesprochene ungehört zu machen.

»Stimmt teilweise!«, Kristian Dollahn lachte.

»Welche Teile stimmen denn?«, stichelte Anni. *Mannomann, konnte sie nicht den Mund halten? Typischer Fall von Verschlimmbesserung – wäre dem Notar nie passiert.*

»Auf Mönchgut, im Land der Mönche, frönten die Frauen den Brauch der Freiwerberei und jagten nach einem Mann, der ihnen gefiel.« Er zwinkerte ihr mit dem rechten Auge zu. Sie biss sich auf die Unterlippe. Eine Art Ohnmacht überfiel sie. Eine Ahnung, dem Gegenüber nicht gewachsen zu sein.

»Klingt einfallsreich«, antwortete Anni.

»Menschen mit Fantasie langweilen mich nie.«

»Herr Dollahn«, bemühte sich Anni um einen würdevollen Ton, »Sie haben einen ganz gewissen Charme. Ich bitte Sie, sparen Sie ihn sich für ganz gewisse Frauen auf! Was ich treibe, ist von geringem Interesse.«

Heike blickte von einem zum anderen. »Ach du heiliger Hering! Warum duzt du Kris nicht, Anni? Meine Freunde sind auch deine Freunde. Und du, Kristian Dollahn, brauchst, glaube ich, einen tiefschwarzen Kaffee, sonst weißt du nicht, was du sprichst. Lass uns ins Café zurückkehren! Anni, kann ich dich mit Flunder und Hobel allein lassen?«

»Selbstverständlich.« Ohne ein weiteres Wort drehte Anni sich um. Sie hörte, wie Heike Kristian fragte: »Sag' mal, Kris, das war doch okay, das mit dem Duzen?« Anni wendete spontan den Kopf. Seine Antwort bestand aus einem Kuss auf Heikes Mund.

Tolles neues Leben! Annis Rücken schmerzte.

»Was meint du, Hobel«, fragte sie Hanko, »sollten wir nicht langsam mit dem Ausmessen des Fußbodens für die neuen Dielen beginnen?« Sie strich sich ihren Arbeitskittel glatt. »Aber erst essen wir Heikes Schokoladentorte!« Vier Becher Schlagsahne und zwei Tafeln dunkle Schokolade. Das ist genau das, was wir brauchen.« Anni schnitt den dreiteiligen Tortenboden an. Die oberste Schicht war mit Sahnehäubchen und Schokoladenbohnen verziert.

Süßes macht sorglos.

25. KAPITEL

Die Trauer ist ein dunkles Meer. Keiner weiß, wohin die Tränen fließen. Wäre sie nicht aus dem unglücklichen Anlass hier gewesen, hätte sich Anni über den komplett in Weiß gehaltenen Innenraum der Kirche gefreut. Grundsätzlich fand sie, dass ein Gotteshaus ein lichter Raum sein müsse, auch wenn die Augen sich bei Helligkeit nicht ausruhen können. Zwischen Säulen und Pfeilern fliegen die Gedanken gerne zum Licht.

Die spätromanische Backsteinkirche in Sagard, ursprünglich 1210 erbaut, über die Jahrhunderte um eine Südkapelle erweitert und mit einem gotischen Gewölbe versehen, ist die viertälteste Kirche auf Rügen. Ein roter Teppich führt zum barocken Altar von 1726. Gestühl, Kanzel, Taufständer und Orgelempore sind mehr als hundert Jahre jünger.

Auf dem Altar stand an diesem Tag im schwarzen Bilderrahmen Ivos Foto. Es war mit Blumen und Kerzen geschmückt. Sonnenschein strahlte aus den Fenstern rechts und links herein. Man sah den Staub im Licht schweben. Die Atmosphäre war gedämpft. Ein Trauerflor lag über den Kirchenbänken. Draußen flogen die Seeschwalben in den blassen Himmel. Ein Hochdruckgebiet hatte sich zwischen zwei Tiefs eingekeilt und hielt die für die Jahreszeit typischen Seewinde ab. Es war wärmer geworden. Trotzdem fröstelte Anni, als sie sich im Mittelschiff einen Platz suchte.

Zur selben Zeit, als sie sich in die Kirchenbank sinken ließ, parkte draußen südlich vom Altarraum auf dem Kirchplatz

Bernd Bätge seinen anthrazitgrauen SUV. Die drei Familienmitglieder, Herr und Frau Bätge sowie ihr Sohn Björn entstiegen dem Fahrzeug. Sie trugen wie fast alle anderen Anwesenden schwarze Kleidung. Mit jedem Schritt pochte Björns Herz heftiger. Vor dem Eingang der Kirche wartete die junge Pastorin.

Warum musste sein Vater jetzt mit ihr sprechen? Hatte das nicht Zeit bis nach dem Trauergottesdienst? Björn stand mit versteinerter Miene neben seinen Eltern. Die verdammte Übelkeit machte sich wieder in ihm breit. Endlich schickten sich seine Eltern an, die Kirche zu betreten, die schon fast bis auf die letzte Reihe gefüllt war. Björn folgte ihnen und schritt mit gesenktem Kopf durch das Kirchenschiff. Ihm kam es vor, als wäre die komplette Schule versammelt. Unauffällig versuchte er, auf einer der hinteren Bänke Platz zu nehmen. Es gelang ihm nicht. Sein Vater machte seiner Frau und seinem Sohn ein Zeichen, nach vorn zu schreiten. Anni erkannte den Jungen, als er mit seinen Eltern an ihrer Bank vorbeilief. Bernd und Martina Bätge drückten den Eltern von Ivo stumm die Hand. Dann setzten sie sich mit ihrem Sohn in die vierte Reihe. Eine Träne lief Björn über seine Wange. Es war ihm unangenehm. Er wischte sie mit dem Handrücken fort und zog die Nase hoch. Seine Mutter reichte ihm wortlos ein Papiertaschentuch. Björn nahm es und steckte es in die vordere Hosentasche. Sein Herz erdrückte die zweifelnde Gewissheit, eine Mitschuld zu tragen am Tod seines Freundes, obwohl er ihn doch hatte retten wollen. Hätten sie nur nicht das Video gemacht! Heiße Angst überkam ihn. *Wenn man ihn nun zum Mörder stempelte, ihm nicht glaubte!* Dann steckte man ihn ins Gefängnis, stellte neue Verhöre an, wühlte in der Wunde, die ihm durch den Tod von Ivo geschlagen worden war. Und sein ortsbekannter Vater müsste darunter leiden, dass der Sohn unter Verdacht steht. Doch während Björns Seele vor Verzweiflung nach Hilfe rief und umherirrte wie ein Blinder ohne Stock, befähigte ihn sein Selbsterhaltungstrieb, oder war es ein gnädiger Gott?, sich die Szene am Abgrund in der Weise zurechtzulegen, dass er einwandfrei unschuldig schien. Hauptkommissar Puppe hatte seine Schilderung nicht bezweifelt. Aber obgleich er sich jetzt im tiefsten Inneren unschuldig fühlte, blieb ein heimlicher Stachel, der ihm zuflüsterte: *Hättest du dich geweigert, eine Aufnahme zu machen, wäre Ivo nicht abgestürzt. Vielleicht lebte er noch? So bist du unschuldig schuldig geworden.*

Mit gewaltigem Klang setzte die zweigeschossige Orgel ein. Sie war die größte Rügens. Anni sang das erste Lied mit. Sie tat es vor allem, um sich abzulenken und nicht die Fassung zu verlieren. Die Pastorin erklärte, dass bald der fünfte Sonntag vor Trinitatis sei. Ein Mädchen in der Reihe vor ihr fragte seine Mutter: »Was ist Trinitatis?«

Anni dachte angestrengt darüber nach, wie man die Dreifaltigkeit Gottes einem Kind erklären könnte. Welche Bedeutung kam dem Dreieinigkeitsfest im Kirchenjahr zu? Sie zerbrach sich buchstäblich den Kopf darüber. Das Nachdenken überschrieb ihr Entsetzen. Die Lesung des Evangeliums und den ersten Teil der Predigt hörte sie nicht. Mit einem Mal drang die Stimme der Pastorin zu ihr durch.

»Hast du nur einen Sohn, ist es, als nähme Gott dir die Welt.« Die Mutter des Jungen schluchzte in ein Taschentuch. Ivos Vater saß mit bewegungslosem Gesicht neben ihr. Die Pastorin kam aus dem Osten, vermutlich war sie eine Baltin. »Es hat dem Herrn über Leben und Tod gefallen, in Christo zu sich in sein himmlisches Reich zu rufen im Alter von nur sechzehn Jahren Ivo Novak.«

Ein lautloser Aufschrei ging durch die Menge. In den Reihen hörte man leises Weinen. Die Leute standen bis nach draußen. Anni fasste den Arm von Heike, die neben ihr Platz genommen hatte.

»Lasst uns heute mit Ivos Familie, die diesen tragischen Unglücksfall ertragen muss, gemeinsam trauern und lasst uns der Kraft und Trost spenden.« Die tiefschwarz gekleideten Angehörigen in der ersten Reihe hielten die Köpfe gesenkt.

»Ein Mensch ist in seinem Leben wie Dünengras. Geht Wind darüber, ist es nimmer da und seine Stätte kennt es nicht mehr. Wir wollen beten und im Stillen jeder für sich an den Verstorbenen denken.« Anni konnte nicht auf Befehl denken. Sie kannte den Jungen nicht. Wieder sah sie sein erstarrtes Gesicht vor sich. Ob sie es je würde vergessen können? Nach den Fürbitten verlas die Pastorin die Abkündigungen.

»Auf Wunsch der Familie des Verstorbenen ist die heutige Kollekte am Ausgang für die Jugendarbeit in der Gemeinde bestimmt. Lasst uns nun gemeinsam beten, wie es uns der Herr gelehrt hat.« Sie standen auf.

»Vater unser im Himmel! Geheiligt werde dein Name. Dein Reich komme. Dein Wille geschehe, wie im Himmel so auf Erden …« Am Ende des Gebets hob die Pastorin beide Arme und schlug das Kreuz.

»Gehet hin in Frieden. Die Gnade sei mit euch und der Friede Gottes, welcher höher ist denn alle Vernunft, bewahre eure Herzen und Sinne in Jesus Christus. Der Herr erhebe sein Angesicht über dich und gebe dir Frieden. Amen. Wir nehmen noch einmal Platz.« Der Chor sang das Lied *Tears in Heaven.*

»Would you know my name
If I saw you in heaven?
Would you hold my hand
If I saw you in heaven?«

Das war der Moment, als Björn Bätge es nicht mehr aushielt. Er rannte aus der Kirche.

»Junge!« Erschrocken drehte sich Martina um und erhob sich halb von ihrem Platz. Die Mutter wollte ihrem Sohn hinterherlaufen.

»Lass ihn!« Bernd hielt sie am Arm fest und zog sie zurück in die Bank. Die Eltern sahen vergebens zur Pforte. Ihr Sohn hatte sich davongemacht.

26. KAPITEL

Als Anni nach dem Trauergottesdienst vor das Kirchenportal trat, stand wie aus heiterem Himmel Kristian Dollahn vor ihr. Sie starrte ihn an.

»Hallo.« Er war nicht im Geringsten verlegen. »Da bist du ja!« Er klang, als erwartete er sie seit einer halben Ewigkeit.

»Der Schauspieler«, bemerkte Anni nicht übermäßig freundlich. »Spielen Sie den Störtebeker bei den Festspielen?«

»Waren wir nicht beim ›Du‹ angelangt?«, entgegnete er.

Sie überhörte die Frage. In seinen Augen versteckte sich Leichtsinn. »Danach habe ich nicht gefragt.«

»Auf das Engagement bei den Festspielen warte ich noch. Vorher lade ich dich auf einen Drink ein! Als kleine Wiedergutmachung für dreistes Betragen. Was meinst du?«

»Würde ich gern«, hörte sich Anni zu ihrer eigenen Überraschung sagen, »aber im Moment bin ich im Stress.«

Er nahm sie bei den Schultern. »Warum fangen wir nicht mit einer kleinen Bootstour an?«

Sie drehte sich unter seinem Griff nicht fort. »Unmöglich«, sagte sie mit fester Stimme. Seine Augen wanderten von seinen Händen zu ihrem Gesicht. Er konnte trotz der trauergeschwängerten Umgebung sein Lachen nicht beiseiteschieben.

»Entführung auf ein Piratenschiff? Nein danke!« Sie hatte nicht die geringste Absicht, sich in Derartiges verwickeln zu lassen.

»Nur eine kurze Fahrt. Bei dem Wetter.«

»Es geht beim besten Willen nicht. Ich habe einen Gärtner bestellt, einen Termin auf dem Gewerbeamt und bei der Bank. Außerdem muss ich mit meinem Notar telefonieren.« *Hatte sie tatsächlich ›mein‹ Notar gesagt?* »Weißt du, es ist eine Menge zu tun. Ich kann nicht.«

Inzwischen strömten immer mehr Menschen aus der Kirche.

»Komm mit, bevor wir den Leuten ein Schauspiel liefern.« Er zog sie mit sich fort.

»Was stört es dich? Du bietest den Leuten regelmäßig ein Schauspiel.«

»Das ganze Leben ist Theater, nur die Bühne wechselt.«

Sie gingen nebeneinander her.

»Da hinten ist es!« Er zeigte auf eine kleine Motorjacht, die mit dem Bug bereits in Fahrtrichtung am Steg lag.

»Ein schönes Boot.«

»Gefällt es dir?« Er sprang aufs Deck und hielt ihr die Hand hin.

»Hüpf rüber!«

Was vom Steg wie funkelnde Miniaturwellen ausgesehen hatte, entpuppte sich plötzlich als bedrohliches Meer, das gefahrvoll gegen die Seiten der kleinen Jacht klatschte. Anni staunte, wie es ihr gelang, auf das Hin und Her schlingernde Boot zu steigen. Dies war eine jener Mutproben, die auszuführen sie als Kind gewagt, als Erwachsene nie mehr erwartet hatte. Ein unglaublicher Trapezakt.

»Zieh die lieber an!« Kristian hielt ihr eine Rettungsweste hin. Anni schlüpfte hinein.

»Ich habe noch nie einen Lebensretter kennengelernt.«

»Bei deinem Charme?« Er startete den Motor, löste die Leinen, schwenkte im Vorwärtsgang in die Fahrrinne ein und lenkte das Boot vorsichtig aus der Bucht. Eine Möwe folgte hoffnungsvoll.

»Du gibst eine schöne Piratenbraut ab!«

»Wie bist du Rettungsschwimmer geworden?«

»Nach der Wende gab es auf Mönchgut keine Arbeit. Ich musste mich beschäftigen. Im Sommer suchten sie für die Rettungswache Freiwillige. Am Ende der Saison ging ich dann für ein paar Jahre in den Westen, auf eine Schauspielschule.« Der Rüganer lachte. »Als ich zurückkam, hat Heike mich gefragt, ob ich mit ihr nicht eine Rettungsschwimmerausbildung machen will. Wir haben die Fortbildung gemeinsam im Bundeszentrum der Deutschen Lebens-Rettungs-Gesellschaft in Bad Nenndorf absolviert.«

»Verstehe.«

»Bis das große Engagement winkt, bleibe ich dabei. Gegenfrage: Wie kommst du von Leipzig nach Sassnitz?«

»Ich bin hier geboren. Nach der Wiedervereinigung zogen meine Eltern hinüber aufs Festland. Vor ein paar Jahren sind sie durch einen Verkehrsunfall ums Leben gekommen.« Anni schluckte. »Ich habe Geschichte studiert und war bis vor Kurzem an der Uni Leipzig angestellt. Überraschend bekam ich die Nachricht, dass ich den Fischerkaten von Derk Steensen geerbt habe.«

»Und nun bleibst du für immer auf Rügen?«

»Was ist für immer?«, wiederholte Anni Minnas Worte. »Eines vielleicht: Ich hatte seit ewigen Tagen den Wunsch, eine Gästepension zu führen.« Sie lächelte.

»Das Haus bedeutet dir eine Menge?«

»Ja, Derk Steensen war mein Großvater. Ich habe ihn geliebt, obwohl ich in dem Bewusstsein aufwuchs, nicht mit ihm verwandt zu sein. Vor Kurzem habe ich erfahren, dass meine Oma Ida und Derk ein heimliches Liebesverhältnis miteinander gehabt hatten und mein Vater in Wirklichkeit Steensens leiblicher Sohn gewesen ist. Verrückt, nicht?«

Kristian Dollahn stellte den Motor aus. Es schaukelte. Der Boden unter ihren Füßen zitterte. Anni hielt sich fest. Überall um sie herum taumelten die Sandbänke. Es war ein Phänomen, als wie durch ein Wunder die Kimmung ruhte. Anni konnte kaum atmen. Sie erkannte die Kirche, das Pfarrhaus, den großen Schwanenstein unweit des Ufers. Kristian stellte exakt an der Stelle den Motor ab, wo Derk Steensen damals auf ihrer allerersten Fahrt den Kutter angehalten hatte. In der Ferne sah sie das weithin leuchtende Kap Arkona. Das Boot fand ins Gleichgewicht.

»Im Leben zählt die Liebe«, sagte der Mann und zwinkerte. »Kein Mensch entgeht ihr.«

Ihre Blicke trafen sich. Anni überlegte einen Moment.

»Ich schon.« In ihren Augen funkelte Entschlossenheit. »Das Letzte, was ich brauche, ist ein männlicher Schatten.«

»Die Liebe folgt dem, der sie flieht, und flieht den, der ihr folgt.«

»Probst du für ein Vorsprechen, Shakespeare? Ich bin ein ungnädiges Publikum.«

»Du hast Angst.«

»Selbstverständlich. Du bist einer von der bösen Sorte.«

»Wirklich?«

»Da bin ich ganz sicher. Dein Ruf ist nicht gerade makellos. Du weißt, was ich meine. Viele Frauen finden das attraktiv.« Sie blinzelte.

»Du nicht?«

»Nein.« Annis Gesicht blieb ohne Regung.

»Schade. Mein Interesse an dir ist groß.« Sein Bedauern klang echt.

»Du, ich hab' noch verschiedene Termine heute.« Anni sah auf ihre Handy-Uhr. »Vielen Dank, dass du mir dein Boot gezeigt hast.«

»Es war mir ein Vergnügen!« Er sah sie bekümmert an. »Leider habe ich den Kahn gründlich in den Sand gesetzt.«

27. KAPITEL

»Spring!« Björn stand an der Kante des Königsstuhls und starrte nach unten. »Spring einfach«, redete er sich verzweifelt zu, »dann hast du es geschafft!« Der Junge zog sich die schwarze Kapuze über seinen Kopf, ließ die Arme hängen, machte einen Schritt nach vorne, wandte seinen Blick zum Horizont. Das dunkle Meer schwieg. Björn setzte sich hin und dachte an Ivo. Er dachte ununterbrochen an seinen Freund. Er fehlte ihm. In jeder verdammten Minute seines verdammten Lebens fehlte ihm Ivo. Als er noch lebte, hatte er nicht geahnt, wie sehr er ihn vermissen würde. Hätte er es nur früher gewusst – alles, alles würde er geben, Ivo ein letztes Mal zu sehen.

»Would it be the same
If I saw you in heaven?
Would you help me stand
If I saw you in heaven?«

Das Lied in der Kirche, die Verhöre durch die Polizei hallten durch Björns Kopf. Am krassesten waren die Worte der Ärzte: *»Gehen Sie möglichst schnell wieder in die Schule. Das hilft, in den Alltag zurückzufinden!«* Seine Eltern und die Lehrer waren derselben Ansicht wie die Mediziner. Pa hatte ihn getröstet. Doch Björn wusste, Bernd Bätge sprach von ›Getue‹, wenn einer seiner Mitarbeiter nicht funktionierte. Der Junge schluckte. *Und die Lehrer! Wie sollte er sich im Leben nochmal auf etwas so Banales wie den Schulunterricht konzentrieren, geschweige denn, einen Beitrag zum Unterricht liefern können? Wahrscheinlich musste er ab sofort jahrelang das mitleidige Lächeln oder gehässige Tuscheln der anderen ertragen, sobald sie an ihm vorbeigingen. »Da steht er, Björn Bätge. Das ist der, der am Tod von Ivo schuld ist. Er hat ihn nicht festgehalten, der Schwachmat. Nutzt ihm nichts, dass der Vater ein hohes Tier ist, ha!«* Sie würden es nicht laut sagen, aber ihre Gesichter würden einen Ausdruck der Überlegenheit und Verachtung annehmen. Das war schon wegen viel geringfügigerer Dinge vorgekommen. Ohne es zu beabsichtigen, wimmerte er einen längst vergessenen Liedtext von Ernst Moritz Arndt. *»Dess solln wir alle fröhlich sein und singen mit den Engelein.«*

Jetzt! Er könnte Anlauf nehmen, springen und alles wäre vorbei. Keine missbilligenden Blicke mehr. Keine schlechten Noten mehr. Keine Trauer um Ivo. Nur Stille und Schwarz.

»Would you hold my hand
If I saw you in heaven?«

Durch sein Schluchzen klang mit einem Mal Ivos Stimme.

»Ey Alter, geht's noch?! Was willst du in der Ewigkeit? Glaub mir, es macht keinen Sinn. Tote Engel singen nicht.«

»Ivo!« Björn schluchzte lauter.

»Shake it off, Alter! Zieh Leine, klar? Geh nach Hause!«

Björn blickte in den Himmel. Ein gigantischer Regenbogen. Nur selten sah man einen solchen Farbenspiegel über dem Wasser der Ostsee leuchten. Es ließ sich nicht beschreiben. War das ein Zeichen?

»You must be strong and carry on.«

»Ich versuch's für dich, Ivo!«

Mit schweren Schritten schlurfte der Junge zurück zu seinem Elternhaus. Als er leise die Haustür öffnete, stand seine Mutter vor ihm.

»Börni, Gott sei Dank, du bist zurück! Wo warst du denn? Ich habe mir Sorgen gemacht«, rief Martina Bätge. Björn schwieg und dachte an den Gang über den Schulhof zum Eingang der Schule. Er würde ihm wie eine Marathonstrecke vorkommen. Sein Magen drehte sich um. Gerade noch rechtzeitig schaffte er es ins Badezimmer. Dort kotzte er seine Seele aus dem Leib und krümmte sich vor Schmerzen.

»Was ist los? Geht es dir nicht gut? Brauchst du Hilfe?« Seine Mutter stand vor der Tür und bombardierte ihn mit Fragen.

Er erzeugte einen Gluckser. Sein Körper verbrauchte die ganze Kraft für das Würgen.

»Okay, Schatz, ich rufe die Schule an. Du musst nicht hin.« Sofort entspannte sich sein Magen. Björn spülte zweimal und putzte sich die Zähne. Beim Blick in den Spiegel erblickte er das ihm allzu bekannte Bild eines Losers: Braune lange Haare, fettiger als sonst, umrahmten ein fülliges Gesicht mit Wangen, die bei der kleinsten Anstrengung zu glühen anfingen. Seine dunklen Augen ließen kaum das Braun erkennen. Im ersten Jahr auf der Grundschule waren ihm alle Mädchen hinterhergelaufen. Das endete, als er ein paar Jahre älter wurde. Heute lief ihm niemand mehr hinterher. Höchstens Ma. Unten hörte er die Tür zufallen. Seine Mutter ging zur Arbeit. Sie saß vormittags am Empfang in einer der prächtigen Villen und begrüßte reiche Feriengäste, die für eine horrende Miete ein paar Tage die Insel bevölkerten. Björn spuckte aus. Er hoffte, dass sie ihm noch etwas zu essen hingestellt hatte. Sein Magen war total leer. Er verspürte Hunger. In der Küche stand ein Topf mit Haferbrei und eine Tasse Kamillentee. *Bah!* Er machte die Kühlschranktür auf und nahm sich ein großes Schoko-Cookie und eine Cola. Wahrscheinlich war es echt am besten, er brachte es hinter sich.

An der Kirche pochte sein Herz mit jedem Schritt lauter. Übelkeit machte sich erneut in ihm breit. *Verdammt, warum bloß war sein Vater ein bekannter Mann auf der Insel?* Björn dachte an Ivo. *Jetzt nicht umdrehen! Vielleicht war morgen alles viel leichter. Nur den heutigen Tag musste er überleben! Morgen war Freitag. Am Wochenende konnte er wegtauchen.*

Björn trat durch das Tor. Auf der Schwelle des Schulgebäudes blieb er einige Sekunden reglos stehen, den Kopf gesenkt, den Blick zu Boden gerichtet. Dann lief er schnell, ohne aufzusehen durch die Pausenhalle in den Klassenraum. Er versuchte, sich unbemerkt auf seinen Platz hinten rechts zu schleichen. Es klappte nicht. Die Blicke und das Tuscheln verfolgten ihn bis in die letzte Reihe. Kaum saß er, kamen Luca und seine Begleiter. Luca Puppe war der Anführer der Gruppe. Logisch. Mit einem Polizisten als Vater. Wenn Luca nicht gerade den Mädchen den Kopf verdrehte, hielt er sich am Sportstrand auf und übte neue Tricks, um seinen nächsten Gegner beim Beachvolleyball noch schneller zur Verzweiflung zu treiben. Björn würde zu gern sagen können, dass er sonst nichts draufhatte. Leider stimmte das nicht. Luca war krass intelligent.

»Wie sieht's aus, Alter, gibt's ein Problem?«

Björn schlug die blauen Augen nieder. »Nein. Mir geht es gut.« Er schwieg. Luca musterte ihn. Er sah jede einzelne Schweißperle.

»Große Scheiße mit Ivo. Nimm's nicht tragisch, Alter! Ey, wir stehen hinter dir, weißt du.« Luca schlug ihm auf die Schulter. Björn benötigte seine gesamte Selbstkontrolle. Er hatte gelernt, nicht zu reagieren gegenüber jedem, der mit falscher Freundlichkeit vor ihm stand. *Diese scheinheilige Art, bei der die Abscheu nur verpackt war.* Der Lehrer betrat das Klassenzimmer. Die Klasse stand auf.

»Guten Morgen zusammen!«

»Guten Morgen!« Die Schülerinnen und Schüler setzten sich.

»Okay. Bitte alle mal herhören! Bevor wir mit dem Unterricht beginnen, würde ich gern mit euch über die Organisation des anstehenden Schulpraktikums sprechen. Ich hoffe, ihr habt inzwischen alle einen Praktikumsplatz gefunden? Ihr habt nur noch zwei Wochen bis zur Abgabe der Formulare.«

Ein kollektives Stöhnen drang aus den Mündern der dreiundzwanzig Elftklässler. Wenigstens einige der Schülerinnen und Schüler nickten.

»Luca, wohin gehst du?«

Luca drehte sich langsam zum Lehrer um und starrte mit leerem Gesicht auf einen Punkt direkt neben der Tafel. »Don't know.« Er zuckte mit den Achseln. »Wird man sehen.«

»Garantiert zur Polizei!«, sagte sein Nebenmann. Die Klasse lachte.

»Kümmert euch um einen Platz! Wie ihr wisst, dauert die Maßnahme zwei Wochen. Ihr seid über die Schule unfallversichert, müsst aber bitte zusätzlich dieses Formular vom Betrieb unterzeichnen lassen.« Der Lehrer zeigte auf die digitale Tafel. »Ihr könnt es euch herunterladen und ausdrucken.« Das Thema Schulpraktikum war einzigartig dafür geeignet, die Aufmerksamkeit der Schüler zu fesseln. Immerhin ging es um den ersten Job ihres Lebens. Björn atmete auf.

28. KAPITEL

»Lassen wir die Kirche im Dorf, liebe Annerose!« Seit sie ihm eine mit A signierte elektronische Nachricht geschickt hatte, wagte Claas Siegert es, Anni beim Vornamen zu nennen. Sie protestierte nicht, was ihn ermutigte.

»Ähm«, er räusperte sich, »ich meine, schlimm ist die Angelegenheit nicht. Ich habe den Grundbuchauszug vorliegen. Derk Steensen hat kurz vor seinem Ableben noch einen Kredit über sechzigtausend Euro aufgenommen, den er mit dem Haus abgesichert hat.«

»Und das nennen Sie nicht schlimm?« Anni war geschockt. Ihr Traum vom *Ankerplatz* verschwand wie die Sonne am Horizont.

»Na ja, sehen Sie es einmal so. Es geht um einen Besitz, der in Ihr Eigentum übergehen soll, falls Sie zustimmen. Und um das Grundstück in dieser 1-A-Lage an der Kreideküste reißen sich die Immobilienmakler. Wenn Sie es zu einem guten Preis verkaufen, sind Sie mit einem Schlag alle Sorgen los.« Seit exakt achtzehn Minuten telefonierte Anni mit dem Notar und fragte ihn um Rat. Seit exakt achtzehn Minuten wusste Claas Siegert, dass das Knistern in der Luft nicht an ihrem Parfüm lag. Schließlich war sie nicht in persona anwesend.

»Ein Herr Günther Hohnhorst hat mich schon mehrere Male angerufen. Er hat Interesse, das Haus zu kaufen.«

»Und ich habe Ihnen schon mehrere Male gesagt, dass ich nicht verkaufe.«

»Das habe ich gehört. Der Rügener kann aber nicht verstehen, wie man so ein Angebot ablehnen kann. Er meint, der Fischerkaten ist marode. Das Haus hat im jetzigen Zustand keinen Wert.«

»Für mich ist er wertvoll. Und das Grundstück ist ein Vermögen wert. Das wissen Sie so gut wie ich.«

»Der Interessent hat inzwischen den Kaufpreis erhöht.«

»Logisch. Aber keine Chance.«

»Ich glaube, Sie machen gerade einen Riesenfehler, Anni. Das Gebäude muss nicht nur renoviert, sondern saniert werden. Das kostet eine Menge Geld. Dafür kriegen Sie von keiner Bank einen Kredit. Das ist eine Tatsache. Zu den Sanierungskosten kommen hohe Versicherungskosten, in der Klifflage rate ich unbedingt zu einer Elementarschadenversicherung.«

»Lassen Sie das alles meine Sorge sein. Ich habe das Haus von meinem Opa Derk Steensen geerbt. Es war sein Wunsch. Und ich werde es behalten.«

»Schade. Wenn Sie es sich anders überlegen, rufen Sie mich an! Sie hätten durch das Geld die Möglichkeit, alles zu tun, was Sie wollen und eine wohlhabende Frau zu sein.«

»Ich prüfe, ob ich die Sanierung allein mit meinen Freunden bewerkstelligen kann. Ich kenne einige Handwerker. Ich müsste natürlich mit meiner Bank sprechen und einen Kredit aufnehmen.«

Er dachte an das Grün ihrer Augen.

»Nun gut. Jeder Mensch hat die Wahl zwischen Segen und

Fluch. Sie sind entschlossen, das Projekt zu realisieren. Ich könnte ein paar Tage auf Rügen verbringen und Ihnen in den Verhandlungen beistehen, wenn Sie es wünschen.« *Stunden mit ihr!* Der Gedanke bewegte ihn wie ein ruderloses Boot, das ohne Ziel in schaukelnder Lust auf tobenden Wassern trieb. Sein kindisches Herz klopfte schneller. Im Moment liefen die Dinge jedoch nicht so, wie er sich das erträumte.

»Hm.« Anni runzelte die Stirn. *Will ich den Notar um mich haben? Ihn womöglich noch in meinem Haus empfangen?*

»Ist das Ihr Ernst? Sie würden nach Rügen reisen? Es gießt.«

»Ach, wissen Sie, da setze ich auf das Inselklima. Ich weiß sehr gut, was ich sage. Und was ich will.«

Anni schüttelte den Kopf. *Seine Lieblingsformel ›Wissen Sie‹ verwendete er regelmäßiger als mancher Zeitgenosse seine Zahnbürste.*

»Das glaube ich Ihnen sofort. Aber ein Besuch wird nicht nötig sein, zumal bei dem Wetter.« Anni klopfte sich gegen die Stirn. *Regen! Konnte ihr nichts Nachhaltigeres einfallen?*

»Nun gut, sprechen Sie zunächst allein mit Ihrer Bank.« Er klang verschnupft. Seine Stimme verbarg nicht die Enttäuschung. »Vielleicht erhalten Sie staatliche Zuschüsse, wenn es sich um ein schützenswertes Objekt handelt.«

»Wie stelle ich das fest?«

»Das kann Ihnen höchstwahrscheinlich das Liegenschaftsamt in Bergen mitteilen.«

»Wie Sie das sagen, klingt das, als sei es eine einfache Sache.«

»Mein Angebot nach Rügen zu kommen steht«, unternahm er einen neuen Vorstoß. »Ich stelle Ihnen anheim, es anzunehmen.« Claas Siegert lehnte sich im Armstuhl zurück und spielte mit dem Briefbeschwerer. Er geriet ins Träumen. »Wissen Sie, liebe Anni, ich darf Sie doch so nennen?, ich bin Amateurboxer.«

»Was hat das mit meinem Fall zu tun?«, fragte Anni gereizt. »Laufe ich Gefahr, mir eine blutige Nase zu holen?«

»Wir Boxer geben nur auf, wenn das Ziel unerreichbar oder die Gesundheit ernsthaft gefährdet ist.«

»Sie meinen, wenn ich Glück habe, komme ich mit einem blauen Auge davon, oder wie?« Annis Stimme gewann an Schärfe.

»Anni, wissen Sie, es gibt in unserem Leben wiederholt private oder berufliche Rückschläge, die alles durcheinanderbringen und das Selbstvertrauen erschüttern können.

»Was Sie nicht sagen.« Anni fand den dozierenden Tonfall am anderen Ende der Leitung unerträglich.

»Überlegen Sie, ob Sie es sich letztlich verzeihen können, wenn Sie es nicht versuchen.«

»Ich habe vor, es zu versuchen. Nur Sie verunsichern mich«, zweifelte sie.

»Dass ich Sie beunruhige, sollte nicht sein, meine Liebe.« Insgeheim freute er sich. Schließlich beunruhigte sie ihn auch. Eine himmlische Fantasie machte ihm neuerdings den Alltag paradiesisch. »Wissen Sie, ich bin älter als Sie. Und eines der Dinge, die ich im Leben gelernt habe, ist, dass man Chancen nutzen muss.« Er fuhr sich mechanisch über die Stirn.

Wie redete dieser Mann mit ihr? Anni schob die Unterlippe vor, was ihr das Aussehen eines schmollenden Kindes gab. *Er blieb ein arroganter Besser-Wessi, einer der Anderen.*

»Erstens wüsste ich nicht, dass wir miteinander in, sagen wir, so enger Verbindung stehen, dass Sie mich ›Liebe‹ nennen, Herr Doktor Siegert, und zweitens ist es nicht Ihr Geld, mit dem Sie gerade spielen.« Sie konnte sich nur schwer beherrschen und sah aus dem Fenster, um sich zu fassen. Bei strömendem Regen brach die Sonne aus den Wolken. Es erschien ein gigantischer Regenbogen, der von Rot über Blau und Gelb erstrahlte. *Meine Güte, selbst das Wetter vermochte sich nicht zu entscheiden! Konnte es nicht wenigstens anständig regnen?*

»Sie haben mich um Rat gefragt.« Er klang ernst. Tatsächlich schien er die falschen Worte gewählt zu haben. Er war aus der Übung.

»Es gibt in der Welt Unmöglichkeiten.« Sie fuhr sich mit der Zunge über die trockenen Lippen. Der Regenbogen verblasste. Am Himmel blieb ein hellgelber Streifen.

»Nein, das ist allein Ihre Ansicht«, wies er ihre Äußerung zurück.

»Jedenfalls bedanke ich mich, Herr Doktor Siegert.« Ihre rechte Hand lockerte den Blusenkragen. *Wie hatte eigentlich der tote Junge ausgesehen? Welche Kleidung trug er? War er groß oder klein*? Entsinnen konnte sie sich nur daran, dass er einen Zug um den Mund gehabt hatte, in dem sich Entsetzen und Traurigkeit mischten.

»Keine Ursache. Das ist mein Job. Melden Sie sich, falls Sie nicht weiterkommen. Ich bin für Sie da.« Er tippte auf das rote Hörersymbol. Dann starrte er minutenlang gegen die Wand.

29. KAPITEL

Am Ende der Nacht bahnte eine prächtige Morgenröte ihren Weg in einen weiteren der vergänglichen Tage, an denen die Inselbewohner die Ansammlung eiszeitlicher Kreide als Rügen bezeichnen würden. Das einzigartige Licht holte Anni Arndt aus dem Schlaf. Morgens erreichte sie stets einen Grad an Schwerelosigkeit und Klarheit, der ihr gewöhnlich bis zum Abend abhandenkam. Sie ging hinaus in den Garten. Tatsächlich betrachtete sie den Katen bereits als ihr Haus. Seltsam, wie schnell sich manche Dinge veränderten. Noch vor ein paar Wochen hätte sie niemals gewettet, Leipzig eines Tages den Rücken zu kehren. Ihr Herz schlug heftig, aber wenigstens schlug es diesmal vor Freude und nicht vor Furcht. Frieder und seine Männer hatten ganze

Arbeit geleistet. Noch war die weite Fläche vor ihr vom Dunst verhangen, und sie musste sich mit den zwanzig Metern bis zu den Bienenstöcken begnügen. Sie sah ihn bereits vor sich, ihren Garten, wie er einmal werden würde: blühend und duftend, mit Sträuchern von Sanddorn und Hagebutten von Wildrosen.

Schnell huschte sie zurück in die Küche, setzte Teewasser auf und kleidete sich an. Es würde ein herrlicher Frühlingstag werden. Sie hatte vor, den Bankbesuch hinter sich zu bringen und in der Gärtnerei von Bergen Pflanzen zu kaufen. Das war eine positive Aussicht. Auf Dauer würde das Leben ohne Auto umständlich sein. Umweltbewusstsein war etwas für Leute mit Zeit. Sie hatte Zeit. Bevor sie ins Nachdenken über ihr verloren gegangenes Leben in der Großstadt verfiel, machte sie sich auf den Weg.

An der Bushaltestelle traf sie Minna Minschlich.

»Minna!«

»Tach ok!«

»Ist das schön, dich zu wiederzusehen!« Sie umarmte ihre alte Bekannte.

»Hast du dich eingerichtet? Wohin willst du?« Minna sah sie neugierig an.

»Ich muss ein paar Dinge besorgen und zur Bank. Ich will das Haus in Öppings Sinn renovieren.«

»Verkaufst' den oll' Katen nicht? Du könntest gutes Geld machen. Man will am ganzen Küstenstreifen moderne Ferienappartements errichten. Hast' dir das gut überlegt?«

»Das hat mich mein Notar auch gefragt, aber ich gebe nicht auf. Im Gegenteil, ich möchte eine eigene Pension eröffnen.«

»Ich wünsche dir, dass du Leute findest, die dir helfen.«

»Willst du dabei sein und mitmachen, Minna?«

»Anni-Deern, ich bin achtundsechzig. Du wirst dir doch jemand Jüngeres suchen!« Minna schüttelte ihren grauen Lockenkopf.

»Wärst du mit dabei, würde mich das glücklich machen, Minna. Du könntest dich in der Pension ums Gästefrühstück kümmern.«

»Meinst du das wirklich?«

»Kaum einer kennt sich hier so aus wie du. Um erfolgreich zu sein, brauche ich richtig gute Leute. Natürlich arbeitest du nicht umsonst. Über das Finanzielle werden wir uns schon einig.«

»Na, wenn du willst, überlege ich es mir.« Minna war es schon lange leid, anderen beim Leben zuzusehen. Es wäre eine Aufgabe.

»Was hast du vor?«

»Ich komme von meinem Enkel. Habe ihm ein Stück Zitronenkuchen vorbeigebracht. Der Döskopp hat sein Frühstück vergessen.«

»Du hast einen Enkel, der zur Schule geht und bei dir wohnt?«

»Schule? Nee, studiert hat er. Johann wird bald siebenundzwanzig und arbeitet in der Gärtnerei und als Ranger im Nationalpark. Nu, der Junge is' manchmal verpeilt.«

»Er kennt sich mit Grünanlagen aus? Dann werde ich ihn fragen, ob er mir im Garten helfen mag. Ich will vorher zur Bank. Drück mir die Daumen, dass die mir einen Kredit gewähren.«

»Das mache ich«, versprach Minna.

Der Bankangestellte war wenig zugänglich. »Wir werden das prüfen. Aber da Sie uns keine Sicherheiten bieten, ist nicht viel zu machen, Frau Arndt. Derk Steensen nahm noch kurz vor seinem Tod eine Hypothek auf. Die Bank hat eine Forderung.«

»Wie hoch?« Sie wusste es bereits von Claas Siegert.

»Sechzigtausend Euro. Wir können Ihnen einen Kredit in Höhe der auf dem Haus lastenden Hypothek anbieten, mehr ist nicht drin. Können Sie uns einen Businessplan vorlegen?«

»Aber das gibt's nicht! Wenn ich eine Pension eröffnen will, muss ich alles sanieren und benötige ein Vielfaches. Der Wert des Hauses mag niedrig sein, aber der des Grundstücks in dieser Lage ist deutlich höher. Wissen Sie, ich habe über meinen Notar ein Verkaufsangebot erhalten, das weit darüber liegt.« Sie verwendete die Ausdrucksweise des Notars und sah dessen graue Augen vor sich. Seltsamerweise gab es ihr Kraft.

»Nehmen Sie es an! So ein Angebot kommt nicht jeden Tag. Nutzen Sie es!«

»Ich verkaufe nicht.«

»Ich kann leider nichts für sie tun. Die Banken schauen neuerdings bei der Kreditvergabe ganz genau hin. Sie werden auch bei anderen Instituten kein Glück haben.«

»Ich versuch's trotzdem.«

»Das ist Ihnen selbstverständlich unbenommen. Ich würde Ihnen auf jeden Fall empfehlen, einen Businessplan zu erstellen.«

»Danke für Ihre Zeit.«

»Das ist mein Job. Wenn Sie es sich anders überlegen und unser Kreditangebot annehmen möchten, rufen Sie mich an! Dann können wir uns gern erneut zusammensetzen.«

30. KAPITEL

Als Anni in der Gärtnerei ankam, sah sie als Erstes einen runden Rücken.

»Hallo! Ich benötige ein paar Pflanzen.« Der Rücken richtete sich nicht auf.

»Sind Sie hier Gärtner?« Sie hob ihre Stimme. Der Mann fuhr fort, Wildkraut aus den Blumenkästen zu zupfen und nickte.

»Guten Tag, ich bin Annerose Arndt. Können Sie mir bitte helfen?«

»Blumiger Name«, erwiderte der Mann ohne aufzusehen.

»Wie gesagt, ich möchte einiges kaufen«, verlangte Anni.

»Moment, ich hab's gleich.« Endlich richtete er sich auf und klatschte sich die Erde von den Händen. Erst dann blickte er sie an. Als er aufrecht stand und mehr von der Frau sah als nur ihre Füße, fand er es der Mühe wert, näher zu treten und zu lächeln.

»Mein Name ist Blohm. »John Blohm.« Er trug ein verschmitztes Lächeln um den schön geschnittenen Mund. »Mein Vorname wird übrigens deutsch ausgesprochen.«

Gegen ihren Willen lachte sie. »Gut, dass Sie darauf hinweisen. Ich hätte Sie sonst glatt für einen englischen Geheimagenten gehalten.« Anni mochte Männer mit längerem Haar. John hielt ihr seine Hand hin, zog sie jedoch schnell zurück. Es hingen noch immer Erdkrümel an seinen Fingern.

»Wir gehen besser unter ein Dach. Ich wette, es wird gleich graupeln.« Er wies zum Himmel.

Er ist jung, dachte sie. »Regnen? Niemals, bei dem blauen Himmel!« Anni schüttelte den Kopf.

»Willst du wetten, ich behalte recht? Der alte Doktor Rumboldt aus Stralsund pflegte zu sagen: Bis Pfingsten trägt man auf Rügen den Winterpelz, danach lohnt es nicht mehr, ihn auszuziehen.«

»Von Juli bis Oktober, wenn das Laub der Buchen die Kreidefelsen überflammt, trägt man hier keinen Pelz!«, widersprach ihm Anni, die sich jünger fühlte, sobald jemand Jüngeres sie duzte. »Bist du wirklich kein Engländer?«

»Sehe ich so aus?« John stupste den Strohhut hoch, sodass er an einer Kordel auf seinen Rücken fiel und band sein halblanges rotblondes Haar mit einem Gummiband zum Dutt. Das Licht fiel nun direkt auf sein Gesicht. Anni registrierte die durchscheinende Haut mit den Sommersprossen. Sein Blick mit den hellen Augen hatte etwas Klares.

»Du bist der britische Typ«, sinnierte sie und legte den Kopf schräg, wobei ihr jäh bewusst wurde, dass Bewertungen des Gegenüber selten geistreich, geschweige denn gewaltfrei sind. »Entschuldige bitte meine Offenheit!«, fügte sie schnell hinzu.

Er lachte unbekümmert. »John ist die Kurzversion von Johann. Ich bin Rüganer, hier geboren. Meine Vorfahren auch. Waschechte Rüganer haben mindestens fünf Grabsteine auf Rügen liegen.« Er grinste. »Ich bin von der Insel, habe aber in England Landschafts- und Gartenbau studiert. Wie ich immer sage, von einer Insel auf die andere.«

»Englische Gärten sind besonders schön«, erwiderte sie.

»Kein Wunder, sie werden regelmäßig beregnet. Hier entlang.« Sie folgte ihm in das gläserne Gewächshaus. Dort war die Luft warm und roch grün. In einer Art Vorraum hingen Bündel mit Schnüren aus Hanf und Sisal, auf dem Boden standen Kästen mit Blumenerde und eine Vielzahl an Terrakotta. Ein ungefähr fünfzehnjähriger Junge beugte sich über einen Tisch und schnitt Zweige von einem Buchsbaum. Es war Björn Bätge. Er hatte einen kleinen Berg Grün zu seiner Rechten angehäuft, aus dem er einzelne Zweige entnahm und sie zu einem Kranz band. In einer Holzkiste lagen verschiedene Blätter, abgeschnittene Rosen und Lavendel.

»Alles klar bei dir, Björn?«

»Ja.« Der Junge blinzelte ihn an.

»Du darfst jetzt eine Pause einlegen.«

»Okay.« Björn verschwand nach draußen.

»Er macht für zwei Wochen ein Schülerpraktikum bei mir.« John wandte sich zu Anni um. »Armer Kerl. Er leidet unter dem entsetzlichen Tod seines Freundes. Die Arbeit in der Gärtnerei tut ihm wohl. Grün tröstet.«

»Gärtner ist ein schöner Beruf.«

»Auf jeden Fall. Aber ich kenne leider nicht viele gute Gärtnerinnen. Einige sollten die Hände davonlassen. Meine Oma zum Beispiel kann nicht mal Blumen in eine Vase stellen.«

Anni lachte. »Sag, deine Großmutter heißt nicht zufällig Minna Minschlich?«

»Oma Muschelköpfchen.« John wischte mit seiner Schürze über einen Drehhocker und schob ihn ihr hin. »Nimm Platz, wenn du magst. Du kennst Minna?«

»Ja, von früher. Sie hat mir gesagt, dass du in der Gärtnerei arbeitest. Ich traf sie vorhin am Bus.« Anni setzte sich und ließ entspannt ihre Beine baumeln. Er hockte sich ihr gegenüber auf einen Schemel.

»Erzähl, Milady, was soll es sein?«

»Warum nennst du mich *Mylady*?« Als ihr bewusst wurde, dass sie das Wort anders aussprach und es damit einen doppelten Sinn bekam, spürte sie, wie ihr die Hitze ins Gesicht stieg.

»Das hat nichts zu sagen. Reine Höflichkeit. Diejenigen, die höchstwahrscheinlich zu den guten Kundinnen zählen, heißen generell Milady.«

»Ach so. Und wer wirklich viel bei dir einkauft?«

»Den nennen wir beim Namen. Da lohnt es sich, die Kontaktdaten auf der Festplatte zu speichern. Also, was soll's sein, Milady?«

»Ich weiß nicht. Bin gerade erst angekommen auf Rügen.«

»Frisch zugezogen?«

»Genau genommen ist die Insel meine Heimat. Ich bin hier geboren, habe zwanzig Jahre auf dem Festland gelebt und nun Opas Haus geerbt. Ein alter Fischerkaten mit Meerblick, nicht weit entfernt vom Steilufer, ein absoluter Traum, sage ich dir.« Anni drehte sich spielerisch wie ein Kind auf dem Sitz nach links und rechts. Vor dem ›Jungen‹, er war mit Sicherheit mindestens zehn Jahre jünger als sie selbst, hatte sie keine Scheu.

»Echt? Wie cool ist das denn?« Johns helle Augen leuchteten auf. »Das sollte mir mal passieren!«

»Das ist ein Problem mit den Träumen. Gehen sie in Erfüllung, sind sie nur halb so toll wie in deiner Vorstellung! Die Fischerhütte ist ein alter Kasten. Ich muss jede Menge reinstecken«, dämpfte sie seine Euphorie.

»Kann ich mir vorstellen.«

»Ich will den Garten neu anlegen.«

»Okay. Bin dabei.« Er nickte. »Und, hast du schon Ideen, Rose?«

Rose. So war sie noch nie genannt worden. John sprach es englisch, mit langem ›o‹ und ohne ›e‹ am Ende. Sie mochte das. Es zauberte ein Lächeln auf ihr Gesicht.

»Ideen schon, …«

»Aber kein Geld, hm?« Er verzog das Gesicht. »Und nun willst du von mir wissen, wie das zusammen geht. Verstehe.«

»Richtig!« Anni kicherte erleichtert, weil sie keinen verknöcherten Greis vor sich hatte. Mit John konnte man reden. »Ich brauche ein paar Pflanzen. Und ehe ich das Falsche kaufe, wollte ich mich beraten lassen.«

»Kluges Kind.«

»Was ist deiner Meinung nach günstig und wächst hier gut an? Nicht, dass ich am Ende nur Arbeit habe und es kommt nichts dabei heraus, frei nach dem Motto *außer Spesen nix gewesen!*«

»Du liebe Güte! Nach meiner Erfahrung erörtern gewisse Kreise derartige Dinge wie Geld nicht. Neuinsulaner verlangen für ihre Investition guten Service.«

»Logisch. Wer die Party bezahlt, bestimmt die Musik.«

»Alles fein. Aber von der Arbeit, die ein Garten kostet, wollen die meisten nichts hören. Dafür bestellen sie einen Gärtner. Sie wollen Blumen und Farben, kein Leben mit den Pflanzen, mit den Wurzeln und Rhizomen. Sie wollen einen Gartensommer, aber kein Gartenjahr.«

»Ich weiß, was du meinst.«

»Die reichen Zugezogenen haben LED-beleuchtete Becken und infrarotgeheizte Terrassen in ihrem Garten – einen Garten aber haben sie nicht.«

»Meiner soll anders sein, lebendig, verwunschen. Und drin arbeiten will ich auch.« Anni lächelte.

Johns Hände klatschten Beifall. Doch seine Miene drückte Zweifel aus.

»Ich müsste den Garten zunächst sehen. Sanddorn und Wildrose wachsen hier natürlich immer. Es ist jedoch wenig sinnvoll, einfach drauflos zu kaufen.« Seine Worte kappten ihre blühende Fantasie so erbarmungslos wie eine Rosenschere vertrocknete Blüten. In Annis Gesicht machte sich Enttäuschung breit.

»Ich hatte vor, heute wenigstens ein oder zwei Blumen mitzunehmen. Als einen ersten Anfang gewissermaßen.«

»Hm.« John rieb sich das Kinn und schob mit seinen Füßen einen der vielen Körbe nach hinten.

»Hilfst du mir?«, bettelte sie.

»Na klar!« Die komplette Neugestaltung eines Gartens war eine seiner Lieblingsbeschäftigungen. Außerdem fand er die Frau irgendwie interessant. Wieso, konnte er nicht definieren. Normalerweise stand John nicht auf ältere Frauen. Diese hier war anders. Sie hatte eine junge Seele.

»Übrigens, es regnet immer noch nicht«, stellte sie fest. Anni liebte es, Recht zu behalten.

»Okay, dann wollen wir mal zusammen einen Kranz für deine Haustür binden.« John griff nach einem Draht und zeigte auf einen Lebensbaum.

»Manche Menschen mögen ihn nicht, er riecht ihnen zu sehr nach Friedhof.«

»Eigentlich schön, dass man einen Lebensbaum auf Friedhöfen pflanzt.« Anni strich über das Grün und dachte an den toten Jungen. Sie reichte ihm die Zweige. Er saß wortlos da und wand geschickt einen Kranz aus Grün und Lavendel. Zum Schluss steckte er sechs Rosen hinein, drei weiße und drei rote.

»Hier, bitte.«

»Wunderschön, danke! Was bekommst du dafür?«

»Service vom Haus: *ein Lebenskranz für den neuen Lebensabschnitt.* Die weißen sind zur Begleichung meiner Wettschuld.« Er grinste verlegen. Ihr fiel auf, dass er nur die weißen Rosen kommentiert und zu den roten nichts gesagt hatte.

»Der Türschmuck wird von dem verkratzten Lack ablenken.« Sie fuhr sich durchs Haar.

»Mag sein. Am besten, du siehst dich in Ruhe bei uns um und notierst dir diejenigen Pflanzen, die dir besonders gefallen.«

»Und wann bekomme ich die Ware?«

»Ich bringe sie dir vorbei. Warte, ich schau fix nach. Er öffnete den elektronischen Kalender in seinem Laptop. Morgen bin ich zu einer Feierlichkeit eingeladen. Kannst du am Mittwoch?«

»Ich bin zu Hause.«

»Okay, dann komme ich am Mittwochnachmittag zu dir, sehe mir alles an und gemeinsam machen wir einen Pflanzplan.« Er stand auf.

»Gute Idee! Ich lass dir die Anschrift da. Hast du was zum Schreiben?« Sie sah sich suchend um und griff nach einem herumliegenden Kugelschreiber. »Darf ich?« Sie nahm sich eine weiße Blumenmanschette.

»Nimm besser das hier! Er reichte ihr eine alte Tageszeitung. Sie kritzelte ihre Adresse auf den oberen Rand der Seite. Direkt darunter prangte die Titelzeile: *Gefährliche Kreidefelsen – ein weiteres Todesopfer. Naturschützer warnen nach erneuten Abbrüchen vor Betreten des Ufersaums.* Sie blickte hoch und sah John an.

»Der Mensch auf dem Bild hier, das bist ja du!« Anni tippte auf das Foto.

»Jep.« Er steckte sich eine lose Haarsträhne hinters Ohr. »Ich hab' im Nebenfach Umweltwissenschaften studiert.«

»Und was machst du damit?«

»Die Insel retten.«

»Aha.« Anni sah John an. »Ich habe ihn gefunden.«

»Wen?«

»Den Abgestürzten. Es war furchtbar.« Sie wies auf die Überschrift.

»Ich kann es nicht vergessen.«

»Lass es los!«

»Das sagt sich so leicht.«

»Er ist kein Einzelfall.« John krauste die Stirn. »Die Erosion kommt vom Klimawandel und vom Massentourismus. Sie betonieren alles zu und wundern sich, dass die Natur zurückschlägt.« Johns Stimme hörte man seine innere Erregung an. »Jährlich sechs Komma fünf Millionen Touristen auf einer Insel, wo siebzigtausend Menschen leben!«

»Das kann nicht gutgehen.«

»Du sagst es. Das Motto heißt *Rügen wird das neue Sylt*. Gott bewahre uns vor der Barbarei des Baubooms!« Sein Gesicht hatte eine rote Färbung angenommen. »Und dazu megaheiße und megatrockene Hitzesommer. Im letzten Jahr war es extrem. Gebietsweise herrschte auf den Äckern regelrecht Dürre. Wir waren mit dem Trinkwasser fast am Limit.«

»In der Heißzeit flüchten die Menschen zum Meer.«

»Eben! Aber langfristig verdorren bei uns nicht nur die Gärten. Die Erntemengen brechen ein während das Land abbricht.«

»Das klingt dramatisch. Auf der anderen Seite braucht Rügen dringend mehr Arbeitsplätze, oder?«, wandte Anni ein. »Die sind schließlich wichtig für die Insulaner, und Arbeit gibt es hauptsächlich im Tourismus. Meine Freundin Heike sagt, es zögen viele junge Menschen weg, weil sie arbeitslos sind.«

»Sicher, aber was ist, wenn der Bauboom endet und die Blase

platzt? Oder die Urlauber die Richtung ändern? Was, wenn hier Bauruinen entstehen? Schau dir Binz und Prora an. Einerseits gut, dass etwas geschieht. Aber wie wir mit den Massen fertig werden wollen, weiß der liebe Gott! Die Insel wird touristisch ausgebeutet. Als Naturschützer blutet mir das Herz.«

»Du hast recht. So habe ich das noch nicht gesehen. Im Dorf ist die Welt noch in Ordnung.« Anni seufzte.

»Fragt sich, wie lange noch. Jedenfalls sollten die feinen Pinkel von Investoren und Politikern mal verschärft drüber nachdenken, was sie der Inselnatur antun!« Er klang wütend.

»Kann ich weitermachen?« Björn Bätge trat ein. Er roch nach Tabak.

»Go on!« John erhob sich. Er lächelte den Jungen freundlich an. Seine Wut schien schneller verraucht zu sein als Björns Zigarette. »Die Lady hier will sich noch ein wenig auf dem Gelände umsehen. Am besten, du führst sie herum.«

»Okay, John, warte!« Der Praktikant kramte in seinem Rucksack nach einer Kaugummidose, rüttelte sich einen aus der Packung in die Hand und steckte ihn sich in den Mund.

»Auch einen?« Björn blickte Anni und John fragend an. Die beiden schüttelten den Kopf.

»Das ist Chemie!«, meinte John. Björn zuckte mit den Schultern und ließ die Dose wieder in seinen Rucksack gleiten.

»Dann bis übermorgen. Ich bin gegen drei Uhr bei dir!« John hielt Anni die Hand hin. Sein Händedruck war fest und sanft zugleich. *Er hat Hände, unter denen Pflanzen gedeihen,* schoss es ihr durch den Kopf. Ein warmes Gefühl der Vorfreude auf das Wiedersehen mit ihm durchdrang Anni. Nach dem Besuch in der Gärtnerei fühlte sie sich erfrischt wie nach einem kühlen Guss. Dabei war es entgegen Johns Prophezeiung trocken geblieben. Erst als sie wieder im Bus saß und zurückfuhr, fing es an zu tröpfeln. Anni hielt den Lebenskranz auf dem Schoß und blickte aus dem Fenster auf die feuchter werdende Landschaft.

31. KAPITEL

»Meine Damen und Herren! Herzlich willkommen. Das *Hotel Rugia* begrüßt sie zur Veranstaltung *Natourismus.* Wir alle wissen: Wo Natur auf Tourismus und Industrie trifft, gibt es Konflikte. Wir nehmen die aktuellen Debatten um Projekte wie den *Königsweg*, die *Neue Seidenstraße und Nord Stream 2* zum Anlass, mit der heutigen Veranstaltung eine Diskussionsplattform zu bieten. Warum kommen jährlich Millionen von Touristen nach Rügen? Wegen der berühmten Kreidefelsen. Die Kreide ist wichtiger Standortfaktor und Imageträger. Die Tourismusentwicklung ist maßgeblich für uns alle. Gemeinsam mit den Verantwortlichen von Bund, Land, Region und den einzelnen Orten wollen wir uns für einen sanften, einen nachhaltigen Tourismus Rügens einsetzen, damit unser Naturerbe erhalten bleibt. Ich gebe das Wort zunächst an jemanden, der sich seit Jahren sehr für unseren Tourismus engagiert: Kurdirektor Bernd Bätge.«

»Vielen Dank. Liebe Mitbürgerinnen und Mitbürger, unser Inseltourismus hat Tradition. Seit über zweihundert Jahren. Das ist eine lange Erfolgsgeschichte, auf die wir zu Recht stolz sein können, genau wie auf eine Historie, die es weit länger gibt, nämlich die Siedlungsgeschichte unserer Insel.

Die meisten von Ihnen werden es wissen: Ab etwa 600 vor Christi besiedelte der ostgermanische Stamm der Rugier die Inseln Rügen und Hiddensee. Die Rugier blieben mehrere Jahrhunderte, bis eine trockenwarme Klimaperiode die Bodenfruchtbarkeit verringerte. Um 200 nach Christi waren die beiden Inseln entvölkert. Nach der Zeitenwende regenerierte sich das Ökosystem dank einer feuchten und kühlen Witterung. Im Gefolge der Völkerwanderung nahmen vierhundert Jahre später die nordwestslawischen Ranen Rügen und Hiddensee in Besitz und prägten sieben Jahrhunderte lang das Siedlungsbild.

Fast alle Städte und Dörfer Rügens verdanken den Ranen ihre Gründung.

Heute, meine Damen und Herren, bewirkt der Mangel an Arbeitsplätzen, dass wie in alten Zeiten vor allem junge Leute der Insel den Rücken kehren – es droht Überalterung. Wir haben auf der Insel Traditionen und Verpflichtungen. Was nutzt uns die schönste Natur, wenn sie keine Lebensqualität bietet, weil es keine Arbeit gibt? Deshalb, meine Damen und Herren, ist es so notwendig, dass wir auf unserer schönen Insel Arbeitsplätze schaffen für unsere Bevölkerung. Damit wir eine erneute Entvölkerung der Insel verhindern. Ein Blick in die Geschichte lehrt uns auch, in der Zukunft das Richtige zu tun. Lassen Sie uns die Kreide nachhaltig nutzen – zum Leben. Herzlichen Dank für Ihre Aufmerksamkeit.«

Kräftiger Applaus erklang. Der Geschäftsführer der Tourismus GmbH wischte sich verstohlen über die Stirn, als er Platz nahm. Der Hoteldirektor gab ihm die Hand und moderierte John Blohm an.

»Hören wir nun jemanden aus der jungen Generation, der Rügen nicht den Rücken gekehrt hat, sondern sich für unsere einmalige Natur stark macht: der Umweltschützer und Schutzgebietsbetreuer John Blohm.«

Er sprach ohne Manuskript.

»Als Vertreter der Interessengruppe *Grünes Rügen* spreche ich heute gern zu unseren Bewohnerinnen und Bewohnern und zu unseren Unternehmerinnen und Unternehmern. In den vergangenen fünfundzwanzig Jahren haben sich die Umweltprobleme auf der Insel verschärft. Die andauernden Abbrüche der Küste sollten uns allen eine Mahnung sein. Es gilt, in Zukunft den Tourismus mit seinen Strömen in die richtigen Bahnen zu lenken.«

Im Publikum wurde es unruhig. Einige der Anwesenden rutschten unbehaglich auf ihren Stühlen hin und her, einige nickten. Andere lauschten mit versteinerter Miene den Ausführungen des ehrenamtlichen Rangers.

»1987 war die Umweltsituation in der DDR dramatisch. Leute wie der Naturschützer Michael Succow definierten Nachhaltigkeit als eine Entwicklung, die den Bedürfnissen der heutigen Generation entspricht, ohne künftige Generationen zu gefährden. Jahrzehnte später sind wir mit der Einlösung des von der Brundtland-Kommission definierten Versprechens nicht sehr weit gekommen. Ein Beleg dafür sind initiierte Klimastreiks auf der ganzen Welt. Klimawandel ist eine der dringlichsten Herausforderungen. Mit dem Schaffen des Nationalparks haben wir einen ersten Schritt getan. Damit Rügen überleben und gedeihen kann, müssen wir uns neu erfinden, innovativ sein. Kein Insulaner kann die enormen Herausforderungen, die der Tourismus mit sich bringt, im Alleingang bewältigen. Der über den Kreidefelsen schwebende Königsweg wird helfen, unsere Natur zu erhalten. Kollektives Handeln ist der einzige Weg.« Er machte eine kurze Pause und blickte die Leute an. Generell lag Zustimmung in den Blicken, nur wenige Personen schüttelten den Kopf. Blohm fuhr fort.

»Das Eis in der Arktis schmilzt. Weiß reflektiert das Licht. Je weniger Weiß es auf dem Blauen Planeten gibt, desto schneller erhitzt sich unsere Erde. Wir müssen unsere Kreideküste erhalten. Wir müssen den Puls der Erde fühlen. Es ist an der Zeit für eine neue Vision, eine gemeinsame, nachhaltige Vision für unsere Zukunft. Obwohl viele von uns nach der DDR-Zeit am liebsten in die große, weite Welt wandern und für immer dortbleiben wollten, gibt es die ›Ureinwohner‹ noch. Wir Rüganer gehören mit unseren Wurzeln zur Insel. Unzählige von uns haben die Welt beäugt und kehrten aus Heimatliebe zu ihrer Insel zurück. *Man kann sich aufeinander verlassen* – dieser Satz zählt bei uns. Wir alle – Alt-Rüganer und Neu-Rügener – wollen nicht, dass der Massentourismus unsere Insel zerstört. Wir sind gegen die Ausbeutung durch raffgierige und kurzsichtige Investoren. Andererseits benötigen wir die Gäste, weil der Tourismus unsere wichtigste Einnahmequelle ist. Wir spüren, wie verletzlich unser Wirtschaftssystem ist, wenn Naturgewalten die Herrschaft übernehmen und die Reiselust zurückgeht. Wir mussten es während der Pandemie erleben. Wir wollen kein Sassnitz, das zur Geisterstadt mutiert. Wir wollen ein lebendiges Rügen und einen friedlichen Zusammenhalt aller Insulaner. Die Insel gehört uns nicht. Sie ist ein Schatz, den wir für unsere Kinder bewahren müssen. Vielen Dank.«

Applaus brandete auf. John nahm in der ersten Reihe Platz.

32. KAPITEL

»Jetzt hat der Badejunge am Ende doch noch Kreide gefressen«, raunte Tourismuschef Bernd Bätge seinem Finanzchef ins Ohr.

Günther Hohnhorst, neben seinem Vorgesetzten halb eingenickt, zuckte bei der unvermittelten Ansprache zusammen. »Und das kurz vor der Buffeteröffnung!«, rettete sich der Controller in einen trockenen Scherz.

»Spülen wir's am besten mit einem Plopp hinunter, Hohnhorst!«, bestimmte Bätge. Sie erhoben sich.

»Gerne, Chef. Wenn's kein Sansibar-Sekt ist!« Hohnhorst lachte. »Wir bräuchten auf der Insel eine eigene Marke von dem Prickelwasser, meinen Sie nicht? Lassen Sie uns im Ausschuss demnächst darüber beraten!«

»Gute Idee, Hohnhorst. Ich schlage als Namen *Sparkling White* vor!« Jovial klopfte Bernd Bätge seinem Mitarbeiter auf die Schulter. »Immer im Sinne der Firma!«

Die Servicekräfte des Catering entkorkten fast geräuschlos die Flaschen.

»Was sagen Sie zum *Seidenstraßen*-Projekt?« Bernd Bätge prostete seinem Kollegen Günther Hohnhorst zu.

»Chinesische Investoren überziehen derzeit den halben Globus. Das ist nichts Neues.« Finanzchef Günther Hohnhorst trank einen kräftigen Schluck. »Wirtschaftlich treibt Peking die Vorherrschaft voran. Und das beinhart.«

»Richtig. Mit der milliardenschweren *Neuen Seidenstraße* verbindet China Asien und Europa und schafft neue Abhängigkeiten,« sorgte sich Bätge. »Jedes chinesische Kind lernt in der Schule, dass die Kontrolle über Handelswege politische Macht bedeutet. Die Ausdehnung des chinesischen Einflusses bereitet mir Sorgen.«

»Mir nicht, wenn sie Mukran voranbringt. Wir brauchen Aufträge im Multiport. Die Windenergieaufträge sind nicht ausreichend, um den Hafen zu erhalten. Und was ist die Hafenstadt Sassnitz ohne den Hafen?« Hohnhorst schob sich einen kleinen Garnelenspieß in den Mund. Das Fingerfood war einsame Klasse, auch wenn er persönlich ein Fischbrötchen mit Bismarckhering bevorzugte.

»Wer nicht mitzieht, spürt Chinas Vergeltung«, meinte Bätge.

»Wie bitte?«

»Die Chinesen sprechen nicht mehr von *Seidenstraße* – sie sagen *Eine Region, eine Straße*. Nun, es ist ein gigantisches Infrastrukturprojekt, das den Chinesen den Zugang zu Rohstoffen sichert.«

»Meinen Sie, das ist eine Gefahr für uns?«, fragte der Controller. »In manchen Ländern an der *Seidenstraße* sind chinesische Investoren durchaus willkommen.«

»Chance und Gefahr gleichzeitig, sofern sie die Kreide für sich entdecken. Mit Firmenzukäufen im Westen arbeiten Pekings Wirtschaftsstrategen am globalen Einfluss. Und die USA ziehen sich verstärkt aus der weltweiten Wirtschaft zurück«, erklärte Bätge. »Wir sollten die Kooperation suchen. Schließlich führen wir seit Mitte 2007 die Partnerschaft mit der chinesischen Stadt Huai'an.«

»Wie das funktioniert, ist mir bis heute ein Rätsel.« Hohnhorst zog die Stirn kraus. »Wir haben etwa zehntausend Einwohner, im eigentlichen Stadtgebiet von Huai'an haben sie 1,5 Millionen!«

»Die liegen nahe der russischen Grenze. Das hat bisher hingehauen, weil die Stadt den Strang quer durch Russland dazu nutzte, um günstiger hierher zu kommen. Aber Sie haben recht, die Hoffnung ist nicht ganz aufgegangen, weil der Seeweg nicht ausreichend genutzt wird. Die Kredite kommen in der Regel von chinesischen Banken. Deshalb stehen einige dieser Staaten inzwischen bei ihnen tief in der Kreide«, erwiderte Bätge.

»In der Kreide – das ist gut! Haha!«, lachte Hohnhorst und biss ein mächtiges Stück von seinem Käse-Kanapee ab.

»Nun ja, zum Lachen ist das nicht. Die Verschuldung wächst und gefährdet die wirtschaftliche Stabilität. Dadurch hat China noch mehr Einfluss und Macht.« Bernd Bätge blickte ihn ernst an. »Ein nicht zu unterschätzendes Risiko. Wer legt sich schon mit seinem Geldgeber an?«

»Ich sehe ein ganz anderes Risiko auf uns zukommen«, John Blohm gesellte sich zu ihnen. *Der Junge macht's richtig, trinkt ein ordentliches Pils,* dachte Hohnhorst neidisch.

»So, welches denn?«, fragte er.

»Die chinesischen Ingenieure planen und bauen Brücken, Straßen, Schienen, Pipelines, Kraftwerke und Airports in über sechzig Ländern. Das betrifft etwa zwei Drittel der Erdbevölkerung. Glauben Sie nicht, dass die Rücksicht nehmen auf Umwelt oder Sozialstandards. Der Run auf die Rohstoffe der Tiefsee hat begonnen.«

»Sie meinen den Abbau von Mineralien in den tiefen Meeren.« Günther Hohnhorst winkte ab. Er konnte Vertreter vom grünen Klub nicht leiden. Immer gab es einen unter den

Grünschnäbeln, der es besser wusste. »Wir haben keine Chance, wenn wir nicht mitziehen. Ich war im vergangenen Jahr in China. Mein Sohn studiert Informatik in Shanghai.« Stolz sah er sich in der Runde um und bemerkte, dass diese Aussage einen gewissen Eindruck auf seine Zuhörer machte.

»Tatsächlich? Donnerwetter!«

»Er war von der Idee nicht abzubringen.« Der Controller zuckte mit den Schultern. »Die Chinesen legen Tempo bei der Künstlichen Intelligenz vor, ich sage Ihnen, da kommen Europa und das Silicon Valley nicht mit.«

»So? Dann ist Ihr Sohn dort ja richtig«, Bernd Bätge blickte scheel. »Wenn ich da an meinen Sohn denke ... Der hat keine Ambitionen in die Richtung.«

»Nu, lassen Sie mal, Chef! Mein Sohn ist nicht zu beneiden. Die Luft in den chinesischen Städten ist nicht zum Aushalten.«

»Das glaube ich gern. Laufen die Menschen dort nicht ständig mit Mundschutz herum, wie hier zu Infektionszeiten?« John Blohm schüttelte sich. »Ich lob' mir unsere Ostseeluft.«

»Die ist durch nichts zu ersetzen«, bestätigte Bätge. »Masken werden gegenwärtig überall getragen. Wenn ich das Heute mit dem Gestern vergleiche – es sind maskierte Jahre.«

»Haben Sie wirklich die Überzeugung, dass ein chinesischer Investor an unseren Produkten und Anwendungsgebieten interessiert ist?«, fragte John Blohm ungläubig.

»Selbstverständlich. Gierig sind sie, die Chinesen. Für sie ist der gesamte deutsche Markt interessant.« Günther Hohnhorst zögerte, bevor er weitersprach. Der nüchterne Wirtschaftslenker verfuhr nach der Devise *›Vorher überlegen, macht nachher überlegen‹* und gab ungern Weissagungen von sich, »Der Absatz für unsere Kreiden wächst. Aber nachhaltig müssen wir wirtschaften.«

»Hört sich gut an. In jedem Fall ist Nachhaltigkeit wichtiger als Gewinn!«, bekräftigte John seine Überzeugung.

»Kommt mir da der Verdacht, Sie hätten etwas gegen Geld, Herr Blohm?«, mokierte sich Günther Hohnhorst.

»Nein, aber in Geldgeschäften verläuft die Grenze, wo Erwerb zum Diebstahl wird.«

»Und wo liegt die? Bei welcher Rendite, bei wie viel Prozent?«, fragte der Manager interessiert.

»Das lässt sich in Prozenten schwer ausdrücken, eher in Worten wie Spekulation, Umweltzerstörung, Klimawandel«, erwiderte John.

»In kaufmännischen Dingen bleiben Sie ein Gärtner, Herr Blohm«, sagte Wirtschaftsexperte Hohnhorst mit freundlichem Lacher. Dennoch war die Geringschätzung, die hinter seinen Worten stand, unüberhörbar.

Der Jüngere nahm es gar nicht zur Kenntnis. »Was spricht gegen blühende Landschaften?«, brauste er auf.

»Leere Versprechungen. Nationalparke gibt's nicht ohne Investitionen«, erklärte ihm der Controller.

»Ich sag' überhaupt nichts gegen die hiesigen Unternehmer. Sie haben mit Augenmaß nachhaltig investiert.«

»Das will ich meinen!«, bestätigte Bätge.

»Aber ein chinesischer Großkonzern? Das kann wohl nicht in Ihrem und unserem Sinne sein« John wischte sich über die Stirn. Streiten kleidete ihn nicht. »Ganz schön heiß hier!«

»Falls *China Chem* wirklich ernst macht und auf der Insel investiert, haben wir die Konkurrenz vor der Tür. Ein weiteres Kreideabbauunternehmen verträgt Rügen nicht«, erklärte Bernd Bätge. »Die Chinesen sind für ihre Dominanz und Einschüchterungsversuche bekannt.«

»Diese Skills werden sie hoffentlich nicht bei uns erproben!« Röte breitete sich vom Hals her über Johns Gesicht aus. Seine Stimme unternahm den Versuch, gegen den Redefluss anzukommen und wurde lauter. »Mir reicht schon die Dominanz der Sommerfrischler. Bei wirtschaftlichen Entscheidungen von einem derartigen Ausmaß hat doch hoffentlich unsere Landesregierung ein Wörtchen mitzureden.«

»Schon mal was von freier sozialer Marktwirtschaft gehört, mein Lieber? Wenn zusätzliche Arbeitsplätze geschaffen werden, hat niemand etwas dagegen. Umwelt hin oder her«, prophezeite Manager Hohnhorst. »Sonst geht Rügen irgendwann baden.«

»Malen Sie den Teufel nicht an die Wand, Herr Hohnhorst!«, erboste sich der junge Naturschützer. Die Veranstaltung war eine Enttäuschung für ihn, obwohl er über solcherlei Events keine vorgefasste Meinung hegte. Herr Hohnhorst nutzte sie mit Vorliebe als Vehikel und Mentor, um junge Menschen, in dem Falle den Umweltschützer John Blohm, in die Businesswelt einzuführen. John hatte daraufhin dem Manager erklärt, er habe nicht die geringste Absicht, aufzutreten. Eine Aussage, die Hohnhorst nicht akzeptierte. Nachdem John also vergeblich versucht hatte, seine individuellen Rechte geltend zu machen, probierte er drei verschiedene Outfits an und wählte zum Schluss die Kluft, die sich später als genau verkehrt erweisen sollte.

Der Manager ließ sich auf keine Debatte ein. »Das ist keine Schwarzmalerei, junger Freund, sondern ein Worst-Case-Szenario oder besser eine ökonomische Erwägung zum Wohle der Unternehmensbilanz. Ich sag' Ihnen aus meiner jahrelangen Erfahrung in der Funktion als Finanzleiter eines großen Tourismus-Unternehmens: *Der Teufel ist nicht so schwarz, wie er gemalt wird.* Und wissen Sie, warum?«

»Ohne die Gelegenheit zu nutzen, meine Neugier zu zügeln, wette ich, Sie werden es mir gleich verraten!« Blohm sah den Controller an.

»Ganz einfach: Wir benutzen weiße Kreide, haha!« Günther Hohnhorst liebte es, seine Wahrheiten mit einem Ausrufezeichen zu schmücken. Das machte sie schwer anfechtbar.

»Nun, bei allem Respekt, bin ich der Auffassung, ins Wesen der Natur dringt keine künstliche Intelligenz«, holte John aus. »Zu den wesentlichsten Naturgeheimnissen zählt zum Beispiel der Butt. Er ist platt.«

»Haha, der ist gut«, lachte Hohnhorst jovial. »Junger Freund, es ist mit der Natur Rügens wie mit den meisten Frauen: Wenn man sie ganz verstehen könnte, ginge viel von ihrem Zauber verloren.«

»Wie Sie meinen.« John Blohm zuckte mit den Schultern. Er hatte Mühe, die Meinung Hohnhorsts zu akzeptieren. Was sollte es? Übte man sich einfach in Toleranz? Irgendwann würde es einen Wechsel geben. Das lag in der Natur der Sache. Ohne ein weiteres Wort verließ er die Runde und nutzte den für ihn gegenwärtig einzig erkennbaren Vorteil solch geselliger Betriebsamkeit: die Gelegenheit, sich mit Appetit am vorzüglichen Buffet zu bedienen.

33. KAPITEL

»Kaffee?« Bernd Bätge saß in der Hotellounge mit der Journalistin Selina Rath vom Sender *Rügen-live* zusammen. »Gerne. Ich schneide mit. Ist das für Sie okay?« Sie schaltete ihr Aufnahmegerät an.

»Bitte.«

»Herr Bätge, eine Frage interessiert uns, die wir auf Rügen leben, ganz besonders. Was ist vom Umbau der beliebten *Waldhalle* zum Welterbezentrum zu halten? Wird uns hier nicht ein Stück Heimat genommen?«

»Wir brauchen positive Sensationen auf der Insel. Vom Welterbezentrum profitiert der Tourismus«, meinte der Kurdirektor.

»Da gebe ich Ihnen recht. Aber ist es nicht besser, zu wandern und die Natur zu genießen? Wie kann Rügen von einem Bau profitieren?«

»Auf Rügen benötigen wir Arbeitsplätze. Wir haben auf der Insel ein Ost-West-Gefälle, was den Lohn und die Verdienstspannen sowie die Ortsfestigkeit von Jobs anbelangt.« Bernd Bätge sah die junge Frau an. Sie stand am Anfang ihres Arbeitslebens.

»Was genau meinen Sie?«

»Nun, das geht von ganz viel bis zu ganz wenig mit mehreren Arbeitsverhältnissen, vor allem im Housekeeping-Bereich«, führte er aus. »Es ist gerade oben im Norden wahnsinnig schwierig. Demografie ist ein wichtiger Punkt. Wir schaffen es kaum, die Menschen in ihren Bildungssprüngen, die so wichtig sind, zu unterstützen.« Der Tourismusleiter stockte.

»Was heißt das?«

»Sie, Selina, haben das ganze Berufsleben noch vor sich. Die jungen Leute fragen sich: Gehe ich von der Grundschule in die höhere Oberstufe rein? Gehe ich von der Oberstufe ins Ausbildungsverhältnis? Gehe ich für ein Jahr in eine andere Gegend, gehe ich studieren? Kann ich dorthin zurückkommen, wo ich aufgewachsen bin, weil es dort Arbeitsplätze gibt? Werde ich ausreichend entlohnt?«

»Bei diesen Fragen schwächelt Rügen insgesamt unheimlich doll.« Selina strich sich eine blonde Haarsträhne hinter ihr Ohr. Er beobachtete es. Ihm fiel das Wort ›blutjung‹ ein, und er dachte unfairerweise an Martinas Augenfältchen.

»Es wäre schade, wenn es nicht gelänge, die Menschen, die noch hier sind, zu begeistern, Gastgeber zu sein oder einfach auch nur im touristischen Bereich zu arbeiten. Alternativbranchen gibt es tatsächlich nicht.«

»Was schlagen Sie vor, sollte die Politik tun?«

»Der Königsweg hilft uns, die Kreidefelsen zu erhalten, die

Seidenstraße ist eine Möglichkeit, am Multiport Mukran neue Arbeitsplätze zu schaffen.«

»Wir haben Proteste von Naturschützern.«

»Wo gibt es die nicht?«

»Ich habe noch eine Frage, Herr Bätge.«

»Bitte, das ist Ihr Job.« Er sah sie freundlich an.

»Was ist mit dem Streit um die Treppe am Königsstuhl?«

»Was soll damit sein? Wir alle wissen, der Abstieg ist gesperrt, seit vor einigen Jahren ein Baum auf den unteren Teil der Stufen fiel.« Er presste die Lippen zusammen. Das Thema behagte ihm nicht. »Die Treppe soll komplett abgerissen werden.«

»Eben. Ist diese Maßnahme nicht zu radikal? Wäre es nicht besser, die Treppe als Touristenattraktion zu reparieren, anstatt sie vollkommen zu zerstören? Der Wandertourismus ist unser Alleinstellungsmerkmal.«

»Ein Hangteil neben dem Königsstuhl ist geologisch instabil.«

»Eine lebensgefährliche Situation, wie wir sie jetzt leider wieder erleben mussten.«

»Sie sagen es.«

»Manche Einheimische behaupten, dass Leichtsinn und Unachtsamkeit zum Unfall an der Kreideküste geführt haben.«

»Das ist eine unbewiesene Behauptung. Es gab einen Kliffabbruch.«

»Was war der Grund? Es hatte nicht übermäßig viel geregnet.«

»Durch Sturmfluten mit hohen Wasserständen kann es zur Unterspülung des Hangfußes kommen, wodurch das Kliff instabil wird. Frost-Tau-Wechsel und rasche Schneeschmelze verlagern die Gesteinsmassen. Manchmal kommt es durch Austrocknung im Sommer zu Hangrutschungen. Und natürlich durch Tritt- und Begehungsschäden aufgrund der Besucherströme.«

»Hört sich an, als sei ein Aufenthalt an der Steilküste zu jeder Jahreszeit riskant.«

»Man sollte sich mit möglichen Risiken vertraut machen. Besondere Vorsicht ist bei schmalen Strandabschnitten mit steilen, überhängenden Kliffs geboten.«

»Wie erkenne ich lebensgefährliche Uferbereiche?«

»Sehen Sie hin! Hervorstehende Gesteinsblöcke und geneigte Bäume mit frei liegenden Wurzeln sind Anzeichen für ein bröckelndes Kliff. An Steilhängen, unterspülten Kliffs mit Brandungshöhlen und entlang von Rissen und Spalten ist mit Blockstürzen zu rechnen. Wasseraustritte am Steilufer in Bereichen mit stark verformten Gesteinsschichten wie zum Beispiel im Bereich Wissower Klinken sind wenig standfest und lösen häufig Rutschungen aus.«

»Wie kann ich mich schützen, Herr Bätge?«

»Indem Sie nur gekennzeichnete Wege und Abstiege benutzen. Auf keinen Fall sollten Sie gesperrte Uferbereiche betreten. Hinweisschilder sind unbedingt zu beachten.« Bernd Bätge stockte, ehe er hinzufügte: »Im Fall des jungen Ivo, der auf tragische Weise vom Königsstuhl abstürzte, war das der Grund. Er missachtete ein Warnschild.«

»Wie geht es Ihrem Sohn, wenn Sie mir die persönliche Frage erlauben? Er war Zeuge des tödlichen Unfalls.«

»Danke, er fühlt sich inzwischen besser.«

»Meinen Sie, dass die schwebende Aussichtsplattform der richtige Weg ist, die bröckelnde Kreide zu schützen?«

»Ja. Der jetzige Zugang über das Königsgrab wird durch die Erosion der Kreidefelsen immer schmaler. Er hält noch höchstens fünf bis zehn Jahre, wobei die Risiken von Jahr zu Jahr steigen. Auch wenn der Königsstuhl selbst noch sicher steht, machen Wind, Frost und Regen den Übergang stetig schmaler. Ohne Ersatz ist die Schließung unabwendbar. Der Königsweg gewährleistet den sicheren Ausblick auf den Königsstuhl und die Küste für mindestens hundert Jahre. Diese Konstruktion hebt unsere Heimat auf eine große Bühne. Eine alternative

Lösung sehe ich im Moment nicht. Es ist im wahrsten Sinne des Wortes der Königsweg.«

34. KAPITEL

John wendete seinen Pritschenwagen auf dem Platz vor dem *Rugia-Hotel* und folgte der Arkonastraße. Er parkte auf dem Weg, der Richtung Meer führte. Das rote, demütig niedrige Gebäude musste der Fischerkaten sein. Ein magerer, halb verfallener Maschendraht umfriedete den Garten und bildete die Grenze zum Nachbargrundstück.

Sie kam ihm auf sandigem Grund entgegen.

»Hallo!« Die Frau lief eilig auf ihn zu. Ihre Jeansjacke war ihm im Gedächtnis geblieben und ihre Grübchen, wenn sie lachte.

»Schön, dass du da bist!« In Annis Lächeln lag eine verhaltene Einladung.

»Hallo Rose! Also wenn das nicht eine herrliche Lage ist mit der direkten Aussicht aufs Meer!«

»Danke. Das Haus liegt in der Tat einzigartig. Dieser alte Zaun hier trennt die Welt des Fortschritts vom Paradies!« Sie griff ans Gitter des Gartentors. »Den einzigen Luxus, den das Haus treibt, sind die Doppelfenster und der große Garten«, lachte sie. Sie sah zu ihm auf. »In meiner Kindheit spielte ich immer auf der Wiese, mitten unter den Obstbäumen.« Er fand, ihre Augen hatten die Farbe von Seetang, ein unergründliches Grün. Es waren Augen, die das sahen, was anderen entging. Sie waren John entschieden zu forschend.

»Was sagten die Obstbäume dazu?«

»Sie beschenkten uns.«

»Aha.«

»Mit Äpfeln.« Sie wandte rasch ihren Blick ab. »Bitte mir unauffällig zu folgen!« Anni ging voraus ums Haus herum.

»Okay.« Der junge Mann hob die Rechte, um sich damit durch sein halblanges Haar zu fahren. Gerade noch rechtzeitig erinnerte er sich, dass er es heute zum Dutt gebunden trug.

»Jedes Paradies hat einen Hinterhof.« Mit zwangloser Geste lenkte sie seine Aufmerksamkeit auf die Fassade, an der die Farbe abblätterte, und auf das Areal, welches sie Garten nannte. Die alte Laube erzählte von viel gutem Willen und wenig Geld. Neben einem Bäumchen, das sich um die ersten Blüten bemühte, stand ein Tisch zwischen zwei Bänken. Sie rochen nach frischer Farbe. Unkraut wagte sich nirgendwo hervor. Flunder und Hobel hatten ganze Arbeit geleistet.

Er schien beeindruckt. »Weißt du, wie groß dieser Gar…, ich meine, diese unbebaute Fläche ist?«

»Nach Metern nicht.«

»Ein Garten muss bunt sein.«

»Wie ein Teppich. Möchtest du etwas trinken?«

»Gern.«

»Wasser?«

»Ist okay.«

»Sieh dich um, ich besorge uns Gläser.« Anni kam zurück mit einem Tablett, auf dem sie eine Glaskaraffe mit Wasser balancierte. Auf den Rand gespickte Zitronenscheiben gaben zwei ehemaligen Senfgläsern die Hoffnung auf eine Karriere als Cocktailschale.

»Oder lieber Orangensaft?«

»Alles gut, danke.« *Alles gut* klang schöner als *Wissen Sie.* Anni lächelte.

»Darf ich dir helfen?« Ohne ihre Antwort abzuwarten, fasste er mit seinen Händen nach dem Tablett und streifte mit seinem Handrücken die warme Haut ihres Armes. Er stellte es auf der Tischplatte ab.

»Bitte!« Sie schenkte ihm ein Glas ein. »Na dann, Prost!« Sie blickten einander in die Augen. »Cheers!«

»Normalerweise stößt man nicht mit Wasser an!«

»So?«

»Wasser ist zum Schwimmen da!«

»Und zum Blumengießen. Alles gut, wir haben nicht angestoßen. Ich habe unsere Gläser nicht klingen hören.« Er behielt sein Getränk in der Hand.

»Stimmt.« Verwundert konstatierte sie, dass er nervös mit dem Glas spielte. Konnte sie ihn aus der Fassung bringen?

»Hast du das Haus sofort gefunden?« Sie bekam keine Antwort auf ihre Frage.

»Ein riesiger Garten wie dieser macht Arbeit!« John sah sich um. »Er braucht Pflege.«

»Manche Leute wollen Kinder. Ich will ein Erdbeerbeet.«

»Glaubst du, dass du die Stadt vermissen wirst?«

»Ja, ich glaube schon«, sinnierte Anni.

»Ich habe einiges von der Welt gesehen. Je mehr ich herumgekommen bin, desto klarer wurde mir, wie schön das hier alles ist«, erklärte John. »Es ist ein begnadetes Stück Erde, auf dem wir leben. Die Gärtnerei, das ist mein Reich. Dort verbringe ich die meiste Zeit.« Er sah sich um. »Wir müssen den Zaun erneuern.«

»Ich will ihn wegreißen lassen.« Sie blinzelte.

»Ich warne dich: Jeder Erdbeerbesitzer erntet seine Früchte am liebsten für sich.« Er grinste. »Vor allem ungebetene Gäste mögen süße Früchte.«

»Das ist lächerlich!«, entfuhr es ihr. Sie schlug sich auf den Mund. *Wusste er vom nächtlichen Besuch des Störtebekers? Nein, John schien in Gedanken schon bei der Gartenplanung zu sein.*

»Für gewöhnlich nehme ich eine Bodenprobe, bevor ich irgendwo einen Garten anlege. Hast du einen Spaten?«

Sie zuckte mit den Schultern. »Weiß nicht? Wenn Hobel und

Flunder ihn nicht mitgenommen haben, ist einer im Schuppen.«

»Alles gut, ich hole meinen!« Er ging zu seinem Auto. Sie sah ihm nach, wie er in seinen Arbeitshosen und dem ärmellosen weißen Shirt lässig und rasch den Weg hinunter schritt. Er wirkte wie ein geschmeidiges Tier, jung und fremd. Er war anders als alle Männer, die sie kannte. Sie pfiff eine leise Melodie. John kehrte zurück.

»Was ist das?« Er sah sie an, hob die Brauen und lachte. Seine Augen glänzten. »Er kommt mir bekannt vor!«, insistierte er.

»Das passende Lied für einen Sonnennachmittag und einen Gärtner, nicht wahr?« Und dann pfiff sie es noch einmal und wieder fiel ihm der Titel nicht ein.

»Egal. Pass auf John, ich habe mir Folgendes ausgedacht.« Sie zählte auf: »Ich will fünfzig Tagetes niedrig und fünfzig Tagetes hoch, hundert Ringelblumen, zehn Bodendeckerrosen, zwanzig Strauchrosen, fünf Kletterrosen, zum Beispiel *St. Pauls Climber*, sechzig Stockrosen, hundert Astern, sechzig Malven. Goethes Garten hatte eine Malven-Allee! Und natürlich die Erdbeeren.«

Der Gärtner schnappte nach Luft. »Malven! Ich bin ja von Anfängern viel gewöhnt, aber das überschreitet alles!«

»Echt?«

»Stockrosen kippen um bei dem Wind, der ständig hier herrscht. Vergiss nicht, du hast einen alten Fischerkaten.«

»Und?«

»Typisch für diese Häuser wäre ein weißer Kreideanstrich und frischer Efeu, der aus einer Ecke rankend an der Wand befestigt wird. Innen war der Fußboden früher mit Wacholderblättern bestreut. Ich würde den Garten so gestalten, dass er die Originalität unterstreicht.«

»Wacholder und Efeu? Klingt nach Friedhof.« Anni schüttelte sich. »Lass uns hinunter zum Strand gehen!«

An diesem Nachmittag ließen sie den Garten Garten sein.

Sie wanderten am Strand entlang. Der Sand war mit kleinen, zarten Muscheln durchsetzt, heller Sand, manchmal auch blitzend. Auf dem Wasserspiegel Windstreifen, weiße Segelpunkte zogen vorbei, andere standen still im Grenzenlosen. Anni wies auf den Schwanenstein. Sie standen so nah beieinander, dass sie nur den Kopf zu wenden brauchte, um ihr Gesicht an seine Schulter zu legen. Er legte ihr den Arm um die Taille. Sie ließ ihn dort.

»Komm bloß nicht auf Ideen.« Anni blinzelte.

»Das hatte ich nicht vor.« Sie fand es wunderbar, mit ihm zu gehen. Sie lehnte sich mit den Hüften an ihn und spürte seinen Gang. Sein Herz schlug laut. Er blieb stehen und sah sie an. Anni erwiderte Johns Blick. Dann strich sie sich mit einer fahrigen Geste über die Stirn.

»Wollen wir schwimmen?«, fragte er.

»Wie ist denn die Temperatur?« Ihre Gegenfrage trug ein Lächeln. Anni streifte Jeansjacke und Kleid ab und rannte ein paar Meter in die Ostsee. Hier strömte das Wasser kalt um die Beine und hatte eine tiefe kobaltgrüne Farbe.

»Brrr!« In Windeseile lief sie zurück und zog sich an.

»Angsthase!«, neckte John sie. Anschließend lagen sie hinter dem Windschutz, spürten die Sandkörner, die der Wind über die Haut peitschte. Die Sonne schoss goldene Pfeile ab.

»Was für ein Tag!«, rief Anni. »Wir leben im Paradies. Ist dir das eigentlich klar?«

»Heute auf jeden Fall«, John lächelte sie an. »Ein schönes Gefühl.«

»Schön ist kein Gefühl«, widersprach sie.

»Nein?«, fragte er.

»Nein«, beharrte sie.

»In jedem Nein sind zwei Ja«, entgegnete er.

»Glaubst du?«

»Wie fühlt sich der Augenblick an? Klingt er wie das singende

Seegras, wenn der Wind darüberstreicht? Schmeckt er wie das wogende Grau?«

»Ja«, gab Anni widerstrebend zu.

»Prickt er wie die Muschelschalen, wenn du mit nackten Füßen drüber läufst? Schmerzt er wie der Schrei der Möwe?«

»Ja, aber …«

»Strahlt er wie das Blau über uns?«

»Ja.«

»Dann wiederhole: *Schön ist kein Gefühl.*«

»Ich hab's kapiert.«

»Die Leute sollten zufrieden sein mit dem, was die Insel ihnen gibt«, sagte John. »Der Himmel ist hoch, das Meer ganz nahe, was will man mehr?«

Sie schwiegen. Es war still. Das offene Land verströmte seinen herben Duft.

»Ich glaube, wir dürfen jetzt etwas essen, wenn wir schon nicht gearbeitet haben«, schlug Anni irgendwann vor. »Es war ein unglaublicher Nachmittag.«

»Und ich habe kein schlechtes Gewissen«, sagte er.

»Dann spürst du gerade die Ewigkeit«, antwortete Anni. Sie gingen zurück. Später stieg der Vollmond auf. Das Auge der Nacht hatte einen hellen Spiegel.

35. KAPITEL

»Sag' du's ihm, Heike! Wenn ich ihn bitte, nutzt es nichts.« Der Regisseur nahm seine Hornbrille ab, wischte sich über die Lider und fuhr sich mit allen zehn Fingern durch seine graue Mähne. »Meine Seele ist bedeckt mit tausend Narben!«, stöhnte er. »Tut so, als sei er das achte Weltwunder und kann keine drei Wörter auswendig!«

Niemand wusste, ob die Verzweiflung des Dramaturgen echt oder gespielt war. Die Kunst, einen Scherz zu treiben, hatte Tradition auf der Insel. Bei den Proben zum neuesten Bühnenstück übte man sich fleißig in dieser Fertigkeit. Es ging lebhaft zu. Im Frühjahr legten viele der Einheimischen, einer Schauspielertruppe gleich, ihre diversen Kostüme an und bestiegen zur alljährlichen Fünfmonatsvorstellung die Bühne. Man erwartete von ihnen, dass sie ihre Rolle ohne Ermüden spielten, dass sie auf den Brettern einherstolzierten und sich anstarren und belachen und begönnern ließen. Die Eingeborenentruppe wurde für ihr Spiel bezahlt. Das achte Weltwunder, das sich laut Spielleiter abzeichnete, hieß Kristian Dollahn. Kristian hasste das Auswendiglernen. Der Darsteller feilschte darum, seinen Text zu kürzen. Seine Vorstellungen passten nicht immer zu den Vorstellungen des Regisseurs.

»Das krieg ich nie in meine Birne. Sei gnädig, Chef«, bat er lahm, »ich bemühe mich.«

»Also, Eure Hoheit geruht, sich zu bemühen! Nimm's mir nicht übel, Dollahn. Ich will dir deine Lieblingswendung ja nicht verwehren, aber *›ich bemühe mich‹*? Bemühen? Das ist gar nichts! Wenn es sich um Schauspielerei handelt, kann man doch nicht sagen *›ich bemühe mich‹*. Da möchte ich was hören, das ein bisschen nach Leidenschaft klingt. Ganz ohne geht es nämlich beim besten Willen nicht, zumal für einen Schweinepriester wie dich!«

»Bin ich der Soldat des Dänenkönigs oder nicht?« Beleidigt verzog Kristian das Gesicht.

»Eben drum. Da komme ich mit der naiven Frage: *Agiert so ein Kämpfer?*« Der Regisseur schüttelte den Kopf.

»Hör zu, Kris! Willst du, dass wir alle bis zum Ende dabeibleiben, dann streng dich an!« Die Arme in die Hüften gestemmt baute sich Heike vor ihrem Freund auf.

»Sprich mir nach: *Im Theater lernen alle ihren Text freudig und gerne.*«

»Wenn das so ist, nimm mir hundert Wörter ab!«

»Dein Text besteht nur aus neunzig Wörtern«, erwiderte Heike trocken.

»Können wir weitermachen?«, verlangte der Spielleiter ungeduldig. Die Schauspieler und Statisten begaben sich auf ihre Positionen. Die Kamera fuhr zurück. An diesem Abend wurde die Bühnenprobe vor der eindrucksvollen Kulisse von Ostsee und Wikingerkoggen gefilmt. Eine gigantische Holzstatue stand mittig. Sie trug vier Köpfe, von denen je zwei nach der Brust und zwei nach dem Rücken zu blicken schienen. Knebelbärte und Haar waren so geschnitten, als ob der Künstler ein Beispiel hatte geben wollen für die Sitte der Rugianer, eine kapuzenähnliche Form zu bevorzugen.

»Ruhe!« Die Regieanweisung gab das Startzeichen, »Noch mal von vorn. Und … bitte!«

Der Erzähler trat vor.

»Das Wagnis liebte sie. Sie waren Wikinger. Schon seit Tagen trotzten die Männer dem Meer. Stunde um Stunde rauschten sie an diesem 15. Juni 1168 dem fernen Kap entgegen. Zwei helle Sommernächte ohne Dunkelheit. Ihr prachtvolles Langschiff glitt durch die Wogen. Rot wölbte sich das Segel im Ostseewind. Geflochtene Bänder aus Walrossleder hielten den Leinenstoff an der Rah.

Der Rumpf war zum Schutz gegen Bohrwürmer mit zähem Seehundfett bestrichen. Wie ein riesiger Drachen verbog er sich unter dem Anprall von Wind und Wellen.

»Reffen!« Der Steuermann umklammerte das Ruder am Heck. Wasser schwappte über die hohe Bordwand. Der Segler stellte sich quer zu den heranrollenden Brechern, krängte und drohte zu sinken. Hafgerdingar, der Hüter aller Stürme, verschlang seine Beute. Ein unerwarteter Sonnenschuss drückte den Segler vom

Westkurs weg und versetzte ihn nach Süden. Aus der nebelverhangenen Ferne zog eine unsichtbare Strömung bizarr geformte Berge an den Horizont. Felsen ragten vor den Augen der Seeleute auf: Granitfindlinge und hohe Kreideklippen. Weiß glitzerte unter Wolkengebirgen das Ende der Welt. Eine Insel erhob sich aus dem Meer. Furcht vor Untiefen ließ die Männer abseits des unbekannten Strandes beidrehen. Vom kleinen Boot aus wateten sie ans Ufer und setzten ihren Fuß auf das an Buchenwald reiche Gestade mit seinem Burgwall und der Festung. Zwei Eingrenzungen umgaben den Tempel. Die äußere trug ein purpurnes Dach.

›Hu wae Opkam Har a hit lot? Ihr wollt wissen, wer die Horde in euer weit entferntes Land brachte?‹

›So sprich! Du stehst vor unserer Heiligkeit!‹

›Ich bin ein Krieger des dänischen Königs und seines Bischofs Absalon. Den Tod in der Seele trug ich mein Schild über das Meer. Ohne Furcht im Herzen verließ ich die Heimatküste.‹ Als wolle er seine Unbarmherzigkeit beweisen, hieb er mit seinem Beil dem aus einem Eichenstamm gehauenen, viergesichtigen Svantevit-Standbild an der unsichtbaren Ansatzstelle des Knies die Schienbeine ab. Die Statue kippte mit Wucht nach hinten gegen die Wand.

›Mein Geist will töten. Du wirst durch mein Schwert sterben, Rane!‹« Der Schauspieler entriss dem Götzenkoloss das mit Met gefüllte Trinkhorn aus Bronze und soff es leer.

»*›Gnade!‹ Mit erbitterten Wehklagen drängten sich die Burgbewohner um ihr Heiligtum. Der Fremde hatte sich durch kein Würdezeichen ihrer erhabenen Göttlichkeit beeindrucken lassen. Weder vom Zaumzeug und Sattel noch vom silbernen Schwert.*

›Der Zorn unseres Gottes wird dich treffen, Fremder! Svantevit wird Rache an dir nehmen!‹

›Dann betet zu eurem Slawengott, aber passt auf, dass er euch nicht erschlägt, wenn er niedersinkt!‹, höhnte der Soldat des Dänenkönigs. Die Götzenstatue fiel mit einem Krachen zur Seite.

›Unterwerft euch oder sterbt!‹

›Unser Gott, er wehrt sich nicht! Welch' falsche Lichtgestalt haben wir verehrt?‹ Die Burgbewohner seufzten.

›Ihr Toren, im Schatten steht ihr! Nehmt Stricke und schafft ihn aus der Burg, euren Allmächtigen!‹, befahl der Krieger.

Als der Abend nahte, brannte der Tempel.

›Holt das Holz für die Belagerungsmaschinen und baut ein christliches Gotteshaus, auf dass Frieden werde in euren Seelen!‹, bestimmte Bischof Absalon.

In der Nacht nahmen die Invasoren den geweihten Schatz des Svantevit auf ihre Schiffe. Schwer beladen mit Silber machten sie sich auf den Weg zurück in ihr Land. Bis zum Morgengrauen loderten am Kap Arkona gewaltige Flammen empor. Die Hitze der wütenden Feuersbrunst brannte sich in den Boden und setzte den Kreidefelsen zu. Das Bollwerk von kalkhaltigen Quadern blieb bestehen, aber für die Ranen hatte sich ihre Welt verändert.«

»Kamera aus!«

»Bühnentechnik hat einwandfrei funktioniert«, meldete die Regieassistentin.

»Die Statisten sind zu früh losgerannt!«, rief ihr Chef. Einige der Leute, deren Aufgabe allein darin bestand, quer über die Bühne zum Svantevit-Denkmal zu gehen, wurden rot. Sie hatten die Szene geschmissen.

»Wie war ich?« Kristian Dollahn sah den Regisseur an.

Der winkte ab. »Willst du mich ärgern, Dollahn? Was ist mit dir los? Ärger in der Liebe?«

Kristian sah sich um. Heike war nicht da.

»Ich hab's vermasselt.«

»Ich weiß nicht, was passiert ist. Aber dass du alles stehen und liegen lässt und die Rolle wie ein Anfänger spielst, das habe ich bei dir noch nicht erlebt.«

»So was ist mir noch nie passiert.«

»Wenn sie die Richtige ist, Dollahn, würde ich sie nicht einfach gehen lassen.«

»Ich hab's versucht.«

»Dann versuch's noch einmal! Ich bin zwar kein Fachmann auf dem Gebiet, aber dass du ihr gleichgültig bist, kann ich mir nicht vorstel…« Er unterbrach seine Rede. Heike kam angerauscht.

»Nu, Chef, bist du zufrieden mit Kristian?«

»Nichts für ungut, meine Liebe!«, brüllte der Spielleiter in gewohnter Manier. »Wir wiederholen das. Die Technik soll das Krachen verstärken. Und ihr Burgleute, ihr sollt stöhnen, nicht seufzen, verdammt nochmal! Kennt denn keiner den Unterschied? Dollahn, mach's ihnen vor!«

»Sie müssen ja nur dich anhören, Chef, du stöhnst doch den lieben langen Tag!« Kristian verzog das Gesicht. *War er dafür engagiert, Laien das Sprechen beizubringen?*

»Ich stöhne nur im Bett, Chef!« Er zwinkerte Heike zu.

»Dann stell' dir verdammt nochmal Sex vor, nur halt den Laden nicht auf! Eine kleine Portion Hirn ist alles, was ich von dir verlange! Hast du keine Fantasie?«

»Fantasie, alles klar!« Kristian Dollahn sah vor seinem inneren Auge eine Frau im durchsichtigen Shirt aus einem Tümpel steigen. Er stöhnte auf.

»Na herrlich! Geht doch.« Der Regisseur war zufrieden.

»Wiederholung ab Take vierzehn, diesmal mit Pyro! Kamera läuft. Und … bitte!«

Der Feuerwerker schoss Heulpfeif-Salven und rot sprühende Fontänen mit Glitzer-Effekt in den nachtblauen Himmel. Dem furiosen Start folgte ein imposanter Kometenaufstieg in Gold. Silberwirbel zerlegten am Zenit. Farbenfrohe Schweifsterne und grüne Crackling-Palmen zerstoben in Glitter. Anschließend erblühten violette Brokat-Chrysanthemen mit Knisterbegleitung.

»Woran denkst du gerade, Kris?« Heike musterte ihren Freund von der Seite. Er schien ihre Frage nicht zu hören. Im Duett aufsteigende Sternensäulen finalisierten mit heftigem

Knall in einer mächtigen Leuchtwolke. Kristian Dollahn stand unter dem Raketenhimmel und lauschte staunend nach innen. Dann lachte er. Laut. Und richtig glücklich.

36. KAPITEL

»Der übermäßige Einfluss der Chinesen und der Russen muss unter allen Umständen verhindert werden.«

Die Versammlung der selbsternannten Umweltaktivisten John, Heike, Anni und Kristian fand in Heikes Café-Garten statt. Im Dorf war man uneins. Die einen sahen die Möglichkeit, durch den Anschluss an die *Neue Seidenstraße* sowie durch Beteiligung am Weiterbau der Gaspipeline *Nord Stream 2* mit zusätzlichen Arbeitsplätzen aussterbende Orte zu retten. Die anderen befürchteten die Vernichtung von allem, was die Insel ausmachte.

»In Mukran sind erste Container aus China angekommen. Sie wurden im russischen Baltysk verladen und gehen von hier mit der Bahn ab.«

»Es soll zukünftig einen Linienverkehr geben, der die Strecke innerhalb von zwei Wochen schafft«, sagte Heike.

»Wer weiß, sicher plant man einen Eisenbahnfährverkehr zwischen Russland und Deutschland über die Ostsee. Mukran ist jedenfalls der einzige deutsche Hafen, bei dem das möglich ist.«

»Wirklich?«, fragte Anni.

»Wir haben den Gleisanschluss für das Breitspur-Schienennetz.«

»Gegen Güterverkehr auf der Schiene ist aus umweltpolitischer Sicht nichts einzuwenden. Außerdem bringt es eine Völkerverständigung zwischen China, Russland und Deutschland.

Aber wenn die USA doch irgendwann verlangen, dass wir die Finger von *Nord Stream 2* lassen? Dann wird Mukran zum Spielball weltpolitischer Interessen«, erklärte Heike.

»Noch ist es nicht so weit. Was mir nicht gefällt, ist, dass Waren aus China importiert werden, aber nichts zurückgeht.« John verzog den Mund.

»Die Container fahren nicht leer nach China zurück. Die Chinesen kaufen unsere Autotechnik und Milchpulver«, erwiderte Heike.

»Die *Seidenstraße* ist eine Sache, die Ansiedlung von umweltzerstörender Produktion eine andere.«

»Moment, ich habe eine Idee! Das Theaterstück, das in diesem Jahr aufgeführt wird – vielleicht könnten wir es als Aufhänger für unsere Umweltinteressen verwenden? Hat einer das Storybook mit«, fragte John. Kristian Dollahn zog es aus dem Rucksack. »Hier ist es.«

»Wie stellst du dir das vor?«, fragte Anni. »Sollen wir Schulklassen zu Demos einladen? Geschichtsunterricht live?«

»Rügens Geschichte ist bekannt. Man müsste sie auf den Umweltzweck adaptieren, heutig gestalten.« Kristian zwinkerte Anni zu. Heike bemerkte es und ruderte schlagartig dagegen an.

»Umweltpolitischer Geschichtsunterricht? Ich wette, die Kids schlafen reihenweise ein. Langweilig, das kommt für die gleich nach Lenin«, äußerte sie ihre Meinung. Sie sah, wie ihr Freund die Zähne zusammenbiss. Sein Kinn kam nach vorn.

»Natürlich kannst du, Kris, alles spannend rüberbringen!« Heike setzte sich auf seinen Schoß. »Anni, du warst zu lange weg. Auf der Insel ist viel geschehen in der Zwischenzeit. Es gibt Ausstellungen über die Historie, ganze Mediencenter. Kristian Dollahn, das ist eine Schnapsidee von dir, vergiss es!«

»Ich finde den Einfall gut. Wir müssen etwas Besonderes auf die Beine stellen und das Theater einbinden.« Verstohlen suchte Kristian Annis Blick.

»Einen Versuch ist es wert. Wir können dadurch Rügener und Gäste motivieren, sich für die Natur Rügens und gegen ungebetene Industrie einzusetzen«, pflichtete John ihm bei. »Dafür benötigen wir keine Leuchtkometen mit blinkenden Crackling-Fontänen und Knistereffekten.«

»Wir erzeugen Funken, die ohne Feinstaub knistern!« Kristian zwinkerte Anni zu. Heike schoss das Blut ins Gesicht.

»Deinen Ideenreichtum möchte ich haben! Was hat das Theaterstück über Svantevit mit der *Seidenstraße* zu tun?« Ihr Lachen klang gekünstelt. »Die Chinesen als Invasoren, oder was?«

»Warte mal! Der Vergleich passt«, ging John ein Licht auf. »Es sind in Summe die vielen Invasionen in die Natur, die *Seidenstraße*, gigantische Bauvorhaben wie *Nord Stream 2*, der *Königsweg* für Touristen ist bei allen Vorteilen auch ein riesiges Bauvorhaben. Das alles zerstört auf lange Sicht die Insel«, meinte er.

»Ich weiß, dass du dich dem Umweltschutz verschrieben hast und Strand und Meer verteidigst, John, aber bedenke, wir brauchen die Touristen und die Investoren.« Als Café-Betreiberin und Bürgermeisterin des Ortes pushte Heike Friedrichs das neue Tourismusprojekt *Königsweg*. »Wir haben hier nur den Fremdenverkehr und sind auf die Umsätze angewiesen«, rief sie.

»Reg di nich' op!« Frieder legte beschwichtigend die Hand auf den Unterarm seiner Schwester. Sie schüttelte ihn ab.

»Unser großer Umweltschützer scheint der Meinung zu sein, die Schöpfung ist nicht in der Lage, sich zu verteidigen!«, ging Heike auf John los.

»Im Gegenteil. Die Umwelt kann sich selbst verteidigen! Denkt an die Seuchen in jüngster Zeit, an die Heißzeit des letzten Sommers oder die Orkane, die von Jahr zu Jahr stärker werden. Sturzfluten reißen ganze Landstriche weg. Die Stimme der Natur wird immer lauter, bis auch die letzte Schlafmütze mit ihren tauben Ohren sie endlich hört!« John hob seine Arme. Es schien, als wolle er dem Himmel befehlen, in diesem Augenblick einen Sturm über die Insel zu jagen. Tatsächlich war die Luft ungewöhnlich schwül. Etwas drückte auf die Schläfen. Die Wolken sahen nach Gewitter aus.

»Du vergisst, mein Lieber, dass Tausende Jobs vom Tourismus abhängen, unter anderem meiner!«, blaffte der Schauspieler zurück. »Tourismus ist nicht nur Strandkorb, nicht nur irgendwie nett am Strand sitzen, Cocktail trinken oder *Werder-Architektur* angucken. Dahinter steckt eine wahnsinnige Ansage, die ganz anders ist als noch 1990, als sich alle gefreut haben, dass ein Kurpark entstand.«

»Die Welt kann ohne falsche Piraten leben, Störtebeker!«, erwiderte John.

»Aber nicht ohne Cappuccino.« Heike hob ihre Tasse.

»Allein der Feinstaub, den wir bei den Feuerwerken ohne Sinn und Verstand in die Luft blasen, stinkt zum Himmel!« John Blohms Stimme klang zornig.

»Mann, das sind notwendige Events! Die Leute lieben das. Viele Insulaner wollen ihre Heimat nicht verlassen, aber ohne Arbeit ziehen sie weg. Wenn die Landesregierung uns unterstützt und wir das Ferienparadies des Ostens sind, dann erhalten wir alle gut bezahlte Jobs auf der Insel, und zwar ganzjährig«, Kristian schubste Heike von seinem Schoß. »Und wir überaltern nicht.«

»Wat toveel is, is toveel!«, kam es von hinten.

»Du sagst es, Frieder. Wenn unsere Natur kaputt ist, bekommen wir weder Jobs noch Touristen. Dann ist unsere Lebensgrundlage zerstört.« Der Naturschützer blickte herausfordernd in die Runde.

»Rügen hat Tradition. Dor kann man woanners gor nich' mithalten,« Frieder Friedrichs hob sein Glas und trank einen Schluck Sanddorngeist. »Di dat wulln, dat sin oll Klookschieter.«

»Wer ist klug? Gut bezahlte Jobs in unserem 450-Seelen-Nest sind Mangelware. Grasbewachsene Sandhügel haben wir zu bieten und sonst nix, wenn wir uns nicht bewegen!«, schimpfte Heike. »Rügen ist zehnmal so groß wie Sylt. Wir rekrutieren unsere Arbeitskräfte viel zu selten hier.«

»Warum?«, fragte Anni.

»Weil wir keine Perspektiven bieten, Jahresverträge zu bekommen. Niemand kommt hierher und nimmt bloß einen Saisonarbeitsvertrag in Kauf. Die Leute wollen ortsfeste, langfristige Beschäftigungsverhältnisse haben.«

»Aha.«

»Trotzdem ist bei uns die Welt in Ordnung«, beharrte John.

»Eine Idylle aus Dächern von Reet, Segelbooten und Straßen, über die Autos an superweißen Prachtvillen vorbeirauschen, als wären sie Pferdekutschen.« Johns Stimme troff vor Ironie.

»Du sagst es. Alles ist so, wie die Touristen es lieben. Wanderungen entlang der Kreidefelsküste und Fischbrötchen mit Meerblick. Was ist dagegen einzuwenden?«, fragte Heike.

»Das kann ich dir sagen: Die Touristen meinen, hier Romantik zu finden.«

»Und tun sie das nicht?«

»Das ist eine Insel. Was man nicht herbringt, kann man nicht hier finden. Die Malerromantik des Caspar David Friedrich wird gefährlich, wenn die Leute an der bröckeligen Kreideküste wandern«, warnte John. »Jeder Mensch weiß, dass man hier mit Kreideabbrüchen rechnen muss«, führte er aus. »Die marode Treppe ist unbegehbar.«

»Du sagst es – unbegehbar! Wir müssen mit der Zeit gehen!«

»Und die Natur zerstören, indem auf dreiundzwanzig Hektar Eigentumswohnungen und Ferienhäuser hochgezogen werden? Die Menschen brauchen keine Wellness-Einrichtung, wenn sie in gesunder Natur leben dürfen!« John stieß diese Worte mit wütender Stimme hervor.

»Wollt ihr lieber eine Erweiterung der Industrie? Wie ich gehört habe, sind die Chinesen begierig auf eine zweite Kreidefabrik.« Hanko Langwisch holte seine Pfeife aus der Hosentasche.

»Pest oder Corona. Ich weiß nicht, welches Übel größer ist. Eines ist klar. Einer Invasion des Fremden können wir nicht ausweichen, es sei denn, wir finden eine kreative Lösung.« John überlegte angestrengt.

»Hast du etwas gegen Geld?« Heike blickte John an.

»Jetzt fängst du auch noch damit an! Verdammt, Umwelt und Geldverdienen müssen sich nicht ausschließen.«

»Träumer!« Hanko nahm seine Pfeife aus dem Mund. Er hatte sie nicht angezündet und kaute nur auf dem Mundstück herum, weil er wusste, dass Heike Friedrichs keinen Rauch in ihren Räumlichkeiten duldete.

»Fakt ist, darüber sind wir uns einig: Wir lehnen Fabrikanten aus China ab. Wir müssen was tun, selbst wenn wir über Leichen gehen«, fasste Kristian zusammen.

»Leichen? Egal was wir planen, wir sollten auf jeden Fall anständig bleiben. Wir sind nicht unter Piraten.« John Blohm schob das Kinn vor.

»In finanziellen Dingen ist Anstand nur vertretbar, soweit er nicht mit dem Vorteil kollidiert,« blaffte Kristian zurück.

»Zankt euch nicht, Leute!«, schlichtete Anni den Streit. »Es gibt eine Lösung: Wenn man Grund nicht hergeben will, dann muss er geologisch so wertvoll sein, dass niemand eine Investition wagt!«, überlegte sie laut. »Denkt an die Nachbarinsel Hiddensee mit ihrem Goldschatz. Vielleicht steckt im Rügener Boden ein Schatz, dass jedes weitere Bauunterfangen von vornherein vom Land Mecklenburg-Vorpommern nicht genehmigt werden wird.«

»Min God, dat is' wol wohr! Wi finden een Goldschatz von de ollen Wikinger. Un ick weeß ok, wer den fischen tut!«

»Du hast den am Ende aber nicht in deinen Fangnetzen, Frieder?« Entgeistert sah Heike ihren Bruder an.

»Üm wat, Deern? Heff ick nich' een Schatz rutklamüstert ut de Brack?«

»Meinst du den ollen Kaninchendraht aus Annis Tümpel?«

»Jo, dat Ding wier woll twee Euro wert!«

»Ein bisschen wertvoller als zwei Euro sollte er schon sein, dein Fund!«, lachte Anni.

»Wir haben gegen diverse große Bauvorhaben bereits eine Anfrage im Kreistag des Landkreises Vorpommern-Rügen gestellt«, wandte Bernd Bätge ein, dem das kindische Goldschatz-Vorhaben dem Sanddornschnaps geschuldet schien. »Unsere Interessengemeinschaft will sich weiterhin um einen Dialog mit den Politikern bemühen. Wir prüfen derzeit rechtliche Schritte und demokratische Mittel zur Einbeziehung des Bürgerwillens,« erläuterte er.

»Was heißt das?«, fragte Anni.

»Unser Verein für Inselschutz strebt ein förmliches Bürgerbegehren gemäß Kommunalverfassung an«, antwortete John. »Wir lassen uns dabei juristisch beraten.«

»Dat wull ick woll seggen, Johann Blohm«, hob Frieder an, »een banghaftigen Kirl biste nich'!«

»Und das, ohne Pirat zu sein.« Anni warf John einen freundlichen Blick zu. Kristian presste die Lippen zusammen.

»Woher nehmen wir die wertvollen Münzen für den Schatz?«, fragte Heike. Sie dachte nach. »Krischan, du oller Wikinger, erzähl uns, wie sehen solche Münzen aus?« Sie strahlte ihn an.

»Das, liebe Leute, kann ich euch als Historikerin beschreiben«, hörte sich Anni zu ihrer Verwunderung sagen. Sie begann, an ihrem gesunden Verstand zu zweifeln. »Wir brauchen keine realen Münzen. Wir behaupten einfach, die seien aus Sicherheitsgründen im Museum und zeigen ausgedruckte Fotos von Münzabbildungen hoch. Jeder Numismatiker kennt das.«

Was redete sie? Es war verrückt, sich auf eine solch absurde Geschichte einzulassen!

»Brillante Idee!« Kristian trat neben Anni und umfasste besitzergreifend ihre Schultern. Sie zuckte erschreckt zusammen. Heike warf Kristian einen bösen Blick zu.

»Bekanntlich ist nicht alles Gold, was glänzt.« Er blickte sie von der Seite an. »Ein Schatz muss nicht aus Gold sein!«

37. KAPITEL

»Schon wieder krank, Junge? Am zweiten Tag nach Pfingsten! Schreibt ihr eine Arbeit? Wenn du nicht hingehst, wirst du den größten Ärger deines Lebens bekommen.«

»Never. Wir haben Projektwoche.« Widerstrebend wandte Björn den Blick vom Smartphone ab und seinem Vater zu. »Du hast echt keine Ahnung, Pa!«

»Du musst teilnehmen.«

»Worauf du dich verlassen kannst!« Er starrte auf sein Gerät. »Gestern waren wir mit dem Geschi-Kurs unterwegs. DDR-Geschichte, Lenin und der ganze Kack.«

»Björn, bitte!«

»Ist doch wahr, Mann! Ich hasse es.«

»War das nichts?«

»Voll langweilig! Ey, ich schwöre, die meisten von uns haben die ganze Zeit *Candy Crush* gezockt.« Konzentriert tippten seine Daumen in regelmäßigem Rhythmus aufs Display seines Smartphones.

»Aha.«

»Wir standen ewig lang auf dem Platz vor dem *Rügen-Hotel* und haben uns die Beine abgefroren. Und Frau Stoll hörte nicht auf zu labern. Über Lenin und wie der in Sassnitz war. Und dann seh ich so einen komischen Typen im roten Hoodie über den Platz laufen. Denk mir, was ist das denn für ein Freak? Der Honk war voll dürr, mit Rastazöpfen und so. Der lief zum Denkmal. Glotzt es an und geht auf die Knie. ›*Ach du Scheiße*‹, denk ich. Alle, echt alle von uns, gucken den an. Und dann ohne Scheiß: Fängt der Vogel voll an zu heulen.«

»Nein.«

»Echt jetzt. Alle holen ihre Handys raus und filmen das. Ich mein', was heult der da? Voll das Opfer.«

»Seid ihr nicht zu ihm gegangen?«

»Unsere Lehrerin ist irgendwann zu ihm hin und hat ihn getröstet.«

»Immerhin.«

»Wenn du meinst.« Er stand auf. »Ich bin dann mal weg!«

»Halt! Was hast du vor, Junge?«

»Radfahren.« Björn war schon draußen und holte sein Rad aus der Garage. *Sein Vater hatte keine Ahnung. Es konnte nicht anders sein. Warum erzählte er die Fuck-Story von gestern und nicht, wie schlecht es ihm tatsächlich ging?* Die *Sache mit Ivo hatte ihn für zwei Wochen außer Gefecht gesetzt. Der nächste Tag war ein Dienstag gewesen. Ma hatte ihm angedroht, ihn zu einem Seelenklempner zu schleppen, der versuchen würde, ihn aufzubauen.* Björn weigerte sich, einem Therapeuten zu sagen, was in seinem Kopf abging. *Never ever*! Das verstand sowieso niemand. Nicht mal er selbst. Seit Ivo tot war, fuhr er wie verrückt Rad.

Entweder fiel er tot vom Sattel oder er gewann das Gelbe Trikot. Moment! Björn stoppte abrupt, starrte auf den Kirchacker. Da lag etwas.

»Ey, Ivo, was ist das?« Björn hatte sich angewöhnt, mit Ivo zu reden, so als sei er noch da. »Bernstein ist es nicht, aber es sieht aus, wie ein Stück verrostetes Metall.« Das Ding reflektierte die Sonne wie ein Brennglas.

»Ey, ist das ein Zwei-Euro-Stück?« Björn sprang von seinem Drahtesel ab, schmiss ihn an den Wegrand und rannte den Rain hinunter zu dem blinkenden Teil. Der Schüler bückte sich und hob es auf. Während ihm ein Schauer der Erwartung über den Rücken rann, fischte Björn das undefinierbare Etwas aus der schlammig nassen Erde. Es war keine Zwei-Euro-Münze. Aber es war besser als nichts.

»Alu-Schrott wird es sein!« Er sah es sich näher an. »Hey, cool, das ist tatsächlich Metall!«, murmelte er. *Wahrscheinlich war es ein Teil vom Trecker, der ab und zu das Feld pflügte.* Er hielt es in der Hand und starrte darauf. *Das könnte ein uraltes Geldstück sein!* Björn zog sein Handy aus der Tasche und gab *›alte Silbermünze‹* in das Suchfeld ein. Als er auf *›Bilder‹* klickte, kamen die Fotos.

»Verdammt, Ivo, das ist ein altes Geldstück! Ich glaube, ich habe etwas Echtes gefunden!« Björn lachte und lachte, bis ihm die Tränen kamen. Er dachte an Ivo und dass sein Freund doch hier sein müsste, um es mit ihm zu erleben. Und während er weinte und lachte und mit den Händen in der Erdkrume grub, erfüllte sich der Traum eines jeden Jungen: Er fand einen Silberschatz. Björn grub und buddelte wie ein neugieriger Dackel. Am Ende waren es fünf Münzen, die er entdeckte. Er zog sein Sweatshirt aus, sammelte das Zeug in der Kapuze. Der Junge wusste es noch nicht, aber es war der Fund seines Lebens.

Er schnappte sein Rad und raste zurück nach Hause.

»Kommt der Sohnemann zum Essen?« Die Stimme von Bernd Bätge drang aus der Küche. Die Begrüßung sollte fröhlich klingen. »Der Hunger treibt dich heim, was?«

»Seht her, was ich gefunden habe!« In Björns Augen funkelte es triumphierend. Er legte die Kostbarkeit seinem Vater vor den Essteller. »Das ist mega!«

»Was soll das sein? Altmetall?«

»Zunächst habe ich gedacht, das ist bloß Alu-Schrott, doch

irgendwie sieht es wertvoll aus. Ich wette, das ist was Echtes, altes Geld oder so!«

»Na, was habt ihr für Geheimnisse?« Björns Mutter stellte die gemischte Aufschnitt-Platte auf den Tisch.

»Stell dir vor, Martina, unser Sohn ist unter die Schatzsucher gegangen!«

»Sag' nur!«

»Hier Ma, sieh dir das an! Ich wette, das ist 'ne echte Münze. Aus der Römerzeit oder so. Mega, was?«

»Darf ich?« Björns Mutter nahm das Metallstück in die Hand und hielt es ins Licht. Es war etwas größer als übliche Münzen und sehr leicht.

»Es ist gar nicht rund.«

»Logisch, Ma, nach all den Jahrtausenden!« Björn tippte sich an die Stirn. Manchmal war seine Mutter echt ein wenig begriffsstutzig. »Also ich finde, das sieht aus wie die Münze auf dem Foto in meinem Geschichtsbuch. Wartet, ich hol's schnell!« Aufgeregt rannte Björn in sein Zimmer und riss das Buch aus seiner Schultasche. Endlich war der Schinken mal zu was gut.

»Augenblick, ich hab's gleich!« Er blätterte hektisch. »Ruhig, Junge, du zerreißt ja gleich die Seiten!«

»Und wenn schon!« Er atmete schnell. »Hier! Na, was sag' ich?«

»Tatsächlich. Hat eine gewisse Ähnlichkeit!« Sein Vater nahm die Brille ab und besah sich das Foto aus fünf Zentimeter Entfernung. »Im Internet sehen die Beispiele genauso aus. Hier, ich hab' es gegoogelt.« Björn zückte den Screenshot auf seinem Handy.

»Dann ist es wohl das Beste, wir geben das im Fundbüro ab.«

»Was? Spinnst du?«

»Björn, einen anderen Ton bitte!« Seine Mutter sah ihn tadelnd an.

»Na, wenn Papa so einen Müll redet! Ich habe einen Schatz

gefunden und soll ihn im Fundbüro abgeben?« Björn war entrüstet.

»Was bitte willst du denn sonst damit anfangen, Junge?« Sein Vater sah ihn prüfend an.

»Weiß nicht«, meinte Björn zögernd. In der Tat hatte er sich darüber noch keine Gedanken gemacht. »Ich werde gleich wieder dahin radeln und buddeln. Ich muss checken, ob noch mehr von dem Zeug dort verborgen liegt.«

»Wir wollen jetzt essen!«

»Okay, aber ich fahre anschließend noch einmal an die Stelle. Am Ende finden andere meinen Schatz. Das ginge gar nicht!« Björn stopfte sich ein Stück Tomate in den Mund und nahm sich eine Scheibe Mortadella von der Platte. »Und einen Metalldetektor kaufe ich mir. Und im Meer suche ich auch. Nach Bernstein!« Björn verschluckte sich beinahe vor Begeisterung.

»Es gibt auch eine Gabel, Junge!« Martina Bätge seufzte. *Wann lernte ein Pubertier Tischmanieren?* Doch es war ihr egal. Ihr Sohn sah seit Wochen zum ersten Mal wieder unbeschwert aus. Nur das zählte.

38. KAPITEL

Er blickte dem Experten des Universitätsinstituts für Archäologie in die Augen.

»Das, mein Junge, ist kein Alu-Schrott. Das ist ein echter Schatz. Silber. Er könnte dem legendären Wikinger-König *Harald Blauzahn* gehört haben. Ähnliche Funde gab es im südlichen Ostseeraum auf dem Gebiet des Dänenreiches. Aber das ist zunächst nur eine Vermutung. Wir müssen diese Annahme absichern.«

»Krass! Ein echter Schatz?«

»Das ist wahrscheinlich. Auf Hiddensee wurde zwischen 1872 und 1874 ein berühmter Goldschatz gefunden. Ein sechzehnteiliges Schmuckensemble, das ebenfalls Harald zugeschrieben wird.«

»Ultrakrass!« Björn pustete sich die Haare aus der Stirn.

»Wir sind uns noch nicht ganz sicher. Wir geben die Silberstücke in das Landesamt Mecklenburg-Vorpommern. Dort gibt es ein Zentrum für baltische und skandinavische Archäologie. Die Experten untersuchen deine Fundstücke, und dann werden wir sehen. Ich vermute sehr stark, dass es Münzen sind aus der Wikingerzeit um 1000 nach Christi«, erklärte der Archäologe.

»Mega! Das glaube ich jetzt nicht.«

»Siehst du, alles wird gut.« Björns Mutter unterdrückte eine spontane Regung, ihrem Sohn über das blonde Haar zu streichen. Er mochte das nicht.

»Sicher ist: Der Fund stammt aus dem 10. Jahrhundert, der Umbruchepoche von Wikingerzeit zu Christentum. Ein Teil der Münzen kann der Regentschaft des legendären Dänenkönigs Harald Blauzahn, der von 910 bis 987 gelebt hat, zugeordnet werden.«

»Wenn ich das Herrn Schöning berichte!«

»Ich nehme an, Herr Schöning ist dein Geschichtslehrer?«, fragte der Historiker.

»Bingo! Und er hat mir letzte Woche nach den sechs Punkten in der Klausur geraten, mich auf den Hosenboden zu setzen, weil meine Leistungen in dem Fach suboptimal seien!«

»Nu, das eine hat mit dem anderen nichts zu tun. Lernen muss man auch als Schatzfinder – gerade, damit man weiß, was man findet.«

»Hätte ich statt mich draußen herumzutreiben, im Kämmerlein auf dem Hosenboden gesessen, läge das Silber noch in der Erde!« Björn tippte sich an die Stirn.

»Björn, bitte!« Martina Bätge sah ihren Sohn streng an.

»Ich schätze, es besteht keine Notwendigkeit, die Sache deinem Lehrer zu berichten. Er wird die Neuigkeit aus der Zeitung erfahren«, erklärte der Archäologe.

»In hundert Jahren. Auf jeden Fall mit Zeitverzögerung. Heinz ist eher offline als online!« Björn verdrehte die Augen.

»Nu, wenn jemand Heinz heißt, ist er wohl ein wenig älter«, sagte der Experte.

»Eigentlich hat er einen anderen Vornamen.«

»Ach?« Seine Mutter zog die Brauen hoch.

»Wir nennen ihn Heinz.« Björn druckste. Er und seine Kumpel hatten dem Lehrer den Spitznamen verpasst, um seine Zurückgezogenheit aus der Moderne zu symbolisieren. Machte Herr Schöning Aufsicht, blätterte er wie ein uralter Pauker in der Zeitung, anstatt online im I-Pad zu lesen.

»Aha.« Martina Bätge fragte nicht weiter. Björn sah das als einen Vorzug seiner Mutter an. Ab und zu wusste sie, wann die Fragerei anfing zu nerven.

»Dein Fund geht morgen an das Land Mecklenburg-Vorpommern, damit wir Archäologen die Fundstücke prüfen können. Ist er von großer Bedeutung, kommt er später in ein Museum.«

»Der ehrliche Finder geht wohl leer aus?« Das war eine beachtliche Frage. Es kam nicht oft vor, aber manchmal fragte Ma die richtigen Dinge zur richtigen Zeit. Was war mit ihr los? Björn war regelrecht stolz auf seine Mutter.

»Vermutlich. Bei historischen Funden gibt es generell keinen Finderlohn. Hätte Björn die gefundenen Münzen beispielsweise nicht an das Land gegeben, beginge er sogar eine Straftat.«

»Das ist eine Gemeinheit!« Björn hielt sich rasch die Hand vor den Mund. »Ich mein' ja nur. Da gebe ich mir Mühe, was zu finden und dann werde ich auch noch bestraft!«

»Nur, wenn du unehrlich gewesen wärst und es nicht gemeldet hättest. So will man das ›Raubgräbertum‹ von Hobbyarchäologen eindämmen.«

»Fair muss man das trotzdem nicht finden.«

»Das stimmt.«

»Danke, Ma!«

»Die *Deutsche Gesellschaft für Ur- und Frühgeschichte* kritisiert zu Recht diese Praxis, weil eine solche Abgabepflicht im Endeffekt nur zu einer drastischen Steigerung der Unterschlagungen führt, bestätigte der Experte. Wir werden uns für einen fairen Finderlohn aussprechen.«

»Ach, eigentlich will ich nix!« Björn tat, als mache es ihm nichts aus, wenn er für seine Entdeckung keine Belohnung bekommen würde. »Ich werde trotzdem wieder suchen gehen. Es wäre toll, wenn ich weitere Schätze finden würde.«

»Das ist eine bewundernswerte Einstellung. Wäre es nicht angemessen, dem Jungen seine Ehrlichkeit wenigstens ein kleines bisschen zu versilbern?«, fragte Frau Bätge.

»Wir werden sehen. Wie wäre es mit einer Dauerkarte fürs Nationalparkzentrum, in dem der Schatz schließlich ausgestellt werden wird?«

»Lebenslang freier Eintritt für den ehrlichen Finder des Schatzes von König Blaubart – besser als nichts!«

»Du kannst dort mit deinem Geschichtskurs hingehen!«, schlug der Historiker vor.

»Na, die werden Augen machen. Und Heinz erst!« Björn freute sich.

»Es wird noch andere Leute geben, die Augen machen werden.«

39. KAPITEL

Im Grunde war Frieder Friedrichs ein gewöhnlicher Mensch. Das betonte der Fischer bevorzugt bei Gelegenheiten, wenn man ihn als Helden feiern wollte. Denn es gab in Frieders Leben

Momente, in denen er ganz Rügen in Staunen versetzte durch seine waghalsigen Einsätze auf dem Meer, um Leben zu retten oder durch seine unerhörten Einfälle in geselliger Runde, um die Insel zu retten. Nun muss die Normalität bisweilen wohl Absonderliches produzieren, um anschließend wie nach einem elektronischen Reset neu fortzubestehen. Man darf sich vorstellen, dass Frieder Friedrichs Hirn immer dann von Geistesblitzen erleuchtet wurde, nachdem er zu viel selbstgebrannten Sanddorngeist getrunken hatte. So war es auch mit der abstrusen Erkenntnis, den vom jungen Björn gefundenen Silberschatz um ein Vielfaches zu vermehren, um damit das Eiland Rügen vor dem Untergang zu bewahren und seinen Fortbestand für die Nachwelt zu sichern.

Die Früchte für Frieders Schnaps stammten von einem dürren Gestrüpp, das in der hintersten Ecke von Heikes Anwesen vor sich hin krepelte.

»Nur, dass du es weißt, Frieder. Den Sanddornkrüppel werde ich in den nächsten Tagen herausreißen und kompostieren. Er bringt Unheil«, nahm Heike in regelmäßigen Abständen einen neuen Anlauf, um den unschönen Strauch loszuwerden.

»Er blievt stahn!«, verteidigte Frieder seinen Liebling.

»Die Beeren sind vertrocknet und taugen nichts. Er kommt raus«, beharrte seine Schwester.

»Nee!«

»Was um Himmels willen willst du mit dem unnützen Gesträuch, Flunder?«

»Der Geist des Sanddorns tut mi allweil gaut beraten!« Als hätte sie ihn dazu aufgefordert, zog Frieder einen Flachmann aus der Hosentasche und nahm einen Schluck von seinem Gesöff.

»Mit dem Zeug machst du nicht gerade Werbung für meine Gastronomie.« Heike tippte sich an die Stirn. Sie saßen zu mehreren in ihrem Café. Die anderen der Gesellschaft beheizten sich mit erstrangigem Hochprozentigen. Je mehr sie tranken – Frieder Friedrichs seinen Selbstgebrannten, die anderen diverse Erzeugnisse aus einer Edeldestillerie –, desto fröhlicher wurden sie und desto sonderbarere Blüten trieben in die Höhe. Es lässt sich nicht behaupten, dass Langeweile den Abend regierte.

»Die Silbermünzen, die Björn Bätge wenige Kilometer südlich von Kap Arkona gefunden hat, könnten tatsächlich Bedeutung haben. Auf Hiddensee gab es beachtliche Wikingerfunde«, meinte John.

»Unglaublich, oder? Neulich haben wir noch über Gold im Boden gesprochen und dass man welches finden müsste – und dann passiert so etwas! Was für ein Zufall!«, rief Anni.

»Es gibt keine Zufälle«, erklärte Heike.

»Die Sache kommt uns Umweltleuten jedenfalls entgegen.«

»In der Zeitung steht, *der entdeckte Silberschatz auf Rügen könnte von europäischer Bedeutung sein, da bisherige Ansichten zu den Wikingereroberungen der Insel revidiert werden müssten. Grabungen sowie Aufnahmen von Luftbildarchäologen sollen nähere Aufschlüsse geben.*« Anni tippte auf die neueste Ausgabe der *Rügenpost*, die auf dem Tresen lag. »Prima Pressearbeit, John!« Anni zwinkerte ihm zu.

»Darin habe ich keine Aktien. Selina Rath hat darüber berichtet. Sie ist Reporterin bei *Rügen-live*. Ich kenne sie seit dem Studium. Wir haben zusammen mit einem Umweltrechtler eine Petition für den Landtag formuliert. Selina würde nie unwahre Geschichten erzählen.«

»Ach so?« Anni strich sich eine Haarsträhne aus dem Gesicht. *Wer war die Journalistin?*

John lächelte leise.

»Jedes gigantische Bauvorhaben dürfte mit der Meldung zunächst auf Eis gelegt sein«, meinte er zufrieden.

»Wegen der paar Silbermünzen meinst du?«, fragte Heike.

»Solange nicht geklärt ist, ob es sich hier nicht um einen

historischen Fundort handelt, haben wir einen Zeitaufschub«, stellte John fest.

»Da hast du recht.« Anni faltete die Zeitung auseinander. »Ich sag' mal, aus meiner Erfahrung wird in Fällen, wo historische Funde zu erwarten sind, die ganze Sache wieder aufgerollt.«

»Was heißt das?«

»Nun, in der Auseinandersetzung um die Bebauung des Grundstücks durch Investoren muss der Bebauungsplan neu ausgelegt werden. Hier steht: *»Diese Neuigkeit dürfte vor allem die Naturschützer freuen, die seit Anfang des Jahres mit einer Petition gegen das Projekt kämpfen. Wesentliche Kriterien der momentanen Auslegung des Bebauungsplans werden wohl verändert werden müssen. Es werden nun zusätzliche Mittel zur Sicherstellung des Fundortes geprüft.«*

»Nicht nur das. Auch die Bautätigkeiten am Königsweg könnten sich verzögern. Genau das war unser Ziel!«, jubelte John. »Die Interessengruppe *Grünes Rügen* freut sich. »Gelobt seien die Silberlinge! Wer hätte gedacht, dass uns ein Glücksfall hilft? Den Baustopp haben wir selbst mit unserer Unterschriftensammlung nicht geschafft. Zweitausend hatten unterschrieben.«

»Somit haben die alten Wikinger auf historische Weise den Bürgerwillen durchgesetzt!« John nickte zufrieden. »Durch die Bebauung wird das angrenzende Naturschutzgebiet berührt. Die Fauna würde leiden. Jetzt ist Schluss mit diesem Wahnsinn!«

»Nee! So geit dat nich', lieve Lüüd!« Frieder schaute seine Schwester an. »Een paar Silbertaler, dat nutzt nischt!«

»Meinst du, Flunder?« Heike runzelte die Stirn. Auch wenn er verpeilt war, redete ihr Bruderherz nicht ausschließlich krauses Zeug.

»Dat muss mehr her, dat wi nich' all untergahn tun. Un ick weeß ooch, wer den Schatz fischen tut!«

»Etwa du? Willst du Silber aus dem Wasser angeln?« Sie guckte ihn groß an. Frieder grinste und nahm seine Schiffermütze. Das gäbe einen interessanten Bericht fürs Lokalblatt: *›Sensationeller Fund eines Fischers.‹* Er änderte noch einmal: *›Spektakulärer Fund vor Rügens Kreideküste von Frieder Friedrichs, dem bekannten Fischer und Seenotretter!‹*

»Ick mut na' Frisör gahn de Hor snieden laten wegen der Öffentlichkeit.« Flunder schlurfte zur Tür.

»Dat rettet een Törfkopp och nich'!«, meinte Heike.

»Was die Öffentlichkeit anbelangt, unrecht hat Frieder nicht. Wir sollten den Fund stärker publik machen, damit das Ganze historische Bedeutung gewinnt.«

»Wir könnten Flyer drucken lassen«, fiel Heike ein.

»Zum Beispiel«, meinte Anni. »Und einen Infopoint für Touristen planen. Das Fundspektrum auf der Fläche am Nationalpark muss spektakulär sein!«, führte sie aus.

»Du meinst echt, man soll noch mehr finden?«, fragte Heike.

»Ja sicher, nicht nur Münzen. Wir könnten auch Gebrauchsgegenstände der Wikinger entdecken, Schmuck, Kämme, Schuhnägel.«

»Und woher willst du das Zeug nehmen?«

»Wozu gibt es Internet?«, fragte Kristian. »Wir zeigen Bilder hoch und sagen, dass weitere solcher Funde hier zu erwarten sind.«

»Das klingt nach potemkinschem Dorf«, zweifelte Heike.

»Das Dorf heißt nicht Potemkin, es heißt Wiking!« Er lachte. »Egal, wie das Kind heißt, wir müssen auf jeden Fall mehr finden.«

»Lass uns ein andermal weiterspinnen.« John erhob sich. »Es ist gut, dass überhaupt etwas gefunden wurde und wir uns die Sache nicht komplett ausdenken mussten. War sowieso dagegen. Nun hat uns der Zufall geholfen.«

»Ich wiederhole: Es gibt keine Zufälle.«

»Meinetwegen. Ich muss los, morgen früh ist die Nacht rum.«

»Das ist richtig. Auf geht's, mein Lieber!« Heike gab Kristian einen kurzen Kuss und zog ihn vom Sofa hoch. »Gute Nacht!« Heike öffnete ihren Freunden die Tür und entließ sie in den mondbeschienenen Vorgarten.

»Ich bringe dich nach Hause.« John drückte Anni unbemerkt an sich.

40. KAPITEL

»Hast du ein Glas Wasser für mich?«, bat John. Er saß auf ihrem alten Sofa.

»Ich trinke nur Wein«, sagte Anni ernst. Er sah sie an, als fragte er sich, ob er ihr glauben solle oder nicht.

»Natürlich habe ich ein Wasser, du Döskopp«, lachte sie. Er liebte ihr melodisches Lachen. »Döskopp?«

»Eine zärtliche Anrede. Sie bedeutet: Ich mag dich«, sagte sie mit einem Zwinkern. Ihre Worte hatten eine aufmunternde Wirkung auf ihn.

»Ich bin verliebt in dich. Bist du auch verliebt, Rose? Empfindest du mehr als Freundschaft?« Er hoffte auf ein Ja, zumindest auf ein Lächeln und einen Kuss – jetzt, da er sich endlich überwunden hatte. Doch er hörte eine Gegenfrage.

»Was soll das mit uns werden?«, fragte sie.

»Eine Liebesgeschichte?« Er blinzelte.

»Da spricht der Romantiker. Ich nenne es zukunftsfrei.«

»So klingt eine Zynikerin«, urteilte John. »Ich weiß nicht, warum du dich wehrst? Ich gestehe dir meine Liebe und du?« Er versuchte, Anni auf seinen Schoß zu ziehen. »Kiss me, Rose!«

»Das kommt ein bisschen plötzlich. Findest du nicht?« Ihre Blässe wich flammender Röte. Sie sah John an.

»Alles, was ich finde, ist: *Finde niemals zu dir selbst*!«

»Hört sich schräg an.« Anni entzog sich ihm.

»Im Gegenteil, das ist ein nützlicher Lifehack!«

»Ich weiß nicht.« Anni schluckte. »John, eine Beziehung zwischen uns …«

»Ja?« Sein Glücksgefühl verblasste wie Sonne im Schatten. Angst befiel ihn, eine Angst, die ihn erkennen ließ, wie rettungslos sein Herz an der zwölf Jahre älteren Frau hing. Diese Liebe war ein Fesselballon. Er schwebte über der Erde, erreichte aber nie den Himmel.

»… wird auf Dauer nicht funktionieren.« Anni erfasste seine Hand. Die zärtliche Geste weckte seine Hoffnung auf mehr.

»Wo ist das Problem?«, forschte er.

»Ich weiß nicht was ein ›Lifehack‹ ist?« Sie sah ihn an.

»Ich erklär's dir.« Er lachte. »Es ist eine ungewöhnliche Strategie, um Lebensprobleme zu meistern.«

»Ich glaube, du bist zu jung für mich, John Blohm.«

Ein kühler Hauch wehte durchs Zimmer. Das Gelächter fiel zu Boden, zersprang in Scherben.

»Ich finde dich nicht alt.«

»Ich bin achtunddreißig.«

»Die paar Jahre! Ich bin kein Mathematiker. Ich rechne nicht.« Ihr Blick war ihm zu ernst.

»Okay, ich bin vielleicht nicht uralt, aber alt genug, um einsam zu sein. Ich finde es falsch, sich in eine Verbindung wie hinter einen Schutzwall zu flüchten.«

»Verstehe.« Er dachte sich in einen Kuss hinein. »Lass uns von anderen Dingen sprechen. Ich bin zu wirr für Ernsthaftes.« Sein sehnsüchtiger Blick traf sie.

»Genau das meine ich.« Sie seufzte lächelnd. »Weißt du, ich nehme das Leben ernster als du.« Sie ließ seine Hand los.

»Umso wichtiger ist jemand, der dir Leichtigkeit verschafft«, widersprach er.

»Hör mir zu, ich liebe einen anderen Mann.«

Der Aufprall traf ihn mit voller Wucht. »Wer ist es?«, fragte er, Fieber im Blick. »Kristian Dollahn? Ich hab' es geahnt, so wie er dich angafft! Er ist ein Spieler.«

»Ich will weder mit dir noch mit einem anderen eine Affäre beginnen, nur weil ich mich vor einem Single-Dasein fürchte.«

»Für mich bist du mehr als eine Affäre«, stieß John hervor. Sein Gesicht lief rot an. »Ich stell mir vor, dass es für immer hält. Wie es mit mir steht, würde ich glattweg mit dir in die Brunnenaue fahren.«

»Sei nicht albern!« Als Rüganerin verstand sie die Anspielung: Auf der Verlobungsbank in der historischen Sagarder Parkanlage wird seit Jahrhunderten viel Liebliches gesagt.

»Wieso albern? Was Friedrich Schleiermacher und Henriette konnten, können wir auch.« Er lachte.

»Ich heiße nicht Henriette.« Sie schwieg.

»Rose.« Er wusste, dass sie es mochte, wenn er sie so nannte. »Meine Gefühle sind stark für zwei.«

»Verlier nicht den Verstand, Johann Blohm! Es gibt genügend Mädchen in deinem Alter. Ich gehe auf die vierzig zu.« Sie übertrieb, um ihn abzuschrecken.

»Das zeugt von zerfetzender Selbstunsicherheit!«, meinte er. »Lass es uns genießen, solange es geht!«

»Ich glaube nicht.« Ihre Stimme war sanft, nicht mehr so entschieden wie zuvor. Es ist schmeichelhaft, von einem jüngeren Mann begehrt zu werden. »Ich will keine Notankerliebe.«

»Ich will dich.« Seine Augen küssten sie.

»Ich glaube nicht, dass wir eine gemeinsame Zukunft haben werden«, wehrte sie ab.

»Wenn du nicht an irgendetwas glaubst, bist du zu einem Leben in Zweifeln verurteilt.« John blieb beharrlich. Er war Rüganer.

»Lass es uns beenden, bevor es beginnt«, forderte sie.

»Für mich hat es bereits begonnen.«

»Es ist ein totgeborenes Kind.«

»Machst du gerade Schluss mit mir? Das geht nicht, ich kann das nicht.«

»Ich mache nicht Schluss. Wir sind nicht zusammen, John.«

»Du teilst mir unseren Beziehungsstatus mit wie … wie einem x-beliebigen Fremden. Das tut verdammt weh! Ich liebe dich, und du darfst niemals die tiefe Bedeutung unserer Beziehung vergessen.«

Sie erschrak. »Mir war nicht bewusst, dass es bei dir so tief geht.« Sie strich sich nervös durch ihre Haare. »Freunde?« Anni hob ihre rechte Hand. »Give me Five!«

Er schlug nicht ein, sondern stand auf und zwang sich zu einem Scherz, um seine Fassung zu bewahren. »Dann muss ich die Vertreibung aus dem Garten Eden wohl akzeptieren.« Er zuckte mit den Achseln.

»Ich finde es trotzdem schön, dass du mich nach Hause gefahren hast«, sagte sie schwach. Im Kamin loderte Feuer. Ihr Gesicht war gerötet, ihre Haare waren zerzaust, und sie sah einfach vollkommen aus. Bevor John den nächsten Atemzug tat, wusste er, dass sie für ihn die Einzige bleiben würde.

41. KAPITEL

»So geht es nicht weiter. Es tut mir leid. Ich habe einfach keine Ahnung, was wir tun können.« Martina Bätge rührte den Kartoffelbrei derart heftig um, dass er in Flocken über den Topfrand flog. »Vorhin rief die Schule an. Björn hat wieder geschwänzt. Er verschwindet einfach. Zum dritten Mal in zwei Wochen. Er ist aggressiv und macht nicht mit. Sobald ich die Nummer des Sekretariats auf dem Telefondisplay sehe, befürchte ich

Schlimmes. Ich habe seinem Lehrer versprochen, einen Schulpsychologen zurate zu ziehen.«

»Einen Seelenklempner?« Ihr Mann runzelte die Stirn. Er betrachtete seine Frau mit einer Verblüffung, die die Vertrautheit nicht gänzlich hatte zunichtemachen können.

»Ja, ich will mit ihm heute zum Therapeuten. Wir dürfen froh sein, kurzfristig einen Termin bekommen zu haben. Wir können Börni nicht immer im Auge haben.«

»Hm.«

»Du solltest mit Björn reden, Bernd.«

»Mache ich später. Jetzt ist Mittagspause. Lass mich erst einmal Atem holen. War ein stressiger Vormittag. Das Projekt Königsweg, da hängt einiges dran, mein lieber Schwan!« Er zog am Kühlschrankgriff. Ein kalter Hauch strömte ihm entgegen.

»Er ist dein Sohn.«

»Unser Sohn.« Das Pils war eisig. *Warum stellte sie es nicht in die Seitentür?*

»Eben, er braucht uns beide. Seit dem Unfall …« Martina ließ den Kochlöffel in den Kartoffelstampf fallen und schlug die Hände vor das Gesicht. Bernd Bätge schloss den Eiskasten und nahm seine Frau in die Arme. Er strich ihr über das Haar.

»Ich weiß, Liebes. Mach dir keine Sorgen. Das wird schon.«

»Deine Hände sind kalt.«

»Kein Wunder, die Temperatur im Kühlschrank ist zu niedrig eingestellt.« Bernd streichelte sanft ihren Rücken. »Björn ist durcheinander. Ist doch normal nach so einem Vorfall. Er war immer ein guter Junge.«

»Ich geh hoch und schau mal nach, was er macht. Schenk' du mir bitte in der Zwischenzeit das Bier ein.«

Bernd Bätge stieg die Treppenstufen zum Kinderzimmer hinauf. Ein Zettel mit der Mahnung *Anklopfen!* zeigte ihm, wo es langging. Er pochte und betrat das Jugendzimmer.

»Tag, Junge. Können wir reden?«

»Hallo!« Björn sah eine Zehntelsekunde von seinem Handy auf, während seine Daumen unablässig auf das Display tippten.

»Wie geht es dir, Sohn?«

»Gut.« *Was sollte das werden?*

»Gibt's was Neues?«

»Nö.« Björn schüttelte mit gebeugtem Nacken den Kopf.

»Denkst du an Ivo?«

»Was glaubst du?« Ein-Sekunden-Blick.

»Gibt es etwas, das du mir erzählen willst.«

»Ich … dir?« *Scheiße, verzockt!*

»Du weißt, dass du mit allem zu uns kommen kannst. Ich hoffe jedenfalls, dass du es weißt.«

»Keine Ahnung, wovon du sprichst, Pa.« *Ey, das nervte.*

»Wirklich nicht?«

Björns Gesicht hellte sich auf. »Bist du wütend, weil ich den Schatz nicht abgeben wollte?« Zwei-Sekunden-Blick.

»Das meine ich nicht.«

»Okay?«

»Dein Klassenlehrer hat vorhin angerufen.«

»Der schon wieder.«

»Er hat dich heute Morgen vermisst.«

»Pech für ihn.« Björn Daumen trippelten ungerührt über das Display.

»Was war los?«

»Nichts«, sagte Björn unsicher. »Ich kapiere nicht, was du wissen willst … Es ist einfach so passiert.«

»Passiert, du meinst, es war ein Missgeschick?« Bernd Bätge spürte, wie die Ader an seiner Schläfe anschwoll. »Leg bitte das Handy beiseite, wenn ich mit dir spreche.«

»Ey, so was kann vorkommen.« Björn schmiss sein Smartphone aufs Bett. »Hab' heute früh verschlafen. Ma war mit Fluffy draußen und hat mich nicht geweckt. Und weil ich es eh nicht mehr rechtzeitig schaffen konnte, hab' ich mir gedacht … Also, ich sah keinen Sinn darin, zur Schule zu gehen.«

»Du bist inzwischen alt genug. Schon mal was von einem Wecker gehört?«

Björn schwieg.

»Wo hast du denn den ganzen Vormittag gesteckt?«

»Och, mal hier, mal da. Genau weiß ich das gar nicht mehr.«

Bernd Bätge nahm einen Donnerkeil von Björns Sammlung in die Hand und betrachtete ihn von allen Seiten. Sie hatten ihn an dem Tag gefunden, als Björn fünf geworden war. Ihm kam es vor, als sei es gestern gewesen. »Und wie häufig ist das schon vorgekommen?«

»Don't know.«

»Dann werde ich es dir sagen: in den letzten zwei Wochen drei Mal.«

»Echt? Krass.«

»Und was gedenkst du gegen diese Art von ›Missgeschick‹ künftig zu unternehmen?«

»Ich könnte die Wecker-App auf dem Handy aktivieren.« Björn grinste schief.

»Hört sich vernünftig an. Dann macht das Smartphone wenigstens Sinn. Damit es aber auch dazu kommt, wirst du es mir oder Mama jeden Abend vorzeigen.«

»Nein!« Björn sprang auf.

»Du weigerst dich?«

»Ja, weil es eine Gemeinheit ist! Ihr könnt mich doch nicht wie ein Baby behandeln, nur weil ich ein paar Mal …« Er blieb mitten im Raum stehen und sah an seinem Vater vorbei. *Fuck, warum war er mit dem Fund nicht abgehauen? Nicht mal* 'ne *Belohnung hatte er kassiert. Er war ein Loser! Ivo hätte ihn verlacht.*

»Ich nenne es Hilfestellung, damit du nicht noch mehr Schultage versäumst. Aber sprich dich nur aus.«

Björn biss die Zähne zusammen, um nicht vor Wut loszuheulen.

»Du kannst ja mal in Ruhe drüber nachdenken.« Bernd stand auf, legte den Donnerkeil zurück und wandte sich ab. Dann verließ er das Zimmer und ging ohne den fragenden Blick seiner Frau zu erwidern ins Wohnzimmer.

»Wie ist es gelaufen?« Martina kam hinter ihm her.

»Na ja.« Bernd presste die Lippen zusammen und sah seinem Sohn in diesem Moment ziemlich ähnlich.

»Was hat er gesagt?«

»Nichts.«

»Nichts? Nichts sieht anders aus.«

»Ich glaube, ich hab's versaut.«

»Wie bitte?«, fragte sie.

»Vielleicht hast du recht. Wir sollten uns von einem Profi helfen lassen.«

»Früher waren die Kinder anders als heute. Sie haben sich körperlich mehr verausgabt.«

»Hohnhorst meinte neulich, wir züchten uns eine Generation Jugendliche heran, die keiner mehr versteht.« Das Bier schmeckte schal. Bernd Bätge schlang sein Essen herunter und kehrte nach nur vierzig Minuten an seinen Arbeitsplatz zurück.

42. KAPITEL

»Gut, dass du herunterkommst, Börni. Setz dich und iss eine Kleinigkeit! Dein Vater ist bereits wieder zur Arbeit. Wir müssen los.« Tina war erleichtert, als sie sah, dass Björn sich zu ihr gesellte. Sie hatte befürchtet, dass ihr Sohn den Gesprächstermin beim Therapeuten boykottieren würde.

»Der Wasserpegel steigt höher.« Björn tat, als wäre er in sein

Smartphone vertieft und Zocken alles, was ihn interessierte. Martina ließ sich nicht beeindrucken.

»Sicher, der Kirchturm ist gleich verschwunden«, lautete die nüchterne Antwort.

»Abwarten, in ein paar Minuten«, gab Björn zu. Er sah nicht auf. »Es wird megaschnell passieren.« Der Wind pfiff um das Haus, Regen peitschte gegen die Fensterscheiben.

»Die Meteorologen vom Deutschen Wetterdienst sagen, der Orkan kann zum Tornado hochgestuft werden. Vielleicht bringen sie Sondermeldungen!«, meinte Björn hoffnungsvoll. »Und Hubschrauber, die Lebensmittel und Medikamente abwerfen.«

»Nun ist es genug! Sieh hinaus, der Regen hat aufgehört.« Martina hätte es ihm gern erspart, doch es führte kein Weg daran vorbei. Die Schule riet dazu. Und Bernd erwartete, dass sein Sohn rechtzeitig lernte, wie man unter schwierigen Lebensumständen den Kopf oben behielt und seine Leistungen nicht vernachlässigte. Er bestand darauf, Björn stark, selbstbewusst und fröhlich zu sehen. Regelmäßig sprach er von Durchhaltevermögen. Martina hasste das Wort. Sie bebte, wenn sie es hörte. Aber es hatte wenig Sinn, gegen die Halsstarrigkeit ihres Mannes anzukämpfen. Martina beugte sich über Björn und pustete ihm sanft ins Gehör.

»Ey, lass das!« Er hielt die Hand über sein Ohr.

»Es wird höchste Zeit, wir müssen los!«

»Kannst du vergessen.«

»Sei nicht albern!« Martina lachte. Es klang unecht. »Ich koche uns dafür morgen was Leckeres.«

»Hm, hm«, brummte er anerkennend und tippte, ohne aufzusehen, weiter auf seinem Handy. »Fein.«

»Was wünscht du dir denn?«

»Gänsebraten!«

Martina lachte laut auf. »Was? Börni, ich kann nicht nur für uns beide solche Sachen zubereiten. *Zudarer Wildgans* gibt es nur an Sonn- und Feiertagen!«

»Warum?«, fragte er.

»Willst du mich ärgern?«

»Du machst so was nur zu Weihnachten. Für mich kochst du nie!«

»Du bist unfair, Börni! Jeden Mittag koche ich was für uns.«

»Keine Gans!«

»Natürlich nicht. Mittags gibt's nur eine Kleinigkeit. Braten ist für uns alle.«

»Warum?«

»Weil es sich nicht lohnt!«

»Warum lohnt es sich nicht?«

»Weil man für zwei Personen ohne Anlass wochentags nicht solch einen Aufwand treiben soll.«

»Weil es dir zu viel Arbeit macht!«

»Ja, es ist mir zu viel Arbeit, und es ist zu teuer. Es kommt überhaupt nicht infrage!«

»Warum fragst du mich dann, was ich essen will?«

»Also wirklich, Björn, ich glaube, du bist nicht guter Laune!«

»Worauf du dich verlassen kannst.«

»Wenn du Hirnblähungen hast, ist es umso wichtiger, dass du zu Herrn Kotsiris gehst.« Sie biss sich auf die Lippen. Diese Worte waren ihr ungewollt herausgerutscht. Martina lachte. »Du willst mich ärgern, gib's zu! Aber das kannst du nicht. Du bist nämlich mein über alles geliebter Börni-Bär! Was soll ich uns denn nachher machen? Heringsklopse?«

»Hab' keinen Hunger!« Er verzog das Gesicht.

»Bestimmt hast du!« Die Befürchtung überfiel sie, dass er krank sein könnte. Sie legte ihm prüfend die Hand auf die Stirn. Sie war nicht heiß.

»Ich gebe dir noch drei Minuten«, sagte sie verständnisvoll, aber nachdrücklich.

»Ma!«, sagte er flehend. Er nannte sie Ma und fand die Abkürzung genial. Sie stand zugleich für Mama und Martina.

»Was ist?« Sie blieb in der Tür stehen.

»Muss ich heute?«

»Ja. Herr Kotsiris hat extra einen Termin freigeschaufelt.«

»Aber der ist schlimm.«

»Unsinn! Du kennst ihn doch gar nicht. Er ist Psychologe. Er versteht dich und wird dir helfen.«

»*Kot-siris*, nur Honks heißen so!«

»Björn, bitte!« Martina holte Atem.

»Is so!«

»Das Thema ist zwischen uns ausdiskutiert«, erklärte sie in einem entschiedenen Ton, bei dem sie sich vorkam, als spielte sie eine Rolle. »Dein Vater und ich möchten, dass du hingehst.«

»Ma, du willst es nicht.«

»Dein Lehrer will es, und er weiß, was das Beste für dich ist. Schließlich war er auch mal in deinem Alter.«

»Der? Glaub ich nicht.«

Er ist fünfzehn, dachte Martina und ließ ihn allein. Die Kommunikation wurde nicht einfacher. Seit Björn seinen Freund verloren hatte, wuchs ihr und Bernd die Erziehungsarbeit über den Kopf. Sie hatten schließlich den Rat des Hausarztes eingeholt und ihrem Sohn einige Therapiestunden verordnen lassen. Ob der griechische Psychologe, der auf Trauma-Verarbeitung spezialisiert war, allerdings Zugang zu ihrem Sohn finden würde, bezweifelte Martina insgeheim.

»Abmarsch!«, mahnte sie Björn. »Ich zähle bis drei!«

»Meinetwegen kannst du bis hundert zählen. Ich geh nicht zu dem Honk!« Björn riss die Jacke vom Garderobenhaken und rannte ins Freie. »Ich hasse ihn! Ich hasse euch alle!«

»Björn, bitte, warte! Wo willst du denn hin?«, rief sie. Aber er war schon draußen. Sogar sein Handy ließ er liegen.

Martina erreichte ihren Sohn nicht mehr.

43. KAPITEL

»Den Teufel werde ich tun!«, schrie Kristian, stürmte aus dem Café und rannte hinunter zum Strandparkplatz, wo er seinen alten Rover geparkt hatte. Die Interessengruppe *Grünes Rügen* probte den Text *Der Schatz des König Blauzahn*. Kristians Aufgabe sollte es sein, sich wie ein kleiner Junge über die Silbermünzen zu freuen und zu rufen »Ich habe hier etwas gefunden!«

Das Einzige, was er fand, war, dass er sich ungern der Lächerlichkeit preisgeben mochte. Er hatte sie in seinem Auto mitgenommen. Heike gefiel es nicht, dass sich Anni und Kristian offensichtlich immer besser verstanden.

»Kristian, warte auf mich! Was ist mit mir?« Anni eilte hinter ihm her.

»Was willst du?«, fragte er und sah sie an.

»Ich will nicht hierbleiben.«

»Dann komm mit!«

Sie hatte keine Wahl. Das halbe Café schien die Szene zu genießen. Anni riss die Beifahrertür auf und stieg ein. In diesem Augenblick machte der Abend wahr, was er Eingeweihten bereits angedeutet hatte: Er entlud sich. Wie auf Befehl eines himmlischen Regisseurs brach das Unwetter los. Am Horizont über der Ostsee wurde etwas umgestellt, heftige Windstöße krausten und riffelten das Wasser. Das Meer sah böse aus. Wellen sprangen auf. Schnell formierte sich ein Gewitter. Ein Blitz zerriss den Himmel. Es donnerte. Ein plötzlich aufbrausender Sturm ließ die Kiefern erzittern. Ehe es die Gäste auf der Café-Terrasse gewahr wurden, überfiel sie ein heftiger Regenschauer. Die Dunkelheit entrückte den Strand. Tischdecken wehten wie keck gesetzte Segel. Ein gelbweiß gestreifter Sonnenschirm kippte um. Durch die geöffnete Tür flogen einige Ansichtskarten vom Ständer auf dem Tresen wie Papierflieger die Straße entlang. Staub und Blätter wirbelten auf. Nach dem Wind klatschte der Regen in großen, schweren Tropfen auf den Erdboden. Das Wasser lief weinend über die Gesichter des alten Mauerwerks. Die Rinnsteine waren in Sekunden überflutet. Frieder Friedrichs und seine Schwester Heike, John Blohm, Hanko Langwisch, Bernd Bätge und die übrigen Café-Gäste – es waren schwatzende Frauen und spielende Kinder – rannten nach drinnen. Es herrschte Weltuntergangsstimmung. Hanko Langwisch verabschiedete sich.

»Muss zum Einsatz«, rief er über die Schulter. Wenig später hörten sie den Alarm. Im Ernstfall informierte lautes Sirenengeheul die Bevölkerung. Auf die digitalen Warnungen des Bundesamts für Bevölkerungsschutz und Katastrophenhilfe verließ man sich nicht allein, seit man erfahren hatte, dass bei Unwetterkatastrophen mancherorts kein zuverlässig funktionierendes Netz mehr existierte und Signalmeldungen über eine App bei den Menschen nicht ankamen.

Innerhalb kürzester Zeit war der Ort wie leergefegt, bis auf Anni und Kristian – und Kristians schrottreifes Auto. Anni wollte, dass sie wieder ausstiegen, doch er hielt sie zurück.

»Wollen wir nicht besser irgendwo parken und das Gewitter abwarten?«, fragte sie.

»Warum? Du hast doch keine Furcht vor dem bisschen Regen, oder?«

»Bisschen Regen nennst du das?«

Seine Miene war frostig, er ließ sich nicht zu einer Antwort herab, sondern die Zündung an.

»Können wir wenigstens das Dach zumachen?« Es war ein großes Stoffschiebedach. Durch die Luke strömte das Wasser wie von einem Duschkopf ins Innere des Fahrzeugs. Ohne etwas zu erwidern, legte er den ersten Gang ein und fuhr los.

»Das lässt sich schon seit Jahren nicht mehr schließen«, rief er schließlich über den Orkan und den Motorlärm hinweg. Die

Fluten schienen bis zur Stoßstange zu reichen. Unter Annis Füßen bildete sich eine Pfütze.

»Soll ich das Wasser aus dem Wagen schöpfen?«, schrie sie. Er antwortete nicht. *Es fehlt nur noch, dass er ein Lied anstimmt,* schoss es ihr durch den Kopf. »Wozu ist ein Schiebedach nützlich, wenn man es nicht schließen kann?«

»Hör auf herumzuzicken!« Er maß sie mit einem Seitenblick.

»Halt sofort an!«

Er beschleunigte das Tempo derartig, dass sie vor Schreck verstummte. Anni presste ihre Lippen zusammen. Sie rasten die Landstraße entlang, schnitten mit schlitternden Reifen die Kurven und spritzten Fontänen beigen Schlammes in die Luft. Rechts von ihnen lag bleiern das Meer. Der Sturm nahm sich die Gärten der Dorfhäuser und der Prachtvillen vor. Plastikverpackungen, Blätter und Kiefernnadeln wirbelten durch die Luft.

Es dauert nicht lange! Wir sind gleich da! Anni klammerte sich an diesem Gedanken und am Autogriff fest. *Wie auf einer Wildwasserfahrt!*, dachte sie. Als der Wagen endlich auf die schmale Straße zu Derk Steensens Fischerhaus abbog, waren die Wassermassen zu einem reißenden Strom angeschwollen. Der alte Schuppen, der dem früheren Besitzer als Carport diente, stand unter Wasser. Trotzdem fuhr Kristian hinein und brachte den Wagen millimetergenau vor der Bretterwand zum Stehen. Er schaltete den Motor aus. Anni sprang aus dem Auto.

»Rasch!«, rief sie. »Steig aus und hilf mir die Läden zu schließen.« Sie hatte zu große Angst, um sich Widerworte anzuhören. Panik machte sie aggressiv.

»Los, beeil dich!« Sie watete durch das zehn Zentimeter hohe, schmutzige, kalte Nass.

»Wie grauenvoll!« Anni versuchte die klappernden Holzläden zu schließen. Es gelang ihr nicht. Kristian holte sie ein.

»Lehn' dich dagegen!«, schrie er. Sie gehorchte und drückte

sich mit ihrem ganzen Gewicht dagegen, bis es Kristian gelang, mit brachialer Gewalt den Riegel vorzuschieben. Endlich hatten sie es geschafft. Er ergriff Annis Handgelenk.

»Schnell, gib mir den Schlüssel!«

Sie zog ihn aus der Hosentasche. »Hier!« Ein Blitz erhellte den dunklen Himmel, gefolgt von einem Donnerschlag, der so nah klang, dass es sich anhörte, als ob der Dachstuhl einbrechen würde. Von dem großen Blumentopf, den John ihr neben den Eingang gestellt hatte, war nur noch ein erdverschmierter Scherbenhaufen übrig. Kaum waren sie im Haus, rannte Anni nach oben und mühte sich mit den oberen Fensterläden ab, die Gefahr liefen, an der Hauswand zu zerbersten. Als sie schließlich alle Läden geschlossen hatte, war es im Haus dunkel. Anni versuchte, das Licht einzuschalten. Die Stromversorgung war unterbrochen. Sie hob das Telefon von der Ladestation. Es gab keinen Ton von sich.

»Na super, kein Strom!« Sie blickte auf ihr Handy. »Das Mobilnetz kannst du vergessen: nur ein Balken. Wir sind von der Außenwelt abgeschnitten.«

44. KAPITEL

Eine Windböe warf Björn fast um, als er sich mit dem Rad vorwärts kämpfte. Er wollte zum Motorboot, das beim Bootshaus am Steg neben dem Bowrider von Kristian Dollahn lag. Zwar war er noch nicht allein unterwegs gewesen, aber das würde schon funktionieren. Er hatte die B 1-Lizenz, Pa oft genug assistiert oder gar selbst Hand angelegt. Er kannte die Navigationsinstrumente und Manöver. In ein paar Wochen, wenn er endlich sechzehn wurde, würde er seinen Sportbootführerschein machen.

Hammer, bei dem Sturm an der Kreideküste entlangzucruisen. Ey, Ivo, Alter, das gibt den ultimativen Thrill! Mist, das Handy liegt zu Hause! Umkehren ist ein No-Go.

Wie so oft in der letzten Zeit hielt er Zwiesprache mit Ivo. Es tröstete Björn auf unerklärliche Weise, dort zu sein, wo sein Freund umgekommen war. Hier fühlte er sich ihm am nächsten, zumal in einem lebensbedrohlichen Sturm. Ivo hatte ihn als Einziger verstanden.

Der Junge stemmte sich gegen die Böen. Die sturmerprobten Buchen wehrten sich. Auf dem Weg zum Schuppen bemerkte er, dass durch den Regen am Morgen eine Kliffkante abgebrochen sein musste. Der Pfad war glitschig. Schmutzigweißer Schlamm rutschte unter seinen Füßen weg. Unaufhörlich schlugen die braungrauen Wellen den Strand hinauf. Vom Horizont war nichts zu sehen. Es war zwar noch hell, aber dunstig. Rings um die Insel legte sich eine eigenartige Dämmerung, die Meer, Land, Himmel nicht unterscheiden ließ. Der Wind riss an den niedrigen Dächern des Dorfes und jagte die schweren Wolken.

Björn Bätge warf das Keschernetz über die Bordwand und zog im überdachten Liegeplatz sein Anglerzeug über. Er hüpfte ins Boot, legte sich die vollautomatische Schwimmweste an. Das Boot lag mit dem Bug zum Steg, das bedeutete, er musste rückwärts ausparken. Björn ließ den Motor an und warmlaufen. Dann löste er die Bugleinen, anschließend die Heckleinen und schaltete in den Rückwärtsgang. Der Wind kam von der Seite. Er drehte das Ruder leicht in Richtung der Böen, gab gefühlvoll Gas und fuhr langsam aus der Anlegerposition in die Fahrrinne. Dabei drehte er um 90 Grad und legte den Vorwärtsgang ein. Dann fuhr er mit Motorkraft die Kreideküste hinunter. Kurz vor der Stelle, an der Ivo verunglückt war, stoppte er. Sein Gesicht war ernst. Björn ließ sich mit seinem Kahn von der starken Strömung landwärts tragen. Jetzt, wo er das Netz bei sich trug, kam der Junge von Neuem in Goldgräberstimmung. Er wusste, bei besonderen Wetterlagen waren Funde häufiger. Wenn man Holz und Scherben im Seetang fand, gab es eine reelle Chance auf Bernstein.

Björn treckte das Boot an Land und ließ die Rettungsweste an Bord. Am Strand zog er die Sportschuhe aus und ließ sie achtlos auf dem Kies liegen. Bekleidet mit hohen Gummistiefeln und wasserdichter Anglerhose stieg er bis an die Knie in das stürmische düstere Meer. Sein Blick nach oben zeigte ihm, dass der Nachmittagshimmel dunkler wurde, ruheloser. Es war ein Himmel, unter dem die Plattfische zu wandern beginnen. Etwa fünfzig Meter weit ging Björn ins seichte Wasser und hob mit seinem Anglernetz eine große Ladung Algen aus dem Schlick. Er lief zurück, warf den Tang auf den Strand und begann mit bloßen Händen darin herumzuwühlen. Der Algenfischer sah schnell, dass keine Preziosen darunter waren, Silber schon gar nicht. Erneut ging er ins Wasser und wiederholte das Spiel. Noch einmal füllte er sein Netz und entleerte es auf den Strand. Kraft und Ausdauer verlangte ihm dieser Sport ab. Von der Kälte rötete sich die Haut an seinen Fingern. Während der Junge immer wieder ins Meer rannte und mit einer Ladung voll schwarzem Tang zurückkam, geriet der Himmel in Aufruhr und öffnete seine Schleusen. Schnell formierten sich Schauer über der Ostsee, Wellen sprangen auf. Ehe Björn es merkte, überfiel ihn heftiger Regen.

»Schiet!«, schimpfte er. Der Schatzsucher starrte auf das erregte Meer.

Ich muss nach Hause, bevor ich durchnässt bin. Björn zog das Boot ins Wasser, kletterte hinein, zog wieder die Rettungsweste an und startete den Motor. *Mist, ausgerechnet seine Lieblingstreter hatte er am Strand vergessen. Egal, er würde sie am nächsten Tag holen.* Björn geriet auf den Kamm einer Welle, wurde krachend hochgeworfen, konnte sich fangen und fuhr wie besessen weiter. Die nächste Welle aber schlug seinen Kahn fast um. Er musste den Anprall überstehen! Björn klammerte sich an eine Querstrebe, tauchte unter, schluckte Wasser. In seiner verzweifelten Umklammerung erfasste ihn eine neue Woge. Er prustete, und während ihn Welle um Welle ergriff und er versuchte, sich dem Sog zu widersetzen, dachte er an Ivo.

»Hilfe!«, schrie er. Es war ein Schrei gegen den Wind.

Sie werden mich nicht hören. Sie werden mich nicht finden.

»Scheiße, wo ist die SigPi?« Am ganzen Körper zitternd kroch er herum und fand sie neben der Warnblinkleuchte. Im Auf und Ab der Wellenberge feuerte Björn aus der für Notfälle bereits vorgeladenen Signalpistole mit senkrecht nach oben ausgestrecktem Arm ›Ein-Stern-Rot‹ ab. Das Meer flammte auf.

»Ich habe einen Lifebelt, dahinten ist schon der Wellenbrecher, ich schaffe es!«, rief die Hoffnung. »Keiner sieht dich!«, schrie die Angst. Die Hoffnung kämpfte mit der Angst, bis sie taub war.

Im Notfall kann ich die Küstenwache über UKW-Funk verständigen. Der Junge starrte auf den *Man Over Board*-Knopf am GPS-Gerät. Schließlich gab es in Björns Kopf nur noch einen Gedanken: *Das ist das Ende.*

45. KAPITEL

Im Türschloss drehte sich der Schlüssel. Martina atmete auf. Endlich! Ihr Sohn kam heim.

»Börni, bist du es?«, rief sie vom oberen Stockwerk.

»Nein, ich bin's, Liebes!« Als Bernd Bätge in den hell erleuchteten Flur seines Hauses trat, flog ihm seine Frau die Treppe herab entgegen. Mit zwei Schritten war er bei ihr und fing sie auf.

»Was ist los?«

»Björn ist weg!«

»Was redest du, Tina? Wo zum Teufel ist er? Wie kann er bei dem Wetter draußen sein?«

»Er mochte nicht zum Therapeuten gehen, war wütend und ist weggerannt. Sogar sein Handy hat er liegenlassen.«

»Dass er abhaut, ist ja nichts Ungewöhnliches.« Umständlich zog sich Bernd seinen tropfenden Windbreaker aus und hängte ihn über das Treppengeländer, unter dem sich im Nu eine Pfütze bildete.

»Der Sturm ist bedrohlich!« Martina starrte auf die nassen Fliesen.

»Björn wird ihn unterschätzt haben. Soweit ich informiert bin, sitzt unser Sohnemann den lieben langen Tag mit Kopfhörern vor seinem Laptop und zockt. Ein Wunder, dass er den Jahreszeitenwechsel mitkriegt, von Unwettern ganz zu schweigen.«

Martina verzog den Mund. »Das ist eine Phase. Alle Jugendlichen sind so. Du weißt, er ist neben der Spur seit Ivos Unfall. Außerdem hatte er mir bereits den ganzen Tag von den angeblichen Auswirkungen des Unwetters erzählt.«

»Na siehst du. Er hat Ahnung. Mach dir keine Gedanken! Der Junge ist kein kleines Kind mehr. Er wird bald sechzehn. Und dumm ist er nicht.«

»Aber wo kann er sein?« Ich hab' alle Räume des Hauses durchsucht. Manchmal schleicht er sich wie ein Indianer zurück ins Haus.«

»Also bist du sicher, dass er fort ist?«

»Sein Fahrrad steht nicht mehr in der Garage. Oh Gott, wenn ihm etwas zugestoßen ist! Ich mache mir solche Vorwürfe. Vielleicht waren wir als Eltern zu lieblos? Er ist in letzter Zeit dauernd am Kreidestrand unterwegs. Du weißt, wie gefährlich es bei dem Wetter dort ist.«

»Reg dich nicht auf, Tina. Er wird drinnen Schutz gefunden haben.« Bernd zog Martina an sich. Er spürte, wie sie sich versteifte.

»Vielleicht ist er im Café bei Heike«, überlegte Martina.

»Da komme ich gerade her.« Er schüttelte den Kopf und schob sie von sich. »Die Gruppe *Grünes Rügen* hatte ihr Treffen im *Sorglos*. Dort ist er nicht. Ruf Anni Arndt an! Die Enkelin vom alten Steensen wohnt in dessen Fischerkate. Kann sein, dass er dort ist. Ich geh noch einmal zum Strand und suche ihn.«

»Aber ich habe die Nummer nicht!«, erwiderte Martina. Bernd tippte auf sein Smartphone und hielt es ihr hin.

»Hier nimm mein Handy. Anni ist in unserer Kontaktgruppe. Sprich mit ihr, ich ziehe mir inzwischen eine trockene Hose an.« Er lief ins obere Stockwerk, wo sich das Schlafzimmer befand.

»Es geht kein Ruf raus! Wahrscheinlich haben wir keinen Internetempfang wegen des Sturms.« In Martinas aufgerissenen Augen schimmerte Panik. »Was geschieht jetzt?«

»Bleib ruhig. Ich fahre zur Feuerwehr und frage Hanko. Falls der nichts weiß, frage ich Frieder. Bei dem Orkan müssen die Seenotretter als Erste raus. Hoffentlich sind sie noch da. Ich beeile mich. Ist Björn etwas passiert, kriegen die beiden auf jeden Fall schnell Bescheid.«

»Ich komme mit!« Martina lief zur Garderobe und riss gleichzeitig die Haustür auf. Der Himmel war pechschwarz. Mülltonnen rollten über die Straße. Die Laterne vor dem Haus wankte. Ein heftiger Windstoß fegte nasse Blätter in den Flur und ließ die Glastür zum Wohnzimmer zuknallen. »Ich kann hier nicht untätig herumsitzen.«

»Nein.« Bernd schüttelte entschieden den Kopf. Er fasste sie bei den Oberarmen. »Sei vernünftig, Liebes! Du siehst doch, was draußen los ist. Einer von uns muss hierbleiben, für den Fall, dass Börni nach Hause kommt.«

»Aber ich kann …«

»Gar nichts kannst du bei dem Wetter! Draußen ist die Hölle los! Die Straßen sind überflutet, der Platz vor dem *Kurhotel* ist ein einziger See. Ganze Teile von Sassnitz stehen unter Wasser.

Ich habe kein gutes Gefühl, wenn du da raus gehst. Wir haben in Spitzen Böen von Windstärke zwölf.«

»Ich will was tun!« Martina schluchzte auf.

»Du gehst da jetzt nicht raus«, wiederholte Bernd und hielt sie zurück.

»Aber ich muss! Unser Kind ist verschwunden. Womöglich wollte er zu John Blohm.« Sie riss sich von ihm los. »Oder in Derk Steensens alter Kate? Ich fahr dort hin.«

»Hast du die Garage wieder geschlossen?«, fragte er ruhig. Sie schüttelte den Kopf. In diesem Moment ging das Licht aus.

»Oh, Gott!«, schrie sie.

»Stromausfall«, bemerkte Bernd nüchtern. »Der kommt gleich wieder. Nimm die *Maglite*!« Martina kroch unter die Treppe und fand in der Ecke die Taschenlampe, die sie dort für Notfälle aufbewahrten. *Ohne Zweifel, das hier war ein Notfall!*

»Zünde ein paar Kerzen an!« Er sah, dass sie zitterte.

»Du musst ihn finden.«

»Keine Angst. Hankos Leute und die Seewacht werden Björn auftreiben. Verlass dich drauf! Auf einer Insel geht niemand verloren.« Bernd verschwieg ihr, dass der Schlüssel des Motorboots fehlte. Er zog seinen Ölmantel an und küsste seine Frau auf die Stirn. »Ich versuche, dich anzurufen.« Bernd verließ erneut das Haus.

»Gib auf dich acht!«, rief Martina. Er hörte sie nicht. Der Sturm fauchte ihren Wunsch weg.

46. KAPITEL

»Ich fürchte, ich muss hier übernachten.« Beim dämmerigen Schein, den die acht Teelichter warfen, ging Kristian in Derk Steensens guter Stube auf und ab. »Im Moment komme ich hier nicht weg.« Der Wind rüttelte an der Tür. Sie hörten den Regen rauschen und gegen die Scheiben trommeln.

»Klingt wie Hagel.«

»Mein Auto steht geschützt.«

Pah, die alte Kiste! Anni rang ihre Hände. Die Situation war eigenartig. *Hatte sie das alles nicht bereits in ähnlicher Form erlebt?*

»Bleib doch bitte mal stehen! Diese ewige Hin- und Her-Lauferei macht mich noch nervöser.« Sie kämmte mit den Fingern ihr Haar und strich sich die nassen Strähnen hinter die Ohren.

»Wie Madame befehlen.« Kristian kam ganz nah an sie heran und küsste sie auf die Wange. »Besser?«

»Na ja.« Sie schluckte.

»Anni, vielleicht sollten wir mal miteinander reden.«

»Tun wir doch.«

»Ich meine, richtig. Über uns.«

»Kein Bedarf.«

»Ich will dir etwas erklären.«

»Tatsächlich? Und was soll das bitte schön sein?«

»Nun, wie wir zueinanderstehen, zum Beispiel.«

»Du stehst hier vor mir, oder was meinst du?«

»Stell dich nicht dumm!«

»Gut, du hast mich aus dem Tümpel geholt, und wir haben eine kurze Bootstour unternommen. Das war alles.«

»Du weißt, dass das nicht alles ist.« Er sah sie durchdringend an.

»Du bist mit Heike zusammen. Sie ist deine Freundin. Oder habe ich da etwas missverstanden?«

»Okay, ich habe sie ein paar Mal getroffen. Aber da war nichts. Es hat nichts zu bedeuten.«

»Heike sieht das komplett anders.«

»Ist das so, tut es mir leid.«

»Das ist so.«

»Anni, ich … Ich habe mich in dich verliebt. Das musst du doch gemerkt haben.«

»Muss ich?« Sie tat erstaunt. *Ein Liebesgeständnis in stürmischer Nacht?*

»Ja.« Er sah sie ungewöhnlich ernst an.

»Wenn's so ist, ist es schade, dass du vergessen hast, es Heike gegenüber zu erwähnen.« *Sie durfte sich jetzt nicht einwickeln lassen, auswickeln schon gar nicht!*

»Ich hab' es gestern Abend versucht.«

»Aha.«

»Bedeute ich dir gar nichts? Ich spüre doch, dass da etwas ist zwischen uns.«

»Man könnte direkt meinen, du bist ein Mann für ernste Beziehungen.«

»Wer behauptet das Gegenteil?«

»Ich kann Heike nicht weh tun. Wir sind befreundet.«

»Aber …«

»Am besten, du gehst.«

»Bei dem Sturm? Das ist nicht dein Ernst! Gib mir lieber einen Kuss!«

»Einen Kuss?«

»Ja, das ist, wenn zwei Menschen ihre Lippen …«

»Mann, ich kann küssen!« *Sah sie aus wie eine alte Jungfer?*

»Umso besser, ich brauche keine Frau, die verklemmt ist.«

»Ich bin nicht verklemmt.«

»Dann gib mir einen Kuss.«

»Nein.« Sie ging rückwärts und stieß gegen das Tischchen mit dem Telefon. Es fiel vom Ladegerät herunter in eine Schale aus Kämmer-Porzellan. Öpping hatte sie einst von seinen Touren mitgebracht. Sie war mindestens zehn Aale wert und gehörte wie die alten Fotografien zum Lebenskonfetti, das sich im Laufe seines Daseins angesammelt hatte.

»Was machst du?« Er beugte sich vor und stellte das Telefon wieder auf den Halter. Anni war zwischen seinen Armen eingeklemmt.

»Ein Mann nimmt sich, was er will, wann er will«, flüsterte er in ihr Ohr.

»Ein Mann nimmt sich, was er will?« Sie klang empört.

»Das war ein Scherz!« Er hielt sie fest.

»Der Mensch ist am fantasievollsten in seinen Rechtfertigungen.« Sie riss sich los. »Das war Ernst Moritz Arndt.«

»Wo bleibt dein Sinn für Humor?«

»An welcher Stelle soll ich lachen?«

Sein Handy klingelte. Unwillkürlich lockerte er seine Umarmung.

»Wir haben Verbindung!« Sie entwischte. Ihr Herz trommelte.

»Das ist mir klar!« Er wandte sich ab und sprach ins Gerät. »Hallo? Heike, ja, bei Anni.« Er sah sie an.

»Heike, Liebes, alles gut, mach dir keine Sorgen! Natürlich, sag' Hanko, ich komme, sobald der Sturm nachlässt. Tschau, tschau!« Kristian tippte auf das rote Hörersymbol. »Heike. Sie hat sich schreckliche Sorgen gemacht«, sagte er.

»Sicher.« Anni fuhr sich mit der Zunge über die Lippen. *Er hatte Heike ›Liebes‹ genannt.*

»Bist du eifersüchtig, du siehst so aus?«

»Bestimmt nicht.«

»Ich mag eifersüchtige Frauen.«

»Eifersucht beweist nur die Unreife eines Menschen. Was zu trinken?«

»Immer.«

Es schepperte laut.

»Was war das? Hast du das gehört?« Annis Augen weiteten sich vor Schreck.

»Der Störtebeker?« Er lachte.

»Der steht vor mir.«

»Dann wird der Wind im Garten etwas durch die Gegend geschleudert haben.«

»Oh Mann, ich bin froh, dass du da bist.«

»Das ist ein Anfang! Ich kann auf dem Boden schlafen, obwohl das Bett bequemer aussieht.« Er lachte leise.

»Du bist und bleibst ein Schwerenöter.«

»Wenn das bedeutet, Kristian Dollahn ist schwer in Nöten, hast du recht.«

»Du wolltest auf dem Boden schlafen.« Sie boxte ihn.

»Au, verdammt!« Er griff nach ihr.

»Hat es wehgetan? Ich hoffe es.«

»Du bist eine böse Frau. Guter Körper – böse Frau.«

Wieder klingelte sein Telefon.

»Bernd? Was ist?« Konzentriert lauschte er. »Okay dann mache ich mich auf den Weg zum Feuerwehrhaus. Bis gleich.« Er tippte auf das Display. »Ich muss los. Sie suchen Bätges Jungen und fordern Verstärkung an.«

»Viel Glück!« Sie sah ihn an.

»Einen Sturm unter Kontrolle zu bringen, ist unmöglich.«

»Weiß ich.«

»Die Antwort gefällt mir«, sagte er mit einem Zwinkern. Offenbar erspürte er die Richtung ihrer Gedanken.

47. KAPITEL

Bernd Bätge runzelte die Stirn, als er die Wolken sah.

»Das ist der reine Wahnsinn!« Er rannte aus seinem Haus zur Garage, um sie zu schließen und kam gerade noch rechtzeitig. Anschließend warf er sich hinter das Steuer seines SUVs und versuchte, gegen den enormen Druck des Windes die Autotür zuzuziehen. Endlich schaffte er es und fuhr die kurze Strecke bis zur Feuerwehr, wo Hanko vor einem der großen Einsatzfahrzeuge stand, um seine Kameraden einzuweisen. Bernd stellte seinen Wagen auf dem Parkplatz neben dem Feuerwehrgebäude ab und lief zu ihnen.

»Björn ist verschwunden, wir müssen ihn suchen!« Er sah Kristian herbeieilen. »Gut, dass du sofort gekommen bist, Krischan! Jeder Helfer zählt.« Die gesamte Feuerwehrmannschaft stand inzwischen auf dem Platz vor dem Gerätehaus.

»Das sieht nicht gut aus!« Hanko wies zum Himmel. Die Männer legten ihren Kopf in den Nacken und sahen hoch. Auf einmal bekam eine der dunklen Wolken nach unten hin eine Beule, die weiterwuchs.

»Ach du Scheiße!«, rief Hanko. »Was ist das?«

»Das ist gefährlich!«, meinte Bernd Bätge. Was da am Himmel von Rügen geschah, kannten sie nur aus Spielfilmen oder aus der Tagesschau.

»Wahnsinn!« Dieses Wetterphänomen war unvorstellbar. Ein gewaltiger Windrüssel wuchs Richtung Erde. Er zog einen Staubwirbel nach oben, mit dem er sich schließlich verband.

»Wenn's da einen trifft!«, raunte einer.

»Das ist Irrsinn, wir müssen weg hier!«, rief Kristian.

»Schnell rein!« Bernd spürte, wie sein Herz raste. Er fühlte Angst, einfach nur Angst. Die Trombe kam immer näher, genau auf sie zu.

»Alle zurück in die Halle!«, schrie Hanko Schwake. Eine riesige Wasserwolke hüllte bis zum Horizont alles ein.

»Ich kann nichts mehr sehen!«, rief jemand. Sie flüchteten in das große Gebäude. Die gesamte Mannschaft der Feuerwehrleute stand fassungslos dort und starrte wie gebannt nach oben an die Decke. Über ihnen war ein Geräusch, als ob Millionen Bienen summten und surrten.

»Ich habe das Gefühl, hier bewegt sich was!«, flüsterte Kristian. »Da ist Druck drauf. Merkst du das, John?«

John Blohm stand neben ihm und nickte stumm.

»Hoffentlich hält der Königsweg!«, sorgte sich Bernd Bätge. Der Abspannmast war vierzig Meter hoch und trug die Schwebeplattform an mehreren Seilen in einer Höhe weit über den Baumwipfeln.

»Mann, der Mast hält hundert Jahre! Für den Königsweg wurden sechzig Meter tiefe Löcher gebohrt, um die Anker zu befestigen«, erklärte John. »Orkanböen können ihm nichts anhaben.«

Einer lachte.

»Halt die Schnauze! Die Brücke ist mir im Moment so was von scheißegal«, kam es von hinten. »Unser Dach ist wichtiger.«

»Verdammt, was ist mit meinem Sohn? Wo ist Björn?« Bernd atmete schwer. »Er hat den Schlüssel vom Motorboot mitgenommen.«

»Lass uns hier heil herauskommen!« Hanko Langwisch umfasste den Hühnergott, den Anni ihm geschenkt hatte. Alle spürten den Druck, der von rechts kam. Der Tornado raste mit voller Wucht über die Halle hinweg. Das trägergestützte Dach hielt stand. Die Einsatzkräfte hatten es gerade noch nach drinnen geschafft.

48. KAPITEL

Kaum war Kristian zur Tür hinaus, klingelte Annis Mobiltelefon. *Gott sei Dank, das Netz war wieder da!*

»Anni Arndt. Hallo?«

»Tina Bätge hier.« Martinas Stimme klang gehetzt und verrauscht, als tobe der Wirbelsturm direkt durch die Leitung.

»Björn ist verschwunden.« Martina Bätge machte sich schreckliche Sorgen. Sie machte sich ständig Sorgen um ihren

Sohn. Obwohl sich alle Mütter Sorgen um ihre Kinder machten, wusste sie, dass es diesmal nicht dasselbe war. Sein letzter Eintrag bei Instagram war zwei Tage alt. *Schatzsucher* stand unter dem Foto, das einen Jungen mit Metallsonde und Kescher zeigte.

»Mein Junge ist wie vom Erdboden verschluckt.«

»Ich weiß, Bernd hat Kristian Dollahn angerufen. Kristian hatte mich nach Hause gebracht und war noch hier, als Bernds Anruf kam. Er ist jetzt unterwegs, um bei der Suche zu helfen.«

»Björn treibt sich oft auf der Aussichtsplattform am Königsstuhl herum. Ich dachte, vielleicht hat er sich bis zu Derk Steensen Fischerhütte durchgeschlagen. Das Haus ist das nächstgelegene. Möglicherweise gelangt er noch dorthin, um vor dem Sturm Schutz zu suchen.«

»Er ist nicht hier. Ich sage euch sofort Bescheid, falls er kommt!«

»Danke.«

»Es gilt jetzt, die Nerven zu behalten! Alles wird gu…« Es knackte. Die Verbindung wurde unterbrochen. Das Rauschen hörte auf. Es herrschte Stille. Da war dieses Gefühl, das Martina beherrschte: Angst. Um ihren Sohn. Eine namenlose Angst, die sie nach draußen trieb. Wo suchten Feuerwehrleute wie Hanko einen fünfzehnjährigen Jungen? Am ehesten doch irgendwo am Strand? Als ob sich Fünfzehnjährige bei diesem Sturm an die Kreideküste flüchteten, statt sich zum Beispiel in den Dünen zu verkriechen oder in offenen Carports. Zumindest hätte Tina sich dahin geflüchtet. Obwohl keine vernünftige Vermutung dafür sprach, dass Björn so todesmutig war, sich zum Königsstuhl aufzumachen, trieb sie ihre innere Stimme an diesen Ort, sagte ihr, dass sie dorthin musste, wo sein Freund verunglückt war. Martina Bätge lauschte auf das Toben des Orkans. Sie hielt es in der warmen, hellen und ruhigen Stube nicht länger aus. Der Sturm tobte in ihrem Herzen.

Björns Mutter zog sich rasch Regenjacke und Sportschuhe an. Dann rannte sie, die Schultern hochgezogen und ihre Mütze am Kopf festhaltend, zu ihrem in der Straße geparkten Auto. Die Wucht des Windes warf sie fast um. Sie schaffte es, die Tür zu öffnen, fiel aufatmend auf den Fahrersitz und ließ den Motor an. Ohne groß nachzudenken, schlug Martina den Weg zum Nationalpark ein. Sie kroch im Schritttempo durch das Unwetter. Ihr Minivan kannte die vertrauten Straßen. Um die Wendeschleife, die Kurve nach links. Sie würde nicht mehr als zehn Minuten brauchen bis zum Busparkplatz Stubbenkammer. Es goss nach wie vor. Der Asphalt glänzte. Auf der Straße fuhren keine anderen Fahrzeuge. Die Scheinwerfer des Fernlichts erzeugten durch die Nässe Spiegelreflexe. Sie fuhr am uralten Buchenwald vorbei. Ein geheimnisvolles Gebiet mit wassergefüllten Senken, Mulden und Kesselmooren und dem elf Meter tiefen *Herthasee*, in welchem die germanische Göttin Hertha in okkulten Ritualen ihre Diener ertränkte. Die Geister der Ertränkten versammeln sich noch heute am Ufer.

Als Martina mit ungefähr dreißig Stundenkilometern im Regendunst um die Kurve bog, sah sie ihn weniger als fünfzig Meter vor sich auf dem Fahrweg stehen. Einen Damhirsch, viel größer als ein Reh, aber kleiner und leichter als ein Rothirsch. Er stand in den Scheinwerferkegeln, erstarrt in Unschlüssigkeit. Sie fuhr zu schnell, um anhalten zu können, trat aber instinktiv auf die Bremse. Sie vernahm das Geräusch der Bremsen, spürte, wie die Reifen auf der glitschignassen Straße keinen Grip hatten und wie der Wagen mit aktiviertem ABS nach vorne rumpelte. Immer noch rührte sich der Hirsch nicht. Martina konnte seine Augen sehen, die in der Dunkelheit leuchteten. Sie würde mit ihm zusammenprallen. Während sie das Lenkrad herumriss, hörte sie ihren eigenen Schrei. Die Vorderreifen rutschten, dann griffen sie doch. Ihr Auto schlingerte über die Fahrbahn, verpasste das Tier um eine Handbreit. Der Hirsch löste sich aus seiner Erstarrung und sprang unversehrt davon. Doch das Ausweichmanöver war zu heftig gewesen. Die Reifen hoben von der Fahrbahn ab und setzten mit voller Wucht wieder auf. Martina merkte, wie die Stoßdämpfer ächzten. Die Buchen standen keine zehn Meter von der Straße entfernt. Sie drehte heftig am Steuer. Der Wagen fuhr weiter geradeaus, als hätte sie gar nicht gegengelenkt. Sie riss die Augen auf und atmete laut ein. Es kam ihr vor, als würde erst alles in Zeitlupe ablaufen, dann bei normaler Geschwindigkeit. Was passierte, das wurde ihr in Bruchteilen von Sekunden klar, stand schon fest. In dem Moment prallte sie mit dem rechten Kotflügel gegen einen Baum. Sie hörte das Bersten von Metall und das Splittern von Glas, als die Wagenfront auf sie krachte. Der Airbag löste aus, traf gegen ihren Oberkörper. Sie spürte einen scharfen Schmerz an ihrem Kopf.

Dann nichts.

Allmählich kam die Welt wieder zurück, verschwommen, als würde sie im trüben *Herthasee* an die Oberfläche treiben. Die Frau wusste nicht, was geschehen war und fasste sich an die Stirn, während sie mit aller Macht die Augen zu öffnen versuchte. Alles war unscharf. Durch die Windschutzscheibe zog sich ein Riss mit einem kleinen Loch, das Seitenfenster war zersplittert. Sie spürte, wie der Regen ins Wageninnere drang. In der Dunkelheit war ein Zischen zu hören. Langsam konnte sie wieder sehen, zunächst das, was unmittelbar vor ihr war. Glasscherben auf dem Armaturenbrett und in ihrem Schoß, Blut am Lenkrad und an ihren Händen. Blut. Ihr Hirn tastete sich durch verschiedene Bilder. Es bekam sie nicht in die richtige Reihenfolge. Sie schloss die Augen, fühlte den Schmerz, machte sie auf. Das Lenkrad, das Auto … Sie war im Auto, draußen tobte ein Orkan.

»Oh Gott!«

Plötzlich war alles wieder da: ihr Name, die Kurve, der Hirsch, Björn. Martina Bätge war auf der Suche nach ihrem vermissten

Sohn. Ein leises Stöhnen kam über ihre Lippen. Seltsamerweise hatte sie keine Angst. Sie wusste, dass er noch lebte. Wenn ihm etwas zugestoßen wäre, hätte sie es spüren müssen. Das wusste sie. Sogar in ihrem benommenen Zustand. Sie versuchte, sich zu bewegen. Es ging nur zentimeterweise. Der Airbag hatte ganze Arbeit geleistet. Bis auf die rechte Hand tat ihr nichts weh. Sie fasste an ihren Kopf. Gott sei Dank, da blutete nichts. Wo war ihr Bag? Sie legte ihre Handtasche immer auf dem Beifahrersitz ab. Durch die Wucht des Aufpralls war sie heruntergefallen und hatte sich geöffnet. Handy, Bürste, Portemonnaie und Kugelschreiber lagen verstreut zwischen Glasscherben auf der Fußmatte. Martina beugte sich nach vorne rechts in den Fußraum und suchte vorsichtig den Fahrzeugboden ab, bedacht darauf, nicht in die Splitter zu fassen. Zu spät. Es tat weh. Der Mittelfinger fing an zu bluten. Sie sah erneut auf den Sitz, als könnte das Telefon dort wie durch ein Wunder noch liegen. In ihrem Kopf pochte ein stechender Schmerz. Endlich hatte sie ihr Handy entdeckt und hob es auf. Etwas Blut lief über das Display. Sie tippte auf Bernds Profilbild.

»Ja, Tina, was ist? Wir haben ihn noch nicht gefunden.«

»Ich hat-te ei-nen Un-fall.« Mit größter Mühe konzentrierte sie sich, um ihre Worte deutlich zu sprechen. Martina ahnte, wie die Antwort lauten würde, lauten müsste, aber eigenartigerweise kam sie nicht. Stattdessen schien ihr Mann besonders viel Zeit zu brauchen. Bernd kannte seine Frau und hatte befürchtet, dass sie es zu Hause nicht aushalten würde.

Scheiße! Bernd unterdrückte seine jäh aufsteigende Angst. *Immerhin konnte sie sprechen. Er musste Ruhe bewahren.*

»Geht es dir gut, Liebes?«

»Ich weiß nicht.« Der Regen strömte vom Himmel. In dem Sturm, der die Buchen rauschen und brechen ließ, als würde die Welt ihr Ende planen, konnte sie die Stimmen in der Leitung nicht klar verstehen. Er schien mit jemanden zu sprechen.

»Wo bist du?«, fragte Bernd.

»Auf der Straße zum Busparkplatz Stubbenkammer.«

»Bleib da! Bleib ganz ruhig! Wir kommen.«

Martina versuchte auszusteigen, doch das Band des Sicherheitsgurts hatte blockiert. Sie drückte auf die Taste am Gurtschloss, hielt die Schlosszunge fest und ließ den Gurt zurücklaufen, ohne auf den Schmerz an ihrer Hand zu achten. Dann stemmte sie sich mit der Schulter gegen die Tür. Die war vom Aufprall verklemmt, ließ sich aber aufdrücken. Martinas Knie waren geschwollen. Sie drehte sich auf dem Sitz und zwängte sich nach draußen. Beim Aufstehen hätte sie beinahe das Gleichgewicht verloren. Sie hielt sich am Wagen fest. Der Regen peitschte ihr ins Gesicht.

»Björn!« Ihr Ziel war das Tourismuscenter am Königsstuhl. Vielleicht hatte Björn dort einen Unterschlupf gefunden? Zu normalen Zeiten konnte man die Beleuchtung des Nationalpark-Zentrums sehen, aber jetzt war vor und hinter ihr nichts als das rasende Unwetter. Heulende Böen drohten, die Frau vom Weg herunterzudrängen. Sie schluchzte laut.

»Björn!«, schrie sie. Ihre Stimme kam ihr im Tosen des Orkans schwach und verloren vor. War es nur das Ächzen und Knarren der Buchen und Sträucher oder war es ein Ruf, den sie hörte? Sie stolperte weiter. Der Zweig eines Busches schlug ihr ins Gesicht. Sie war völlig durchnässt.

»Björn, wo bist du?« Martina hatte das Gefühl, dem Jungen sehr nahe zu sein. Um sie herum war pechschwarze Nacht. Sie leuchtete mit der Smartphone-Taschenlampe auf den Weg vor sich, erkannte im geisterhaften Punktlicht aufwirbelnde Blätter und Strauchwerk und am Seitenstreifen abgestellte Baufahrzeuge, Bagger und Tieflader, die der Konstruktion der Besucherplattform dienten. Nur ein paar Schritte weiter brach die Steilküste einhundert Meter in die Tiefe. Der Regen prasselte beinahe horizontal gegen die Kreidewand. Sie spürte ihre Füße auf dem matschigen Boden wegrutschen und den Zwang, vom Kliff hinunterzublicken, das zornige Meer zu sehen. Martina wurde fast von einer besonders heftigen Böe umgeworfen und umfasste einen Baumstamm, obwohl ihr bewusst war, wie gefährlich es sein konnte, sich unter Bäumen aufzuhalten. Sie konnte jederzeit von einem Ast erschlagen werden. Jenseits der Abbruchkante tobte unsichtbar das Meer. Hier verlor die Küste bei einem solchen Orkan regelmäßig große Stücke.

»Börni!« Dann hörte sie die Antwort. Es hallte ein menschlicher Ruf durch das Tosen. Sie war sich sicher.

»Wo bist du?«, vernahm sie ganz nah eine Stimme. »Ich sehe dich nicht!« Sie hörte, wie jemand in kurzen, hastigen Zügen atmete, als er auf sie zu stolperte. Sein Blick flog über die unmittelbare Umgebung. Es war Bernd, nicht Björn. Ihr Mann hatte gehandelt und sich mit ein paar von Hankos Leuten zum Königsstuhl bewegt.

»Tina!«, schrie er aus voller Kraft und bekam sie zu fassen. »Lass den Stamm los!« Er zog sie langsam zurück in die Richtung, wo sein Pkw stand. Sie lag zitternd in seinen Armen. In dem Moment löste sich die Abbruchkante und stürzte mitsamt dem Baum, der eben noch ihr Halt gewesen war, in die Tiefe.

»Oh nein!« Sie begriff, welch wahnsinniges Glück sie gehabt hatte.

49. KAPITEL

»Du blutest, Tina!«

»Es ist nichts.«

»Wo ist dein Auto?«

»Nicht weit von hier. Ich bin gegen einen Baum gefahren. Habt ihr Björn gefunden?«

»Noch nicht.«

»Oh, mein Gott!« Martina schluchzte laut auf. »Aber ihr müsst ihn finden! Es gibt doch Wärmebildkameras!«

»Die Feuerwehr und die Seenotretter suchen ihn. Aber die Suchtruppen konnten ihn bisher nicht suchen wegen der Abbruchgefahr. Die Hubschrauber sind da.«

Sie ließ ihn nicht weitersprechen, krallte sich an ihm fest. Ihr Blick bohrte sich in seine Augen.

»Wir müssen ihnen helfen!« Sie ließ seinen Arm los, schwang herum und wäre bei der plötzlichen Bewegung beinahe gestürzt. Sie hielt sich wieder an Bernd fest. Am Rande ihres Gesichtsfeldes wurde es schwarz, doch mit großer Willensanstrengung verdrängte sie das Schwindelgefühl. Der Schrei brach aus ihr heraus, obwohl sich in ihrem Kopf alles drehte.

»Björn!« Sie dachte an seinen Freund, der hier abgestürzt war. »Er ist in der Nähe, ich spüre es!« Aus ihrer Stimme klang das reine Entsetzen. Das Unwetter tobte um sie herum. Die Buchen in wenigen Metern Entfernung waren schwer auszumachen durch den Regen. Alles lag in absoluter Dunkelheit. Nur der Weg zum Parkplatz war sichtbar.

Der Abgrund!

Das Meer. Die umstürzenden Bäume. Die Ertränkten im *Herthasee*. Panik ergriff sie.

»BJÖRN!« Sie schrie, so laut sie konnte, und betete innerlich dabei. Sie liefen und riefen beide Björns Namen, zwischendurch blieben sie stehen, um zu lauschen. Aber der Sturm war ohrenbetäubend.

»Das bringt nichts.« Bernd rief über Handy Hanko an.

»Ich bin's, Bernd. Ich habe Tina gefunden. Wir suchen im Waldgebiet am Busparkplatz weiter. Kannst du uns noch ein paar Leute schicken?«

Die Stimmen von Martina und Bernd waren die einzigen menschlichen Laute. Es waren die Schreie verzweifelter Eltern.

Der Regen prasselte so laut, dass sie einander kaum hören konnten. Sie machten trotzdem weiter. Endlich trafen drei Feuerwehrleute ein und brachten Stablampen mit.

»Ihr müsst uns helfen, den Jungen zu finden!« Verstärkung wurde angefordert. Innerhalb von zehn Minuten trafen mehr Leute ein. Unter ihnen war auch Kristian Dollahn. Er beschleunigte seine Schritte, ließ die letzten Bäume hinter sich und sah, dass über ein Dutzend Autos dazugekommen waren. Immer mehr Einwohner versammelten sich, die über Mundpropaganda von der Suchaktion gehört hatten und mithelfen wollten. Es herrschte eine gedrückte Stimmung. Inzwischen suchten drei Mannschaften. Die Suchenden arbeiteten sich vor, bis auf die Knochen nass und mit Schlamm bespritzt. Kristian war es, der einen Schuh fand. Einsatzleiter Hanko Langwisch wandte sich ihm zu. Sein Gesicht trug sichtbare Spuren der Erschöpfung.

»Hast du etwas gefunden?«

»Das ist alles.«

»Ist das seiner?«, fragte Kristian.

Martina fing an zu weinen, als er ihr Björns Sneaker zeigte.

»Wo lag er?«

»Im Schlamm – am Strand unterhalb des Königsstuhls.«

Auch nachdem sie über eine Stunde gesucht hatten, blieb Björn verschollen.

50. KAPITEL

Seitdem Kristian das Haus verlassen hatte und der Anruf von Martina erfolgt war, wurde Anni zunehmend unruhig.

»Anni Arndt, du kannst nicht einfach zu Hause bleiben! Martina hat was von der Besucherplattform gesagt. Du bist am nächsten dran. Vielleicht findest du ihn?«, sagte sie zu sich selbst. *Warum gab es gerade heute solch ein Unwetter? Warum jetzt, wo ein Junge verschwunden war?* Anni zog sich ihr Regenzeug an und trat vor die Tür. Der komplette öffentliche Nahverkehr war eingestellt. Vielleicht fuhr zufällig ein Auto vorbei. Martina Bätge hatte etwas von der Besucherplattform erzählt. Anni lief in Richtung der Kliffküste. Weit kam sie nicht. Eine Sturmböe schmiss sie beinahe um. Regen peitschte ihr ins Gesicht. Sie wischte sich über die Augen. Was sie dann sah, war eine Katastrophe. Die Fluten stürzten zu beiden Seiten des Weges hinunter, der zur Aussichtsplattform führte. Grauschwarze Wolken jagten über den Himmel, ballten sich zu einer riesigen Masse zusammen und rissen erneut auseinander. Die Insel trotzte dem Meer, das unermüdlich die Küste berannte. Tosend brach sich die Brandung an den Klippen.

»Hilfe!« In der Ferne erkannte sie ein kleines Sportboot. Es schien manövrierunfähig zu sein, legte sich auf die Seite. Die Wellen schlugen ins Heck. Jeden Augenblick drohte es zu kentern. Jemand zündete ein Signalfeuer. Das Meer wurde in rotes Licht getaucht. *Vielleicht ist das Björn!* Annis Herz raste. Sie rannte, den Kopf geduckt, die Kapuze fest unter ihrem Kinn zusammenhaltend, ins Besucher-Zentrum des Nationalparks. Wieso ließ sich diese schwere, orangefarbene Tür nicht öffnen? Endlich schaffte sie es.

»Schnell, die Seenotretter! Da kentert ein Sportboot!« Sie zitterte. Der Leiter des Bistros alarmierte die Polizei.

»Heute ist der Teufel los! Die Polizei setzt jetzt einen Notruf ab an die Seenotleitung in Bremen. Im Maritime Rescue Coordination Centre laufen alle Fäden zusammen. Die schicken sofort einen Seenotkreuzer«, erklärte der Mann. Dieser Notfall schien nicht sein erster zu sein, so ruhig, wie er blieb. Er goss dampfendes Wasser in eine Kanne. »Einen Tee?«

»Das sind ganz schöne Brecher da draußen!«

»Die Seenotretter können das, die machen das.«

»Oh Mann!«

»Die sind Profis. Das ist nicht ihr erster Sturm.«

»Björn Bätge wird vermisst. Die Wellen sind haushoch. Hoffentlich passiert nichts.«

Der Bistroleiter zuckte die Achseln. »Ich habe noch Fischbrötchen.«

Anni ließ ihren durchnässten Parka und sich selbst auf einen Stuhl fallen. Wie es aussah, würde sie diese Nacht zusammen mit Hering, Heißgetränk und ein paar anderen Gestrandeten auf den Sitzmöbeln im Bistro verbringen. Sie fühlte sich hier sicherer als mutterseelenallein in ihrer alten Kate.

»Ich wünsche mir, dass sie es schaffen!«

Am Nebentisch saß ein junges Pärchen und ein Grauhaariger mit geflochtenem Langhaarzopf.

»Hallo!«

»Es fährt kein Bus mehr!« Der Zopf kam aus Köln.

Anni saß da, lauschte hinaus und lauerte darauf, dass der Sturm sich legte und es eine Nachricht gab. Eine unheilvolle Drohung klang aus jenem Rauschen und Heulen. Qualvoll stöhnten die Kreidefelsen im Kampf der unbändigen Elemente, während sie die Angriffe der Ostsee abwehrten.

»Es hat seit Monaten nicht dermaßen geschüttet.«

»Unter den Niederschlagsmengen bilden sich im porösen Kalkstein Hohlräume. Vor allem die Sandblasen sind gefährlich.«

»Das ist nicht gut.« Ihr wurde mulmig.

Auf den senkrecht abfallenden Kliffhöhen der Stubbenkammer erstreckt sich seit jeher ein Urwald, dessen jahrhundertealte Buchen wie von Sinnen ihre Wipfel schüttelten. Der Wirbelsturm entwurzelte die Bäume und holte sich ihre Stämme. Die Naturgewalt bewegte Mengen zerriebenen Gesteins, nahm Felsbrocken mit und die Kreide, welche sich in Millionen von

Jahren Schicht um Schicht aus dem Staub unvorstellbar vieler Kleinstlebewesen, Seeigel, Muscheln und Schnecken gebildet hatte.

Hier, an der Steilküste, ragt auf der Halbinsel Jasmund über dem Meer ein hundertundachtzehn Meter hoher Felsen empor, der von fern an einen Thron erinnert: der berühmte Königsstuhl. Mit Grollen schob sich der Sturm wie ein Monster an ihn heran, setzte ihm zu und schleuderte riesige Abbruchstücke auf den Strand. Sobald die Brocken am Ufer auf ein Hindernis trafen, verwandelte sich ihre Bewegung in eine kolossale Energie der Zerstörung. Weißen Kreidestaub umherwirbelnd drängten sich die Steine wie eine Moräne vorwärts. Die vom Wasser umspülten Kreidestücke zerbrachen unter den Regengüssen in unzählige Einzelteile.

Die Uhr kam zum Stehen. Anni Arndt war in eine Zeitschleuse geraten. Nur wurde sie jetzt nicht als Besucherin der Ausstellung virtuell in die Kreidezeit zurückversetzt. Das hier war echt. Sie saß dort, wo das Land abbrach, und konnte nichts tun. Nur warten.

51. KAPITEL

Wenn er einen Notruf kriegte, setzte sich Frieder Friedrichs auf sein Fahrrad und erreichte in fünf Minuten den Sassnitzer Hafen. Bei dem Sturm ging er rechtzeitig zu Fuß los und vorsichtshalber als einer der Ersten an Bord. Der Maschinist war bereits unten in der Maschine und machte das Boot seeklar. Er drehte die Luft auf, ließ den Hilfsdiesel an, schaltete die Steuerluft dazu und startete die Motoren. Dann leuchtete er die Antriebe noch einmal ab und stieg wieder nach oben. In kürzester Zeit war der Seenotrettungskreuzer auslaufbereit.

»DERK STEENSEN, DERK STEENSEN, DERK STEENSEN – MRCC!« Die Rettungsmänner an Bord des Schiffes, das nach seinem langjährigen Vormann benannt worden war, erkannten schon an der Stimme aus dem Maritime Rescue Coordination Centre, der Seenotleitung Bremen: Es ging raus auf die Ostsee.

»Manövrierunfähiges Motorboot an der Stubbenkammer.«

»Wenn ein Boot manövrierunfähig ist, geht nichts mehr. Dann ist die Existenz von einer Minute auf die andere im Eimer«, meinte der Maschinist.

»Hebel auf den Tisch und Höchstfahrt!«, rief der Vormann und drückte den Antriebshebel bis zum Anschlag nach vorn. »Beeilung!« Es geschah alles schnell, sehr schnell. Die Männer hatten nicht einmal Zeit, ein mulmiges Gefühl zu bekommen. Sie wussten, Geschwindigkeit war entscheidend für einen Schiffbrüchigen.

»Sie haben Bätges Sohn als überfällig gemeldet«, erklärte der Vormann.

»Schiet!«, rief Frieder Friedrichs.

»Die Luken sind dicht.« Der Maschinist starrte auf die Bordelektronik. Er wusste, dass ihr größter Feind Seewasser an Bord war. Fiel die Elektrik aus, wäre der Seenotkreuzer ebenfalls manövrierunfähig. Damit würden sie selbst zum Seenotfall.

Noch während die Details über Funk kamen, warf die Besatzung die Leinen los und kappte den Landanschluss für Strom und Telefon. Die nächsten Stunden würden kein Spaziergang werden.

»An die Fahrzeuge im nördlichen Bereich vor Rügen. Hier ist der Seenotkreuzer *DERK STEENSEN*. Wir laufen mit Höchstfahrt Richtung Stubbenhörn zu einem Einsatz. Bitte haltet gut frei für unseren Weg. Danke.« Per Funk ließ der Kapitän die anderen Schiffe warnen. Allein die Heckwelle seiner Dreitausendundzweihundert-PS-Maschine konnte kleine Boote zum

Kentern bringen. Bei dem Sturm draußen machte das allerdings keinen Unterschied.

»Rasmus wäscht Deck!«, rief Frieder. Schwere Brecher schüttelten das Schiff durch. Die Wellen schlugen haushoch. Im unteren Bereich waren überall Bullaugen verbaut, die bei Seeschlag nicht so empfindlich waren wie die eckigen Scheiben am Aufbau. Die Wucht eines Brechers schlug immer in den unteren Bereich. Der Kreuzer verfügte über die Fähigkeit als Wiederselbstaufrichter.

»Man gaut, dat wir nich' mehr mit dem ollen Kahn des Sozialismus unterwegens sind!« Zu Zeiten der DDR waren sie dem Seefahrtsamt unterstellt und fuhren mit teilweise abenteuerlich anmutenden Amphibienfahrzeugen.

»Dat seggst jedes Mol. Leg' eine neue Platte auf, Flunder!«, lachte der Vormann.

»Hab' schon drauf gewartet. Mir würd' direkt was fehlen!«, meinte der dritte Mann.

Frieder Friedrichs brachte den Spruch, sobald der Kreuzer das sichere Hafenbecken verließ und sich den Brechern stellte.

»Dor nich' för. Unnerdes givt dat moderne Technik. Dor bin ick dankbar för.« Der Zusammenschluss der Seenotretter war eine der gelungensten Aktionen der Wiedervereinigung.

»Kein Schiff ist unsinkbar«, unkte der dritte Mann. Das Schnellboot aus Sassnitz erreichte die Unglücksstelle innerhalb von acht Minuten.

»Könnt ihr was erkennen?«, fragte der Vormann. Er hatte als Suchschema *Zickzack* angeordnet.

»Nee, aber er muss hier sein. Mach mal den Scheinwerfer rüber!«

»Siehst du was?«

»Nee, ick seh' nix.«

»Käpt'n, schnell! Dort!«

»Da vorn ist er!«

»Der Scheinwerfer soll die Richtung halten.«

»Jetzt sehe ich ihn auch.«

»Ganz langsam voraus! Maschine Stopp! Macht das Tochterboot klar!« Sie begannen zu tuten. Es war meilenweit zu hören.

»Ick geh' rut!«

»Pass auf, Flunder! Dat is' heute nicht witzig!«

»Ick weeß, wat ick tu.«

Frieder musste den richtigen Moment abpassen, in dem keine große Welle kam, um den Aufbau zu verlassen und ins Tochterboot zu gelangen. Bei dem Orkan war das lebensgefährlich. Der Seenotretter machte die Tür auf, drückte sich raus und die Tür schnell wieder zu. Der Schwall Wasser, der in den Aufbau flutete, reichte nicht, um die Stabilität des Wiederaufrichters zu beeinträchtigen.

»Nerven behalten!«

Die kleine Barkasse fuhr mit zwei Mann aus der Heckklappe.

»Da vorne!«

Der Schiffbrüchige hing über seinem gekenterten Boot. Sie fuhren so nah wie möglich heran. Sein Gesicht war weiß und vor Todesangst verzerrt. Sie warfen ihm ein aufblasbares Rettungsmittel zu.

»Ruhe bewahren!«, rief einer.

»Acht-ung!« Frieders kräftige Seenotretterhände packten beherzt zu. Er zog den Unterkühlten durch die Bergeluke aus dem Wasser auf das Tochterboot. Die waagerechte Rettung minderte die Gefahr, dass das eiskalte Blut aus den Gliedmaßen zum Herzen strömte und einen Herzstillstand verursachte.

»Dan-ke!« Der Verunglückte war ansprechbar. Unter starken Schmerzen klammerte er sich an den Arm seines Retters.

»Das Hanseatenkreuz! Ich wusste, das ist die Rettung!«

»Alles klar! Du kriegst gleich trockene Kleidung.«

An Bord des Kreuzers gab es das Lob des Kapitäns: »7, 8, 9, 10 – Klasse!«

»Dat war knapp!« Frieder wischte sich über die Stirn.

Der Vormann meldete der Zentrale über Funk die Rettung einer schiffbrüchigen Person. Es war nicht Björn Bätge.

52. KAPITEL

In dieser Nacht fanden die Bewohner von Rügen keinen Schlaf. Sie lagen wach und lauschten hinaus in den rauschenden Regen. Entlang der gesamten Vorpommerschen Seeküste tobte der schwere Sturm mit Windgeschwindigkeiten von bis zu hundertfünfzig Kilometer pro Stunde. Der Orkan wütete stundenlang und verlor nur allmählich die Lust am Toben.

Es war 23:50 Uhr. Björn Bätge war seit acht Stunden verschwunden. Die Wassertemperatur fiel auf acht Grad. Bei dem kalten, aus Osten heranströmenden Wind sank die Temperatur rasch und den Suchenden wurde klar, dass sie den Jungen in den nächsten Stunden würden finden müssen, wenn sie ihn lebend antreffen wollten.

»Bei dem Orkan ist es lebensgefährlich, im Wald zu suchen!«, warnte John, der sich der Gruppe der Ranger angeschlossen hatte. Die Suchtrupps ließen sich nicht abhalten. Sie trugen Stablampen und durchkämmten den Teil des Kliffhangwaldes im Nationalpark Jasmund, wo die Abstände zwischen den Bäumen etwas größer waren. Hier wurde man nicht vom Buschwerk zerkratzt. Die Männer hatten fast das UNESCO-Welterbeforum *Alte Buchenwälder*, das die ehemalige *Waldhalle* ersetzt hatte, erreicht, als Hanko sie zurückpfiff.

»Es hat keinen Zweck. Der Orkan ist zu gefährlich. Wir suchen unten mit den anderen weiter.«

Um 1:26 Uhr trieb ein kleines Motorboot an den Strand. Teile der Ausrüstung, Kescher und Eimer schwammen auf der

Ostsee. Es war das Boot von Björn. Von dem Jungen gab es keine Spur. Immer neue Risse im weichen Gestein und der nasse Mergelschlamm erschwerten die Suche nach dem Fünfzehnjährigen. Das Gemisch war betonschwer. Inzwischen gab es weit mehr als hundert Helfer, die pausenlos in den herabgestürzten Kreide- und Geröllmassen gruben.

»Habt ihr Wärmebildkameras?«

»Sie zeigen nichts an.«

»Wenn er von den herabstürzenden Geröllmassen erfasst wurde, dann hatte er keine Chance.« Hanko Langwisch sprach es aus, obwohl jeder der Beteiligten wusste, dass es in dem Fall keine Hoffnung mehr geben würde.

Die Spürhunde schlugen nicht an. Bernd brachte Björns Hund in Stellung. Fluffy jaulte an einer bis ins Wasser reichenden Stelle.

»Hierher! Der Hund hat angeschlagen!« Zwei Dutzend Helfer rannten los und begaben sich selbst in Gefahr. Noch immer schüttete es von oben. Die Männer standen knietief im Wasser und gruben, bis einer von ihnen vor Schwäche zusammenbrach. Björn blieb verschwunden.

»Wir müssen die Suche heute Nacht abbrechen. Unsere technischen Möglichkeiten sind ausgeschöpft. Das sind dreitausend Kubikmeter Erdreich aus der Steilwand. Wir sind alle kaputt. Geht nach Hause! Wir machen bei Helligkeit weiter«, entschied Hanko Schwake schließlich.

»Im Ernst?« Kristian sah Bernd an.

»Ich mach' weiter!« Bernd schüttelte den Kopf. Er würde sich kurz im Besucherzentrum aufwärmen und dann weitersuchen. Ein Vater gab nicht auf.

53. KAPITEL

»Ich wünschte, Frieder wäre hier.« Hanko wischte sich mit dem Handrücken über die Wange. Viele wussten von Frieders genialem Spürsinn. »Er könnte uns helfen.«

»Der schläft bestimmt. Es war ein harter Einsatz für ihn auf dem Rettungsschiff. Aber ich rufe ihn an.« Heike tippte Frieders Nummer. Es dauerte lange, bis sie die Stimme ihres Bruders hörte.

»Joah?« Frieder gähnte.

»Frieder, du musst uns helfen.«

»Heike-Deern, wat givt et?«

»Wir haben das Boot von Björn Bätge am Strand gefunden, aber von dem Jungen keine Spur. Es gab einen Kreideabbruch.«

»Und nu?«

»Sie haben den Strand abgesucht, sowohl aus der Luft mit Hubschraubern und Wärmebildkamera wie auch mit Hunden und Gerät. Die Suche ist jetzt unterbrochen. Der Wasserpegel ist zu hoch. Irgendwann wird es weitergehen. Wir fragen uns, falls er an Land gekommen ist, in welche Richtung er gegangen sein kann.«

»Dat Boot, wo lag dat Boot?«

»Südlich vom Königsstuhl.«

»Dat is' denn wol klor. Ick meen, he is' in sülvige Richtung gahn,« mutmaßte Frieder, ahnend, dass der Junge in Richtung Südost gegangen sein musste.

»Warum glaubst du das?«, fragte seine Schwester.

»He is' wol keen Dösbaddel nich'. Richtung Südoost, dor hett he den Wind im Buckel.«

»Da kannst du recht haben! Wer schlau ist, nutzt Rückenwind.«

»Un nehmt sien Hund mit!«

»Das machen wir.« Heike grinste. »Wusste doch, dat mien Bruder eine Spürnase ist.«

»Dat is mien Sanddorn. He tut mi allweil gaut beraten«, brummte Frieder.

»Alles klar. Wenn wir Björn finden, sage ich nie wieder was gegen dien olles Gestrüpp. Dank dir, Frieder.« Sie beendete den Anruf und sah die anderen an.

»Mein Bruder meint, wir müssen in südlicher Richtung weitersuchen. Gegen den Wind wird er nicht gegangen sein. Wir sollen Björns Hund mitnehmen.«

54. KAPITEL

»Frieder denkt wirklich, die Suchmannschaften sollten nicht weiter suchen wie bisher und jede Richtung abdecken?«, fragte Anni. Die Helfer wärmten sich im Bistro des Besucherzentrums auf.

»Es ist nur eine Vermutung, aber ich würde wetten, die alte Spürnase hat wieder einmal den richtigen Riecher. Außer Polizei und Wasserwacht, das waren hundertvierzig Leute, sind jetzt noch sechsundzwanzig freiwillige Feuerwehrleute mit der Suche nach Björn unterwegs«, erläuterte Hanko. »Wir Feuerwehrmänner könnten uns in einem Streifen als Suchkette verteilen und zusätzlich erneut den Buchenwald durchkämmen.«

»Und, falls er nicht in diese Richtung gegangen ist? Wenn er verschüttet wurde?«, zweifelte Bernd. Er hatte das Gefühl, langsam durchzudrehen.

»Sollte er irgendwie an Land gekommen sein, dann hat er sich vielleicht verkrochen? Wenn ich ein Junge wäre, würde ich es bei dem Sturm jedenfalls tun«, überlegte John.

»Wir sollten Frieder vertrauen.« Heike verteilte heißen Tee und Brote an alle. Sie hatte gelernt, auf die Eingebungen ihres Bruders zu bauen.

»Das ist nicht leicht, es geht um meinen Sohn!« Bernd verspürte den Drang nach einer Zigarette, obwohl er vor Jahren das Rauchen aufgegeben hatte. Er war wie die meisten hier, völlig übernächtigt.

»Ich weiß. Vielleicht solltest du nach Hause zu Martina gehen, um dich ein wenig auszuruhen und ihr beizustehen, Bernd. Sobald das Wetter es hergibt, machen wir mit der Suche weiter. Lass Fluffy hier. Ich kümmere mich um das Tier.« Hanko Langwisch seufzte. Letztendlich lag die Verantwortung bei ihm. Er war derjenige, der die Suche offiziell leitete, der die Übersicht behalten musste. Es war sein Bericht, es war seine Pflicht, und am Ende war er Rechenschaft schuldig.

»Also gut«, sagte Bernd schließlich. »Wir machen es so, wie du sagst. Martina wartet auf Bescheid. Ich hoffe bei Gott, Frieder hat recht.«

55. KAPITEL

Als Bernd zu Hause ankam, schloss Minna Minschlich leise die Tür zum Wohnzimmer.

»Tach, Minna, gut, dass du dich kümmerst. Wie geht es Tina?«

»Physisch einigermaßen, aber psychisch …«, flüsterte sie mit besorgter Miene. »Wo hast du den Hund?«

»Der sucht.«

»Braves Tier.« Minna liebte Fluffy. Bernd drückte sanft die Türklinke der Wohnzimmertür.

»Hallo, Tina, Liebling!« Er wartete vergebens auf Antwort.

Seine Frau lag mit offenen Augen im Dunkeln auf dem Sofa. Schlaf war ein Ding der Unmöglichkeit. Auf dem Sideboard gegenüber stand eine kleine Uhr, auf die ihr Blick geheftet war.

Sie starrte wie gelähmt auf den Sekundenzeiger. Mit beängstigender Regelmäßigkeit tickte die Zeit weg.

Tick.

Zwölf Stunden. Ihr Junge war seit über einem Tag verschollen. Martina drehte den Kopf zur Seite. Sie hatte so viel geweint in den letzten Stunden, dass es keine Tränen mehr gab. Sie wollte etwas tun, statt hier herumzuliegen, armselig und nutzlos für Björn und die Suchenden.

»Tina. Ich bin jetzt da«, sprach er sie leise an.

»Und?«, wisperte sie. »Gibt es was Neues?«

»Nein, nichts.« Bernd schüttelte den Kopf. »Sie mussten die Suche am Strand unterbrechen. Der Wasserpegel ist zu hoch. Ich werde nachher im Heli mitfliegen. Vielleicht entdecke ich etwas.«

»Was ist denn heute?« Martina wischte sich über die Stirn. »Ich bin völlig wirr im Kopf.«

»Mittwoch. Es ist gestern passiert. Am Dienstagnachmittag. Erinnerst du dich?«

»Ja.«

»Hanko meint, sie werden ihn finden.«

»Hat er das gesagt?«

»Hanko hat versprochen, dass er sich meldet, sobald er etwas erfährt.«

»Ich warte und warte. Das ist unerträglich!«

»Nun bin ich hier.«

»Du sagst, dass sie nicht an den Strand können?«

»Wir haben einen Hubschrauber.«

»Und wenn ihr vom Hubschrauber nichts seht? Wenn in drei Wochen noch immer dieses Wetter ist?«

Er schwieg.

»Der Helikopter hat eine hochauflösende Wärmebildkamera an der rechten Landekufe. Die registriert Temperaturunterschiede von 0,1 Grad Celsius. An der anderen Kufe hängt ein

Scheinwerfer mit 1.600 Watt Leistung. Damit kannst du ein halbes Fußballfeld ausleuchten. Der findet alles.«

»Am schlimmsten ist die Hilflosigkeit«, wimmerte sie.

»Sie werden ihn finden, Tina.«

»Und wenn nicht?« Ihre Stimme war so leise, dass Bernd sie kaum hörte.

»Sie werden ihn finden.« Bernd atmete stockend.

»Ich will etwas tun, nach ihm suchen!«, klagte sie und setzte sich auf. »Mir ist schwindelig.«

»Martina, hör auf damit, bleib bitte liegen!«

»Nein!« Langsam schwang sie die Beine über die Sofakante. Sie schaffte es nicht, bis zur Küche gehen, ohne sich an der Wand abzustützen. Ihr Körper ließ sie im Stich. Vom Mitmachen bei der Suche nach Björn konnte keine Rede sein. Martina hasste ihre Schwäche.

»Soll ich dir ein Glas Wasser bringen?«

»Was bin ich nur für eine Mutter? Ich kann nicht einmal nach ihm suchen!«

»Sei vernünftig! Wo willst du anfangen mit der Suche?« Bernd fasste ihr an die Stirn. Sie glühte.

»Komm, leg dich wieder hin, Liebes, bitte!«

»Björn!« Sie rief seinen Namen. Es war erleichternd, ihn laut zu rufen. Sie stellte sich vor, dass er sie hörte. »Er lebt noch. Ich weiß es. Ich würde es spüren, wenn er … Ich weiß es. Jetzt weiß ich erst, was Ivos Mutter gelitten hat.« Die Uhr tickte.

»Beruhige dich, Tina!«, sagte Minna verzweifelt. »Es wird alles Menschenmögliche getan!«

»Wie kann ich mich beruhigen? Beruhigen! Bist du verrückt, Minna? Mein Sohn ist irgendwo da draußen. Björn ist am Leben. Er muss noch leben. Oh, bitte, lieber Gott, lass ihn leben! Björn!« Sie konnte nicht aufhören. Sie rief ohne Unterlass seinen Namen. Irgendwann hatte sie alles aus sich herausgeschrien, und die Schreie wurden zu Schluchzern. Der Raum kippte zur Seite weg.

Bernd telefonierte nach dem Arzt. Er kam innerhalb von zwanzig Minuten.

»Gut, dass Sie da sind! Meine Frau liegt im Wohnzimmer.« Bernd Bätge ging voraus.

»Guten Tag, Frau Bätge!«

»Hallo, Herr Doktor«, erwiderte sie schwach.

»Hiermit können Sie sich etwas entspannen. Sie wollen doch bei Kräften bleiben.« Er verabreichte ihr eine Beruhigungsspritze. Martina fiel in einen Dämmerschlaf.

»Wenn ihr Zustand schlimmer wird, rufen Sie mich bitte an!« Der Mediziner gab Bernd die Hand.

»Danke.«

Bernd rief Hanko an.

»Ich bin's, Bernd. Wie sieht es bei der Suche aus? Nein, nein, ich weiß, alles geht drunter und drüber.« Aber Hanko Langwisch unterbrach ihn. »Es sind nicht nur meine Leute, die an der Suche beteiligt sind. Es gibt weitere Notfälle. Der Starkregenalarm sorgt für mehr als dreihundert Einsätze.«

»Ich verstehe, kannst du jemanden, der bei der Suche ist, über Funk erreichen?«

Eine Minute verging und noch eine, ehe Bernd wieder sprach.

»Ja, ich bin noch dran ...«

»Sobald wir etwas erfahren, teilen wir es euch mit. Versucht irgendwie ein wenig zur Ruhe zu kommen. Mehr kann ich im Moment nicht sagen.«

»Danke, Hanko. Ruf bitte sofort hier an, wenn du etwas erfährst, was auch immer es ist. Ja, bei uns zu Hause.«

Die Verbindung wurde beendet. Bernd schüttelte den Kopf und blickte Minna an.

»Sie haben ihn noch nicht gefunden, aber die Suche geht

weiter. Ein paar Freiwillige sind zu ihnen gestoßen. Es sind also mehr an der Suche beteiligt als zuvor. Das Unwetter hat ein wenig nachgelassen. Seit einer Stunde suchen sie in südwestlicher Richtung.«

Tick.

56. KAPITEL

Mit dem ersten Licht des Tages flog ein Schatten die weiße Kreideküste entlang. Dann irrte er als dunkler Punkt über die Insel. Bevor er sich in der Ferne verlor, drehte er ab und holte sich das Meer zurück. Hubschrauber und Pilot waren eine Einheit. Nicht zu trennen.

Beim Morgengrauen waren die rauschenden Wellen verstummt. Der Kalk in der Luft hatte sich zu Dunst verwandelt. Kein Laut außer dem Schlagen der Rotoren durchdrang die dämmerige Einsamkeit. Schwermut lag über der Ödnis des verwüsteten Gestades. Es hatte einen gewaltigen Kreideabbruch gegeben. Die Zuwegung zum Königsstuhl über das Königsgrab war noch schmaler geworden. Durch die Nebelfetzen schlich sich ein bleicher Strahl und spielte mit Myriaden vielfarbiger Funken auf den nassen Bruchstücken. Er hellte für einen Augenblick das Trümmermeer auf und den von einem steinernen Leichentuch eingehüllten Strand mit den wenigen am Ufer entlang irrenden menschlichen Gestalten. In den Augen der Insulaner lag Entsetzen über den Verlust ihres Wahrzeichens, dem Kreidefelsen.

So geht die Welt unter.

Nicht mit einem Knall – mit einem Wimmern.

Anni tapste mitten unter ihnen. Als sie das Motorgeräusch des Helikopters hörte, war Björn seit sechzehn Stunden verschwunden. Anni fuhr nicht nach Hause. Sie beobachtete mit unzähligen Einheimischen an der Absperrung das Geschehen. Da entdeckte sie John Blohm und Bernd Bätge. Das Gesicht von Björns Vater war aschfahl.

»Gibt es Neuigkeiten?« Sie gab den Männern die Hand.

»Sie haben das Motorboot gefunden. Es lag südlich am Strand vom Kap Arkona.«

»Und Ihr Sohn?«, fragte Anni.

»Wir haben noch keine Spur. Es gab schlimme Abbrüche.« Bernd wurde noch blasser. »Martina ist außer sich.«

»Ist sie allein?«

»Nein, Minna ist bei ihr«, erklärte er. Bei ihnen standen Heike Friedrichs und Hanko Langwisch, Einsatzleiter der Freiwilligen Feuerwehr. Er sah übernächtigt aus wie die meisten der Helfer. Kristian Dollahn näherte sich der Gruppe. Auf seiner Wange waren Schlammspritzer zu sehen.

»Was gibt es? Hast du noch etwas gefunden, Kristian?« Heike sah ihn an. Wie er da stand, groß, kräftig, mit Spuren der Erschöpfung im Gesicht, wurde ihr bewusst, dass sie diesen Mann liebte.

»Nein, nichts Neues. Alles, was wir haben, sind der Sportschuh und das Boot.«

»Das ist nicht viel.« Hanko Langwisch sah ihn skeptisch an.

»Zugegeben«, sagte Kristian, »viel ist es nicht. Aber eventuell eine Chance.«

»Der Polizeihubschrauber ist hinter dem Deich gelandet. Willst du mitfliegen, Bernd? Vielleicht entdeckst du eine Spur?«

»Ja.«

»Dann lauf!« Der Einsatzleiter in der rotgelben Weste zeigte in die Richtung, aus der das Rotorengeräusch kam. Bernd Bätge rannte zum Helikopter. Er kletterte in das Fluggerät, nickte der Besatzung zu und setzte sich nach hinten. Pilot und Co-Pilot saßen im Cockpit in der ersten Reihe. Beide trugen einen Helm, in den Mikrofon, Lautsprecher und Nachtsichtgerät integriert waren. Mit zwei Pedalen drehten sie die Maschine über den Heckrotor auf der Stelle gegen den Uhrzeigersinn. Mit dem Hebel links neben dem Sitz ließ der Pilot den EC-135 steil in die Luft steigen. Dann wies er mit dem ausgestreckten Arm in die Tiefe.

»Sehen Sie, da unten, da ist die Kante abgebrochen.«

»Oh Gott!«, sagte Bernd. Er wurde blass.

»Da haben wir den Schuh gefunden«, erklärte der Operator, an dessen Arbeitsplatz sämtliche Informationen zusammenliefen. Er analysierte auf seinem Bildschirm alle Daten, die das System lieferte.

»Es sieht irgendwie alles gleich aus.« Verzweifelt sah Bernd auf den Kreideschlamm.

»Können Sie noch ein bisschen weiter runtergehen, 'n bisschen weiter runter«, bat er den Piloten. Sie flogen etwa zehn Minuten langsam und in geringer Höhe die Kreideküste entlang.

»Nichts.« Der Co-Pilot schüttelte den Kopf. *Und wenn wir Tag und Nacht suchen und suchen, den finden wir nicht mehr. Den hat es in die See getrieben.* Laut sagte er es nicht. »Kamera negativ«, meldete der Operator.

»Wir kehren um«, bestimmte der Pilot.

»Schon?«*Sie sind Experten,* beruhigte sich Bernd Bätge. Die Sicht war klar. Die weiße Küste leuchtete. Die aufgehende Sonne spiegelte sich im Schlamm. Unter ihm lag sein Sohn. Begraben von der Kreide.

57. KAPITEL

Eine junge Frau gesellte sich zu der Gruppe am Strand. Sie hatte einen Kameramann im Schlepptau.

»Dann lass deine Katze mal miauen!«, meinte er.

»Okay!« Selina Rath stellte ihr graues Mikrofon an, dem sie ein Fellpuschel als Windschutz übergezogen hatte.

»Bislang kann sich niemand das Ausmaß der Verwüstungen vorstellen, die das Gebiet der Großen und Kleinen Stubbenkammer getroffen haben. Das Dramatische ist, dass der ursprüngliche Zustand kaum wiederherzustellen sein wird. Aber noch dramatischer ist wohl, dass der nach dem verheerenden Küstenabbruch am Königsstuhl auf der Insel Rügen vermisste fünfzehnjährige Schüler unauffindbar ist.« Die junge Reporterin berichtete für den Regionalsender *Rügen live*, seit im Ostbereich der Stubnitz mehrere tausend Kubikmeter Kreide aus der über einhundert Meter hohen Steilküste am Königsstuhl gebrochen waren.

»Die Vermutung, dass der Sohn des Tourismusleiters Bernd B. am Strand des Nationalparks Jasmund verschüttet wurde, hat sich bisher nicht bestätigt. Seine Mutter entkam nur knapp einem Absturz, als sie sich während des Orkans auf die Suche nach ihrem Sohn begab«, sprach Selina in ihr Mikrofon. *Rügen live* brachte rund um die Uhr die aktualisierten Meldungen vom Unglücksort. »Wir haben hier den Einsatzleiter der Freiwilligen Feuerwehr, Hanko Langwisch.« Sie drehte sich um und hielt ihm das Mikro unter die Nase.

»Hanko, wie wir sehen, bringen viele Menschen Blumen und Kerzen an die Stelle, wo sein Schuh gefunden wurde.« Die Kamera ging in Nahaufnahme auf die Rosen und die Windlichter. »Gibt es noch eine Chance für den Jugendlichen, lebend gefunden zu werden?«, fragte ihn die Reporterin.

»Sollte er tatsächlich unter dem Kreideschlamm liegen, dann ist die Überlebenschance gering. Wir hoffen auf ein Wunder.« Hanko sah sie aus übernächtigten Augen an.

»Niemand weiß, wo der fünfzehnjährige Björn abgeblieben ist. Ein Schiffbrüchiger, von dem man zunächst annahm, es handle sich um den Sohn des Tourismusleiters, entpuppte sich als Kajütbootfahrer von Hiddensee. Er wurde von den Seenotrettern in Sicherheit gebracht.«

»Kann es nicht auch sein, dass der Junge irgendwo bei einem Klassenkameraden oder einer Freundin untergetaucht ist? Bei jemandem, der ihn nicht verrät?«

»Warum sollte er so etwas tun?«

»Keine Ahnung. Vielleicht hat er Ärger mit den Eltern oder in der Schule?«

»Im Umkreis von zwanzig Kilometern haben wir um Bergen einen Ring gelegt. Das heißt fünf Einsatzfahrzeuge standen an spezifischen Punkten. Wenn er irgendwo auftaucht, werden wir das mitbekommen.«

»Es sei denn, er hat die Insel verlassen.«

»Bei dem Unwetter ist das höchst unwahrscheinlich. Es fährt immer noch kein öffentlicher Nahverkehr. Ein Auto hat er nicht.«

»Setzen Sie die Suche am Strand nun fort?«, fragte Selina.

»Nein. Die in der Nacht unterbrochene Suche am Strand kann wegen des gestiegenen Wasserpegels nicht fortgesetzt werden.«

»Laut Wettervorhersage wird auch in den nächsten Tagen ein Pegelstand von siebzig Zentimetern über dem Normalpegel bestehen bleiben«, sagte Selina.

»Unter diesen Bedingungen werden die Einsatzteams und ihre Technik bis hüfthoch in den modrigen Kreide- und Mergelschlamm einsinken, sodass eine Suche am Strand nicht mehr möglich ist. Die Absturzstelle bleibt weiträumig abgesperrt«, erklärte Hanko. »Auf dem Wasser suchen die Kreuzer der DGzRS weiter.«

»Und falls sich das Wetter an der Stubbenkammer bessert?«

»Wenn sich die Verhältnisse plötzlich wider Erwarten bessern oder sich neue Hinweise ergeben, dann werden die Helfer die Suche sofort wieder aufnehmen«, erklärte Hanko.

»Wie viel Leute sind an der Suche beteiligt?«

»Seit gestern haben wir mit Drohnen und mit inzwischen über hundertvierzig Einsatzkräften an der Abbruchstelle nach dem verschwundenen Jugendlichen gesucht. Zuletzt haben in der Nacht fünf Suchhunde an einer Stelle im Geröll angeschlagen. Ein aus Berlin herangeschafftes Spezialröntgengerät gab ebenfalls ein Signal.«

»Wir haben darüber berichtet.«

»Mit einem Bagger des Kreideabbauwerkes haben unsere Leute des Technischen Hilfswerks bis einen Meter sechzig tief gegraben, ohne jedoch fündig zu werden.«

»Der Geschäftsführer eines ansässigen Chemiewerkes kündigte unterdessen die Einrichtung eines automatischen geologischen Überwachungssystems an dem instabilen Küstenbereich an. Wir sind dafür sehr dankbar.«

»Wie geht es weiter?«

»Auf dem Gelände um die ehemalige Nebelsignalstation sollen mehrere Sensoren installiert werden, darunter auch zwei Messfühler unmittelbar im Hangbereich. Die Sensoren sollen etwaige Veränderungen im Kliff registrieren und an einen Computer senden, der im Notfall automatisch Alarm auslöst.«

»Eine ähnliche Lösung hat sich in den vergangenen Jahren schon am Abbruchhang in Lohme bewährt, wo im März 2005 ein mehrere Hundert Meter breiter Küstenhang abgebrochen war«, erläuterte Hanko.

»Wie Sie wissen, ist die Einrichtung des Messfeldes am Kap bereits seit Monaten geplant gewesen. Im Jahr 2010 wurde am Kap Arkona der extrem absturzgefährdete Steilküstenbereich am Burgwall mit Sensoren ausgestattet«, ergänzte John.

»Immer wieder missachten Personen die Absperrungen.«

»Das Landratsamt von Vorpommern-Rügen kündigte Sanktionen wie Bußgeldverfahren gegen Personen an, die die bestehenden ausgeschilderten Absperrungen vor der Abbruchstelle ignorieren. Es soll in den nächsten Wochen ein Krisengespräch mit Geologen, Vertretern von Behörden und Umweltverbänden stattfinden.«

»Nach den seit zehn Jahren zunehmenden Küstenabbrüchen haben wir einen kritischen Punkt erreicht, an dem wir eine Entscheidung treffen müssen, inwiefern die gefährdeten Bereiche gesichert werden können«, sagte Hanko. »Sicherheit muss an erster Stelle stehen, daher sind Sperrungen leider nicht mehr auszuschließen.«

»Es sei denn, der Königsweg kommt.«

»Die Schwebebrücke ist im Moment die einzige Alternative, die ich sehe.«

»Es gibt Rüganer, die dagegen sind und sie als ›Monstrum vom Königsstuhl‹ betiteln. Spötter nennen das Betonfundament gar die ›neueste Sitzbank Europas‹, was vielleicht auch mit der Finanzierung zusammenhängt.«

»Das tut nichts zur Sache. Die Schwebekonstruktion muss kommen, da sonst der Königsstuhl in einem noch nicht zu definierbaren Zeitraum aufgrund von Erosion nicht mehr betreten werden kann. Mit Eröffnung der barrierefreien konzipierten Aussichtsplattform können wirklich alle Gäste von Landseite aus die spektakuläre Sicht auf den Victoriafelsen und Feuerregenfelsen sowie die Ostsee genießen. Die Zuwegung, das sogenannte Königsgrab, ist bröckelig. Wir dürfen uns Vorfälle, wie wir sie zurzeit haben, einfach nicht mehr leisten.«

»Danke für das Interview. Liebe Zuschauer, die Suche geht weiter. Wir hoffen alle, dass noch ein Wunder geschieht. *Rügen live* hält Sie informiert.«

58. KAPITEL

Es war 8:50 Uhr. Björn war seit siebzehn Stunden verschwunden. Der Wind hatte nachgelassen.

»Wir können jetzt im Wald suchen!«, sagten die Ranger. Der Buchenwald auf der Insel Rügen war der größte zusammenhängende Buchenwald an der Ostseeküste. In diesem Teil des Waldes frönten einst die Großherzöge von Mecklenburg-Strelitz ihrer Jagdleidenschaft.

Der Regen hatte aufgehört. John Blohm glaubte, dass das Schlimmste des Orkans überstanden war.

Denk nach!, befahl er sich. *Du kennst Björn. Wo versteckt sich ein Heranwachsender vor einem Unwetter? Wo hättest du dich an Björns Stelle versteckt?* Er machte sich erneut auf den Weg Infostelle *Alte Buchenwälder* an dem ehemaligen Ausflugslokal *Waldhalle*. Das Gebäude des *UNESCO-Welterbeforums* zeigte oberhalb seiner Gürtellinie ein norddeutsches Fachwerk, unterhalb eine Anmutung von Zweckbau mit einem Sanitärtrakt. Johns Gedanken überstürzten sich.

Die öffentlichen Toiletten! Sie boten genügend Schutz und hielten Regen und Sturm ab. Sie waren auch außerhalb der Besuchszeiten zugänglich. Vielleicht hatte sich Björn bis hierher durchgeschlagen und Unterschlupf gefunden? Nein, das wäre zu leicht. Es war nicht möglich, aber wer wusste es? Obwohl es nur eine vage Hoffnung war, spürte John, wie das Adrenalin durch sein Blut rauschte. Er bemühte sich, Ruhe zu bewahren. *Vielleicht.* Sie hatten außer einem ›*Vielleicht*‹ nichts. Der Ranger hastete zu dem fachwerkartigen Bau. Er kämpfte sich durch den morastigen Boden voran. Seine Stiefel sanken mit schmatzenden Geräuschen im schlammigen Waldboden ein. Mit der Stablampe leuchtete er das Gebäude ab.

Er erreichte die Sanitäranlage. Öffnete die Türen, leuchtete in das Innere des Gebäudes und erwartete fast, einen halbwüchsigen Jungen zu entdecken. Außer dem beißenden Geruch nach Abort gab es nichts.

»Verflixt!« Er fluchte. Was hatte er sich vorgestellt? Er ging nach links um das Haus. Als John halb herum war, sah er den Auslass für die Müllcontainer und leuchtet mit seiner Stablampe hinter die Container. Nichts. Fast war er erleichtert. Eine Sanitäranlage ist ein unwürdiges Grab.

Das Großsteingrab Waldhalle 1! John ging Richtung Hagen durch den Buchenwald, rund zweihundert Meter hinter dem Ortsausgang von Sassnitz Richtung *Waldhalle* lag das gut erhaltene Dolmengrab mit zwei Decksteinen und einigen um die Kammer verstreut liegenden Findlingen. Er näherte sich der Megalithanlage. Ihm stockte der Atem. Ein Jugendlicher hatte sich unter den zwei riesigen Decksteinen verkrochen. Dort lag er, geschützt inmitten des aus großen Steinblöcken errichteten vorgeschichtlichen Bauwerks auf dem Waldboden, verkratzt, schlammverkrustet, halb wach und absolut sicher …

John klappte die Augen auf und zu. Der Junge blieb da. John war zu überrascht, um etwas zu sagen. Nach der stundenlangen Suche war das Ende zu plötzlich gekommen. In dem Schweigen – nicht länger als ein paar Sekunden – blickte Björn ihn aus müden Augen an.

»Hi, John!«, sagte der Junge matt. Um stark zu wirken, rang er sich noch einen coolen Spruch ab. »Wurde echt Zeit, dass jemand kommt. Ist verdammt kalt hier. Ein Hünengrab ist kein Treibhaus.« Danach sank Björn schlaff in die Arme seines Retters.

59. KAPITEL

Der Saal war rappelvoll. Die Leute formierten sich immer wieder neu. Unter ihnen bewegte sich ein gut aussehender

Mann in grauem Anzug, dem man den Erfolg ansah. Claas Siegert konnte sich einer gewissen Erregung nicht erwehren. Als sich die Gruppe erneut umorganisierte, sah er endlich das goldbraune Haar, das er überall wiederzuerkennen glaubte. Es traf ihn, wie schön er sie fand, obwohl sie am anderen Ende des großen Raums weit vorn beim Vortragenden stand und er durch Dutzende Reihen von Menschen von ihr getrennt war. Sie trug ein blaues Kleid. Seine Augen hingen bewundernd an ihr. Sein Herz begann wie wild zu schlagen. Es war lange her, dass eine Frau solche intensiven Gefühle in ihm ausgelöst hatte. Staunend beobachtete er sein Inneres. Sich zu ihr durchzudrängeln hätte ihm eine Aufmerksamkeit verschafft, die er nicht suchte. Er blieb an der Wand neben der Tür stehen, betrachtete Anni Arndt in der Menge und kostete die Erregung aus, ihr nah zu sein. Und wenn er den letzten Zug nach Leipzig verpassen würde, er musste bleiben. Er musste mit ihr sprechen, ihr in die grünen Augen sehen, ihre lebhafte, melodiöse Stimme hören. Selten war er so tief von der Richtigkeit seines Tuns überzeugt und mit sich dermaßen im Reinen gewesen wie in diesem Moment. Er trank einen Schluck Sekt, den sie am Eingang an die Anwesenden ausgegeben hatte. Als Siegert Anni wieder im Blick hatte, stand ein für seinen Geschmack viel zu junger, viel zu gut aussehender Mann neben ihr. Das musste der nächste Redner sein. Ein gewisser Johann Blohm. Er sollte hier in einem der größten Hotels von Rügen einen Vortrag über den Naturschutz und die Klimaauswirkungen auf die Kreideküste halten.

»Vorsicht bitte!« Anni in ihrem blau glänzenden Kleid schob sich vor den jungen Kerl. Sie ließ ein Papier fallen. Er bückte sich und hob es auf. Sie lächelten aneinander zu. Er drückte ihr das Papier in die Hand. Sie blinzelte ihn an und schien sich zu bedanken. John legte ihr kurz seine Hand auf den Arm. Claas Siegert verstand nicht, was die beiden miteinander sprachen, beobachtete sie aber mit zusammengekniffenen Lippen. Dann stieg John ans Rednerpult.

»Liebe Rüganer und liebe Rügener! Eine Naturkatastrophe wie diese ist keine Strafe Gottes. Sie ist vielmehr Anlass zu einer großen Nachdenklichkeit über die Begrenztheit unseres Lebens. Wir müssen intensiver darüber nachdenken, dass nicht alles, was wir für selbstverständlich halten, selbstverständlich ist. Die Geschwindigkeit, die unheimliche Vernetzung auf diesem Globus, der Erhalt der knappen Ressourcen. Wir Menschen sind verletzlich, die Natur lässt sich nicht gänzlich beherrschen.«

Nach seinen Worten gab Tourismusleiter Bernd Bätge dem Umweltschützer die Hand.

»Fesselnde Rede, danke John!«

»Freut mich. Ist keine Kunst bei dem Publikum. War's okay, Rose?«

»Prima.« Sie lächelte und wandte sich ihm voll zu. »Der Vortrag war gut, John, aber …«

»Was aber?«

»Nichts.«

»Hallo, Piratenbraut!« Kristian kitzelte Anni verstohlen am Rücken. Sie fuhr herum und sah Kristian an. »Ich wundere mich, dass du nicht begreifst, dass eine Beziehung für mich nicht infrage kommt. Du bist mit Heike zusammen.«

»Ich habe von Beziehung nichts gesagt, Anni.« Ein Lächeln umspielte Kristians Lippen. Er kam sich unwiderstehlich vor.

»Ach so, dann ist es ja gut.« Es wurde Zeit, dass sie ging. Anni schulterte ihre Tasche und fasste entschlossen die dicht gedrängte Menschenmenge ins Auge, durch die sie sich bis zum Ausgang schlagen musste.

Da sah sie ihn.

Er stand gleich an der Wand unmittelbar neben dem Ausgang, hochgewachsen und trotz seiner breiten Schultern eher schmal in seinem dunkelgrauen Jackett, das Haar kurz geschnitten, ein wenig fremd und doch unbeirrbar und aufrecht, die grauen Augen dunkel auf sie geheftet.

»Darf ich mal vorbei?« *War sie im Kino?* Dort stand der Mann, an den sie unzählige Male gedacht hatte, vor allem, in Momenten, wenn sie mal wieder nicht weiterwusste, und vor ihr bauten sich Hindernisse auf.

»Immer sachte, junge Frau. Wir spielen hier nich' ›*Ene mene mink mank, pink pank, ene mene acke backe, eia peia, weg!*‹« Der Berliner Busfahrer hatte sie wiedererkannt.

»Hab's eilig!«

»So wat aba ooch!«

»Entschuldigung!« Anni schob sich an dem Kerl vorbei.

»Anni-Deern, du wolltest mich doch besuchen kommen!« Minna stand vor ihr und blinzelte sie an.

»Guten Abend, Minna. Tut mir leid, du siehst ja, was hier los ist. Warte, ich bin gleich zurück. Ich habe' da hinten jemanden gesehen. Den muss ich unbedingt begrüßen.« Sie drückte sich nach vorn. Die Gruppe teilte sich nur zögernd.

»Entschuldigung, können Sie mich bitte durchlassen!«

»Rechts oder links?« Ein Dickbäuchiger im marineblauen dicken Seemannspullover wich scherzend und grinsend immer in die Richtung aus, in der sie an ihm vorbeizog.

»Wie witzig! Lassen Sie mich vorbei, bitte!« Als Anni ihn endlich umrundet und erneut die Tür im Auge hatte, war Claas Siegert verschwunden. Sie spürte ein seltsames Verlorensein.

War er überhaupt anwesend gewesen? Hatte sie sich das nur eingebildet? Sah sie Gespenster?

»Halt, Rose!«, rief John ihr von hinten zu und fasste sie an die Taille. »Lauf nicht weg! Meinst du nicht, wir sollten uns zusammensetzen und ein paar Missverständnisse klären?«

»Wieso, ist doch alles klar zwischen uns? Wir sind Freunde.«

»Was hältst du von ›Freundschaft plus‹?« John lächelte sein jungenhaftes Lächeln.

»Sorry, geh du deinen Weg, John! Bitte lass mich und folge mir nicht nach!« Mit den Worten ließ sie ihn stehen. Als sie endlich die Tür erreicht hatte, war Claas Siegert verschwunden. Sie rannte nach draußen. Die Sonne ertrank im Meer. Der große Platz vor dem Hotel schimmerte feucht. Laternen spiegelten sich im nassen Asphalt. Kein Mensch war zu sehen. Keine Touristen auf dem Weg ins Restaurant. Anni holte tief Luft. Mit einem Seufzer atmete sie aus. *Zu spät!*

Da ist sie! Claas Siegert hätte nur die Hand ausstrecken müssen, um sie zu berühren. Er stand im undurchdringlichen Schatten eines Baumes an der Seite des *Kurhotels* und wagte kaum, Luft zu holen. Er kam sich vor wie ein schüchterner Junge im Sturm und Drang. In den letzten Minuten war ihm eiskalt klar geworden, dass Anni Arndt einen Freund haben musste. Wie hatte er Gegenteiliges annehmen können? Die Schilderungen ihrer Scheidung in seiner Kanzlei klangen nicht, als würde sie der Männerwelt abgeschworen haben. Rügen bot ihr einen Neuanfang. Es gab genügend Männer, die sie haben konnte. Einen attraktiven Jüngeren zum Beispiel. Solche Dinge passierten. So lief das Leben. Claas Siegert fühlte sich überflüssig, obwohl die Frau, die er wollte, nur einen knappen Meter von ihm entfernt atemlos in der hellen Nacht stand und nach irgendjemandem Ausschau hielt. Er würde es nicht sein, den sie suchte. Das schien sicher. Sie ahnte schließlich nicht, dass er zurzeit diesen Teil der Erde bevölkerte. In Sekunden subsumierte der Jurist seine Gedanken. Was sollte er ihr sagen? *»Ich finde Sie anziehend, Anni. Sie verwirren mich. Ich weiß nicht, wieso. Ich habe mir eine Messenger-App heruntergeladen und hundertmal am Tag aufs Handy geschielt in der Hoffnung auf Ihre Nachricht?«* Er schüttelte den Kopf. *Diese alberne Figur, die er machte! Knock out.* Ein Boxer wusste, wann der Kampf verloren war.

Claas Siegert beobachtete, wie sich Anni umwandte und über

die Hauptstraße in Richtung Rügen-Galerie davonschritt. Als ihre Schritte verklungen waren, trat er aus dem Schatten hervor. Der Schweigsame, der unter normalen Umständen nicht einen Satz pro Minute unlogisch zu Ende denken konnte, wurde von einem regelrechten Gedankenrausch überwältigt, dem vom *Kurhotel* bis zum Pier schreiend Ausdruck verliehen werden musste, ohne dass jemand etwas mitbekam. Er fühlte sich schwach und ungenügend. Es war misslungen, es war vergebens. Im Menschlichen kläglich arm eilte der erfolgsverwöhnte Notar Doktor Claas Siegert wie ein Flüchtiger über den Kreisel die Bahnhofsstraße entlang und sprang buchstäblich in der letzten Minute auf den Regionalexpress nach Rostock. Rückwärts funkelte das Meer. Plötzlich war alles klar, ganz klar. So klar, dass er fast ein Lächeln fand. Es war eine Nacht mit lodernder Stimmung, weil er auf einmal erkannte, was hätte sein können: Liebe. Aber er hatte versagt. Sein stilles Mühen war wissend unbemerkt geblieben. Er hatte sich aus der Deckung getraut, war nach Jahren wieder in den Ring der Liebe gestiegen und hing nun angeschlagen nach innerem Kampf in der Bande. *Privates Glück?* Claas Siegert glaubte kaum mehr daran. Das war es also, was übrig blieb, wenn man sich ohne Besonnenheit seinen Gefühlen unterwarf: Schmerz.

60. KAPITEL

Die Zeit schreibt ihre Spuren in den Sand. Bis zum Sonnenaufgang, wenn sich Tante Klara mit blassen Fingern aus dem Ungewissen tasten und selbstgefällig im Meer betrachten würde, dauerte es noch Stunden. Anni hielt das letzte Schreiben von Claas Siegert in den Händen. Sie blickte auf seine Signatur. Er hatte eine klare, unbeugsame Schrift. Sollte er seinen Plan wahr gemacht und tatsächlich ein paar Tage Urlaub auf der Insel verbracht haben? Warum hatte er sie dann vorhin bei der Veranstaltung im Hotel nicht angesprochen? Sie verstand das Ganze nicht. Es klingelte an der Tür. Den Briefbogen in der linken Hand öffnete sie.

»Mit diesem Besuch habe ich nicht gerechnet!« Anni hielt den Atem an und mit der Rechten den Türrahmen fest. Sie sah, wie die hellen Scheinwerfer eines Taxis das unebene Kopfsteinpflaster vor ihrem Fischerkaten erleuchteten, dann abdrehten und sich entfernten.

»Bitte, nur ein paar Minuten! Es muss sein.«

»Es ist reichlich spät für einen Besuch.« Sie gab den Eingang frei und ließ ihn eintreten.

»Es ist nie zu spät.« Er konnte sich nicht zurückhalten. Bevor sie es verhindern konnte, zog er sie an sich und spürte ihren Körper: ihre Schenkel gegen seine Schenkel, ihren Bauch gegen seinen Bauch, ihre Brüste an seiner Brust.

»Soll ich mich erschrecken?« Sie wehrte sich nicht sofort und blieb in der Umklammerung. Ihre Augen suchten in seinen nach einer Antwort.

»Ich erschrecke vor mir selbst und vor meinen Träumen«, erklärte der Mann.

»Träume, vor denen man nicht erschrickt, sind zu klein«, erwiderte Anni.

»Ohne uns beide wird alles zu nichts.«

»So?« Sie nahm das Beben wahr, das durch seinen Körper lief. Vor seiner Erregung zog sie sich zurück und ging vor ihm ins Wohnzimmer. Er folgte ihr.

»Darf ich?« Er setzte sich neben sie aufs Sofa.

»Die Veranstaltung war großartig, nicht wahr?« Anni rückte zur Seite. *Warum hielt sie noch immer dieses dumme Notarschriftstück fest?*

»Ja.«

»Ich habe nicht darum gebeten, herzukommen. Was verspricht Mann sich von diesem Besuch?« Sie lachte leise. Es war ein kleines Lachen – ein Lachen, das von sich selbst überrascht war. Er fing es auf wie ein Geschenk.

»Ich weiß nicht: Liebe?«

»Kein anderes Wort in unserem Leben hat so viele Widersprüche. Jeder sieht darin etwas anderes.« Ihr Herz klopfte schneller. »Alle starren gebannt auf das Stückchen Erotik, das ihnen wetterleuchtet. Erotik allein bringt uns nicht über die Jahre.«

»Bei Sex weiß jeder, worum es sich handelt«, erwiderte er.

»Genau das meine ich. Sex allein reicht nicht.«

»Du bedeutest mir viel. Ich habe seit langem keine so ernsthafte Zuneigung für eine Frau empfunden wie für dich.«

»Die ein oder andere Portion Extraglück freut mich auch. Aber ich bin unsicher, ob ich mich auf meine Gefühle verlassen kann«, umging sie sein Geständnis tastend wie Flammen.

»Das Leben ist romantisch, wenn wir es nur wollen. Liebe hat die Aufgabe, in uns etwas auszulösen, das unter keinen anderen Voraussetzungen sonst möglich wäre. Liebe ist eine Kraft, die uns erweitert.«

»Diese Worte aus dem Mund eines Mannes, der mit Pflanzen spricht?« Sie sah in seine Augen. Aus ihnen leuchtete Zärtlichkeit und unterdrückte Leidenschaft. Er küsste ihren Hals. Sie erschauerte. Das Papier segelte aus ihrer Hand auf den Boden. Berührte Haut erinnert sich.

»Darf ich dich etwas fragen, lieber John?« Sie trank einen Schluck des Rotweins, den sie sich eingeschenkt hatte, als sie nach Hause gekommen war.

»Alles.« Es war das erste Mal, dass sie ihn ›lieber‹ nannte.

»Was denkst du gerade?«

»Dass du eine schöne Frau bist, die mich auch ein wenig mag, aber die Angst vor Nähe hat und mich nicht kennt.«

»Wer kennt schon wen? Es sei denn, man macht sich die Mühe.« Sie schüttelte den Kopf. Er verstand nicht, wie durcheinander sie war. Was waren Männer in Wahrheit? Bei näherer Betrachtung wusste sie es nicht. »Als Gott Rügen schuf, hat er Kreide, Steine und Bäume ins Meer geworfen. Nicht alles reißt die Brandung mit.«

»Was willst du damit sagen?«

»Gott hat drei Männer in mein Leben geworfen«, erklärte sie, »einen Anwalt, einen Piraten und einen Gärtner.«

»Du kannst dich nicht beschweren«, sagte er. Der Wind rüttelte an den Fensterläden.

»Wäre Gott eine Frau, gäbe es vermutlich nur einen Mann.«

»Welchen?«, fragte er.

Anni lachte.

»Ich glaube, du gehst besser.« Sie stand auf und wartete vergeblich darauf, dass er es ihr nachmachte. Sie blieb vor ihm stehen und drehte ihm den Rücken zu. *Warum schickte sie alle Männer fort? Claas Siegert, Kristian Dollahn, John Blohm. War sie verrückt?*

»Das ist ein langer Reißverschluss.« Er zog vorsichtig am Zipper. Anni ließ es zu.

»Magst du die junge Frau, die dich interviewt hat?«, wollte sie wissen.

»Selina? Selbstverständlich, sie ist Journalistin. Wir arbeiten ab und zu zusammen.

Fragend sah sie ihn über die Schulter an.

»Selina und ich wollen ein Bürgerbegehren für die Interessengruppe *Grünes Rügen* formulieren. Mit Ideen zum Umweltschutz des Jasmunder Buchenwaldes.«

»Und?«

»Sie träumt davon, dass wir gemeinsam etwas auf die Beine stellen für den Jasmunder Nationalpark.« Er hatte den Reißverschluss bis nach unten aufgeschoben. Das Kleid glitt zu

Boden. Anni blickte über die Schulter auf den Mann hinter ihr.

»Und?«

»Und falls nötig, werde ich alles, was du hinunterfallen lässt, aufheben.« John bückte sich und hielt ihr den Briefbogen der Kanzlei Siegert hin. »Bitte sehr, dein Papier.«

»Danke.« Sie dachte daran, wie damals in Leipzig mit der zerknüllten Papierkugel auf dem Fußboden alles angefangen hatte. »Manchmal hebt man sogar die Zukunft vom Boden auf.« Anni drehte sich zu ihm um, sah ihr Kleid auf den Dielen liegen, sah ihn an. Anders als damals an ihrem gemeinsamen Nachmittag am Strand war ihre Nacktheit diesmal wirklich nackt. Die Individualität zwischen ihr und ihm begann sich aufzulösen.

»Kannst du auch Kleider vom Boden aufheben?«, wollte sie wissen. Der Duft ihrer Haut stieg ihm in die Nase. »Vielleicht will ich es liegen lassen«, antwortete er mit rauer Stimme. »Wäre das unmöglich?«

Schweigend betrachtete sie ihn eine Weile. »Es gibt in der Welt keine Unmöglichkeiten.« Annerose Arndt beugte sich vor. »Das hat mir mal jemand gesagt.« Sie legte sich in seine Arme. Es war an der Zeit, den Abend zu verflüstern.

DIE HANDLUNGSKULISSE DES ROMANS

Im Osten der Halbinsel Jasmund liegt der Nationalpark Jasmund. Er umfasst eine Gesamtgröße von rund dreißig Quadratkilometern (3.070 Hektar) und gilt als der kleinste Nationalpark Deutschlands. Der Beschluss, das Gebiet als Nationalpark auszuweisen war eine der letzten Amtshandlungen der DDR-Regierung und wurde am 12. September 1990 umgesetzt. Es dauerte über zwei Jahrzehnte, bis am 25. Juni 2011 ein Teil des Buchenwalds des Nationalparks zum UNESCO-Weltnaturerbe erklärt wurde. Das Gebiet des Nationalparks umschließt den ursprünglichem Buchenwald auf dem Höhenrücken der Stubnitz nördlich der Hafenstadt Sassnitz mit der beeindruckenden Kreidekliffküste und einen 500 Meter weit in die Ostsee hinein reichenden Wasserstreifen. Die Kreidefelsen mit Großer und Kleiner Stubbenkammer prägen die Landschaft und werden jährlich von Hunderttausenden Touristen und Urlaubern besucht. Die seit Jahrtausenden durch Erosion bedrohten Kreidefelsen sind das Wahrzeichen der Insel Rügen, wobei der Königsstuhl mit seinen 118 Metern Höhe gleichsam als riesiger Thron den Hauptanziehungspunkt für die Besucher darstellt. Gigantisch ragt der strahlend weiße Kreidefelsen aus dem dunklen Buchenwald empor und fällt schwindelerregend steil ab in das grünblaue Meer. Über dem Felsen verläuft der neu errichtete Königsweg, auf dem die Besucher zu einer rund zweihundert Quadratmeter großen Aussichtsplattform gelangen. Dort eröffnet sich ihnen eine prachtvolle Aussicht auf die Ostsee. In der Ausstellung kann man sich über die Geschichte des Nationalparks, seine Geologie, Gewässer sowie Fauna und Flora informieren.

*(Nach: Begleitheft zur Radwanderkarte Insel Rügen,
3. Aufl., Dr. Barthel Verlag)*

DIE PERSONEN

Annerose »Anni« Arndt, 38, Historikerin, geboren auf Rügen, erbt den Fischerkaten ihres Großvaters auf dem Jasmund und kehrt nach Jahrzehnten auf die Insel zurück.

Derk Steensen †, Annis Großvater, Fischer und Seenotretter, später Vormann auf einem Seenotkreuzer, lebte zur Zeit der DDR auf Rügen, lehnte das Regime ab und machte daraus kein Geheimnis.

Ida Arndt †, Annis Großmutter, Geliebte von Derk Steensen und Ehefrau des im Krieg gebliebenen Karl-Heinrich Arndt.

Inge und Hanns Arndt †, Annis Eltern, zogen nach der Wende in den Westen, wo sie bei einem Verkehrsunfall verstarben.

Frieder Friedrichs, genannt »Flunder« 54, Fischer, wurde von Derk Steensen als junger Mann bei seiner Flucht über die Ostsee aus dem Meer gerettet, Seenotretter bei der DGzRS.

Heike Friedrichs, 28, Wirtin des *Café Sorglos*, ehrenamtlich tätig bei der Deutschen Lebensrettungs-Gesellschaft (DLRG), Dorfbürgermeisterin, liiert mit Kristian.

Kristian Dollahn, 39, ehrenamtlich bei der DLRG, Schauspieler, würde gerne bei den Festspielen auf Rügen spielen.

Hanko Langwisch, genannt »Hobel«, 45, Zimmermann und Ortsbrandmeister bei der Freiwilligen Feuerwehr.

Bernd Bätge, 40, Tourismusleiter auf der Insel, kämpft gegen Overtourism und Landschaftszerstörung, Vater von Björn.

Martina Bätge, 40, Ehefrau von Bernd und Mutter von Björn.

Björn Bätge, 15, verliert durch den tragischen Tod seines Freundes Ivo den Halt in seinem Leben.

John Blohm, ['jo:n] deutsch ausgesprochen, Abkürzung von Johann, 26, Rüganer, Gartenbauer und Umweltaktivist, Mitglied der Interessengruppe *Grünes Rügen*, Ranger im Nationalpark Jasmund, verliebt sich in die zwölf Jahre ältere Anni.

Dr. Claas Siegert, 52, Notar, berät Annerose Arndt in ihrer Erbschaftssache und wehrt sich gegen romantische Gefühle.

Minna Minschlich, 68, Bekannte von Anni aus der DDR-Zeit, Großmutter von John Blohm.

Ivo Novak, 16, verunglückt tödlich am Königsstuhl, als er ein Handy-Video erstellt.

Christiane Novak, Mitte 40, alleinerziehende Mutter des tödlich verunglückten Ivo.

Günther Hohnhorst, 58, Unternehmer und Controller, will in Immobilien investieren und Annis alten Fischerkaten kaufen.

GLOSSAR

Befähigungszeugnis B6: Nautisches Patent für Beschäftigte auf Schiffen und schwimmenden Geräten. Die Einteilung der internationalen und nationalen Befähigungszeugnisse richtet sich nach der Verordnung über die Befähigungen der Seeleute in der Seeschifffahrt. In der ehemaligen Deutschen Demokratischen Republik (DDR) galt das Patent vor dem 1.4.1972 für Kapitäne auf Großer Hochseefischerei.

FDGB: Der Freie Deutsche Gewerkschaftsbund vermittelte den Werktätigen des Landes subventionierte Urlaubsreisen im Inland. Der FDGB-Feriendienst war eine Einrichtung in der DDR und entstand 1947.

Flotillenfischerei: In der DDR schworen die Fischer auf die Flotillenfischerei, sechs bis acht Trawler, Zubringertrawler genannt, arbeiteten im Verband mit einem Transporter- und Verarbeitungsschiff, 60 bis 100 Tage dauerte so eine Reise.

HO-Gaststätte: Die Handelsorganisation (HO) hatte in der Zeit von 1948 bis 1990 durch Übernahme bestehender privat betriebener oder während des Krieges aufgegebener Restaurants ein Netz von HO-Gaststätten gebildet. Die HOG trat in die Pachtverträge ein oder schloss mit den Grundstückseigentümern neue. *Sie werden platziert!* – an dieses Hinweisschild im Foyer oder Vorraum der HO-Gaststätten erinnern sich die meisten DDR-Bürger. Der geduldig wartende Gast musste die regionale, herzhafte deutsche Küche lieben. Viele HO-Lokale wurden nach der Wende 1990 von den bisherigen Objektleitern privat weiterbetrieben.

Kader: Jeder qualifizierte Werktätige eines Betriebes, einer Institution, einer Verwaltung. Die DDR entwickelte

Führungskräfte für Wirtschaft und Politik. Der ursprünglich aus dem militärischen Sprachgebrauch kommende Begriff Kader für militärische Vorgesetzte hatte in der DDR und anderen sozialistischen Staaten eine spezifische Bedeutung. Aus der Revolutions- und Staatstheorie Lenins abgeleitet, wurden zunächst die Führungskräfte der kommunistischen Partei oder die Leitungspositionen in den sozialistischen Massenorganisationen als Kader bezeichnet. Die SED übernahm diesen Begriff und erweiterte ihn in dem Sinne, dass ein Kader eine überdurchschnittlich befähigte Person sein musste, die darüber hinaus eine tadellose marxistisch-leninistische Einstellung aufzuweisen hatte.

KFK: Kriegsfischkutter waren Boote nach einem Entwurf für kleine Hilfskriegsschiffe der deutschen Kriegsmarine im Zweiten Weltkrieg. Sie wurden im Vorposten- und Sicherungsdienst an den Küsten, in U-Boot-Jagd-Flottillen und in der Nachkriegszeit zur Minenräumung und Fischerei eingesetzt.

Kollektiv: Das »Kollektiv der sozialistischen Arbeit« war eine kollektive Auszeichnung in der DDR. Die Auszeichnung wurde am 15. März 1960 gestiftet und würdigte hohe Produktionserfolge, besondere Erfolge in der sozialistischen Gemeinschaftsarbeit und vor allem im sozialistischen Wettbewerb.

Kombinat: In sozialistischen Ländern üblicher Großbetrieb, in dem Betriebe produktionsmäßig eng zusammengehörender Industriezweige zusammengeschlossen sind.

NVA: Die Nationale Volksarmee umfasste von 1956 bis 1990 als Streitkräfte der Deutschen Demokratischen Republik (DDR) die dem Ministerium für Nationale Verteidigung unterstehenden militärischen Formationen und Einrichtungen der

Bewaffneten Organe der DDR sowie des militärischen Ersatzwesens in der DDR.

Stasi: Stasi ist das Akronym für Staatssicherheit, die Kurzformel für das Ministerium für Staatssicherheit (MfS) in der DDR. Es wurde am 8. Februar 1950 gegründet, war über 40 Jahre aktiv und wurde in der friedlichen Revolution im Herbst 1989 von den Bürgerinnen und Bürgern der DDR entmachtet. Rechtlich hörte es am 30. Juni 1990 auf zu existieren. Seine Unterlagen sind seither über die Einrichtung des Bundesbeauftragten für die Stasi-Unterlagen, das Stasi-Unterlagen-Archiv, zugänglich.

Subbotnik: freiwilliger sonnabendlicher Arbeitseinsatz. Wort wird abgeleitet vom russischen Subbota (Sonnabend).

VEB: Der Volkseigene Betrieb in der DDR ging ursprünglich aus der Sowjetischen Besatzungszone hervor und war eine bis 30. Juni 1990 bestehende Rechtsform der Industrie- und Dienstleistungsbetriebe. Die Gründung volkseigener Betriebe erfolgte nach dem Vorbild der Eigentumsform in der Sowjetunion. Infolge der nach Ende des Zweiten Weltkrieges unter sowjetischer Besatzung durchgeführten Enteignungen und Verstaatlichungen von Privatunternehmen musste eine geeignete Form gefunden werden. Ab 1948 waren es ökonomische Basiseinheiten der Zentralverwaltungswirtschaft. Formaljuristisch befanden sie sich in Volkseigentum und unterstanden der DDR-Partei- und Staatsführung.

Volkssolidarität (VS): Hilfsorganisation, gegründet im Oktober 1945 in Dresden, breitete sich in der Sowjetischen Besatzungszone aus. In der DDR war sie eine Massenorganisation und hatte eine wichtige Bedeutung bei der Betreuung älterer Menschen. Seit der deutschen Wiedervereinigung umfasst der

Arbeitsbereich auch die Betreuung chronisch Kranker, Pflegebedürftiger, sozial Benachteiligter sowie Kinder und Jugendlicher.

VOPO: Umgangssprachlich für den Volkspolizisten in der DDR. Die Staatssicherheit übte die Funktionen einer geheimen politischen Polizei aus, die Volkspolizei eher klassische polizeiliche Aufgaben wie Kriminal-, Schutz-, Verkehrspolizei, Meldewesen. Die Grenzen waren jedoch mitunter fließend.

Wofasept: Typisches Desinfektionsmittel in der DDR, hergestellt in Bitterfeld.

DIE SEENOTRETTER

DLRG

Die **Deutsche Lebens-Rettungs-Gesellschaft e.V. (DLRG)** ist mit über 560.000 Mitgliedern in rund 2.000 örtlichen Gliederungen die weltweit größte Organisation der Wasserrettung. Im Jahr 1913 in Leipzig gegründet, arbeitet die DLRG grundsätzlich mit ehrenamtlich und freiwilligen Helfern. Ihre wichtigsten Aufgaben sind Schwimm- und Rettungsschwimmausbildung, Aufklärung über Wassergefahren und der Wasserrettungsdienst. Sitz der Bundesgeschäftsstelle und Schulungszentrum ist das niedersächsische Bad Nenndorf.

DGzRS

Die **Deutsche Gesellschaft zur Rettung Schiffbrüchiger (DGzRS)** ist die deutsche nichtstaatliche Seenotrettungsorganisation, die für den Such- und Rettungsdienst (SAR: Search and Rescue) bei Seenotfällen im deutschen Teil der Nord- und Ostsee zuständig ist. Für diese Aufgabe werden 63 Rettungsboote unterschiedlicher Größe auf 55 Stationen eingesetzt. Die DGzRS erhält keine staatlichen Gelder und deckt den größten Teil ihrer Kosten durch freiwillige Zuwendungen. Die Seenotleitung Bremen ist rund um die Uhr erreichbar und hat jederzeit Überblick über den Einsatzstatus aller Einheiten und koordiniert deren Such- und Rettungsmaßnahmen. Alarmierungen können erfolgen über: UKW-Kanal 16 und 70 (DSC) sowie Grenzwelle 2187,5 kHz (DSC) über BREMEN RESCUE RADIO (24 h), Rufname: Bremen Rescue

(Quelle: Website der jeweiligen Organisation sowie Wikipedia, 2021)

RÜGEN GENIESSEN MIT SÜSSEM AUS DEM *CAFÉ SORGLOS*

Minna Minschlichs Zitronenkuchen

½ Pfd. Butter zerlassen, ½ Pfd. Zucker, 5 Eier einrühren, ½ Pfd. Mehl mit 1 gestr. TL Backpulver unterrühren, auf Backblech streichen, goldgelb bei 200 Grad ca. 45 Minuten backen.
Noch heiß mit einer Gabel einstechen.
100 g warme Butter mit ½ Pfd. Puderzucker sowie dem Saft und der abgeriebene Schale von 2 Zitronen verrühren und warm über den Blechkuchen geben.

Heikes Schokoladentorte

1 dreiteiliger Tortenboden, dunkel, 1 l Schlagsahne (4 Becher à 250 g) mit 2 Tafeln dunkler Schokolade aufkochen, abkühlen lassen, dann mit 3 Päckchen Sahnesteif aufschlagen, auf den Boden geben, mit Sahnehäufchen und Schokoladenbohnen verzieren.

Rote-Grütze-Torte: Ömming Idas Spezialität

Belag: 1 Päckchen Rote Grütze, Himbeer-Geschmack, mit der Hälfte des angegebenen Wassers kochen, 1 Packung gefrorene Himbeeren unterrühren, dazu: 3 Becher Schmand, 2 Päckchen Sahnesteif, 4 EL Zucker, 1 Päckchen Vanillin-Zucker verrühren und aufstreichen.

DANKSAGUNG

Ich bedanke mich bei allen Menschen, die mir mit Motivation und Wissen zur Seite gestanden haben. Dank geht an Kathrin Grumbach, ibena Natur Reiseservice, die mir manchen Insider-Hinweis bei meinen aktuellen Recherchen auf Rügen gab, ebenso an Dipl.-Historikerin Marita Günther für ihren Beitrag. Außerdem bedanke ich mich bei den Referent*innen des Fischerei- und Hafenmuseums in Sassnitz, verschiedenen Rügener Kur- und Tourismusbetrieben, Ranger*innen des Nationalparks Jasmund, des WWF-Zentrums und der Wildnisschule Rügen, Mitarbeitenden der Festspiele Ralswiek und der Kirchengemeinde Sagard sowie der Besatzung des DGzRS Seenotrettungskreuzers *Hans Hackmack* und bei der DLRG, die mich mit ihren wertvollen Informationen versorgt haben. Die historischen Hintergründe in den Kapiteln zur DDR-Zeit stammen aus eigenem Erleben während verschiedener Aufenthalte auf den Inseln der vorpommerschen Küste in den 1980er Jahren und persönlichen Erzählungen von Anni und Erich Schultz sowie Familie Dieter Stoll aus Anklam. Ich kann nicht alle namentlich erwähnen. Alle, die sich mir verbunden fühlen, dürfen sich meines Dankes gewiss sein, vor allem mein Verleger Roman Pliske und das Team des Mitteldeutschen Verlages sowie meine Lektorin Frau Erdmute Hufenreuter.

Ich freue mich, wenn die Lektüre meines Romans Ihnen, liebe Leserinnen und Leser, Ent-Spannung bereitet.

Anke Wogersien

AUTORIN

Anke Wogersien, geboren 1963, studierte Betriebswirtschaft und Rhetorik in Hannover und Göttingen. Sie publiziert Erzählungen und Lyrik in Literaturzeitschriften und Anthologien sowie Romane, zuletzt *»Sie zielen auf mein Herz, damit ich falle«* (2018 im Mitteldeutschen Verlag). Sie ist Mitglied des Autor_innen-Netzwerks Hannover und im Verein Hildesheimliche Autoren. Ihr Roman *»Wo das Land abbricht«* ist ihre zweite Veröffentlichung im Mitteldeutschen Verlag. Die Autorin lebt mit ihrem Mann in der Region Hannover und an der Ostsee.

Dieses Buch ist ein Roman. Personen und Geschehen sind frei erfunden. Ähnlichkeiten oder Namensgleichheiten mit real existierenden oder verstorbenen Personen sind rein zufällig und nicht beabsichtigt. Die Handlung ist an die Realität angelehnt, bezieht sich jedoch nicht auf konkrete Begebenheiten.

Coverbild: © iStock – Xsandra

1. Auflage

www.mitteldeutscherverlag.de

Gesamtherstellung: Mitteldeutscher Verlag, Halle (Saale)
Layout und Satz: Stefanie Bader, Leipzig

ISBN 978-3-96311-611-7

Printed in the EU